天会露舞

白玉兰文学丛书第2辑

王安忆 孙颙 主编

王季明 著

上海人民出版社

寻找落伍者

王安忆

这几个人是怎么走到一起来的？这一辑丛书将以何名义，也就是说，我们怎样去归纳概括他们的身份与写作？确是个难题。他们已经不年轻，就不能称作“青年小说丛书”；当然也不是女性，所以入不了“女作家丛书”——如今，出于成本核计、销售发行种种原因，中短篇小说集出版，往往是需要纳入丛书，方才有可能实现。而他们显然又都错过新时期文学发轫与上升的黄金阶段，那时候，中短篇小说收获着极大的阅读热情，出版社对小说集十分欢迎，市场尚未浮出水面，书籍的利润还保持着客观的比份，于写作者与出版方均未形成压力。可惜，几乎是在骤然间，换了年景，出版社的青睐转向单本发行的长篇小说。于是，作者们趋之若鹜，等不及庄稼成熟，便开镰割青。却不知，在此热闹之外，中短篇兀自生长与完善。幸好我们有大量的期刊，可收容散兵游勇，不至于埋没。可是期刊的印量又在全面性下降，趋向式微，自生自灭的命运几乎难以避免。

总之，这三个人脱掉头班车，接下来就班班赶不上，结果是至今为止，未有一本书出版。

大约是世纪初，上海文艺出版社策划“三城记小说系列”，台北由王德威主编，香港是许子东负责，我则是编辑上海部分，时间跨度为“1996—1997”、“1998—1999”各一集。分工完毕，各自便去搜索作者与作品。其时,中短篇的写作已见冷淡,视野中的好作品大多在时限之外,有名有姓的作者或搁笔不写或扎在长篇中,只能扩大范围,向清冷处望去。印象中"上海文学"曾发表过一个短篇小说,名《情犊》,写的是上海城市边缘一对小儿女的情事。双方是贫寒家庭,世代为衣食生计奔忙,动荡的时政于他们并无大碍,对儿女也无大期望,因此,教育中辍就谈不上什么憾事,相反,能分配进工厂,做一名徒工,早日自食其力是让人高兴的。家中姑娘有少年垂青,无论从女儿终身想,还是在自家得帮手着眼,都不是坏事。所以,这一段小小的浪漫史,萌芽状态就被纳入柴米生存之道。然而,既便是在如此夯紧了的现实生活里,两个孩子的情感世界依然循着自身轨迹生长,情窦初开,互相吸引,渐生默契,大胆的追逐以及矜持的欲拒还迎,然后是莫名的分手,走完一个初恋的周期。这篇放于末条的小说不怎么起眼,没有激烈的戏剧性冲突自然是个原因,在题材上似乎也难以归向某个潮流。从故事背景看,当是"文革"后期,却不能说是对政治批判,或者说知青文学,写的是早恋则又缺乏成长故事中必有的青春反叛与挫折;写的确乎为上海,但没有任何一桩上海风尚符号,比如石库门,旗袍装,蔷薇蔷薇处处开,连法国梧桐都看不见一株,于是便与海派文学擦肩而过。而它所以吸引我的,也就是这独一份。当我循迹追去,发现小说发表于1994年,不在我们结集期限内。失望之余,我且向作者榛子写信,请他寄一些1996至1999这四年内发表的小说,就这样,我读到了中篇小说《渴望出逃》。

说实在话,这篇小说与"三城记"的主旨并不那么相符合,除了作者是上海居民这一项之外,无论题材、风格,都不在这城市以内,可我们定下的原则只要求作者是城中人,其余都由主编看着办。而我,本心就有意在这选本中呈现上海的另一面,那就是作为一个工业城市的粗粝面目,它向来是被消费的表情掩藏起来。《渴望出逃》这一个与上海毫无关联,发生在北方煤矿的恨爱情仇故事,具有着强悍的气质,不管怎么说,它总归是出自上海作者笔下,至少说明这城市里人,有着闯四方天下的阅历身世,还有粗犷的笔力。之后,又读到榛子的《坚硬的鸡汤》、《老茶的呼噜》,写的都是大企业里的人和事,照理是合上了主流叙事,可偏偏两位主人公都有着别致的性格,这性格没带给他们好运气,而是让他们走背时。前者是技术工人,且有着极高的天赋,能够与时俱进,在每个工业革命阶段拔取头筹,但近乎病态的骄傲却让他处处碰壁,不止是事业,谋生,甚至女人运上,都陷于穷途末路。当同事将他从官司中捞出来,去对付五轴联动的数控机械,他的眼睛忽就亮起来,可这短暂的闪烁无从照耀整体是灰暗的人生。后者老茶是以罪贬的身份进入工厂，所以，他还有机会成为“伤痕文学”的主角。当时代变迁，政治改正，老茶理应走到社会的正面，汇入主流。他又不像前者那样乖戾，甚至称得上温顺，可也就是这格外的温顺让他走霉运。无论多么不公正的遭际，他的态度永远是安然顺从，好比“马善被骑，人善被欺”的道理，命运就来欺他，一轮又一轮的，似乎是在走下坡路，他却依然是温顺的，就不禁让人怀疑，这温顺实在不是软弱，而是一种从容自若。榛子的故事往往是这样，人物的个体处境，要比时代、社会、意识形态更有决定性地主宰命运，因此很难纳入潮流，潮流总是被概括了的。

榛子的小说好就好在扎实，分量足，不短斤缺量，压秤得很，不免缺乏回味。像《情犊》这样微妙的小说，差不多是一不小心碰上的。但他就生成如此，很难要求他是另一个样子。然而，忠诚地沿着自己的路走下去，有时候，会有变化发生，或者说是量变到质变。《凤在上，龙在下》便是这一条道走到黑，突然撞开的一扇门，于是，光进来了。

倘若没有刘阳这个人，这篇小说也就类似于大多数描写经济转型时期，平民生活变迁的作品，包括榛子自己的某一些写作，比如《且看满城灯火》、《寻工记》、《地铁的丁菊花》，好也是好，但终究不出窠臼，依然在你我他的一般经验之内。而刘阳的在场却使一切都不同了。刘阳是什么人？是个异数。他在性别取向上存在误差。这一类人，常常出现在现代主义小说中，就是台湾学界命名的“同志文学”，但在榛子，他显然并不打算回答身份认同、存在归向、第三性、酷儿理论种种哲学问题。刘阳他，不像社会不适应症候群通常具有的孤寂表情，他甚至很开朗，用今天的流行语说，很阳光。除了恋爱婚姻这一桩，他偏执在自己的取向上落得孤家寡人，其他都与众人无异。出身市井人家，虽不至于穷苦困顿，却也需胼胝手足，谋生为第一要义。也同寻常的好人一样，总会遇到意气相投的好人，帮助他，又得他帮助。于是，他们几个便组成这么一个大家庭。以常贵珍与张家临一对夫妇为核心，张家临将昔日的师妹，也是倾慕者沈小琴介绍给刘阳做朋友，刘阳则是常贵珍的旧同事。刘阳不拒绝与沈小琴交往，心里却暗恋张家临；常贵珍呢，曾经是喜欢刘阳的，无奈刘阳不开口。如此错踪复杂，牵丝攀藤，互相拉扯着。都是不免落魄的人生，因有了伙伴倒也不显凄凉，反而是喧嚷拥簇的，于是就会起摩擦，也是和所有至交一样，摩擦自会消解，然后你知我知。这是一段好日子，正应了“好景不常在”的俗套，如此结构注定短命的，首先对沈小琴不公平，她还要嫁人生子呢！沈小琴将她那老台商未婚夫带来一起过年那一晚上，令人动容。依然是这四人一桌麻将，沈小琴却提议下大注，接着便频频放“冲”，是报答麻将桌上人的爱，但毕竟有些事爱莫能助，所以又有负气在其中。沈小琴远嫁，刘阳自觉着不便再留，插足于夫妇之间，终也离去，生活又回到常规的伦理上，继续进行。那一个奇异的组合，留下无比亲切的记忆，从日常生活旁出去，险些儿出轨，又被主流涌推回来。这常规外的哀喜，正是现实里的灵异之光。

与王季明写作的第一次接触是《借个男友回家过年》，这一句有些像歌谣，“回家过年”又有一股喜气洋洋，就像一个民间传说。2005年去香港岭南大学写作课程教学，有四堂大课，我设计每一课以分析一篇小说为内容。从提高学习兴味着想，专选择上海作者描写上海生活的小说，其中就有王季明的一篇。小说中人物所处的环境，地铁线，我以为差不多搭到这城市的脉，可说是象征。但故事还是循着现实的轨迹，诚实地叙述。以这一篇看，似可归入城市写作，事实上却也不尽然。在王季明这本集子中，有两篇小说颇引我注意，就是《天堂》与《和作家李图玩游戏》。

从这两篇小说看，王季明一定阅读过大量西方翻译小说，不止是因为这些阅读直接构成情节，还因为王季明显然从西方现代文学潮流中汲取养料，能够操纵形式。就好比前面说的，《借个男友回家过年》里的象征性，王季明的小说比较棒子，更善于处理一些抽象的题材。《天堂》与《和作家李图玩游戏》，都有一个名叫李图的人物，都喜欢阅读，也喜欢写作，但同样缺乏天赋，写得不怎么样，后来又都死于同一种病因，心肌梗塞。两个李图都有一个文友，就是“我”，名叫老禾。所以我宁可将这两个人当作一个，以小说情节虚构的顺序，编织李图与“我”的生活史，也是他们的思想史。

这两个人称不上知识分子，也称不上作家，充其量只是文学爱好者。他们是这城市最普通的市民，以《天堂》的说法，李图居住在人口密集的旧区，新建成的高楼之间，残余着的没有开发价值的断巷陋屋，“我”的居处也差不多，石库门弄堂，狭小的住房，外加天井里的违章建筑。倘若采信《和作家李图玩游戏》中的安排，那么，他们还都是一家破产后转型的中等国营工厂里的职工。然而，这两个潦倒的人，却有一个奢侈的爱好，就是文学。他们都拥有与自己家境不符的大量藏书，老禾“我”，老婆没娶到，书倒收了一大堆，那间违章建筑就是专用于放书的。老禾与李图时常交换书，就像集邮爱好者交换邮票，同时交换阅读和写作的心得。如他们这样热爱文学却不能成就事业，简直是罪过。不顺遂的写作就也纳入现实人生，加剧了失意的心情，用什么来排解？喝酒聊天，聊什么呢？编小说，他们戏称为"游戏"——这就是意味所在，在写作这虚构活动之外又发生着一种虚构。在李图猝发心脏病去世后，留下小半部遗稿，写的是他们企业兴衰历史的长篇小说，老禾对此并不感兴趣，倒是平时"游戏"的胡编乱造，让他惋惜，于是编辑整理发表在网上。不久，就有网友指出，这故事是抄袭，来源于法国作家图尔尼埃的小说《礼拜五——太平洋上的灵薄狱》。这一个结局令人大为意外，也令人琢磨，应当如何理解？是对写作者李图脱离生活现实的讽刺？抑或是对其想象力不足的扼腕叹息？而我更愿意以为这是投向虚空茫然中的精神对话，那西方翻译小说在此成为象征，象征遥远的、不可企及、却让人心向往之的不存在之存在。在《天堂》中，老禾"我"也死了，与李图的死不同，是死于非命，就更像是一个主动的选择，选择遁入虚空。小说末尾，那民工葛十朋载着老禾的骨灰回他临时住处，葛十朋是在李图死后出现在老禾"我"的生活中，就好像是"我"有意为自己培养一个文友，好垫补李图的空缺。这位来自云南的"打桩模子"，年轻健康，体内还有充沛的活力，打算在这大城市混一番，却正渐渐被老禾引入现实生活边缘的虚空地带。他载着"老禾"回家，猛然想起雷蒙德·卡佛的小说《大教堂》起首第一句话，王季明写道："我把它改成这样：'这个瞎子，是我的老哥，他与我一起在路上，今夜要在我家过。'"

李图与老禾的故事，在这本集子中，只占一小部分，不足以形成王季明写作的一个体系。在其他部分里，也有一些颇不错的小说，比如那一个短篇：《1974 年的丧事》，读了真叫人喜欢，在这城市浮丽的外表之下，其实有着几近部落式的朴素内心，也可惜仅此一篇，不足以成体系。在这些无法归纳潮流的写作里，多少有着力不从心，就是不能开掘得更深更广，这是自己要负责任的。一些无从命名的存在，被固定在文字之下，倘若能有十倍、一百倍的写作，这种固定便增了体量，从无名到有名，还是那句话，量变到质变，事情许会是另一番面目。

当我与两位作者商量编一套丛书。迫切要做的事情是搜寻同道者，因决定是为从未出过书的写作者结集，所以就必是如榛子与王季明这样的"白丁"。分头问一圈，凡写作者大多出过书，或者未出过书写作却未能令人满意，但两位共同推荐一位文友，大约如同李图与老禾的关系，那就是孙建成。在送来的零散篇章里，吸引我的是《一个人的来和去》。我注意到小说最初发表时间是在 2004 年，故事写的则是 1984 年，主人公从插队的内地回沪，适逢侨居新加坡的父亲重访故旧。知青小说的浪潮早已过去，孙建成显然也过了愤青的年纪；虽可纳入所谓"海派"的风尚，可故事却并不着意于地域；要说是"怀旧"倒名副其实，但是，"怀旧"流行中的感伤主义在此被日常生活的严峻涤荡而尽。40年代，一个布店“小开”与邻家女孩的恋爱，在逛马路与吃零食中拉开帷幕，然后走入婚姻。聘礼是几十匹蓝士林布，于布店生意的人家，经济又实惠，聘礼转眼间被女孩的养母携回老家，是无后人的独腹，也是自居有养恩，余下这对小儿女自谋衣食，做小学教师和店员。共同生活是这样，离别呢，亦不过是丈夫买来小笼馒头，看着妻子吃罢。30年后的重逢，内容大多也是吃饭，或者到国际饭店吃烤乳猪，或者在家中饭桌吃自烹的菜肴。当然，也有穿，当年的新衣服，压在箱底，30年还是簇新，布店小开的信物，都染着生计的戚容。久别重逢并没有上演预期中的激情戏，送走客人，生活依然回到原状，只有一点小小的余韵，那就是每年里有一日，母亲要携全家一同去国际饭店吃一顿饭，穿着那一件旧衣服，仿佛是纪念，或者说凭吊，总之是将这不了情了一了，不了又能如何？不如自己伸手剪断，还保持了尊严。这么说来，这餐饭是有些将饮食男女的常情仪式化，但孙建成用意似乎也不在此，他只是遵循世事常态而徐徐道来，相信事情自有定理，而表相上的秩序正是这定理的反映。

这种信赖即是孙建成写作的长处，也是短处。长处是在他能够认识并且领略恒常人生的趣味，他的写作显得很耐心，很诚恳，忠实于生活的本来面目。那一篇《结婚》，从相亲开始，每一次接触都不那么令人乐观，缺憾处处都在，内心不时起着抵触。可是磕磕跘跘之下，恋人间渐渐建立起同情，理解，还有，男女关系中也许更重要的，情欲也生长起来。似乎有许多次机会，两人可能走入别的命运，最终，期然与不期然，还是进到婚姻的归宿。亦谈不上多么鼓舞，却也决不是扫兴，开端总抱有希望。这是长处，短处呢？过度依仗于事情的本来面目，不免流于琐碎与冗长，而将更深刻存在，类似真谛的性质遮蔽在细节堆里。也能看出孙建成自觉到不足，《水中的男孩》与《隔离》两篇，显然企图作改变，用虚拟的环境取消写实性，走向形而上，在后篇中可看出加缪《鼠疫》的影响，但似乎并不见有显著的成效。这一类小说往往需要哲学的准备，当然更可能与个人的秉赋有关系。而在孙建成，既便是外部强烈变形的故事中，还是那些源自于现实的细节触动着恻隐之心。再有那一篇《不眠今夜》，一个医生与一个性保健热线的女主持，之间所发生的奇异关系，看得出精巧的布局，但显然不是孙建成的强项，情节突兀了。这种异峰突起的写作，不是不可以，而是孙建成本不是一种促狭的或者说机敏的写作者，怎么讲？老实人只能说老实话。

然而，如孙建成这样诚实的写作，经过漫长的平淡的叙述之后，总归是会有意料之外的结果等待着，好像是在报答写和读的耐心。《隔膜》，所写故事可归于"孽债"一类，不外乎当年知青在插队农村留下子女，长大成人后来城里寻亲。这故事在此处是由一个相当曲折的结构呈现出来，说实在，多少搅扰着阅读的顺畅。那名叫燕子的女孩身世复杂，却也没有增添内涵的丰富性，反而因为将悬念延宕过久使人焦虑。事实上，情节真正表现出趣味是在燕子终于走上认亲的道路，母女相见。孙建成在此展现出人情练达。和《一个人的来和去》同样，双方都未见有伤感剧的情绪激动，彼此生分，女儿带了男友同往更让母亲措手不及，倒反是没有血亲关系的继父与燕子相处起来，有一种轻松自在。结局同样是扫兴，同样是剪断，但燕子毕竟是年轻血气旺，这剪断的手势就要鲁莽和激烈许多。这一刻，如孙建成驯顺命运的安排，也有一时迸发，故事随即到高潮，却也到好就收，戛然止住。

编这辑丛书的时候，恰好看了"纵贯线"演唱会，罗大佑，李宗盛，周华健，张震岳，自嘲为"四个老男人"，于是就想，索性叫"上海老男人丛书"如何？只是再寻不到第四个可以同类项合并参加丛书。看起来，这三个真是挺背时，要说文学史这张网编得够密了，可他们还是从网眼里漏下来。漏下就漏下吧，也没妨碍什么，他们依然一篇接一篇地写下去，散布在新时期文学的几十年时间段中，看看不起眼，搜罗搜罗，扫扫也有这一大堆了。

2010 年 11 月 26 日上海

目录

天堂

啊，上帝，即便我困在坚果壳里，我仍以为自己是无限空间的国王。

——《哈姆雷特》第二幕第二场

蝴蝶虽然仅仅活了一天，也一样已经把永恒经历。

——托·艾略特《四个四重奏》

一

我这一辈子没有什么朋友，更不用说好朋友。好事者说我缺朋友，是性格古怪脾气暴躁说话做事易走极端。一句话：性格上有严重缺陷。我听后，一笑了之。我从没因好事者这样说而后悔。他们说得对，我这辈子注定没有什么朋友，更不用说好朋友。以前我是有过一个非常要好的朋友，叫李图，是个作家。去年因病去世。对于李图的死，我无论如何想不通。有那么瞬息，觉得自己也快死了，至少我的一半追随李图而去。可见李图之死让我伤悲。李图太年轻，也就45。

李图死了，我与李图家的关系，渐渐疏远。每每独自喝酒看书，总不由自主想到李图。我想，若是李图还活着，我俩可以喝酒、读书、聊天，甚至可以吵嘴打架，可他死了，就像一盏原本点得旺旺的油灯，突然来了阵大风吹熄了。我时常觉得四周一片漆黑。

李图死后一年半，我遭到致命一击。一个上门抢劫的流氓用硫酸泼中我的双眼。我瞎了。我躺在重症病房不能动弹。我生不如死。想自杀都不能。

说起这事，还得先说李图的老婆小曼。是哪一天？对了，我想起来了，见到小曼是一个深夜，是李图离开人世的周年。我之所以准确记住这天，是这天正午我独自去了李图的墓地。李图的墓地很远，我前后坐了三个小时长途车才到那里。进了墓地，天地寂静，抬头一看，四周密密麻麻地耸立着一块块墓碑，就像肃穆列队的士兵。独自走在墓地的小路上，心里阵阵凄凉。一个大活人，怎么说走就走了呢？我总想，那天是李图的忌日，李图母亲年迈，不去看儿子情有可原，他的妻子小曼应该去看看，比如带上一束鲜花、一瓶酒、一包烟、一盒水果。毕竟夫妻一场。但我在墓地看到的却是满目肃杀，冷冷清清。我坐在李图花岗石墓碑前，为他倒上一小杯小糊涂仙与他干杯。我轻轻擦拭他的遗像。我轻轻拔去四周的杂草。我的泪水掉了下来。小曼没去。我没有权利责怪小曼。听说小曼在李图死后不到半年又与一个男人同居。小曼没错。男人死了，嫁人也好，同居也好，是她的权利。李图活着，小曼没给李图戴绿帽子。这样的女人在我心中了不起。据说当初如花似玉的小曼进了李家，他母亲只给了2 000元见面礼，连根黄金项链都没有。小曼耿耿于怀。小曼这个女人很现实很物质。她没错。错的是李图。他这一辈子除了买书看书写作之外，我不记得他还有其他什么本事能给小曼带来哪怕丝毫物质利益。他是自封的作家。

我独自坐在李图墓前，双目凝视着李图，渐渐地发现李图冲我微笑着。我说，李图你就不能和我说说话吗？李图笑着摇头。我说，李图啊，你好自私啊，你为何不想和我说话呢？你知道吗，你这样拍拍屁股一走了之，可我呢，我还得活下去呀。李图还是笑着摇头。我知道，李图是不会回答我的。李图真的死了。墓碑上除了他的一帧瓷像；墓碑下除了他的一包骨灰，什么也没有了。可我总觉得他的音容笑貌，就在我眼前萦绕着。

天暗了下来，四周一片静寂。我在钢蓝色的天空下，慢慢离开了李图的墓地。我发现李图就伴随在我身边，那情景就像我每次去李图家，他总是要把我送到弄堂口一样。到了墓地大门口，我停住了脚步，回头对李图说，别送了，回去吧。李图没吭声，但我分明看到黑暗中的李图眼眶里的晶莹泪水。李图朝我点点头，然后在我的注目下，慢慢地飘离而去。

记得那天从李图墓地返回市区很晚了。长途汽车从浦东陆家嘴前划过，开上南浦大桥时，金茂大厦、东方明珠和成片拔地而起的高楼大厦灯火璀璨。一长溜小车亮着首尾灯，在高架；在地面，在凡是有路的地方，浩浩荡荡组成无数道滚滚车流，很好看。只是好看而已。与我无关。我是穷鬼。穷得没有一个女人嫁给我。离婚的、外来的，都不会瞧上我。反过来，我何尝要女人嫁我。现在不是过去那些年，发廊、按摩房、浴室到处都是。灯红酒绿。

早春之夜，万籁俱寂，走进我家那条偏僻的小马路，除了鬼火似的路灯在一长排石库门外闪烁外，一切都很寂静。回到独居的家中，草草下了碗面条吃过后，我来到石库门的天井里，寒风在天井上空呼呼刮着，我冷得直打哆嗦。我独自仰望星空，内心一阵凄楚。我仿佛看到李图就是天上的一颗星星，正俯瞰着我。

夜深了。好多年来养成的习惯，使得我临睡前，总要来到常常引以为荣的几个顶天立地的书架前。平时看书都有计划。今晚神差鬼使，一眼看到书架一角躺着一本复印书。抽了出来。是美国作家雷蒙德·卡佛的短篇小说集《你在圣·佛兰西斯科做什么?》。我藏书不少，一万多册外国小说。我自豪的是李图这样一批作家，家里超过 5 000 册藏书的凤毛麟角，而我还不是作家。我读过意大利作家安伯托·艾柯的好几本书。艾柯家里藏书超过 30 000 册。吓了我一跳。那是藏书吗?那是小型图书馆。难怪安伯托·艾柯写出我极其喜欢的小说《玫瑰的名字》、《昨日之岛》、《波多里诺》和《傅科摆》。当我看到李图家的书架上有雷蒙德·卡佛的短篇小说集，我愣住了。我家里藏书是李图的一倍，这本却没有。李图有这本书，至少这点比我强。我知道李图爱书如命。我绝对不能开口让李图割爱。门都没有。我知道雷蒙德·卡佛的短篇，他能不露声色地把小老百姓的日常生活写得入木三分，像刀子刻在木头上，抹都抹不掉。李图有他小说集，我连喝酒的念头都没了。李图一眼看穿我的心思。但他不说。他把我当蛐蛐，喜欢拿丝草逗我；他把我当蚂蚁，喜欢看我在热锅上奔跑。我憋不住了，我厚着脸皮说:“这样吧，李图，我不是想借你的书，更不是想让你割爱，我只是想说，能不能让我复印一下。”听我这么说，李图想了一会儿才说:“可以呀，我得陪你一块去复印。”我知道他是怕我一去不复返。李图曾对我说过，他有好多书让人借了，总不见还。虽是好哥们，但我知道李图也怕我这副德性。李图说陪我一块去复印，其实他是不想让这书脱离自己的视线。那再好不过了。一个大小有些名气爱书如命的作家，能把这样好的书，慷慨地借给像我这样的文学爱好者，我好感动呀！

我家石库门天井里的漆黑大门上的铜环轻轻响了起来。我没动弹。以为是幻觉。我听到漆黑一团的夜里有人在喊我："老禾老禾，你能开门吗？"我吓了一跳。前面说过，有好事者说我这人没什么朋友，更没好朋友。叫我老禾，除李图，没别人。这人是谁？是李图？对，除了李图，不会有人上门，更不会有人叫我老禾。李图死了，我白天去过他的坟地，难道是他的鬼魂？如果是鬼魂倒好了。可惜不是。那么会是谁？当我打着手电，来到天井打开门时，看到门外站着的是李图的老婆小曼。

我很吃惊。

李图死后，我再也没有见到小曼。一年半后的今夜，小曼突然来到我家，我能不吃惊吗？当初我与李图一块儿买书、看书，一块儿喝酒、闲聊，小曼是很不满意的，是很给我白眼的。她觉得李图之所以喜欢发疯般地买书看书，完全是受了我的影响。我是光棍。一人吃饱全家不饿。李图不同。上有老娘下有老婆。她不喜欢我，有相当充足的理由。用小曼对她婆婆的话来说："我想不通，李图为何不与老板；不与大官交朋友，偏偏去找一个只会看书不会赚钱的穷光蛋做朋友？"

小曼在李图忌日之夜找我这个穷光蛋，我不知道何事。但是我还是把她请进屋内。我让小曼坐下。小曼一看马上说："老禾我找你，只能等到深夜。你看看你这是过的什么日子，家里除了书，一张椅子外，你还有什么？"我打量着小曼。早春了，她上身穿着件紧裹着身体的黑色皮夹克，下身穿着条裙子，低垂着头。长长的黑发垂下一半，正好从眉心沿着鼻梁切到下颌，一张脸就成了半白半黑。我说："小曼，是不是想李图。"小曼摇头："想又怎样，不想又怎样。"小曼说得对。我随即拿起杯子准备泡茶。小曼摆手，说："老禾，这么晚了，真不好意思打搅你。我想告诉你，我要结婚了。"我一愣。小曼在李图忌日的深夜里，跑来对我说她要结婚了，我还能说什么。我无言可答。见我不语，小曼又说："老禾，你和李图是好兄弟。我那么快就要结婚了，你会不高兴的。"我说："我没不高兴。你还年轻。结婚是你的权利。你做得够好的了。我告诉你，我家石库门前楼有个女人，她老公在美国打工，突然心肌梗塞，女人在老公死后一个月就结婚了。你呢，是一年半后才结婚，做得不错。"小曼一听，摇摇头说："老禾，你这是嘲我。人活一辈子不容易。"我说："说得对，人活一辈子确实不容易。应当只争朝夕。不过你现在找我是不是想请我参加婚礼？"小曼说："请你？算了吧，你心里不咒我，算好的了。我不是请你参加婚礼。你知道李图走了，什么东西都没留下，家里只有几千本书，我要结婚了。我要那些破书干吗？我想处理掉。我知道这些书，都是李图的命根子，所以找你商量。”小曼这么一说，我明白了她为何来找我的理由了。我说：“那些书可是好书啊。”小曼说：“就是。老实对你说，你可能会说我没文化。不错。在我心目中，这些书还不如一台液晶彩电。”

小曼这个女人，能这么坦诚地说着，我还能说什么？我说：“那么你想让我做什么呢？”小曼说：“老禾，你是李图的好朋友，我想这事只能找你来商量。”我想了想说：“小曼其实你不必听我意见。”小曼说：“要听的。否则我自说自话处理，李图地下有知是不会放过我的。我想了想，与其当废纸卖，还不如你买下，这样我对李图也有个交待。我结婚也会安心。”原来是这个意思。不过，我没有立即答应。我知道李图有五千余册外国文学书，我大都有。我没有必要再花这笔钱。可一想，我若不买，小曼就会当废纸卖掉，我内心有一种撕心裂肺的疼。那是李图视作生命的书啊。小曼见我不吭声，说：“老禾，不要勉强。我在处理这些书之前告诉你，我想，对得起李图了。你想，我们家有什么像样的东西？那 5 000 来本书，我老公算过了，按价钱算，可值 10 万多啊。你想 10 万可以买多少东西啊，可他偏偏去买书了。”小曼说这话时很激动。小曼的话无可厚非。每个人有自己的爱好与活法。我们不能因为李图喜欢书，而让小曼跟着一块儿喜欢书呀。我想着时，双眼看着小曼。小曼双手交叉放在裙子上，细长的手指戴着一枚耀眼的白金钻戒，穿裙子的双腿微微张开，我看到两段多汁的小腿。我一惊。没想到年过 40 的小曼，肌肤还那么好，我还能说什么。冲着与李图二十多年来的深厚友谊，与其让小曼当作废纸卖掉，还不如我买下为好。我点点头。小曼那张精致的脸顿时生动起来，伸出洁白细腻柔软的小手与我握了握说：“老禾，这样我才能安心结婚。至于钱，你随便给就是了。”

小曼兴高采烈地走了。看着小曼走在深夜的马路上，我不知是为她高兴，还是为李图伤悲。

二

我叫葛十朋。来自云南楚雄。

正午，天色昏黄，白云灰云乌云交替着在天空翻滚着，看似要下雨的样子。我无动于衷。下雨也好，不下雨也好，与我关系不大，主要能找到活干。我把黄鱼车停在马路转弯角上。我坐在黄鱼车上，就着一包榨菜，吃着花了两块钱买来的两只白馒头。我百无聊赖地看着天空。天空很蓝。难得好天气。马路上车水马龙摩肩接踵。我周围的人或蹲或站，个个灰头土脸神情漠然。他们跟前放着一块小纸板。上面写着电工、木工、钻洞、泥工、敲墙、粉饰。我的黄鱼车前挂着运输。对了，你猜到了，我就是替人运货的家伙。已经有好多天没人雇我了。看着马路上那些飞来飞去的奔驰、宝马、奥迪；看着马路上那么多衣着光鲜来来回回涌动的人流，我总在想，上海人怎么那么有钱呢。

饭吃了，天也看了，我低头看着一本名叫《亚玛街的烟花女》的书。是写俄国女人卖淫的小说。看得我口干舌焦。这本书是我在路边废品回收站里捡到的。很脏，但好看。正看得起劲时，发现周围的民工惊叫起来："妈的，快跑。"我一愣，以为是城管。但四周一瞅，没见到城管的影儿，却见一只树皮一样的老手出现在我的鼻尖底下。不用抬头，我就知道老鲍到了。我正琢磨着怎么开口，老鲍一把揪住我的衣领，一双豹子样的眼睛死死盯着我问："怎么？你他妈的也想跑？"我战战兢兢地说："鲍大哥后腰上的斧子一出手，我腿再长也没用。"老鲍说："知道就好。"我说："打从解放前王亚樵开始，上海滩上安徽斧头帮就出了名。我还跑个屁，正准备孝敬你老人家呢。"老鲍松了手"嘿嘿嘿"地冷笑几声，从后腰杆子"嗖"地抽出一把精致的小斧子。小斧子在阳光下发出寒光。我不寒而栗。老鲍边玩弄小斧子于股掌之中，边用安徽腔的上海话说："你他妈的还真懂点历史，算侬拎得清。"我二话没说，从口袋里摸出一百元交给他。老鲍说："别看那帮小杂种跑得快，跑得了和尚跑不了庙。今天能跑，明天呢？后天呢？除非不想在这儿蹲点找活干。妈的，看来他们骨头痒痒了，要老子用斧子来伺候了。"老鲍吹了一声口哨走了。

老鲍收了我一百元的保护费，我恨不得宰了这狗日的，可我不是老鲍对手。老鲍长得和我一般高，可这家伙胸脯厚得像个铁桶，况且，手下还有一帮人，个个腰插斧子，打架厉害，我若反抗，那是找死。想想付了一百元保护费，自己只能吃着两个馒头作午餐，我越想越伤心。

我发现又一个人影儿出现在我跟前。我想，已经给过钱了，怎么着，还要啊。我拿开书，刚想说什么，却见眼前出现了一个看似五十出头、脸色苍白的中年男人。他说："兄弟，跟我装些东西行吗？"我一听泪水没了。我知道生意来了。我问："远不远啊。"男人奇怪地看了我一眼说："反正我把你整个下午包了。开个价就是了。"我一听有油水了，刚才那种任人宰割的伤心劲儿一下抛到脑后，我嘻嘻哈哈地说："老板，你看着办吧。"我把《亚玛街的烟花女》朝屁股后兜一塞，说："走吧。"男人一听说："不行，你得先把价钱说清楚，否则到时宰我，怎么办。"我想了想，知道上海男人做事都是这样。他们总是先要来个约定。没有约定的事情他们从来不干。不过约定好了，哪怕再累再苦，他们绝不会再加一分钱。我就喜欢这样的男人。

我对男人说："这样吧，你是包车。这也就意味着整个下午都卖给你啦，一口价，200元怎么样。"男人想了想说："就冲你还会看库普林的小说；冲你还会说意味两个字，行。"老实说，我在云南只混了个初中毕业，学历很低，但这不等于我不会说意味两字。不过他说库普林是什么意思？男人好像看出我的心思，说："你看你，眼里看着书，却不知道作者，你看的什么书啊。"我一愣。是的，我看书，从来不看作者，作者与我屁相干啊。不过，这个老男人怎么会知道《亚玛街的烟花女》的作者呢？男人看着我笑笑说："知道库普林吗？他是俄国作家。《亚玛街的烟花女》是本描写俄国卖淫制度的书。"我听了傻呆了。我总以为看的是黄色书，原来不是啊。可这个男人怎么会对这本书那么熟呢？他是干什么的？我怔怔地看着男人，他却不说话了，反而从皮夹里摸出100元递给我，说："小伙子，先付你100，完了再付100，怎么样？"我乐了。实话说吧，这些年，我不是没有替上海人运过货物。比如我时常在宜家门口，帮那些购买大件物品的上海人运货。如果货主是个上海女人，我根本别想讨到便宜。上海女人是世界上最精的女人。那种精，出神入化。碰到上海女人，我能说什么呢。只管拉货吧。上海男人不同，他们很少讨价还价，说好价，绝不出尔反尔。

男人和我谈好价格，我让他坐上我的黄鱼车，我蹬上车问："老哥，装啥货啊？""书。"一听书，我突然刹车，反问："书？"我原本想，这个脸色苍白的老男人一定是让我去装家具之类的东西。我绝没想到让我去装书。我愣愣地看着男人时，午后的太阳正死死地扣在男人宽阔的额头，反射着苍白的光。我吓了一跳。我好像看到大白天里出现的妖魔鬼怪。男人见我发傻似地看着他，像小男孩一样哈哈大笑起来。我怔怔地说："笑什么？"他得意地说："书很沉的，你收了我的定金，今天可不能反悔啊。"看着男人哈哈大笑，我也哈哈大笑起来。男人吃惊了。他问："你笑什么？"我说："我笑你啊。我在上海也不是一年两年了，从来没有碰到过有人让我去拉书。"我这样一说，男人不笑了，垂下了脑袋。

我不再吭声了。随着男人的指挥，我把车子蹬到了曹家渡。曹家渡是沪西热闹之处，那地方我熟。以前有个小忻庄，是全上海最大的棚户区，人口密密麻麻。现在好了，棚户区拆了，造了个很高档的生活小区。看看这个男人，也不像是住在那地方的人啊，如果是，他绝对不会找我们这种马路"游击队"的。果然，随着他的指挥，我们到了曹家渡武宁路口，进了一条老式弄堂。看着弄堂里那些90年代初造的老式公房，我知道猜对了。

午后的阳光温暖地洒在我们的头上，随着中年男人的指挥，我把黄鱼车踩进了一条深而幽静的小弄堂。几只小麻雀在弄堂深处的电线木头上方吱吱喳喳地叫唤着，一两只小狗小猫在玩耍嬉闹着，整个弄堂见不到一个人影儿。我们在一家人家门前停下了。男人上前敲门，一个女人操着柔软的声音从门里问："是老禾吗?"这个叫老禾的男人没做声。门开了，我一眼看到午后的阳光，从弄堂的上空，洒下细长的光线，倾泻到一个花枝招展的女人身上。女人披着长发，扭着细腰，一双眼睛出奇明亮，轻声而不失热情地叫着男人："老禾啊，你来了，好好，先喝口水吧。"叫老禾的男人摇摇头说："不了，赶快装吧。"他们说着时，我就下了黄鱼车。我说："先生，你别动，我来装吧。"当我走进女人家里一看，乖乖不得了，地上、床下、书架上堆满着一厚叠一厚叠的书。我傻了。我原以为只要装满一车行了，看到这铺天盖地的书，我想，至少得装满整整五车啊。我愣着时，叫老禾的男人说："兄弟，快装吧。"

装书时，我发现叫老禾的男人，正与那个花枝招展的女人推让什么，扭头一看，他把厚厚一叠钱给了女人。女人似乎嫌多。老禾说："多什么呀。你要结婚。"女人说："能不多吗? 整 5 000 呢。我去问过收废品的，最多也就三五百元。"老禾说："你真烦。嫌少?"这样一说，女人不吭声了。

很快我把车子装满了，看了看车胎，明显瘪了下去。我上了黄鱼车，使劲一踩，车子才慢慢动了起来。我发现老禾在帮我推车，心里一阵温暖。很快我们出了弄堂。我说："你这是往哪儿送呀。"他说："出门向右，不远。"

我替人运货，从不搭讪。但是这个男人，我有点喜欢。我主动搭讪起来："老板，你买那么多旧书，有意思吗?"男人说："当然。书中自有黄金屋。"我一听笑了说："这些旧书顶多也就是 500 元，你付那么多钱给女人干嘛呀。""你不懂。"我想我是不懂，你懂。看来你是在打花枝招展的女人的主意了。不过我没说。

这样来来往往地搬运，前后跑了 6 次之多，才把这些书运到老禾家中。装载最后一车书时，花枝招展的女人家里突然来了个披金戴银身材魁梧的男子。

男子刚进屋，女人嗲嗲地叫道："老公，终于处理好了。"面对女人嗲劲，男子并未理睬，只是问："多少钱?"女人说："老禾太客气，给了 5 000。"男人嘴里哼了一声："只有 5 000 呀，便宜他了。"男人说这话，老禾脸色相当难看。女人把男人拖进里间说："你胡说什么。要不是老禾，赤佬才会要这些书。”男子并未因被女人拖进房间而放低嗓门儿，只听他高声说：“不就是你前夫的朋友，你才贱卖，这不是沾便宜货嘛。”这时我专注地看着老禾。我不知里面真正的内幕。不过，花 5 000 元买这些旧书，真的不值。

最后一车书送到老禾石库门家的天井里时，天已暗了。看着天井里铺天盖地堆成小山似的书，我在想，老禾也真傻，为何不让我直接送进他屋里呢？看着我怔怔的样子，老禾一眼看出我的心思说：“你不懂，放书是有规律的。如果乱放一气，它们是要找麻烦的。”放书有规律，我第一次听到；它们要找麻烦？谁找麻烦？我听后莫名其妙。不过我没做声。后来老禾就把剩下的 100 元钱给了我。果然，他没多给我一分钱。但是我满足了。我想今晚上可以不吃馒头了。今晚可以去大自鸣钟大碗面食店好好吃上一碗热乎乎的牛肉面了，当然最好还能喝上一瓶三得利啤酒。

骑上黄鱼车离开老禾家时，忽然他叫住我：“喂，兄弟明天你有活儿吗?”明天，明天是什么？我向来只知道今天，明天是什么，我从没考虑过。明天究竟有没有活儿，我更是不知道。我摇摇头。老禾说：“若是明天没活儿的话，还不如上我家帮我整理整理书籍，怎么样?”我想了想说：“行啊。你付多少钱?”老禾说：“我钱不多，这样吧，给你 30 元钱，管你两顿饭，如何?”我想了想，还是格算的。钱是少了点，但是谁又能保证我明天就一定有活儿干呢？再说还有两顿饭呢。行。

三

是上午。天好。金色的阳光从湛蓝的天空直接倾泻到天井，我拿过一把扫帚轻轻地打扫起天井来。我看到细小的灰尘在金灿灿的阳光下，犹如一只只金色的小虫在我眼前飞腾，我内心充满着喜悦。我拉开蒙在书上的油布，我的面前凸现了一座小山似的书籍。我从屋里端出一张破藤椅，轻轻坐了上去。看着阳光下原本李图收藏的 5 000 余册书。我想到孔子。3 000 弟子，72 贤生。如果以书喻人，眼前 5 000 余册书里，至少有上百位是从古至今举世公认的文学大师，想到比孔子还牛，我真高兴。有这么一刹那，我仿佛觉得这些文学大师一下蜂拥到我家，成了我最好的朋友。我恍惚觉得自己是世界上最幸福的人。

我把天井里搭出来的那间 15 平方米书房打扫干净后，那个叫自己葛十朋的云南小伙子敲响了我家大门。我让他进来了。打开门时，就见邻里几个老头老太探头张望。楼上有个好婆瘪着嘴说：“你这是做啥啦，开书店啊。”我笑笑。她又接着说：“老禾啊，你不好好找个老婆过日子，弄那么多旧书做啥啦，能当饭吃？”我依旧笑笑。我不知道如何解释。另一个老头说：“我还以为你运家具呢。原来是书——啊。”他在说书啊时，拖长了语音。我知道他的意思，不就是想说我傻吗？看着这些老头老太像看西洋镜一样看着我时，我连忙关上了门。这时我又听到不知谁在门外低声骂道：“神经病。”

葛十朋站在天井里搓手顿脚地看着我。我说：“小伙子，喝杯茶吧。”葛十朋笑笑说：“茶就不喝了，我很好奇，想看看你的家。”我说：“茶是要喝的，看看呢，完全可以。”葛十朋一听，脸上露出惊讶说：“你真让我进屋啊。”我说：“既然请你了，那就相信你。否则我请你干吗？”葛十朋一听，进了屋。当他看到石库门前厢房25平方米的房间里，除了一张书桌、一张椅子、一张床外，那几架顶天立地的书架上到处都是书时，吃惊得合不拢嘴，半晌才惊叫道：“我的妈呀，你太厉害了。你怎么会有那么多的书啊。”我笑眯眯地看着他说：“爱默生说过，一间书房就是一个魔术陈列室，里面有许多迷人的精灵，每当我们开卷时，他们就会醒来。”我明知道，葛十朋并不知道爱默生是何许人，我故意这样说着。我其实也是虚荣之人，我让葛十朋进屋，要的就是这效果。果然，葛十朋一愣一愣地看着我，接着用敬仰的口吻，战战兢兢地问我：“你，你是大学教授吧？”我没想到葛十朋会问出这样的话。这话说到了我的痛处，但我必须回答。我说：“不是，我只是个下岗工人。”葛十朋说：“你骗人。下岗工人会有那么多的书？”我说：“是的。我告诉你，我以前在照相机厂工作，后来工厂倒闭了，我只得搞了‘协保’回家。”

葛十朋将信将疑地看着我，回到天井。我说：“开始工作。”葛十朋一听恍然大悟说：“是的，是的。老板对不起了，我问得太多了。我是来干活的。”这家伙说话讨我喜欢，我顺口说：“你若喜欢看书，我可以借你。”葛十朋一听笑了：“行啊，不过你看你，家藏万书，怎么会连个电视机都没有？”不能说葛十朋讲得没理，但我要理书，没心思回答。我说：“你的问题真无聊，你为什么不问我有没有老婆？记住，除了书，你少跟我扯别的。听着，我在小屋内，你呢，只要把书一叠一叠地传给我就行了。懂吗？”葛十朋笑道：“懂。”我走进石库门天井里搭出来的大约15平方米的小屋，葛十朋开始从油布下抱起一叠书送了进来。葛十朋力气太大，不但书抱得多，而且速度快，我都来不及放上书架。我皱眉说：“你搬书快，我呢，理书慢。这样吧，你可以慢慢地搬书慢慢地看书。”葛十朋瞪着一双迷惑不解的眼睛看着我说：“老板，那么多书，我不知道看什么好。”我说：“昨天不是在看库普林的书嘛，他是俄罗斯白银时代的大作家，我建议你先翻翻托尔斯泰与屠格涅夫的书吧。”我从堆得乱蓬蓬的书架上顺手拿起托尔斯泰《安娜·卡列尼娜》和屠格涅夫《猎人笔记》。

我在理书时，看到葛十朋东张西望一副不耐烦的样子。我内心窃喜。我就喜欢看他那种没读过书，脸上露出不着边际的蠢相。你以为书是好读的吗？你以为托尔斯泰和屠格涅夫是库普林啊。我正想着时，葛十朋冲着我说：“老禾啊，老托与老屠的书，怎么是竖排本的，看不懂。”我说：“竖排也好，横排也好，不要找借口，看不懂就是看不懂。这也就是我为何不让你直接把书放上书架的原因。”葛十朋困惑地摇摇头说：“有这关系吗？”我说：“我告诉你，这两个作家在生活中是好朋友，但不要以为生活中的好朋友，书就一定得放在一起。”葛十朋一愣：“为什么？”我说：“你了解这两个作家，那么你就会知道：他们生前既互相欣赏，也常常龃龉，老屠属于西欧派，老托属于斯拉夫派。老屠创作具有明显的西方气质和唯美主义倾向，老托创作纯粹俄罗斯现象，观点、写法不一样，就要吵嘴，绝不能把他们的书放在一块，否则他们半夜吵起架来，我根本无法入睡。”我说这话时，葛十朋诧异地瞪大眼睛不高兴地说：“不可能。他们早死了。把书放在一起又有何关系呢？怎么会在书架上吵架？书是死的，人是活的。活人会吵架，死人怎么会吵架呢？”显然，葛十朋还是没明白我的意思。不但葛十朋不会明白，一般人也很难明白。既然老托与老屠早死了，他们并列一起的书，怎么可能吵架呢？想到这儿，我有意对葛十朋抖着我的“学问”，说：“我很崇拜美国女作家苏珊·桑塔格，这个女人曾对《纽约时报》记者说：如果把美国黑色幽默作家品钦的书和希腊哲学家柏拉图的书放在一起，她会感到牙齿发酸，浑身不舒服。她说对了。同样，我也不能把莎士比亚的作品与克里斯托弗·马洛并列，因为他们生前互相指责对方抄袭。”

我知道，葛十朋根本不会知道苏珊·桑塔格，也不会知道柏拉图，更不会知道我喜欢的长篇小说《万有引力之虹》的作者品钦以及大剧作家克里斯托弗·马洛。那么他又怎能理解写有这是《恩主》、《死亡之匣》及《论摄影》，既是大作家更是哲学家与美学家的苏珊·桑塔格？

我知道这是对牛弹琴，不过如果你熟悉我的话，就知道我这人一旦说起书来，不要说对方是头牛，哪怕是堵墙，我也会滔滔不绝。我说：“有件事你可能不信，我也没打算让你信。这事发生在我身上。二十多年前，我家藏书不多，也就 2 000 来本。一般来说，我们放书，可以按姓氏；按国籍；按年代划分，我还是喜欢按国家、地区来分别置放书籍。比如美国、法国、德国、英国、俄罗斯这些国家大作家多，我就单独给他们一个书架，而非洲、亚洲、拉丁美洲、澳洲大作家相对少些，则合置于一个书架。有一段时间，我晚上老是无法入睡，总是被书架上的两个点发出的'嘎吱嘎吱'的声音吵醒，开始以为老房子闹鬼，后来想，我读书也不算少了，这世上会有鬼吗？不是鬼，那么就有可能是老鼠。但一想，人会看书，老鼠怎么可能会看书呢？老鼠只能啃书。但是书架上的书摆放得密密麻麻，我自已抽一本书都得费劲，老鼠又怎么啃书呢？再说老鼠属于'抱头鼠窜'，它不可能老是在这两个固定点发出声音啊。不是鬼，不是老鼠，莫非书架本身热胀冷缩导致深更半夜发出声音。经仔细观察思索，非也。这些顶天立地的书架都是我自已选的木料，自己动手打造，非常结实。热胀冷缩，应该到处都是响声，而不可能只是两个固定点啊。我百思不解。

"那天深夜，我被吵得实在无法入睡，悄然拿着手电，来到书架前。我用手电一照，发现声音来自老托与老屠之间，我想这是怎么回事？我把老托与老屠的书抽了出来，我记得清楚，一本是老托的《复活》；一本是老屠的《父与子》，这时怪事发生了，书架上没有响声，当我再把他们的书合放一起，声音又出现了。我百思不得其解，这时拉美书架也开始'嘎吱嘎吱'地响了。我冲了过去，用手电一照，发现声音来自马尔克斯与略萨的书之间。我在想老马与老略怎么回事？我同样把紧贴着他们的两本书，就是老马的《族长的没落》和老略的《潘达雷昂上尉与劳军女郎》抽了出来，怪事又发生了，声音没了，但是一旦我把他俩的书放进去后，声音又来了。后来我想，既然他们的书贴在一起，深更半夜会有讨人嫌的声音，干脆把他们隔开得了。我在老托与老屠之间加了布尔加科夫的《大师与玛格丽特》；我在老马与老略之间加了斯波塔的《咫尺天堂》，你猜怎么着？好了，从此以后那种声音成了绝响。"

葛十朋一脸着迷。但不要以为葛十朋是傻瓜，我说完后，这小子果然不信且断然否定，说："老禾，你这是编故事。怎么可能发生这样的事呢？就算你刚才说老托与老屠不和，那么老马和那个叫什么老略的书又是怎么回事呢？"我一听马上说："你说得对呀，妈的，老托与老屠不和，读书人都知道，老马与老略怎么回事？那时我还在照相机厂工作，为了弄清原委，我从松江，你知道松江吗？那时的松江不像现在交通方便。我从松江赶回上海，起码要花半天时间。赶回上海后，去了上海图书馆查资料，那时的上海图书馆还在人民公园边上。我进了图书馆还要出示工作证，否则没人理你。我去图书馆着重查他们创作谈，一查恍然大悟。尽管老马与老略两个都是举世闻名的大作家，他们还活着，但是他们两人比死去的老托与老屠关系更糟，简直水火不相容。他们很少见面。一旦见面，就要吵架，互不买账，他们已经向世人宣告两人友谊破裂。所以他们和老托与老屠一样，深更半夜吵架也就不足为奇。”我这么一说，葛十朋摇头：“耳听为虚，眼见为实。你若让我相信你说的是真话，那么，你现在或者说半夜当着我的面，把他们的书放在一起，听听究竟有没有你说的那种声音。”我哈哈大笑起来。葛十朋不服气地说：“你笑什么？你要让我相信，你就得让我看个明白，听个清楚。”我不笑了。我说：“我何尝要让你明白，让你清楚呢？你又不是李图。当初我说给李图听时，李图完全明白。你知道为什么？这就在于你是不读书的凡夫俗子。既然这样，你又怎能听到这种声音？我告诉你，我现在只要随便朝哪个书架上瞄一眼，我就能知道哪本书金戈铁马雷声隆隆；哪本书风花雪月浅吟低唱，但你是不会听到，更不可能看到。在书面前，你就是个聋子瞎子。”看我认真说话的神态，葛十朋眼睛一眨不眨。他还是不相信我说的话。这又有何关系呢。我为什么要葛十朋相信？我想，一个读书人，对所读对象有了透彻了解，把书看成是世上最为亲近的人，那么你一定会感应到不读书的人根本无法感应到的东西。这，就是我的回答！不过，对于葛十朋十分专注听我说话的神态，我心里划过一道亮光。我想，现在还有人倾听我讲讲书的故事吗？若有，那对我来说，这是世界上最美好的事情。葛十朋会继续耐心听我讲下去吗？他不会，他只是个来城市打工的外地小伙子，他要赚钱；他要活下去。若是李图活着就好，棋逢对手。可惜死了。

我边想边整理着书，这时我发现身后的葛十朋在书架边上悄然无声地走动着。我看到他粗糙的手指闪电般沿着我收藏的大部头巨著的书脊掠过，就像肉体和皮革，皮肤和纸板发出的嗡嗡声，是一种非常悦耳和诱人的声音。我心里一动。就在这时，我的眼睛像火苗遇到大风一样，突然升腾起两道火焰，我的双手颤栗起来，我手里正拿着一本黄色封面的书籍，那是法国大作家米歇尔·图尼埃尔的长篇小说《桤木王》。我从凳子上跳了下来，冲着葛十朋怪叫：“我找到了，我找到了，妈的，我找了整整十年了，总算找到了。这本书我也有啊，我怎么那么傻啊，傻啊。李图，你真不是东西，你为什么不告诉我呢，你说，你说。”

葛十朋见我大声惊叫，吓得直往一边跳，嘴里大喊：“老禾，老禾，你没生病吧。”我放下书，从椅子上跳了来，一把死死抱住葛十朋，葛十朋在我怀里一脸的莫名其妙。

四

和老禾整整理了三天书。按理这活儿比蹬黄鱼车拉货来得轻松。拉货这活儿，用上海人的话来说“一枪头”就能干完。老禾这活儿不是。像牛皮糖，黏牙；又像没关紧的水龙头，滴滴答答，磨人。老禾一会儿说，把意大利文学混到德国文学中了；一会儿说，这本挪威作家的书，怎么跑到瑞典去了；一会儿又说那本南非作家的书跑到日本去了；一会儿又说，这本伊朗作家的书，怎么可能跑到土耳其去呢。烦着呢。

记得有一阵在理书时，我发现老禾会突然停下手里的活儿，陷入深深思考，根本不理睬我，弄得我很没劲，而有时呢，他又会神经质地突如其来地问我一些怪问题。比如有一次他问我：“写《洛丽塔》的纳博科夫是俄罗斯人，加入了美国籍，他应当算是美国人还是俄罗斯人？”这些问题怎么能问我呢？我又不懂。见我不回答，他只得自言自语地说：“奈保尔祖籍印度，出生并成长于特立尼达与多巴哥，后来加入英国籍，那么他算哪儿人呢？”我被老禾弄得烦了。我只是帮他整理整理书，他这不是考我吗？但是看到老禾一脸认真的样子，我最终还是说：“万变不离其宗。就像中国人再怎么跑到美国去，再怎么拿了绿卡，没用，他还是中国人啊。”对于我这说法，老禾最终否定了。他说：“一切还是依国籍吧。”说完又不理我，嘴里开始咕噜咕噜说着老外的名字，我听得脑子都痛了。知道整理书那么烦，我还不如蹬车拉货呢。当所有的书全都整理完毕，我才彻底松了口气，我想，结完账，我也该走了。我与这个上海老男人没什么关系。事实也是。不过事情的发展并不以我的意志为转移。如果说，老禾跟我讲的那个深更半夜书与书之间吵架的事情，我能理解这是老禾在发神经病的话，接下来，老禾盛情邀请我喝酒，我再说他是神经病，就不厚道了。记得老禾这样对我说：“兄弟啊，你帮了我三天忙，书这事，也就暂告一个段落，今晚我请你喝酒。”我一听心中窃喜，脸上却装着毫不在乎，说：“钱都给了，酒就算啦，弄碗方便面就行。”老禾说：“那不行，不就是一顿酒嘛。陪陪我吧。”老禾在说“陪陪我吧”这话时，我看到老禾眼里掠过一丝乞求。我心中一惊。我知道老禾是真心实意邀请我喝酒，而我，则是虚荣。我已经好多年没吃过大鱼大肉了，就内心而言，我不但要吃喝，还得好好饕餮一顿，这叫不吃白不吃；不喝白不喝。后来我想，如果我坚持不喝这顿酒，那么老禾也奈何不了我什么，可是我喝了。我不但喝了，脸上还抑制不住喜悦，很显然老禾是看出来的。但老禾似乎视而不见，似乎只要我陪他喝酒，他就心满意足。有那么一瞬间，我在想，你别看老禾是个地地道道上海人，和我一样，其实他没什么朋友，除了那些书，也没其他喜好。以前他还有个常挂嘴边的作家李图陪他喝酒，现在没了。

老禾活着，其实是很寂寞的。

我何尝不是？我甚至比老禾还差。老禾还有房子。老禾被单位“协保”后，还有这个“金”那个“金”，我什么“金”也没有。想到这儿，也就心安理得。

我根本没料到，这顿酒却让老禾的命运与我紧紧相连。

喝酒的事早已过去大半年了，但我至今清晰记得，酒是在老禾家对面一个四川人开的小酒馆里喝的。四川夫妇和老禾熟。老禾带我一进门，夫妇俩就热情招呼着。老板娘冲着老禾说：“老禾，看你喜的，有新朋友了。”老禾点点头说：“差不多吧。”老板娘接着又学着一句上海人的话说：“那你可以饭泡粥了。”老禾笑笑说：“是啊是啊。”

老板娘一说饭泡粥，我知道坏了。饭泡粥的意思就是，老禾将没完没了说着话儿了。也就是说，至少在喝酒的当儿，他的嘴巴是不会停下的。

那酒一喝三个小时。老禾整掉一瓶小糊涂仙，是一斤装的52度白酒啊。我尽管喜欢喝酒，但白酒不行，啤酒还算凑合，我也整掉6瓶，整得我脸红耳赤，老往厕所跑，老禾看着我那模样，小孩似地哈哈大笑。三小时的喝酒过程中，老禾基本包场。我没机会插嘴。我不知道怎么插嘴。听老禾讲书，像听天方夜谭。老禾见我被他迷倒，越说越激动；越说越脸红；越说越来劲。坦率讲，看着那张酒后熟如大龙虾似的大红脸，说着犹如长江之水滔滔不绝奔腾向前的那些书里的故事，我被他那种冲天的激情，诗一般的语言强烈感染。这么说吧，他说战争，我就看到小酒馆上空硝烟弥漫；他说爱情，我就看到爱情像花骨朵儿在我面前绽放；他说死亡，我就看到幽灵在我头顶萦绕，鬼魂在一边蹿房越脊；他说宗教，我就看到上帝一双眼睛逼视着我；他说政治，我就看到权力与利益的搏杀；他说杀人，我就看到断肢残骸，闻到血腥；他说金钱，我就看到刀光剑影尔虞我诈……总之他说了书中那么多的故事，慢慢地我就觉得，老禾不是在说书里的故事，他像个画家，慢慢地在我面前铺展出一幅色彩斑斓的巨幅油画，让我都忘了去吃这些年来一直垂涎三尺的大鱼大肉。

我都听傻了。

但我心里还真不甘心。仗着我们都多喝了酒，我对老禾不客气地说：“你说了那么多的故事，看来读书还真的很有趣啊，不过老禾你不能发精神病。我虽然是乡下人，但是我也见过有学问的人，人家都是彬彬有礼，没有一个人像你这样的。”老禾一听，急了，瞪着血红的眼睛冲我嚷嚷：“你这小子说清楚，我何时发精神病了？你说，你不说清楚，我今晚饶不了你。”我说：“说就说，那天我到你这儿来理书，理得好好的，你突然冲我怪叫，说是一本书找到了，不就是一本书吗？你是又跳又叫，还紧紧抱着我，这不是发疯又是什么?”老禾被我说得一愣一愣,他说:“有这事吗?”我冷笑:“难道我造谣中伤? 看来你喝多了。”我刚说完,老禾忽地站了起来:“你不说,我忘了,你这一说,我想起来了,我不是发神经病,我那是既高兴又憎恨啊。你知道吗? 李图是我的好朋友。好多年前,他曾向我推荐法国作家米歇尔·图尼埃尔的长篇小说《桤木王》。他说这是当代最优秀的法国小说。对于李图的推荐,我一向当作一件非常严肃的功课来对待。我曾想问他借着看一看或者说再去复印一下,但这小子一口否认,说,他是在图书馆里看的。且还说我的藏书是他的一倍,我理应有这本书。我知道他是嘲我。因为我的记忆里肯定没有这本书。为此我去了图书馆,也没找到这本书。弹指之间,时间过去整整10年,这些年来,我一直没有放弃寻找《桤木王》。我苦苦寻觅《桤木王》就像寻找一位神交已久的好朋友。可是这位好朋友千呼万唤就是不出来,以至于我每每想起时,心中时常隐隐作疼。它在哪儿呢。1年过去了,3年过去了,8年过去了,10年后的今天,我却找到它了,真可谓:众里寻他千百度,蓦然回首,那人却在灯火阑珊处。那一刹那间既是欣喜若狂,又是无地自容。欣喜若狂是终于与它见面;无地自容是这本书我也有。你说我能不激动吗?

老禾眉飞色舞大声说着,小酒馆所有的人都在看着他,连我都不好意思起来。老板娘走了过来说:“老禾,你轻点。”老禾眼睛一瞪反问道:“我响了吗?”老板娘摇摇头尴尬地笑笑,走了。

小酒馆打烊,老禾不得不停止他的饭泡粥,这时我的感觉就像一场精彩的电影放到一半,银幕上打出一行字:跑片未到。

老禾走路踉踉跄跄,吓得我不由上前扶着他。出了小酒馆,穿过马路,快到老禾家门口时,老禾卷着舌头对我说:“其,其,其实我刚才讲的都是书里的,你喜欢不妨也去,去,去看书啊,读书使人心灵强大。”

老禾这么一说,我停住了脚步。今晚老禾说了那么多,我都中听,但是这句话,我发现有问题,读书果真使人心灵强大? 不! 于是乎我发现终于有机会说话了,我对老禾大声说:“老禾你错了,读书有屁用啊。你看那些山西煤老板有几个读过书啊,但是他们却是世界上最牛的人。我从网上看到一个山西煤老板上北京看车展,一下买了五辆悍马,若不是国家禁止买卖人口,说不定连车模一块买走;还有一个大腕竟然让儿子坐直升飞机上学,难道这些家伙都读书吗? 难道这些家伙心灵就不强大吗? 就说你吧,你家有上成千上万的书籍,你又懂得那么多,讲起话来滔滔不绝,但我却没看到你心灵有多强大啊。你家连个电视机都没有,你连个老婆也没有,更不用说二奶,我看外来妹都不会跟你,你比我好不了多少,你那样子就是上海穷人，你凭什么说读书使人心灵强大。不！老子只知道，有钱使人心灵强大。有钱就有尊严，没钱，你读书再多也没尊严，更不用说心灵。心灵是什么东西？”

仗着喝了啤酒的劲儿，我脱口而出的一席话，就像一把突然飞来的铁锤砸得老禾晕头转向。老禾胸闷，半晌回不过神来。老禾总算闭上嘴巴。开始我很高兴，但很快高兴不起来。这是干吗？人家客气，请你喝酒，为何要在人家高兴时，去损人家？有些人生来为财；有些人生来为书。生来为财的人觉得世上最好的就是拥有无数钞票；而生来为书的人觉得世上最好的就是拥有无数的书籍。人各有志。再说，他讲那些书里的故事，太精彩了。

我觉得自己好像过分了。

我替老禾打开石库门两扇木门，老禾一把推开我。借着天井里小日光灯散发出的荧荧之光，我看到老禾那双愤怒的眼睛，老禾张嘴刚想说什么，我马上说：“对不起老禾，我说的是胡话。你讲得有道理。读书确实使人心灵强大。我们不争好吗？”老禾冷笑一声：“你以为我醉了？我没醉。你也没说胡话。你这个不学无术的家伙，我是秀才遇到兵，有理讲不清。不过你敢与我打赌吗？”我说：“我比你更没钱，我拿什么赌啊。我不赌。”老禾长叹一声说：“你这家伙除了钱，其他你还会说什么。打赌，就一定是赌钱吗？俗！”老禾什么都可以说我，但他说我俗，我就不高兴。即使我真俗，但你也不能当面说我呀，我马上反击道：“人为财死，鸟为食亡。我连吃饭都成问题，我不为钱，你说为什么？你看了那么多书有屁用啊。有钱就是爷；没钱就是孙，这样浅显易懂的道理你不懂啊，还看了那么多的书呢；还心灵强大呢，我看你与我差不多，都是没出息的人，都像你说的一个字：俗！”老禾再次被我击中要害。我本以为他会大光其火，不料他大笑起来，说：“好。我喜欢。你像李图。来，我们进小屋吧。”说着，一把把我攥进小屋，一屁股坐在一张小椅子上，说：“有一点你说中了，我也真是俗。可是你，你，在上海打了那么多年的工，你不应当像我这样俗。葛十朋，我现在问你，看了库普林的小说，你老实回答我，你有何感想？”面对老禾突如其来的提问，我一愣，嗫嚅着说不出话来。说起书，我怵。老禾说：“让你说你不说；不让你说，却像只乌鸦呱唧呱唧没个完。”我还是摇头。看着老禾醉眼惺忪的双眼，我说：“我告诉你，那本书就是黄书，要我说感想，那就是我的鸡巴硬了。”我小心地看着老禾，怕他给我一巴掌。老禾没有，一双眼睛依旧咄咄逼人，说：“你这话说的是真话，我以前看《包法利夫人》鸡巴也会硬的，不过，鸡巴硬归硬，但是你总还得有其他想法吧。”看着老禾认真的样子，我想了想，说：“其实看了那本《亚玛街的烟花女》，要说还有什么想法，那就是这本写于100年前的书里描写的亚玛街，我现在怎么看，都像衡山路酒吧一条街。”我刚说完，老禾握着我的手说：“葛十朋，你会看书了。”

老禾表扬了我。

老禾接着又问：“喜欢写作吗？”我一听说：“以前读初中，喜好看书，也喜好写作。只是家里穷，上不起高中，出来打工了。”老禾一听喜出望外地说：“真的？”我点点头。老禾说：“你在上海混了那么多年了，上海话比我还溜，这样吧，你能否写些小文章让我看看。对，就写你所熟悉的生活怎么样？”我摇摇头说：“我写不来的。再说，我也没时间。”老禾一听，马上说：“我借你几本书，你先看，有了写作冲动，我们再谈；如果你看后无动于衷，那么再去骑你的黄鱼车赚钱如何。”

看着老禾那张真诚的脸，我想了想，勉强说：“试试吧。”

老禾听后，双眼朝小屋书架上一扫，随后从小屋东南西三个书架上各抽出一本书说：“就这三本吧。”我说：“能看完一本就不错了。”老禾笑了说：“所以我要与你打赌啊。你能看完这三本书，且能谈谈你对书的理解，我老禾说话算数，我一定请你再喝老酒。不过，现在看来，我还没出题，你就输定了。”一听有老酒喝，我忙说：“老禾你别小看人，反正我有大把大把空闲时间，我就是啃也会把这三本书啃完，这顿酒我喝定了。”

老禾借给我的三本书分别是：奈保尔的《米格尔大街》、巴别尔的《红色骑兵军》、尤瑟纳尔的《东方故事集》。我之所以牢牢记住这三本薄薄的小书，是三本书的作者姓名中，都有“尔”字。我简称“三尔”。

让我真正对老禾佩服得五体投地的不是他说的“阅读使人心灵强大”，也不是他借给我“三尔”，更不是他与我打赌，而是我从老禾家走时发生的一个小小插曲。这个插曲对读书人来说，不以为然，对我来说非同小可。那晚临走时，我趁老禾不备，悄然无声地从朝东的书架最底层，飞快地抽出一本书，迅速藏在后腰杆子上。我可以对上帝发誓，我那动作绝对干净利落，像个老窃贼，老禾根本不会发觉。至于为什么突然有了这种说不清道不明的念头，我自己也不知道。或许是好玩吧；或许真的是想偷吧。反正动机不明。

老禾喜洋洋地看着我把“三尔”拿走。我知道，老禾真的希望我读些好小说，但我并不当回事。老禾把我送出石库门，随后把门关上后，我不由暗自窃笑。“老禾啊，老禾啊，你不是行吗？我倒要看看你怎么个行法？”

我得意地吹着口哨走出他家，刚上马路时，突然听到背后传来一声惊吼："葛十朋，你给我站住。"老禾这一吼叫，吓得我惊慌失措。我只能呆若木鸡地站着。老禾走到我跟前，双眼死死地盯着我说："你这小子真不地道，怎么能偷我书呢。"老禾直截了当地说出这话，我反而不怕。我笑说："老禾我服了你，我还真拿了你的书了，但这不叫偷，只是拿。为何这样？为的就是考验你是真喜欢书还是假喜欢书，现在看来你是真的。不过我不明白，你怎么知道5 000多本书里会少了一本呢。"老禾冷笑一声："你张口闭口不就是钞票吗？这么说吧，天井小屋里的5 000余本书就相当于我的5 000余元钞票。是你，少了钞票会不知道？"我笑嘻嘻地学着上海话说："当然晓得啦。不过我真有5 000元，少了一二分钱，我是不可能知道。不但我不知道，大上海没有一个人会知道。你老禾厉害，5 000元，少了一分钱你都知道。"老禾说："不要说少一分钱，就是少半分钱我都清清楚楚。这就是我的本事。"我说："是吗？不过且慢，就算你把5 000余册书比作5 000元钞票，这，我也认了。然而钞票也有各式各样。比如有美元、卢布；还有英镑、欧元或者说日币，各个国家都有不同的钞票，你能说清楚我拿的是哪国钞票，我就服你。"老禾哈哈大笑，说："你这臭小子，真想跟我较真。我告诉你，就算是钞票，那就是加拿大的钞票。知道加拿大钞票叫法吗？谅你也不晓得，我告诉你，叫加拿大元，你拿的就是加拿大著名女作家阿特伍德的《可以吃的女人》。"说实话，我只知道美元、卢布、英镑、法郎、日币，或者说欧元，还真不知加拿大钞票叫什么，同时我也不知我拿的是什么书，更不知道是哪个国家哪个作家写的书。我说："你敢肯定？"老禾说："如果不是，我借你的三本书连同你现在拿的书，白送你。"老禾这是把我往绝路上逼。我无奈地从后腰抽出那本书。借着路灯一看，傻了。是那本有着怪怪书名的书《可以吃的女人》，作者阿特伍德。

五

真正喜欢葛十朋，是一个月以后。

深秋，难得好天气。一大早太阳挂在我家天井上空，天井变得喜气洋洋，我马上起床。我站在天井里伸了个懒腰，深深地吸了口新鲜空气，随后趴在地上，一口气做了50个俯卧撑，我觉得神清气爽。我在想，李图去世一年多了，他那些书，放在家里也不是一年两年，我得趁着大好天气，对这些书进行消毒。我把天井打扫得干干净净，铺上草席，把5 000余册书一摞一摞地弄到天井，然后井井有条放在草席上，慢慢开始晒书、除虫、杀蠹。

葛十朋骑着黄鱼车来到我家，把我借他的“三尔”送了回来。看着葛十朋进天井的一瞬间，我发现这家伙有些变了。不是穿着整洁，而是眼神。怎么说呢，他把书还给我时，眼神透彻通明。我正寻思怎么回事，我家大门又被敲响。我狐疑之际，葛十朋替我开了门。原来是个快递。快递说：“老禾，快递。”说着把一包东西交到我手里，签过字后，快递并没有像以往立马走人，而是吃惊地看着天井里铺天盖地的书，大为惊叹地说：“哇，怎么会有那么多的书啊。”我得意地笑笑。

快递摇摇头走了，出门时嘴里嘟囔一句：“要是晒钞票就好了。”

我拆开装有书籍的牛皮纸。我知道葛十朋正瞪着大眼注视我。我说：“有什么看头，不就是网上买的书。”葛十朋说：“网上还有买书呀。”我点点头。有那么一刹那，我几乎专注看着网上邮来的书。葛十朋见我没理睬他，说：“那肯定很便宜了。”我笑笑说：“葛十朋，网上买书有便宜的，但更多的是很贵的。你能猜出我手中这本书，多少钱啊。”葛十朋从我手里接过那本书一看说：“瑞士《迪伦马特小说集》。”说完又看封底道：“2.15元。让我猜猜，10元差不多。”我说：“你根本无法猜到，别费心了，我告诉你这本书网购是68元，一分不便宜，你信不信。”葛十朋看看我，点点头说：“你出5 000元买了一堆旧书，我凭什么不信？我信，不过太贵。”我说：“贵是贵，但你要知道这是1985年上海译文社出的，现在书店根本买不到。”

我虽然这样说了，但是葛十朋显然还是不信。他那眼神似乎想说：所有这一切都是我自己在说，又有谁都证明定价2.15元的书，网购要卖68元呢？

见他那种看我眼神讪讪的样子，我真恨啊。难道我说假话了？我一把把他拖进房间，冷笑道：“我看出你是不信的。那么我就让你看看，我是说假话的人呢，还是办真事的人。”

我把葛十朋一把揿到椅子上，然后站在他的身边，打开电脑。我说：“这两天，我正在网购一本书，原价7.2元，对方一口咬定300元，一分钱也不让，我现在与他成交了吧。”我这么一说，葛十朋像只受惊的兔子，马上站起说：“老禾你发疯了吗？那不是宰你啊。”我没做声。我用手指头在电脑键盘上啪啪敲着，屏幕上出现了孔夫子旧书网。我再用鼠标一点，一本叫做《长笛与利剑》的书出现在屏幕上。我说：“看看定价。”葛十朋对我大叫：“老禾，7.2元，卖300元，这不是欺负人吗？你怎么会去上这个当？”我笑笑，按了确定，随即在屏幕上打上了一行字：“请把银行、账号、姓名告诉我。”

我是当着葛十朋的面，一气呵成做完这些动作，随后对他说："等会儿，随我去工行汇款。"

葛十朋没有说话，只是像不认识我似地看着我。突然他说："老禾，你这个人不说话，不动作，文质彬彬。但是一旦说起话来，动作起来，不计后果。我怕你了。"

我这才哈哈大笑说："你怕什么？我吃了你呀。不就是300元吗？我少喝几顿酒，就赚回来了嘛。"

我看出葛十朋双眼发怔，我想，得让他明白我为何要买这本书。我想了想，对他说："何塞·马蒂是古巴的大诗人。我花大价钱买下《长笛与利剑》，并不是说此书有多厉害，完全是这本诗集属于国家'八五'重点图书，它是由云南人民出版社出版拉丁美洲文学丛书中的一本。该套丛书始于1987年，终于1997年。前后七辑，计41部长篇小说、中短篇小说集、诗集、散文集。而在这套丛书中，我独缺此书，所以再怎么贵也要买。"

答案虽然简单，但是葛十朋不会想得通的，他不是读书人，他想不通也是正常的。于是我马上调换话题。我举着葛十朋还给我的"三尔"，趾高气扬地问："读完了？"他没说话，点点头。我说："有何感想。"他先是一愣，忽然脸色绯红，低头说："太好了。我喜欢。"我说："喜欢就好，说说看书体会吧，否则我再也不会借书给你，更不会请你吃老酒。"葛十朋抬头说："老禾你不要这样嘛。你知道我没钱，也买不起书，你放着那么多书干吗？不就是给人读的嘛，至于不请我吃老酒，我也没办法。"我说："你如果不说出读书体会，你就甭想再从我这儿借到书，你以为我这儿是图书馆呀。"我是吓吓葛十朋。我不是李图，也不是作家。我只是一个外国文学爱好者。我喜欢与人分享读书的快乐。葛十朋真喜欢看书，我太开心了。有那么一刹那，我仿佛觉得又一个李图来到我跟前。但是前提，他总得说些什么吧。

书，不能一读了之。

葛十朋看着我，半晌才从后腰拿出一本脏兮兮本子对我说："老禾，还是不说体会吧。三本书我早看完了。我之所以没及时归还，是我照着样子写了些东西。"葛十朋把那本本子恭恭敬敬递给我。我从椅子上跳了起来，葛十朋会写东西？他真能写东西？我从葛十朋手中接过本子，也没让葛十朋坐，急速翻动起来。

葛十朋写了三篇文章。每篇文章大约有三千字。你想啊，一个从楚雄来到上海的初中生，打工仔，能在半月内写成万字左右文章，且不论好歹，单是精神，让人刮目相看。

我一口气读完。我没发声。我觉得葛十朋写得非常好。好就好在他的语言与氛围。如果要说分类，这是三篇很不错的短篇小说。

我暗藏窃喜，装着呆呆的样子看着葛十朋。葛十朋给我看得心里发毛。他战战兢兢地说："老禾大哥，是不是太糗了。如果是，那就撕掉吧，反正闹着玩儿。"我摇摇头，说："葛十朋，你给我老实说，这些东西是你写的，还是抄的。"葛十朋不开心了，说："老禾，抄就是偷。我承认上次偷了你的《可以吃的女人》，不过，那是闹着玩的。但这三篇文章确实是我写的。是我照着'三尔'摹仿的。"一看葛十朋一脸紧张兮兮的样子，我哈哈大笑。葛十朋傻了。他不知我笑什么？我说："你以为我是傻子啊，你以为我不知道你摹仿'三尔'啊。《运货脱险记》学的尤瑟纳尔《王佛脱险记》，《涂满油漆的村庄》学的奈保尔《乔治和他的粉红房子》，《街上的老鲍》活脱脱的就是巴别尔《国王》之翻版。"我得意地说着，葛十朋脸红了。他低着头嗫嚅道："摹仿不算抄袭吧。"我说："谁说抄袭啦。"当葛十朋得知，摹仿不是抄袭，自然很高兴。他说："我请你喝酒。"我说："酒，你是一定要请我喝的，但不是现在。"葛十朋问："什么意思？"我说："我不能让你白写。"葛十朋更是听不懂。我说："我以前告诉过你，我有一个作家朋友，他叫李图。去年我在他的葬礼上，遇到过他的一个朋友，也是一个小有名气的作家。他曾给我一张名片。不如我把你的稿子寄给他，让他推荐推荐，怎么样？"葛十朋一听急了说："那怎么行啊，我是摹仿人家的。"我说："葛十朋啊，你要有信心。如果你写得不好，我会推荐吗？其实，任何一个名家的成长都是从摹仿开始的。你这三篇短篇小说，我可以说，外套是老外的，里子是中国的。"

葛十朋不吭声了。半晌又说："老禾你鼓励我，我是高兴的。但我只有初中文凭，行吗？"我说："行不行，主要在于自己。这和文凭关系不大。知道略萨吗？就是老略，十八岁不念书了，跟着一个姨妈的妹妹结婚，为了养活这个 32 岁的女子，写了很多作品；老鲁知道吗？就是鲁尔福，从小在困苦中长大，也没考上大学，但却写出了《佩德罗·巴拉莫》；还有米斯特拉尔，智利女诗人，'抒情女王'，拉美第一个获得诺贝尔文学奖的作家，出生寒苦，自学成才。这样的例子不胜枚举。"

葛十朋显然对我所举的这些作家很陌生，但他知道我所说的都是世界一流作家。他的脸色开始生动起来。死者为大，这儿我并不是要说我的哥们李图。李图搞了十多年文学创作，发表了数十万字的小说，但就小说语言与氛围而言，比起刚起步的葛十朋，李图不行。

葛十朋骑着黄鱼车欢天喜地离去。他又要去马路上做"打桩模子"。

在他走后，我马上找到名片，给李图的那个作家朋友打了电话。对方一听，自然记得我。当我在电话里高度评价葛十朋的三篇短篇小说后，他很兴奋，说："老禾，你让快递给我送来吧。你不知道吧，前两天《文学墙》主编给我打了几次电话，要短篇，如果你给的这三篇真可以的话，我就让他们发了吧。"

也就是一个月后，李图的朋友打电话给我说："兄弟，告诉葛十朋，他的三个短篇小说发了。"我一听不信，《文学墙》哪有那么快发稿呢。对方说："我老实告诉你，自从《文学墙》前主编去世后，我还没见过他们发过一篇让我眼睛一亮的好小说，现任主编一看葛十朋的稿子，眼睛一亮，当即将其他稿子拉下了。"听到这话，我兴奋得直想跳起来，好像葛十朋的小说是我写的。李图的朋友还说："老禾啊，主编还让我转告葛十朋，让他多写，写好直接交主编吧。如果能坚持写下去，一定能越写越好的。"

一星期后，《文学墙》编辑部寄来三本样刊，让我转交葛十朋。当葛十朋看到杂志上登着他的三篇短篇小说后，喜极而泣，泪水滚滚。就像中了500万彩票，我又好气又好笑，拍了拍他的肩膀说："不就是几个短篇小说嘛，用得着如此激动？"

俗话说好事成双，运气来了，要挡也挡不住。

该是葛十朋走大运。

话说一天，我偶然看到一张报上登载一条短新闻。说是广州正在面向全国举办首届"大鹏文学奖"大赛。凡是以打工为内容的文学作品都可参加。我灵机一动，葛十朋发于《文学墙》上的三个短篇小说，不就是写他在上海的打工生涯吗？我为何不帮他去试一试呢？我不是评委，但我本能地感觉到葛十朋的作品会获奖。但本能不等于事实。谁都知道评奖这里面道道很深，变数很大。不过，去试试并不要紧。于是乎，我也没多想，更没告诉葛十朋，而是赶紧上街，把他三篇小说复印并快递到广州。做完这一系列动作，也就忘了。

但我不会忘记那一天。我说的那一天是2005年1月18日清早，天气寒冷，我正泡着热茶，吃着点心，突然接到广州打来的长途电话，是一个年轻女性的甜美声音："葛老师你好，你寄来的作品已获中国首届'大鹏文学奖'，我们将在1月20日晚在广州举行颁奖晚会，希望你马上来广州参加。"听到这个消息后，我愣住了。我以为是做梦。三个多月前，我曾悄悄地替葛十朋快递作品的情景浮现在眼前。我当然激动。我马上说："行。"对方说："希望葛老师买好车票，赶紧告诉时间、车次，到时我们将派专人在广州火车站接你，请记一下联系电话。”我说：“行。”我高兴得除了说行，我还能说什么。当对方挂了电话，我才如梦初醒。这是葛十朋（现在成了葛老师）的作品，而不是我的作品。我怎能答应了呢？我昏了头了。

不过我也没错，我想葛十朋听到这个消息一定会乐坏的，但是大清早的，我首先要找到葛十朋啊。时间紧迫，今天18号，也就是今天不但要找到葛十朋，还得让他赶紧去买今晚火车票。否则就要误了“葛老师”的行程啊。对我来说不算什么，但对“葛老师”来说，说不定就是损失一个重大机遇。

我早饭都没吃完，穿着件单衣冲出家门，直往路上赶去。葛十朋这家伙居无定所，一会儿住东南；一会儿住西北，今天这小子住在哪儿，我都不知道，但我知道葛十朋在哪儿摆摊头。

到了那里，马路上空无一人。一看手表，才七点过一点儿。我知道这家伙通常都是八九点钟出来。我没办法，我怕现在回去，他正好出来；正好有笔生意要做，如果擦肩而过，那我今天又将去哪儿找他呢？天气冷啊，我冻得浑身直打哆嗦。可又有什么办法。自找。

前面我说过了，也真该葛十朋走运。我在路口，等了十来分钟，这小子骑着黄鱼车摇摇晃晃过来了。我没做声，背对着他。当黄鱼车骑到我跟前，我突然转过身来，葛十朋吓了一跳，一见是我，吃惊地看着我，半晌说不出话来。我没废话，说：“葛十朋你运气来了，赶紧买票上广州。”葛十朋一听，狐疑地看着我，以为大清早我在发高烧。这也怪不得葛十朋，他根本不知道怎么回事。我赶紧把前因后果说了，并且让他赶紧去买今晚火车票。我以为葛十朋一定会高兴得跳了起来，未料他却愁眉锁眼小心翼翼地说：“谢谢你啊老禾，可我没钱买火车票。”葛十朋这么说话，让我傻了。见我这样，葛十朋又说：“再说，我不知道这个奖会不会发钱？如果不发钱，我去开个鸟会。”葛十朋说的大实话，但我不爽。我想，这是干吗？我替他推荐稿子发表；替他悄悄报名参加“大鹏文学奖”，并获了奖，看来现在我还得为他填上来回火车票。这一切，究竟值还是不值?！然而我很快想通了。无所谓值还是不值。既然我把葛十朋当成自己读书朋友；既然我已替朋友做到这分上，帮也得帮，不帮也得帮。

我说：“葛十朋，别多说。车票我出。不过，拿到奖金，你要还我；拿不到奖金，算我赞助。”话到这分上，葛十朋自然同意。葛十朋没有表现过多感谢，他只说了一句：“大哥，我欠你太多了。”

我坐上葛十朋黄鱼车，葛十朋把车子蹬得飞快。只是五分钟，我们就来到了火车票代购处，让我与葛十朋始料未及的是，代购处人山人海。葛十朋傻眼了，我也呆了。这是怎么回事？一想，坏了，2月9号是春节，现在当然是春运。春运还能否买到广州的票子，且是当晚的，我根本没底。然而不管是否买得到，我的性格必定要我一试。

葛十朋哭丧着脸说："老禾，命里注定，去不了了。"我眼睛一瞪说："这样吧，你去做生意，两小时后再转过来，看我是否买到。"葛十朋说："我做生意，你替我排队买票，那我还是人吗？我得守着。"

我从来没有在春运期间排队买票。我不知道，这车票果真那么难买。当然火车票买不到，可以买飞机票一试，但问题是我也是穷人啊。

好不容易排了三小时，总算轮到我。一问今晚去广州票子时，女售票员说："广州票子10天前就预售完了，你还想买今晚票啊。"我知道没戏了，但我并不死心，我说："小姐真不好意思，我要去广州开会，今晚非得走，你帮帮忙，行不。"女的还是摇头说："都是电脑出票，你让怎么帮。"突然我灵机一动，说："这样吧，我放你这500元，如果有人退票，你就打电话给我；如果没有，命里注定。"我用圆珠笔在钞票上写下了我家电话号码，走了。

我刚离开售票处，坐在马路边黄鱼车上的葛十朋见我愁眉不展，忙说："老禾你尽到责任。天冷，回去吧，这个奖不拿也罢。"我说："不，你随我回家喝茶。没到最后，我是不会罢休。"葛十朋狐疑地看着我。我说："我把钱交给了售票员，她没有拒绝。我感觉你能拿到退票。"葛十朋一听，急了说："那她给你开了收据没有？"我一愣："开什么收据？"葛十朋突然从黄鱼车上跳了下来说："她拿了你的钱，你就应该问她拿收据，万一她赖账呢？"我一听，一股无名之火从脚底升起，冲着葛十朋吼叫："你总是想着钱钱钱，如果连这点信任都没有，那活着干吗？亏你还写小说。"

葛十朋被我吼得一愣一愣，半晌才说："我是为你好。万一她赖账，怎么办，500元呢。"我说："我不怕她赖账，就怕你赖账。"

我气鼓鼓地独自朝家里走去。葛十朋慢慢骑着黄鱼车，垂头丧气像个拖油瓶似的跟在后面。到了家门口，气也消了。就在打开石库门那两扇黑漆漆的大门时，屋内电话铃响了。潜意识告诉我，极有可能是售票员打来的电话。我顾不得多想，冲进房间，当我夺过话筒，清晰听到刚才那位女售票员的声音："先生，你运气太好了。有张退票，今晚18:24分，T99A次，特快。硬卧下铺。379元，你快来取吧。"

我轻轻地放下话筒，回头看了一眼站在我家门口的葛十朋，不知怎地，我的眼睛湿湿的，有一种想流泪的感觉。

六

自从广州领奖回来，我内心充满喜悦，仿佛天天在过年，那个偷乐啊，除了自己，没人会知道。我对客人谦恭了，我对老鲍蔑视了，我不会宰客了，我的脸上挂了笑容了，我看到跌倒的小孩儿也会拉上一把了，我看到盲人过马路也会上前搀扶了，我在马路上踩起黄鱼车变得更加风风火火了。

那天外出找活，出门时天气还好好的，到了下午，天色变得阴沉可怕，马路上的人很快变得稀稀拉拉。一看要下雨，我赶紧踩着黄鱼车走人。刚踩了几步，想到今天还没赚到一分钱，心有不甘。我把车子退回一边，走进路边的废品回收站翻看着一些旧书报。过了好长时间，天也渐渐暗了下来，看那样子实在不像有生意了，我想这是干吗呀，与其这样等着，还不如去老禾家看看呢。

我去时，天上下着三二滴毛毛雨。到了老禾家门口，我敲着门大叫老禾。老禾很快出来开门了，他好像料到我要来似的，嘴里急不可耐地说："快进来。"进了老禾家天井，我发现天井里晾着被子与褥子。我说："大哥，天快下雨了，你怎么不收东西啊。"老禾说："喊，这有什么要紧，先进屋吧。"我狐疑地看了眼老禾，跟着他进了房间。只见老禾兴味盎然地坐到电脑桌前。我探头一看，老禾在电脑上看片，我笑着说："你不看书，改行看片了。"老禾抬头看了我一眼说："不要胡说八道。我看片是有目的的。"我问："目的？"他说："我正要说给你听呢。"老禾用鼠标一点，片子缩到电脑左下角，然后打开一个文件夹，电脑上出现好多文档，老禾再用鼠标轻轻点着一个目录问我："看看这是什么片名？"我一看觉得奇怪，说："《挽歌》。"老禾点点头，又点了一个目录问我："这叫什么片名？"我奇怪了。我说："老禾，我不至于连《故园风雨后》都不认识吧。"老禾一听，也没回答我，却把一双腿朝电脑桌上一翘，一副趾高气扬牛皮兮兮的样子。这时我听到外面雨声在敲打着屋檐，我忙说："快快，外面下雨了。"老禾无动于衷，反倒像大人物一样，手一挥说："别打岔，下雨怎么啦？"我说："下雨了，你的被子褥子要淋湿的。"他说："被子褥子重要，还是我讲话重要。"我傻了，想了想只好说："好好好，被子褥子不重要，你讲话重要行了吧。接着讲。"我说着，还朝天井里看去。老禾见我这样一说，才满意地点点头说："我刚才说了，我看片是有目的的，你知道是为什么吗？"我有点不高兴，说："我哪知道。"老禾说："你知道了，我告诉你干吗？你听着，我从不盲目看片。大凡我看的片子都是根据名家名作改编的。就说《挽歌》吧，它是根据菲利普·罗斯的小说《垂死的肉身》改编的。我问你,知道菲利普·罗斯吗?”我摇头。老禾嘴里唔的一下,满意地点头,接着又问:“知道《故园风雨后》是根据谁的小说改编的吗?”我摇摇头,心想,老禾你卖弄你那点破知识吧,我倒要看看你晚上怎么睡觉?老禾似乎并不知道我还在想着他的被子与褥子,而是哈哈大笑说:“你这个傻瓜,那是根据伊夫林·沃的长篇小说《旧地重游》改编的呀。”老禾这么说着,我真气啊。于是我马上学着老禾的口气自言自语道:“葛十朋啊,葛十朋啊,你这个傻瓜,知道伊夫林·沃吗?谅你不会知道。”我惟妙惟肖学着老禾的话,老禾也笑了起来,顺手就从电脑桌上拿起两本书递给我。我接过一看,一本是《垂死的肉身》;一本是《旧地重游》。我说:“大哥啊,我没你水平高,不过我不明白,你书都看了,为何还要看改编后的电影呢?这不是多此一举吗?”老禾用食指指着我的鼻子说:“你看看,你看看,这个你就不懂了是吧。看名著改编的电影,主要是加深对名著的理解,懂吗?不过就这两部片子而言,《挽歌》改编得比较成功,《故园风雨后》略差。”

外面的雨越下越大,我一看再这样没完没了听老禾饭泡粥地说下去,他晚上只能盖湿被子了,想到这儿,我冲出房间,跑到天井里,抱起被子、褥子冲回老禾房间。被子褥子已经湿了,当我放到老禾床上时,我想老禾会感谢我的,不料老禾反而对我这样说:“葛十朋,自从你得了个奖后,我说话时,你不专心,你心不在焉,你翘尾巴了。”我一听吓了一跳,马上解释道:“大哥,被子褥子不收,你晚上怎么睡呢?”老禾说:“是吗?不过我在想,我的被子、褥子与你何干呢?是你睡还是我睡?被子也好,褥子也好,重要吗?不重要。重要的是你不要打断我的思路。我看你是表面装孙子,内心充大爷。”老禾这么说我,我急了,说:“我不是装孙子,也没翘尾巴,更没充大爷。我还不配。就说这次外出,不去不知道,一去吓一跳。你看看人家获奖作者,大都是老手,都出书了,我自卑。”老禾一听,不以为然:“嘁,出书有啥了不起?中国每年要出成千上万部书,但是好书又有多少呢?用不着自卑,应当高兴,你是处女作。”

我摇摇头说:“得奖只是偶一为之,谁知道我以后能否写出好作品。”老禾见我这样说,便开导我说:“你能正确对待,那是好事。写作是要有天赋。你有天赋,只要好好读书、思索、观察,你会写出好作品。”我低头说:“但愿如此。”老禾从电脑桌上放下双腿,站起问我:“不说这个了,我问你,今天生意好吗?”我摇摇头说:“要过年了,生意怎么可能会好呢?”他想了想说:“我这儿没啥好菜,今晚就在我这儿吃饭吧。”我忙说:“不了,我到马路对过吃碗面可以了。”老禾生气了,说:“又不是吃海参鲍鱼,一顿便饭而已，让你吃，你就吃，不吃也要吃。你等着，我马上可以弄好晚饭的。”老禾走进房间后面的灶披间里了。

老禾去弄晚饭，我站也不是坐也不是。无意中看到电脑桌边有半只馒头，上面密密麻麻地爬着好多蚂蚁，看得我阵阵恶心。我找到一张旧报纸，刚把半只馒头包好，突然看到窗台上有半袋牛奶，我过去一看，一股酸臭直冲鼻子。我拎着牛奶与半只馒头，来到灶披间里，看见老禾已经淘好米，正把锅子放在煤气灶上。我对老禾说：“大哥，你看看你的东西。”老禾看着我手里的牛奶与馒头，有些糊涂地说：“这是我的吗？”我话还没说，前楼的好婆出现在我们跟前。好婆说：“老禾啊，你要注意卫生啊。灶披间里到处是你吃剩的东西，还有啊，我希望你吃好饭后，能不能及时洗碗啊。不要三天洗一次好吗？你这不是引蟑螂和蚂蚁吗？”老禾想了想，说：“对不起好婆，是我错了。下次我改。”好婆瘪着嘴说：“你能改掉，太阳从西边出来。”说完，上楼了。

见好婆走了。老禾笑着对我说：“年纪大的人，就是啰嗦，这算什么大事啊。不说了。葛十朋算你有吃福，我找到几根香肠，放在饭里蒸一蒸，很好吃的。”我说：“用不着了吧，吃点饭就可以了。”老禾说：“这算什么话啊，有了，总要大家分享的。”我说：“谢谢了。”老禾辛苦地为我做饭时，我想起了一件事。我说：“大哥，刚来之前，我在废品回收站里看到一本怪书。”老禾一听，嘴角抽搐了一下，反问道：“你说什么？”我说：“我看到一本怪书？”老禾警惕起来，问：“什么怪书。”我说：“外国有没有一个叫苏修的作家。”老禾见我一脸认真，想了想，说：“苏修？好像没有吧。上海以前有个叫苏青的女作家，是与张爱玲并列的老上海两大才女。”我说：“没有？那为何这本书叫《苏修短篇小说集》呢？”老禾一愣说：“你说什么？叫《苏修短篇小说集》？你肯定？”我说：“当然。可我翻开书一看，却没有苏修，反倒看到好多怪名字的作者，这不是怪事吗？”老禾眼睛闭了起来，想了下说：“怎么个怪法？”我说：“我也记不清了，但我记下开头一篇小说题目。”我从口袋里掏出一张皱巴巴的纸条递给老禾。老禾接过一看，念道：“《身居要职》，作者：尤利·格拉契夫斯基，载苏修《顿河》杂志 1974 年第 3 期》。”老禾双眼顿时发亮，咄咄逼人地盯视我问：“葛十朋，你告诉我，这本书的封面是什么颜色。”“颜色？颜色重要吗？”我反问道。老禾说：“颜色并不重要，但我想知道。”我想了想说：“好像是灰颜色。”我刚说完，老禾一把抓住我手腕说：“我知道了，这是‘文革’中内部发行的外国小说，俗称‘灰皮书，’我们赶紧走。”

不容分说，老禾攥着我的手迅速来到门口，根本顾不得外面下着大雨，朝黄鱼车上一跳说："葛十朋，快快，快带我去。"看着老禾急得像热锅上的蚂蚁，我知道这本书肯定是老禾喜欢的。想到老禾帮了我那么多的忙，今天总算给了他一个小小的回报，我心里顿时涌上一股热乎劲。虽然我不知道这是本什么样的书。

我顶着雨点，把黄鱼车踩得飞快，老禾还在车上一个劲儿地催我。我说："不能再快了，再快要闯祸的。"从老禾家到废品回收站将近两公里路，我在马路上横冲直撞，只花了五分钟就到了。车子刚刹住，老禾从黄鱼车上跳了下来，浑身湿漉漉的直扑废品回收站。废品回收站门口亮着一盏昏暗的电灯，灯下一个民工正蹲着吃饭，一见老禾冲了过来，吓得站了起来，直愣愣地看着老禾。老禾赶紧说："师傅对不起，我要找本书。""书?"民工这才明白老禾心急火燎浑身湿淋地冲过来，原来是为了本书，便显得很不高兴地说："我只有废品，哪有书。"我马上上去说："刚才我在你这儿看见的，我哥正要呢。"民工哼了一声说："打包了。"老禾说："那就麻烦兄弟拆开，让我看一下。"民工眼睛一翻说："拆开可以，给钱。"老禾刚要开口，我说："兄弟，我就在你们废品回收站门口拉货的，便宜一点。"民工想了想说："最低 10 元。"我还没回答，老禾急不可耐地从口袋里掏出 10 元钱给了人家。

我与老禾进了废品回收站，一股恶臭迎面扑来。老禾也顾不得了，找了把大剪刀，三下五除二地剪下了打好包的尼龙绳子，整个人扑进废纸堆里，两只手拼命地抓着翻找起来，不一会儿，老禾找到了那本灰封面的《苏修短篇小说集》，紧紧地朝胸口一放，长吁一口气，得意地冲我一笑就要走。收废品的民工拦住老禾说："喂喂，你这是干嘛? 放下。"老禾说："为什么放下?"民工不高兴了，说："这是我的东西。"老禾说："我知道，那是废品，你没用。"民工一听，眼睛一瞪，说："废品怎么啦? 没用怎么啦，再怎么着，也是我的东西，又不是你的，你凭什么急吼吼地上门拿我的东西?"一席话，说得老禾哑口无言。我一看情况不妙，马上朝老禾直眨眼睛，说："我哥是读书人，他不懂规矩，这么着吧，这本书放着也是废品，你给我哥得了，下次兄弟若要拉货，我免费，怎么样?"民工生气地说："谁要你免费啊。我不讨价还价。要书可以，撂下 50 元走人。"民工这么一说，我傻了。我从老禾手里拿过书，一看封底，说："你看看这本书原价只有 8 角 4 分，我们都是打工的，50 元太贵了吧。""要就要，不要走人。"民工丝毫没有商量余地。老禾一听，二话没说，又从口袋里掏出 50 元钱递给了民工，拉着我就走。

出了废品回收站，外面还在下雨，老禾坐到了黄鱼车上。我说："老哥啊，气死我了，这个狗日的，是宰你啊。”老禾说：“没宰我。50元便宜。这是‘文革’中出版的灰皮书，当年可是当作反面教材出版的呀。我一篇都没看过，更不用说家里会有这种书了。我告诉你，若是这本书放在孔夫子旧书网上卖的话，没有100元钱你根本拿不下。”老禾说着，像抱着宝贝似的紧紧把书拥在怀里。

我们刚回到家门口，只见石库门门口屋檐下站着前楼的好婆。好婆一见我们，马上叫道：“老禾，你死到哪儿去了，饭都烧焦了，煤气都跑了出来，差点闯祸，你知道不知道？”好婆这么一说，我才想起刚才老禾是在煮饭啊，我想老禾至少要对好婆说声感谢的话吧，老禾是感谢了，但是老禾感谢是用嘴巴加动作。我只看见老禾从黄鱼车上高高跃起，跳了下去，把楼上的好婆紧紧抱在怀里，说：“好婆好婆，对不起你了。我今天拾到宝贝了。”好婆一听，昏暗的眼睛一亮，说：“真的呀，你拾到啥啦？”老禾从胸口里取出那本书，高高地举起，说：“灰皮书。”好婆听不懂老禾说什么，但她看到老禾手里原来举着本旧书，没好气地说：“老禾啊，你整天就是书书书，不就是一本书吗？你发神经病啊。我还以为你拾到了一只金元宝呢。”

那天晚上，老禾只得把烧焦的饭倒了，又重新煮了。老禾不知是拿着这本书在看呢，还是烧饭时水放了太少，总之那顿饭烧得夹生，让我难咽，不过我却看到老禾不但吃得津津有味，而且还能看书。一顿饭吃完了，老禾大致也把《身居要职》看完了，然后冲着我长吁一气说：“你看看人家作品，还苏修呢，苏修作品对人物内心复杂性的描写是那么的精确和有力，可惜我们中国很少有这样的作品。”我没听老禾大发感慨，只是有个问题要问：“既然不是苏修写的作品，那为何书名叫苏修呢？”老禾先是一愣，也没解释，突然抱着肚子哈哈大笑起来。后来我才弄明白，苏修不是一个人名，而是苏联修正主义的简称，可我怎么知道呢？难怪老禾要笑话我了。

那晚，我根本没吃饱饭，但我脸上不能有所表示，生怕老禾不高兴。我早早地离开了。走时，老禾也没留我，我知道，老禾这人就是这样，凡是他没看过的书，只要他认为是好书，就是天地土崩瓦解，他都会置之不理，更何况我呢。不过老禾在我临走时，还是叮嘱我一句：“马上要过年了，你又不回云南，大年夜来我家好好喝一杯。”我一听这才展露笑脸点头说：“行。我多买些熟食，好好喝一杯。”老禾哈哈大笑，说：“你要用钱的地方多的是，把你那些小钱藏好就是了。只要你能来陪我喝两杯，菜，我准备就是了。”

老禾是性情中人。近大半年来，我发现老禾除了看书，几乎不同任何人往来，可是他又有特别强的倾诉欲望，不要说他帮了我那么大的忙，就是没帮忙，我也得来呀。想到今晚能帮老禾找到一本他喜欢的书，不知怎地，我突然有股冲动，上前狠狠拥抱了老禾，眼泪怎么也控制不住。老禾笑着拍着我的肩膀说："葛十朋，你怎么还是个小孩子呀。"

2月8日是大年夜。一大早，我去理发店理发，走到理发店门口一看价位，理发带洗头20元，再一看，店堂里坐着一帮花枝招展的小姐，我吓了一跳，落荒而逃。想到老禾晚上请我吃年夜饭，我不能干等到晚上，便又回到居住地，骑上黄鱼车，去做"打桩模子"了。

骑着黄鱼车去摆摊头，一看，没戏。马路转角处除了我这辆空荡荡的黄鱼车外，其他摆摊头的民工早就不见踪影。我想他们是回家过年了。俗话说：每逢佳节倍思亲，这是人之常情，可我怎么一点都不思亲？家乡双亲早死了，我还回去干吗？家乡还有一些叔伯兄弟，自然希望我回家看看，但想到自己并没赚到多少银子，用上海人的话来说，这叫坍台，那么，回家又有什么意思？我鼻子酸酸的。忽然一个四十来岁中年男人，匆匆来到我跟前："小伙子啊，过年了，还在摆摊头啊。"我没吭声。中年男人说："能否帮我运些杂物到华东师大。"我点点头。中年男人说："今天是大年夜，我多给你些钱吧。"我笑笑，没说话。

中年男人家住余姚新村。他要运的杂物并不多。也就是几个用封箱带封掉的纸板箱。然而当我与他一起抬起那些纸板箱时，发现这些纸板箱特沉。我也没问是什么东西，便连中年人带纸板箱一块运到华东师大。到了师大新村，卸下东西后，中年男人给了我100元。按照往日，我会毫不迟疑地收下，这天鬼使神差，我说："50够了。"中年男人一愣说："今天是大年夜啊。"我说："对穷人而言，无所谓的。"我找给他50元，他硬是不要。一看僵硬下去不行，我说："这样吧，我帮你把东西扛上楼吧。"也不容他多说，硬生生地把纸板箱朝肩上一放，扛上楼了。我做完这些后，中年男人感动地说："小伙子，我这纸箱里装的可是书啊。"他这么一说，我愣住了。怎么他也是装书呢？这是我在上海近些年第二次碰到的运书的货主。见我诧异，中年男人说："你真不错。以我阅人经验，你不像送货的。"我擦了擦额上的汗水说："是吗？"我刚说完，他突然问我："你喜欢看书吗？"这么一说，我才注意他家里竟然到处都是书，不过比起老禾家的书，好像差了许多。我点点头。我见他蹲下身子，用剪刀铰下封箱带，从纸板箱里抽出一本书说："这是我刚翻译出版的一本外国小说，出版社给的样书，送你一本吧。"中年男人这番话，出乎我的意料之外。这就是说，他是一个文学翻译家？我愣在那儿时，中年男人已经把书送到我手中。一看书名，很怪，叫《公鸡已死》，作者是德国的英格丽特·诺尔。我激动起来，说："老师，这本书的作者是名家吧。"他说："当然。不是名家我怎么会去翻译呢。这是她的长篇处女作，首次译成中文，世界文坛好评如潮。"

我一听心花怒放。老禾在我面前，常常露出一副通吃世界文学经典霸王之势，这本翻译小说是新出的，老禾不可能有，更不会看过。如果是这样的话，大年三十，我把这本书作为礼物送给老禾，那是一瓶小糊涂仙根本不能相比的。

黄昏时，我骑着黄鱼车来到家乐福超市门口。家乐福超市一带，心急的孩子已经三三两两放起了鞭炮；超市四周到处是拿着大包小包的人流。我把黄鱼车锁好，挤进人流，进入超市买了好多食物，当然小糊涂仙是忘不了的。结完账，走出家乐福超市，我把食物往黄鱼车一放，蹬上车时，突然一个家伙跳上我的车子。回头一看，吓了一跳，路灯下映出老鲍那张污秽的脸。老鲍朝我狞笑。老鲍说："小赤佬，过年了，买了那么多吃的啊，看看看，就不懂得孝顺孝顺你鲍大爷。"我张口结舌说："老鲍啊，你怎么在这儿呀？"老鲍狂笑："这叫不打不相识。"我想这是何话，说："这个月我已给过保护费了。"老鲍眼睛一瞪，破口大骂："狗日的，给了就行了吗？老子刚才在宜川新村玩二八杠，妈的，输得一分钱没了，成了瘪三，连晚饭都没得地方吃。"我说："这与我无关吧。"老鲍凶狠地说："你丫的活够了是不是？今晚老子要上你那儿过大年夜。你得好好伺候老子，若是惹得老子不高兴，老子杀你，就像杀条狗。"老鲍说完，猛地拍了我一记脑壳，学着上海滩当红艺人周立波的清口相声大声吼道："中国猿人，背起箩筐，差路，上——海音乐厅，大光明。"

我叫苦不迭。

老鲍这狗日的就在我车上，我又怎能把这块牛皮癣除掉呢。我慢慢地蹬车。坐在黄鱼车上的老鲍自说自话地拧开小糊涂仙，撕破烧鸡袋子，抓起一只鸡大腿，独自吃喝起来。我不高兴了。猛地刹车，怒目而视。老鲍一愣，把鸡大腿狠狠地朝车上一摔，跳起来就扇了我一个大头耳光，骂道："狗日的，鲍大爷吃你一点，喝你一点，那是看得起你，你丫的给我脸子看，你以为你是谁？"我捂住嘴巴，发现手中湿漉漉的，借着路灯一看，倒抽一口冷气，手掌心是一把鲜血。还没等我回过神来，我猛地发现脖子一冷，老鲍说："你信不信，老子一斧劈了你的脑壳，把你扔到苏州河去。"

我没办法。碰到老鲍这样的凶神杀胚，除了认命，还能怎样。

我捂住嘴巴说："老鲍这样吧，你打也打了，喝也喝了，要不，你把所有东西拿走，放我一马行不。”老鲍说：“你害怕了是不。现在老子改变主意了。不但要吃你的喝你的，老子晚上还得睡你那儿。”老鲍得寸进尺，我慌了，说：“老鲍，今晚不行，我约朋友吃年夜饭了。”老鲍嘿嘿一笑，嘴里喷着酒气说：“小子，你行。怪不得买了那么多好吃的，看来小日子过得蛮滋润啊。得，把我拉去，见识见识你的朋友。”我说：“那不行，人家是上海人。”老鲍一听乐了：“你还有上海朋友啊，混得不错。老子今天高兴，让我会会你的上海朋友。”我还想说不行，猛地觉得后脖子一阵疼痛，我头颈一缩，看见老鲍手操那把精致而又锋利的斧子。

我知道，我的后脖，已被他手中的斧子割开一道口子。

我只能带着老鲍去老禾家。

老鲍不做声了。他也不吃东西了。他安静地坐在黄鱼车上像是打坐。我感到冬天里的一股杀气在老鲍身上蔓延。究竟是什么？我也不知道。

很快我们来到老禾家门口。老禾家石库门两扇黑漆漆的大门紧闭着。老鲍拎小鸡似地把我从黄鱼车上拎了下来。老鲍喘着粗气压低嗓音对我吼道：“敲门。”我感到气氛不对，问：“老鲍，你想做啥？”老鲍狞笑道：“没啥。只是想和你的上海朋友交个朋友。”我说：“老鲍，大年夜的，你可别乱来。”老鲍说：“我是守法公民，只是交个朋友而已。”说着，老鲍那柄锃亮的斧子又架到我的脖子上了。我没办法，只得轻轻敲起了门。我想若是老禾机灵的话，他是不会开门的。往常我到老禾家，总是粗粗拉拉地边敲门边大声叫着，今天我没这样做，但愿老禾会有所警惕。老禾根本没有警惕，而是在里面大声说道：“葛十朋，你这小子在搞什么鬼呀，让你早点来，怎么弄得那么晚啊。”说着我看到天井里的灯亮了，接着老禾拉开了门。也就是一刹那，老鲍一脚把我踢开，提出斧子冲了进去。

老鲍那一脚，疼得我瘫倒在地。

我不知道天井里发生了什么事情，我只听到老禾大叫：“你找谁？”接着我听到天井里传来老禾一阵极短的哼唧声，接着鸦雀无声。再过五分钟左右，我再次听到一阵极短的搏击声，随后听到老禾一声惨叫：“我的眼睛，我的眼睛……”老鲍冲了出来，狠狠骂了一句：“狗日的上海人，比我还穷。”骂完，朝马路对面蹿去，消失在黑暗中。

老禾的惨叫声，惊动了正在吃年夜饭的左邻右舍，也就是几分钟，老禾家门口、天井里到处是人，只听老禾还在惨叫：“我的眼睛不行了，我看不见了。”一个邻居说：“老禾，怎么回事？”老禾没回答，老禾哀怨道：“疼死我了，疼死我了。求求你们快送我去医院吧。”我探头朝天井里一看，灯光下的天井里，老禾浑身是血，哀叫着打滚，双手使劲捂着眼睛。一个邻居说："怎么有硫酸味道呢。"

我一惊。老鲍狗急跳墙，用装在塑料眼药水瓶里的硫酸喷瞎了老禾的双眼。

七

春天来了，能让我嗅到泥土的芬芳，却无缘看到花儿绽放；春天来了，能让我听到树上鸟儿的歌唱，却再也见不到柳絮飞扬；春天来了，能让我感受到阳光的温暖，却再也见不到太阳。世上万物之门对我关闭，我将与黑暗为伴。

住院三个月，度日如年。早先双眼还绷着圈圈纱布，现在纱布没了，用手一摸，除了两个空荡荡的洞外，什么都没了。我颤栗，欲哭无泪。医生说我的眼睛连同泪腺都被摘除。我连流泪的权利都没了。

葛十朋骑着黄鱼车来到医院接我回家。我在他的搀扶下，坐上黄鱼车。我明显感到黄鱼车动了。我倾听到了路上的车声、人声、吵闹声，但我却什么也见不到。我陡然阵阵凄楚。人，有一双眼睛，该是多么幸福的事情啊。可我的眼球摘除了。我看不到世界，我将以瞎子身份出现在世界上，我将再也无法看到我那上万本书籍，我控制不住了，我不由自主地从黄鱼车上跳下，像只无头苍蝇在马路上发疯般地狂奔。我听到汽车的刹车声；人们的惊呼声；我听到葛十朋在身后的哭叫声，我不管，我要奔，我要奔啊奔啊……我一头撞在路边什么东西上，血泪满面，瘫倒在地。我感到一阵血液像小虫子似地在脸上慢慢蠕动。葛十朋扑上来把我紧紧抱住。我拼命挣扎。我冲着葛十朋狂叫："我看不见了，我是一个瞎子！我看不见了，我是一个瞎子！"葛十朋失声痛哭。他说："老哥，你不能这样，有我在，你永远不会是瞎子。我会永远照顾你的。"我大声骂道："葛十朋，你这条狗，你给我滚开，我为什么要你照顾，你是我什么人。"葛十朋伤心欲绝地说："大哥，都是我的错，你要让我改过啊。"我被葛十朋压着不能动弹，我说："你能改过？行，那么就请你让我看看蓝色的天空；让我看看红艳的太阳；让我看看闪烁的星星；让我看看清澈的河水；让我看看歌唱的鸟儿、怒放的花儿、飞舞的云彩、奔腾的河流、啄食的小鸡、撒欢的狗儿、风中的树木，还有我那些没有读完的书籍，你能让我看到吗？你根本无法做到！"我一口气说着，葛十朋一声不吭，只是死死地抱住我。我感到他那滚烫的泪水溅到了我的脸颊上。

我没办法，我还是跟着葛十朋乖乖地回到了我的家。

左邻右舍跑来看我，我耳边到处响起他们的声音："作孽呀，老禾啊。""你以后怎么生活呢？""你那么多书怎么办呀。""老禾啊，警察怎么说？是否抓住那个抢劫犯？""老禾啊，你是否买了意外人身伤亡保险？"一连串的问话，把我搞得怒不可遏。怎么就没有一个人关心我的眼睛？我大声说："请你们出去。"我突如其来的怒吼，让左邻右舍目瞪口呆。他们只得讪讪离去。葛十朋把天井里的两扇木门关上了。但我还是听到邻居小声说道："老禾真是不识好人心。神经病。"

回到家里，我的情绪并未有多好。家还是那个家；书还是那些书，但在我心上变得陌生。

回家三个月后，春天已经成了初夏。天渐渐热了起来，我能感到熏风弥漫在我四周。这三个月里，葛十朋除了白天外出做"打桩模子"外，一早一晚，不是帮我买菜煮饭，就是帮我洗澡洗衣。他在践行诺言，我并未心存感激，只觉得越来越心灰意冷。最痛苦的事莫过于无法看书。葛十朋理解，他说晚上睡觉前，只要我想看哪本书，他就替我读哪本书。我没有采纳。书，并不像"朗读者"读出来的；书，重要的是通过视觉去感受去体味的。现在连书都无法去看，连白天黑夜都无法辨认，更奢谈其他？

白天就是黑夜；黑夜就是白天。

我知道我的臭脾气把邻居得罪了，正如我开始所讲的，我这人没有朋友，更何况好朋友？现在除了葛十朋每天来看我，我整天把两扇木门闭得死紧。

是上午还是下午或者黄昏，我搞不清，反正我记得我正在梦中参加一个舞会，然后被一阵敲门声惊醒。我没理睬。我给了葛十朋钥匙。他是不会敲门的。然而敲门声不断，并伴随阵阵叫喊："老禾，老禾，我知道你在家，请开门好吗？"这是一个女人的声音。这个声音曾经是那么熟悉，她是谁？我想起来了，他是李图的老婆小曼。小曼怎么来了？我不能不开门，尽管我悔得肠子发青。假如小曼不把李图的书卖给我，我就不会认识葛十朋；假如不认识葛十朋，老鲍也不会上我家抢劫；假如老鲍不来抢劫，我的眼睛也不会瞎。世界有太多假如。世界就是由假如组成。既然知道这层道理，我就没必要把憎恨发泄到小曼身上。

我摸索到天井，打开了门。

我记得打开天井大门时，小曼尖叫起来。有那么一刹那，我都给搞糊涂了。小曼怎么啦？这世上最有理由尖叫的是我，不是小曼。后来我才知道，原来小曼看到我脸上两个空洞。原本长着两只眼睛的地方，突然出现两只空洞，不要说小曼，任何人看到都会吓一跳，何况小曼这个女人。

小曼站在我家门口，战战兢兢地抽泣道："老禾，你的事我听说了，没想到那么惨。不过，不过，我觉得你应该戴上墨镜。"我说："对瞎子来讲，戴不戴墨镜一个样。进来吧。"

小曼走了进来。她坐在椅子上，什么话也没说。我不知道她是低着头呢，还是看着我。就这样呆坐了好长时间。小曼要走了，她总算说话了："老禾，我在想，我真是多事，当初我把那些书当成废纸处理了，也就没事了。"我只是说："生死由命，富贵在天，怨不得你。"她说："你现在这个样子，今后怎么办呢？"我说："还有今后吗？我知道我自己。我眼睛亮着时，也没看到我的今后，更何况现在。"小曼说："你不能这样想。"我说："别说了好吧。我不喜欢别人的同情。你现在还好吧。"小曼长叹一气："不好。我现在才真正明白李图的好。现在这个男人比李图差千万倍。李图除了喝口小酒，看书、写作外，其他特好。我能拿捏住。这个男人不行。好吃懒做还赌博，离婚迟早的。"我能感受到小曼心中怎么想的。小曼说的是真是假我并不清楚，但是有一点是明白的。记得那天我去小曼那儿运书，那个披金戴银身材魁梧的男人嘴里哼了一声："只有 5 000 呀，我算过要十万呢。"既然他能说这样的话，那么他是个什么样的男人，我大体也就知道了。

小曼临走时幽幽啜泣："我以为李图的书卖给你了，我应该安心，可为什么他做了死鬼更让我怀念呢？"

小曼刚出我家石库门大门，我听到一个男人大声骂道："操那，到这儿来轧姘头了是不是？"小曼说："你在跟踪我。"男人说："跟踪你又怎样？我还以为你轧到了一个有钞票的人，原来就是你前夫的朋友，一个读书瘪三。"小曼冷笑一声："你失望了吧。"男人说："废话少说，拿钱来。"小曼压低声音说："问女人要钱，要不要脸。"男人说："老子是处男，你他妈的是寡妇，还有资格说我不要脸？手指上的白金钻戒是我给的，拿来。"

我听着，没动弹。

声音渐渐远了。

葛十朋回来了。

葛十朋走进我房间时，大声说："大哥，今天生意好，小弟买了小糊涂仙，给大哥做些好吃的，我们好好喝一杯。"我没说话。自从医院出来，我滴酒不沾。我似乎讨厌起酒来。我对葛十朋说："不用。要喝自己喝。"葛十朋不吭声了。突然葛十朋叫了起来："大哥，有人来过了。"我一愣。他怎么知道的。"大哥，有人给你送钱来了？""送钱？""对呀，上面还有纸条呢。我念给你听。”葛十朋念了起来：“老禾，5 000 元是我的私房钱，请你收下，买些营养品吧。杨小曼。”葛十朋念完说：“大哥，杨小曼是谁？”杨小曼就是李图的老婆小曼。我怎么能拿小曼的钱呢？且是好不容易积攒起来的私房钱？我对葛十朋说：“是李图的老婆。你还记得吗？她家住在曹家渡。退给她。”葛十朋说：“曹家渡我当然知道，小曼家我也清楚，只不过大哥啊，现在要找这个女人难了。今天我还路过那儿呢，那片房子全拆了。”

5 000 这个数字我太熟了。

我想流泪都没得流。

葛十朋给我盛了一碗饭。我吃不下。葛十朋说：“大哥，你无论如何得吃一点啊。说句不中听的话，世界上瞎子多的是，他们能过，我坚信，我的老哥也能过，且比他们过得更好。就说书吧，我知道还有盲文。你可以先学着，再触摸着看，行不？”现在轮到葛十朋来鼓励我了。我是个需要鼓励的人吗？他说得轻巧。就说我这万余本书，难道中国会有人全译成盲文？这不是笑话吗？

这些日子，我时常想到尤瑟纳尔说过这样一句话：要学会准确估算自己与上帝的距离，是非到 40 岁不可。我快 50。我已经准确测出我与上帝的距离。死亡并不可怕。可怕的是活着根本无法做自己喜欢做的事情。《哈德良回忆录》是本百读不厌的好书。我熟知尤瑟纳尔老太太的面容。我时常感慨万分。苍老睿智悠远，既凄凉又温馨，我仿佛看到这张脸正在穿越天穹和浮云，穿越历史与光阴，伴着硬汉哈德良远远向我走来。我躲避了。我不是硬汉，更不是哈德良。我还想到伍尔芙。她说：生活为什么总是像在悬崖边的羊肠小道？我理解她走不出困境的原因，就像我成了瞎子，谁能理解我？是葛十朋还是其他什么人？伍尔芙去了。这位写出令我击节赞叹的《墙上的斑点》的女人，在一条叫做罗德美尔的河中结束了自己痛楚的一生。我还想到 1972 年获得诺贝尔文学奖，两年后自杀的川端康成。据说三岛由纪夫的自杀给他造成了沉重的打击。不，这不是主要原因。真正的原因是他创作力的衰竭。创作力的衰竭即是生命力的衰竭。最后，他在盥洗室里嘴含煤气管自尽。还有吉村昭，日本大作家，他的小说《黑暗中闪光》把我折服得够呛。你读过吗？没有读过并不要紧，但是你一定看过那部在戛纳国际电影节获奖的著名电影《鳗鱼》。《鳗鱼》就是根据他的小说《黑暗中闪光》改编的。2006 年，他因胰腺癌住院，本来他还是能活下去的。但是到了 7 月 30 日晚上，他对看护在身边的女儿说了句“死吧”，自行拔除身上的导管，数小时后安静去世。

可见死亡并不可怕。

我曾经是个话很多的人。现在我在黑暗中，懒得说话了。我的生活撕破了。我衰老。哀莫大于心死。白天也好；黑夜也罢，一样。回想这些天来，老是觉得身在天堂。葛十朋是不会理解的。我前面说过，我刚才在小曼来之前吧，我清晰看到自己在参加一个舞会。我从来不喜欢舞会。我怎么会去参加舞会。舞会是在一家叫天堂舞厅举行的。我来到天堂舞厅门前，吃惊地看到一个已故著名老作家竟然成为天堂舞厅门前的拉门人。我不信，上前问了。他点点头说，我在天堂舞厅里能找到拉门的活儿，非常不错了。说完还神秘兮兮地对我说，这可是托聂鲁达开的后门啊。我问，老聂可是拉美写诗的，你写小说的，他怎么会帮你忙？他笑笑说，老聂上世纪50年代到过中国，我曾接待过。那时我们把老聂作为继老马（马雅可夫斯基）之后的国际红色大诗人来接受，有交情嘛，我们同属第三世界，他帮我理所当然。

走进舞厅，音乐震耳欲聋。我看到硕大的舞厅里，分成了好多席位。有英德俄法美意；有非洲、拉丁美洲、澳洲，这些座位上坐着一长排现代当代世界最为出色的小说家，令人目不暇接。当然也有亚洲。亚洲席位上，只有日本。那儿端端正正地坐着三个人，他们的席卡上写着：三岛由纪夫、川端康成、吉村昭。中国呢？我怎么找不到中国的席位呢？

一个操着京腔的年轻男子吸引了我。只见他半跪着美国席座前，面对一个身体强壮，留着大胡子，喝着醉人的非洲朗姆酒，抽着醇香的古巴雪茄，座位前放着一支双管猎枪的男人大声说："海爷，弟子给您擦皮鞋了。"我定神一看，我的妈呀，这个年轻人不就是中国当代最有名的青年作家吗？不就是杀了老婆又自杀的家伙吗？怎么跪到老外脚下替人家擦皮鞋了呢？海爷是谁？一看明白，是海明威呀。更让人离奇的是，在中国几乎家喻户晓的一个已故中年女作家，风骚兮兮地站在海明威背后替他捏背；还有一个自杀的大诗人，垂立一边等着替海爷倒酒。

作为一个旁观者，我悄然无声地蹭到海明威边上，看到已故中年女作家把那张擦得殷红的嘴凑到老海耳边不知叨咕什么，逗得老海哈哈大笑，嘴里一口酒喷了出来，我闻到一股酒酸味，这时，我猛地见到一个穿着雪白制服的服务员拿着拖把跑了上来，嘴里说着没事没事，手中却使劲地拖起了地板。老海伸出那只毛茸茸的大手抚摸他的头，服务员抬起了头，我傻了，是李图。李图感激涕零地冲着老海跪了下来，大声说，海爷，请你老人家替我签个名。说着撩起雪白衣服一角。老海笑笑，从口袋里摸出一支水笔，替李图签了名。李图喜滋滋地退到一边。我冲着李图大叫，李图,我是老禾,我是老禾,我是老禾。

强劲而疯狂的迪斯科音乐响起,李图不见踪影。这时一对男女冲上舞场。男的英俊,女的俏丽。他们疯狂地扭着迪斯科。有人说,这是菲茨杰拉德与他的妻子泽尔达·塞尔。我一看,果真是这对世界文坛出名的“疯狂鸳鸯”。他们的迪斯科跳得真好,天衣无缝,看得所有人痴迷。我正暗自赞叹,突然两人停了下来,怒目而视。所有的人都不知道发生了什么事。音乐停。我听到海明威坐在沙发上嘿嘿冷笑。我听到泽尔达·塞尔直眉瞪眼冲着菲茨杰拉德大声说:“你有什么了不起,除了《了不起的盖茨比》,其他小说都是抄我的。”菲茨杰拉德怒气冲天地说:“你胡说什么?若不是我写《了不起的盖茨比》,你能参加这样豪华的派对吗?你会有那么豪华的衣服吗?你会有像《里茨饭店那样大的钻石》吗?你说,我抄你什么小说?你一个娘儿们会写小说吗?”泽尔达·塞尔在舞台灯光下,脸色绯红,气急败坏地叫道:“《留给我这曲华尔兹》是谁写的?是我——泽尔达·塞尔写的。我有证人,吉勒·勒鲁瓦你在吗?你出来给我作证。”这时海明威站了起来,瞪着那双豹眼大声骂道:“这个小杂碎还活在法国呢,总有一天他会上来的,老子一定要用《乞力马扎罗山的雪》上使用过的这支猎枪把他轰个稀巴烂。”我知道老海愤怒。吉勒·勒鲁瓦2007年荣获龚古尔文学奖的《亚拉巴马之歌》就是写菲茨杰拉德与他的妻子,更为重要的是吉勒·勒鲁瓦在书中还写到:“这个胖子只有一个目的:从司各特那里夺得荣誉,然后诽谤昔日的朋友和保护者,且极度仇视泽尔达,挑拨菲茨夫妇,以达到其不可告人的目的。”

老海不应当跳出来。他不知道泽尔达·塞尔这个娘们儿比他还要愤慨,只见这个女人冲到老海跟前大声说:“我们夫妻关系就是你在挑拨离间,你是硬汉?你不是。世上硬汉作家比你厉害的多的是。他们没有一个像你那样时刻亮着自己结实的肌肉。你不是喜欢拳击吗,你为何对加拿大的莫利·卡拉汉佩服得五体投地,不是莫利·卡拉汉在文学创作上的什么骄傲的成绩,而是莫利·卡拉汉的拳击厉害,你无法与他匹敌。你在文字上塑造硬汉形象永远想当第一名。但你当不了第一名,你就举起了枪,毙了自己。这是莫利·卡拉汉在他的回忆录《在巴黎的那个夏天》说的,全世界读者都知道,你还牛什么?”

老海冷眼看着泽尔达·塞尔冲他发疯,忽而说了句中国俗语:唯女子与小人难养也!莫利·卡拉汉也好;吉勒·勒鲁瓦也好,他们说的都是事实。但我依然敬佩老海。在天堂舞厅,我看到老海的灵魂犹如一只篮球;而我的灵魂,却如一只跳蚤。

八

我叫葛十朋。老禾死了，他是上吊死的。临死前他在一张纸上写道，要把所有的书都送给我。他就吊死在他的书架边。但无论怎么说，老禾之死与我有关。虽然老鲍抓住了。不过对老禾来讲，老鲍抓住也好；没抓住也好，意义不大。对我来说也一样。老鲍被抓后，来了个小鲍，据说是老鲍兄弟。他来接管老鲍生意。我没办法，只要我在那块地方运货，每月的保护费还得缴。小鲍比老鲍年轻；小鲍比老鲍拳头更硬；小鲍那把精致的小斧子比老鲍玩得还溜。小鲍理直气壮地要求增加保护费，由早先每月一百涨到二百。

老禾死后，我发疯似地看书。我在老禾第一排书架里找到了一大片拉美作家的作品，噢，上帝，你为何把你的才华施加于拉美人呢。你为何钟情于用西班牙语、葡萄牙语写作的拉美作家呢。从秘鲁到智利；从古巴到巴西；从墨西哥到阿根廷；从乌拉圭到巴拉圭；从哥伦比亚到尼加拉瓜；从委内瑞拉到危地马拉……文学的天空出现了那么多的拉美大家，让我看得目不暇接目瞪口呆。博尔赫斯《交叉小径的花园》中迷宫式的时间；鲁尔福的《佩德罗·巴拉莫》里的阴曹地府里栩栩如生的农村众生相；马尔克斯《百年孤独》里神奇的飞毯和奇异的炼金术；胡安·卡洛斯·奥内蒂《请听清风倾诉》、《造船厂》中令人恍惚的时空观和复杂的心理描写；略萨的《城市与狗》中“教堂”里前后跳跃中的对话；富恩斯特充满了痛苦和欢乐的《最明净的地区》；胡安·多诺索的《淫秽的夜鸟》里那位自以为换上了鬼怪器官、神情颓丧的翁伯特；卡彭铁尔《消失的足迹》等一大批描写加勒比亚地区异彩纷呈传说的中短篇小说；罗亚·巴斯托斯超越时空，集善恶于一身的独裁者《人之子》；科塔萨尔的那部结构奇特、有数种阅读方法的“天书”《跳房子》等等……

老禾生前遗言里留下了曾给我推荐过稿子的那个作家通讯方式。我去拜访他。当他听到老禾自杀的消息后，喟然长叹：“一个普通市民，能像老禾那样博览外国小说，我还没听说过。如果老禾是个会写作的人，说不定会很有建树。可惜了。”对于我以老禾为主题而写下的首部中篇小说《天堂》，他看后说：“我帮你推荐吧。至于能否用，我不敢保证，有一点放心，编辑们会认真对待的。”

我把稿子给了这位作家后，去了殡仪馆，领取了老禾骨灰盒。骨灰盒上蒙着一层红布。我轻轻地放在黄鱼车上，潸然泪下。我清楚地记得那是一个傍晚，上海的天空下着细雨。我骑着黄鱼车，载着老禾回家。快到家门口时，猛地想到了雷蒙德·卡佛的经典小说《大教堂》的第一句话：“这个瞎子，是我妻子的一个老朋友，他正在路上，今夜要在我家过。”我把它改成这样：“这个瞎子，是我的老哥，他与我一起在路上，今夜要在我家过。”

2009-9-10 初稿

2009-10-7 二稿

出局

一

朱山记得很清楚，那天天气特别的好。万里无云，碧空如洗。这样的天空对朱山来说，喜欢。适合朱山的职业。不过朱山无活可干。也就是前两天，朱山所在的高空洗涤作业公司出了人命案，质监局让朱山的老板停工一月进行安全操作大检查。两个字：整顿。老板满面笑容答应了，还请那帮家伙上金茂饕餮一顿，一人封个红包，把事情摆平了。那些家伙一走，老板骂开了："屁。死个人算什么，不就是摆一桌赔些钱吗。"说着，说着，冲着朱山这些外来工骂道："看看你们这些熊人，说过多少次了，上高空，妈的，就得检查安全带，不检查，死了，是你们自己，老子按合同也就赔个十来万，你们小命呢，没了。好好想想吧。放假！"

朱山是在放假后那天下午，百无聊赖跟着方小灯的老婆，带着清洗工具来到教授楼。按响门铃，铁门开了一条缝隙。缝隙后的铁链子处猛地跳出一个戴眼镜的女人。朱山吓一跳。朱山记得女人先看方小灯的老婆一眼，随后玻璃片后眼睛警惕地盯着他问："你是谁?"方小灯的老婆赶紧笑脸相迎说："老板，他是我同乡。他是来做家政的。"女人想了想，对方小灯的老婆说："我让你叫他来的吗?"方小灯的老婆有些尴尬，说："老板，他这两天闲着。我就让他跟来了。"女人问："会做家政吗?"这一问。方小灯的老婆高兴起来:“岂止会,他和我老公一样,连金茂大厦玻璃幕墙,都能洗啊,手脚可快呢,像个猴子。所以我想啊,老板你家这不是高楼吗?让他爬出去擦玻璃最保险了。”女人有些讶异,说:“他也是蜘蛛人。那他怎么不上班?”方小灯的老婆说:“他们公司出了事故,安全大整顿呢。”女人不做声了,想了想又问:“方小灯呢?”方小灯的老婆嘟囔着说:“这个死鬼,上海滩上什么高楼大厦没洗过,想不到前两天在洗一栋公寓楼,妈的,竟把腿给摔了,真是阴沟里翻船,伤筋动骨一百天,回老家休息了。”方小灯的老婆喋喋不休说着时,女人玻璃片后的一双大眼盯着朱山。朱山脸就热。朱山低声下气憨憨地说:“大姐,若是你不喜欢,我就回去了。”说完,朱山把手里的水桶、拖把以及登高用的保险带往方小灯的老婆手里一塞,轻声说:“我走了。”话音未落,方小灯的老婆暗里攥住朱山的手,并用食指在他手心里轻轻地划了个小圆圈,对女人说:“老板,男女搭配,干活不累。再说又不让你多付钱,你看行不。”女人想了想又问朱山:“你姓什么?”朱山说:“朱。”女人揶揄地说:“猪。”朱山听出女人把朱叫成猪了。也没恼,点点头。“几岁啦?”女的问。朱山回答:“20了。”女人隔着门说:“看你也只不过十六七岁。我可不想用童工,老实说。别蒙我。”朱山一听急了,说:“我可以给你看身份证。”女人哼了一声说:“身份证有啥用啊。”方小灯的老婆憋不住了,说:“老板,他娃都有两个了。”女人笑了,说:“那么小,生育能力倒是很强,怪不得姓猪(朱)。进来吧。”女人“哗啦”放下门后铁链子。

朱山跟着方小灯的老婆进了女人家。方小灯的老婆赶紧从布袋里取出一次性鞋套,一双给自己,一双给朱山。朱山低头套好鞋套,抬头,眼睛一花。他发现一大束太阳像无数支金箭,从南面落地窗玻璃里射了进来,深褐色的地板顿时金星飞溅。朱山想,女人家够干净,还做什么家务?看来城里人就是钱多人傻。

方小灯的老婆熟门熟路把朱山带进女人家厨房,朱山看到不锈钢水池里的碗碟筷,还有没吃完的菜肴堆成一座小山似的。一只放在煤气灶上的钢精锅“突突突”地冒着蒸汽,里面透出一股香味。方小灯的老婆暗里拧了朱山手说:“这个老板是教授,你不要东张西望,那样她会不高兴的。”朱山有些埋怨说:“说就说,别拧我。”方小灯的老婆暗里吃吃一笑说:“拧你,还不是疼你。不让你来,你非要跟着来。放心了吧,老板是女的。”

方小灯的老婆手脚麻利地在厨房干活,朱山想,我该做什么呢?方小灯的老婆来时对他说:“去老板家做家政,先是帮我抹灰、扫地、拖地、打蜡，还有就是擦窗，其他莫管。”朱山想，这个容易。朱山提着小水桶，进入客厅开始抹灰。朱山没料到，看起来干净的客厅，但真做起来，却发现玄关、博古架、茶几、桌子、椅子、电视柜等等，边边角角有那么多灰尘，这样一来，有些力不从心。心想一个大男人，干着这种使不上大劲的婆婆妈妈的活儿，算什么呀。可是话说回来，并不是方小灯的老婆要他来。是他主动要求来的。来了，就得干活，否则跟方小灯的老婆来这儿干吗？这样一想，有点后悔。若是知道房东老板是女的，他就不来了。

干了大半小时，朱山浑身冒汗，便脱了外套。外套里面是件红色弹力背心。朱山舒展四肢，听到红色弹力背心里的骨头咔嗒咔嗒响，低头看看手臂上的肌肉，稍一使劲，就见黑黝黝的肌肤下，腱子肉像小老鼠一样乱窜。朱山很满意自己肌肉。虽比不上电视里健美，但至少是结实的。

朱山干着干着，发现自己身体里的汗水尽往外冒，背心像浸泡在水里，不由抬头擦汗水，这时他发现客厅里开着电视机。朱山想，刚才怎么会没注意电视机开着呢。可见自己慌里慌张。为何慌里慌张？他也搞不清。电视里坐着一男一女两个中国人。嘴里说着他听不懂的外国话。他想，电视机里的人为什么不说中国话呢？他有些摸不着头脑。再一看电视机，只见左上角一轮红日中间有只大鸟。他知道，这是上海东方电视台。可是大鸟边上写着 ICS 几个外国字，他就吃不准了。他想，女老板不在，为什么开着电视机呢？电视机里怎么会有没完没了的外国话呢？这样开着电视机不是折磨人吗？想到这儿，他就关了电视机。刚关上，女人出现了。朱山有些心慌。女人仰起头看着身材高大的朱山问：“是你关的？”朱山点点头。女人说：“不该动的就不要动，知道了吗？”朱山一听，说：“老板，你不看电视，开着不是浪费吗？再说，我都干了好长一会儿了，里面净说咱中国人听不懂的鸟话，这不是折磨人吗？”女的说：“你听不懂，我听得懂。你懂不懂？”女人这几个“懂”字，让朱山有些吃不准了。心想，女人岁数也不小了。看外表至少可以做我姨了，那模样也不像能听懂外国鸟话，这不是牛逼是什么？于是他说：“开着闹心，影响我工作。”朱山这么一说，女人一愣，说：“你是干活做家政的。瞧你这样德性，好像你是这儿的主人了。”女人一句话里有三个你，朱山不高兴了。低头看女人了。这一看，就让朱山忘了原先准备说的话。他发现在阳光斜射下，女人娇小玲珑的身上竟然穿着件开衩很高的裙子。朱山一双眼睛就看到了女人的一双腿。洁白油亮且多汁。鼻子里闻到一股从未闻到过的香味。朱山莫名兴奋起来。

女人没看出朱山心思，以为话重了，口气也就缓和地说：“等会儿拖地板时，一定要把拖把绞干。要干拖。千万不要湿拖。否则我这门格拉斯的地板就完了。”女人说完就回到另一间房间里去了。

朱山抹完客厅，系好保险带爬到窗外去了。虽说女人居住的这幢房子也有三十层高，但是对朱山来说，这又算得了什么。不过，当朱山爬到窗外全方位地擦洗窗子时，一下就看到女人的书房。朱山不由倒抽一口冷气。他发现女人的房间里铺天盖地都是书。这些书令他眼花缭乱。进而他又发现雪白的墙上挂着一幅彩色巨照。巨照上的人是个外国男人。但是这个外国男人又不像是个白人，究竟是哪国人，他搞不清。接着他想看看女人在哪儿，这一细看，发现女人玲珑的身子陷在一张真皮沙发里。两眼盯着电脑，双手使劲摸着自己乳房。

朱山傻了。

原先听方小灯的老婆说，她做家政的老板是个独身女人。他不信。就是信了，他也总想看看独身女人怎么活法。现在他知道了。不过，他搞不清单身女人为什么会做这样的动作？同时更令他纳闷的是，女人家怎么会有那么多书呢？简直是铺天盖地。朱山觉得自己高大的身子顿时矮了一截。

朱山与方小灯的老婆在女人家整整干了两小时钟点工，才算彻底结束活儿。两个小时也就二十元，临了，女人却给方小灯的老婆五十元。方小灯的老婆以为女人考验她，说：“老板，多了。”女人说：“是多了。但你们做得好，算是奖励吧。”女人这么一说，方小灯的老婆才把钱收下。银货两讫，按理也就结束。不过就在方小灯的老婆与朱山出了防盗门时，女人对方小灯的老婆说：“家政公司的电话老是占线，留个手机号码吧。”方小灯的老婆尴尬一笑说：“老板，我们是打工的，吃饭都困难啊，哪有手机。”这时朱山脱口而出：“我有。”方小灯的老婆对朱山说：“老板又不是找你的，她是找我的。”朱山说：“我可以通知你呀。”女人一听，显得不耐烦地说：“谁的手机号码都一样。”方小灯的老婆不吭声了。朱山就把号码给了女人。

两人出了门洞，方小灯的老婆生气，说：“为什么把手机号码给老板呀。莫不是想和人家搭讪。”朱山说：“说什么呀。你看人家家里，妈的，满屋子的书，是个大学问的人呢，能和我搭讪吗？现在与我搭讪的倒是你呀。”方小灯的老婆想了想也是，脸色便缓和起来，从口袋里掏出 10 元钱对朱山说：“今天奖励你，不抽那个破牡丹，抽个红双喜吧。不过我总觉得事情有些不对头。女老板一向抠门。今天怎么会那么大方呢？”朱山说：“这有什么？我给她搞干净了。”方小灯的老婆一脸媚笑说：“是给她家搞干净，不是把她搞干净。女人能搞干净吗？"朱山听后先是一愣，过后才明白方小灯的老婆在说黄话，不由拧了下方小灯的老婆屁股，方小灯的老婆欢天喜地大叫起来："好你头猪啊。"

两人拿着清洗工具，亲亲热热地沿着小区绿化带走着。方小灯的老婆说："时间还早，要不我俩再去做一家。"朱山说："不去。"方小灯的老婆说："这家老板可是男的。"朱山说："男的女的都不去。妈的，真累，我回去了。"方小灯的老婆说："行，我再做完一家回家做饭，你等我。"朱山没有正面回答，只是问："方小灯几时回上海呀。"方小灯的老婆说："你怕了。"朱山说："我怕什么。""那你什么意思。"朱山脸一红说："问问而已。"方小灯的老婆说："就是问问吗？我还不知道你肚子里那几根肠子啊。我不怕你怕什么呀。"朱山想了想低声说："妈的，做家政比我洗外墙还累，我想，还是回我那屋睡一觉吧。"朱山这么一说，方小灯的老婆一愣，接着大声说："朱山，我是看你老婆不在，给你暖暖被子。你以为你是谁呀。你拉倒吧。"说完气鼓鼓地独自走了。

朱山哪想回自己的破房，只是心头动了心思。

这些天，朱山总是心惊肉跳。这倒不全是方小灯回了老家，与他老婆睡一个被窝；也不全是一月前，方小灯清洗外墙，把腿摔成骨折，这算不了什么。算得了什么的就是那件死人的事。一星期前，也就是方小灯回老家后的第二天傍晚。那天天气非常好，朱山在一百米上空看那太阳，就像看到一枚通红红的甜橙悬挂着西边地平线上。当时，朱山是和小山东一起在高空洗玻璃幕墙的。朱山还记得自己当时对小山东说："妈的，小山东你闻闻，那天边的太阳怎会发出一股香味呢？"小山东一听笑了说："只有女人身上才会香。太阳怎么会香呢？你个神经病。"话音刚落，朱山听到一声惨绝人寰的尖叫声。朱山转头一看，刚在半空中说话的小山东不见了，小山东的那块坐板在高空晃荡。朱山一惊。人呢？再一低头，只见地底下的人流像蚂蚁一样聚拢起来。朱山一阵头晕。脱口而出："掉了。"掉了，是行话，就是死了。朱山想，刚才小山东还好好的，还说女人香呢，怎么会掉了呢？朱山浑身打着哆嗦。他第一次感到高空作业的恐怖。后来收工了。朱山没去看现场。只听公司里人在传说，说是小山东掉成肉饼了。160多斤的小伙子，从一百多米高空直挺挺地坠落，能不成肉饼吗？想起小山东就这样掉了，朱山突然明白什么叫生命？妈的，生命就是一张薄纸；生命就是一块玻璃；生命就是一个梦。醒来是生，醒不来就是死。

朱山和方小灯的老婆分手后，朝自己居住的那个破屋走去。朱山住在长安路良安饭店对面。良安饭店背靠苏州河，面临棚户区。朱山就住在棚户区里。有时晚上朱山独自走上良安饭店边上的普济路桥，听着宁静的苏州河水发出轻微的呢喃声，朱山也时常发出感叹。看看这四周吧，到处都是高楼大厦，为什么他就居住在这片破得连自己村庄里都不如的房子里呢？且还是租的。这个问题其实不需要他来回答。用方小灯的老婆的话来说："你以为你是谁，还想住中远两湾城啊。"方小灯的老婆话糙理不糙。谁不想住好房子啊，可钱呢？

朱山走上普济路桥。傍晚的普济路桥热闹非凡。连空气都是热腾腾的。从引桥开始，你就会看到桥两边一字排开各种各样的地摊。最为高潮的是桥中央。有算命的，有卖碟片的，有卖旧衣服的，有卖假名牌皮带和假中华烟的，有卖杂志书籍的，有卖冬虫夏草的，有卖出土文物的，有卖增值税发票的，有穿着武警制服自称老军医的，再有就是卖肉包子的。看着这些乱蓬蓬的场景，朱山就有气。其他不说，有一天他肚子饿了，在桥堍花了二元钱买了两只肉包子，刚吃了一口，肚里就打恶心。他问老板："你这他妈的卖的是什么肉包子啊。"老板对他瞪了一眼说："你说什么肉包子？小伙子，我告诉你，我卖的就是人肉包子，怎么样啊？"看着五大三粗的老板，他只得忍气吞声，把两只肉包子扔进了苏州河。刚扔完，卖肉包子的老板就训他："苏州河可是上海一条美丽的河，你不可乱扔狗嘴里吐出的东西。"你说说这他妈的是什么鸟话啊。可气归气，他又有什么办法呢。朱山穿过包子摊，就想快快过桥回到自己那个破房子里去，却见斜刺里蹦出一个年轻女人。女人对朱山骚骚一笑。朱山很奇怪。他并不认识这个女人，她为何朝自己笑呢？还骚骚呢。女人见朱山有些奇怪，便贴近他说："哥们，想玩玩吗？想玩就跟我下桥，50 元'打一炮'，怎么样。"朱山明白了，女人是卖身的，是"人肉包子"，心想老子怎么会和你玩玩呢。老子连方小灯的老婆那儿都不玩了，还要到你那儿去呀。不过这个女人胆子也太大了。应该晚上干的活，现在太阳还没落山就想干了。想到这儿，朱山加快脚步朝桥中央走去。没想刚走了几步，一边又闪出个抱小孩的女人对朱山说："哥啊，三级片，正点，要不要？"朱山摇摇头。女人不屈不挠又凑了上来："哥啊，今天还没开张呢？要不 10 元钱给你三张，怎么样？"朱山有些烦，心想，刚才来了个卖身的，现在又来了个不要脸的，心里一动，就想吓吓女人，说："你找死啊，我是警察。"想不到女人吃吃浅笑说："警察怎么啦？警察也要'打炮'看片呀。"朱山想，现在女人真他妈厉害，什么都不怕。朱山甩开抱小孩女人，快速朝桥中央走去，这时他突然发现自己的肩膀被人重重地拍了一下。朱山回头一看，是个不认识的中年男人。朱山不高兴，问："干吗呢，你。"中年男人说："小伙子，我想替你算一卦。"朱山说："我好好的，算什么卦，你走开。"中年男人并不让他走，说："我今天就是不收你的钱，也要替你算一卦。"朱山知道算命的都是扯淡，就说："穷人算命，富人烧香。你他妈的替我越算越穷。"中年男人说："非也非也，我不是算富穷的。"朱山读书不多，但也毕竟是初中毕业。这个非也非也，也不是一般人能说的。就驻脚。心想，你攥住我有屁用。老子就是不算，你还能大白天抢了我，吞了我不成。男人说："这么说吧。若是我算了不准，你可以扇我嘴巴子，然后走人；若是我算准了，你就给我买两个肉包子吃吃怎么样？"朱山冷笑一声，心想，妈的，普济路桥就像个大林子，什么鸟儿都有，真是穷疯了，说："行，不就是两个人肉包子嘛，算吧。"中年男子一见朱山算了，喜滋滋在把朱山拉到水泥桥栏处，低声说："兄弟，老哥不说其他，你的运气快来了。"朱山看了男人一眼，心想，这不是屁话吗？老子若是有运气，还来上海打工呀。但是男人接下去的一句话，却让朱山傻眼了。男人说："你桃花运来了。"男人见朱山瞪大眼看他，笑眯眯地说："被我说中了吧。"朱山见男人这么一说，心里一动，嘴里却说："你拉倒吧，桃花运是富人的玩意儿，我他妈的是个穷人还桃花运呢。"男人说："错。桃花运这个东西可不管富人穷人。你现在嘴里这样说，但我知道心里一定乐开了花。这样吧，我天天在这儿设摊，若是三个月内你没有桃花运，你就把我扔进苏州河，怎么样？若是你有桃花运，就给我买两个肉包子尝尝怎么样。"朱山想了想，尽管不情愿，但还是掏出了10元钱给了中年男人，说："你尽说屁话，拿去吧。"中年男人喜滋滋地接过钱说："要找吗？"朱山没答理，扭头就走了。

朱山下桥后，还为刚才事好笑。妈的，我要交桃花运，这是哪门对哪门呀。不就是被骗子骗了10元钱而已。并且这10元钱还是方小灯的老婆给他的。一想到方小灯的老婆，他脑里突然想到那个读书女人，想起女人两条多汁的腿。

二

教授楼有位教授。姓郎。女。独身。郎女教授40出头。黄浦江大学西语系拉美文学专家。这天清早，郎女教授很高兴。根据约定，下午三男一女四个研究生要来。用郎女教授的话说，小兔崽子们快毕业了，要对他们毕业论文做最后辅导。郎女教授一早去克莉斯汀买了西点与蛋糕，还破例去华联吉买盛买了两瓶解百纳干红葡萄酒1994年珍藏版。郎女教授简称这酒为94。她觉得中国葡萄酒也就是94可以喝喝，其他不行。不是太酸，就是太甜，要么就是太冲。其实小兔崽子们的毕业论文早看了，不错。她已和本校、外校西语系教授沟通过了，只要答辩时稍加注意，通过没问题。这是郎女教授带的第一届硕士研究生。她很看重。按理说小兔崽子们快毕业了，应当是他们请导师才对，而不是她请他们。要知道，郎女教授是个非常节俭的女人。学生们每次上她家，顶多也就一杯白开水，茶叶也自己带。这次郎女教授请弟子，不让他们"劈硬柴"，那是因为马上要去墨西哥与迪亚戈教授结婚了。这辈子能不能回上海，还是个问号。也就花钱图个高兴。

郎女教授四个弟子跟她整整三年，学的又是冷僻的拉美文学。这让郎女教授还是很受用。当初全国报考这个专业的学生有百来个，老实说，其他同学都比这四个弟子强。不过，郎女教授最后还是选了这四个弟子。郎女教授是从综合因素考虑的。四个弟子，尽管西班牙语还有待提高；拉美文学呢，还是比较生疏，不过郎女教授最为欣慰的是他们在读本科时，那是真的喜欢拉美文学。可以说，个个都是拉美文学迷。郎女教授发现他们对拉美文学的热爱很纯粹，不带功利。你想，现在是啥年头？又有谁会成为文学迷，且是外国文学中拉美文学迷。郎女教授发誓要让四个学生成才，并且还将鼓励他们考博，最好成为赵振江、段若川夫妇的博士生；或者成为刘习良、孙成敖、季笋英、朱景冬、赵德明、屠孟超的博士生。在郎女教授眼里，咱中国，也就这几位教授才是真正意义上的拉美文学专家。

郎女教授翻译过世界级大作家危地马拉阿斯图里亚斯扛鼎之作《玉米人》。阿斯图里亚斯作品深奥，不是随便可读，也不是随便可译。郎女教授译这本书时，还在哥伦比亚留学读博，她是直接从西班牙语译成中文的，且在中文版前言撰写长达二万字导读。然而有一次她看到一个国内著名文学评论家在评论《玉米人》时，作为专家的郎女教授横看竖看，就是看不懂这位评论家写的什么。她甚至怀疑这位著名评论家是否完整读过《玉米人》；是否真的理解《玉米人》。她发现这个评论家在引用论据时，大都是从她撰写的前言里摘录下来的。可她大名无人知晓，反而这位不懂得西班牙语，读不了原作，根本没去过危地马拉，对阿斯图里亚斯一知半解的家伙，倒成了拉美文学评论专家。由此郎女教授认为，在咱中国，你想混成一个扯淡外国文学评论家，太容易。郎女教授不甘心。郎女教授把她的切肤之痛告诉四个弟子：你们不但应该成为中国顶尖西班牙语翻译专家，更应该成为中国真正拉美文学评论家。只有你们才真正懂得拉美文学真谛。翻译家加评论研究专家就是你们学习的最高境界。三年过去了，四个弟子把四部沉甸甸的硕士论文放在她的书桌上。看看论文标题，郎女教授就高兴：《米斯特拉尔：抒情、理想、艺术》；《潘多拉魔盒：〈跳房子〉人物与结构的N种读法》；《寻找天堂：佩德罗·巴拉莫解析》；《从乐器到人性——卡彭铁尔作品初探》。

郎女教授果然了得。前面说过读博时就把《玉米人》给译了，不过她在哥伦比亚哈维利亚那大学语言文学系文学博士班读书的专业，却是研究墨西哥大作家路易斯·斯波达作品。她的博士论文是《现实一种：路易斯·斯波达之我见》。二十万字。那时郎女教授还不是教授，那时她狂迷路易斯·斯波达并加之研究，引起同班同学迪亚戈高度兴趣。迪亚戈是墨西哥人，当时也在哥伦比亚读博。他对于自己国家视若民族英雄的大作家，竟然有一个东方女性来加以研究，肃然起敬。那种感情就像郎女教授在墨西哥，猛地看到一个墨西哥同学的博士论文是论述张爱玲或者说萧红一样。不过郎女教授在研究路易斯·斯波达作品时，发现哥伦比亚最高学府图书馆里除了路易斯·斯波达《咫尺天堂》、《上校被扔下海》、《饥饿的刺激》等二十余部长篇外，路易斯·斯波达另外几部重要长篇，比如《阴暗的一面》、《天堂二十五载》、《雷鸣前夕》等，却怎么也找不到。这让郎女教授特别想不通。想来也只能这样解释，路易斯·斯波达是墨西哥人而非哥伦比亚人了。迪亚戈得知后，二话没说，立即让朋友在很短时间内从墨西哥寄来路易斯·斯波达全集，同时还把路易斯·斯波达小说最新研究评论成果一并寄来。郎女教授高兴。郎女教授是国家教委公派哥伦比亚读书，出不了成果，无颜回国。迪亚戈是帮了大忙的。在以后的日子里，郎女教授自己也不清楚怎么会爱上长着一对漆黑八字胡，一头漆黑卷曲发儿，出生于墨西哥富人家庭的迪亚戈了。然而回国日子近了。再怎么爱得死去活来，他们关系注定不会有结果。她得回国。

回国那一年，郎女教授过三十了。郎女教授回国后不是没有谈过恋爱，但每次都修不成正果。原因不在别人，在于自己。她总是有意无意拿迪亚戈作为寻找对象的参照物。怎么对照，都觉得比迪亚戈差好多。一来二去也就死了念头。那些曾与郎女教授见过几面的男人却放风说郎女教授三十多了，还挑肥拣瘦，一句话，郎女教授性冷漠。郎女教授付之一笑。她在想，这些男人真他妈可怜。我是性冷漠吗？实在是撞不出火花啊。若是能把我撞出火花，我不把你们烧成一堆灰，我就不姓郎(狼)啊。

没有男人的日子里，郎女教授把所有精力花在教学上。谁又能想到十年后的今天，郎女教授早已习惯一人钻被窝的日子，迪亚戈作为享有世界盛誉的墨西哥学院教授，来到上海，且来到黄浦江大学讲学。更没想到，学校领导让她成为迪亚戈中文翻译。当郎女教授在学校外国专家楼里看到迪亚戈一刹那，泪水再也憋不住了。是你吗？亲爱的迪亚戈？真是你吗？这辈子牵肠挂肚的迪亚戈吗？

如果说迪亚戈已婚，郎女教授会很理智。至少矜持。问题是迪亚戈来中国讲学前夕离婚了，这就让二十余年来淫浸拉美文学作品，说话、做派老是学着伊莎贝尔·阿连德的郎女教授猛地死灰复燃。这种暗火在众人面前，只是死灰一堆，不过，一旦离开众人目光，死灰就会复燃，成了冲天火焰；成了劳拉·埃斯基韦尔笔下的《恰似水之于巧克力》中的女主人公，在赤身裸体洗澡时，能把那腔爱或者说那腔情欲变成一团熊熊烈火，瞬息把木质结构的洗澡间烧成一堆废墟。

迪亚戈教授在上海讲学半年。他是作为国家教委中墨文化交流学者来到中国。弥足珍贵的半年时间，使郎女教授变了很多。原本走起路来，娇小玲珑的身子像一棵小草，在风中东倒西歪，而现在呢，走起路来蹦蹦跳跳，简直像西班牙斗牛士；原本那张苍白得像张白纸的狐脸，越发娇媚无比，时常会对着教师办公室墙上的世界地图发出令人莫名其妙的媚光，用西语系教授们话说，郎女教授成了怀春少女，要说有多多情就有多多情；用她四个学生的话说，郎女教授成了发嗲少女，要说有多疯狂就有多疯狂。

不错，郎女教授和迪亚戈那种成年人的爱，丝毫不亚于小青年。比小青年来得更为猛烈。就像成年老酒，越久越醇。迪亚戈终于要走了。行将离开上海之夜，毅然做出上海男士绝不可能做出的动作：手捧鲜花，单腿下跪，亲吻郎女教授手指，向她求婚。把个郎女教授感动得涕泪滂沱。郎女教授答应迪亚戈。只要她的首届学生毕业，她马上飞往墨西哥城与迪亚戈结婚。

迪亚戈走了。郎女教授四个弟子要毕业了。郎女教授前往墨西哥城结婚指日可待了。

郎女教授正在遐想之时，她的四个弟子兴高采烈走在通往郎女教授家小区的路上，趁着弟子们还未进门，朗女教授轻轻抽出一支摩尔烟，点燃，优雅地点上，深深地吸了一口，随后，又倒了一小杯 94，轻轻托起，慢慢呷了一口，走到落地钢窗前，看着窗外小区花园。看着看着，郎女教授想起什么，墨西哥现在是夜深人静，迪亚戈会在干什么呢？一想到昨晚收到迪亚戈从墨西哥发来的那些滚烫滚烫的 E-mail，郎女教授就知道迪亚戈正忙着操心教学工作。迪亚戈从上海回国后，成了墨西哥学院博士文学班的导师。目前带着日本、马来西亚、韩国几个博士生，非常辛苦。想着想着，一丝柔情涌上心头，想着好日子慢慢像一片彩云朝她头上飘来，那种幸福，可真是洋溢在身上每个毛细孔里啊。想到这儿，郎女教授心血来潮，突然操起电话，直接打到墨西哥城迪亚戈家里。电话铃响了几下，没人接。想啊，迪亚戈可能熟睡了，自己这是干吗呀，不就是再憋个把月嘛，那么多年没有男人的日子不也熬过来了吗，想到这儿，郎女教授有些羞涩，便想挂电话，这时话筒里却传来一个年轻女人声音。那种带有哥伦比亚口音的西班牙语，郎女教授太熟。郎女教授一怔，以为拨错电话。哥伦比亚 IDD57，秘鲁 51，墨西哥 52，古巴 53，阿根廷 54，巴西 55，智利 56，她倒背如流，她拨的 IDD 就是 52，是墨西哥，非哥伦比亚 57，怎么回事？郎女教授觉得奇怪。深更半夜，迪亚戈房间怎么会有女人呢？她说："我找迪亚戈教授。"对方问："你是谁？"郎女教授回答："我是他的未婚妻。"对方一听笑了说："你等着。"接着郎女教授就听到女人在说："醒醒了。你的中国女人找你。"也就是一会儿，郎女教授才听到迪亚戈懒洋洋的不太高兴的声音："亲爱的，都几点了。有事吗？"郎女教授半晌没有回答。她脑子像被塞了一大团鸡毛。她不知道怎么回答。迪亚戈却在催她："亲爱的，你快说呀。"郎女教授这才回过神来，强颜欢笑地问："亲爱的，你现在和哪个小姐睡在一块啊。"迪亚戈有些奇异地回答说："一个陌生女人啊。"郎女教授呆了，说不出话了。迪亚戈怎么如此坦然地说出他会与一个陌生女人睡觉呢。郎女教授半晌才说："亲爱的，我是你的未婚妻，你怎么能做出这样的事呢？"迪亚戈惊讶地回答："我工作非常累啊。找一个小姐轻松轻松啊。亲爱的，你这能理解啊。"郎女教授傻了。她没想到迪亚戈如此坦率说出这样一件对郎女教授来说至关重要的问题。郎女教授想了想说："亲爱的迪亚戈，如果现在你的未婚妻正和一个男人做爱，你有何感受呢？"迪亚戈高兴地说："那好啊。那证明我的未婚妻有魅力啊。亲爱的，人生苦短，你我为何不抓紧时间享受性爱，享受生命带来的快乐呢？"郎女教授说："可我们是相爱的呀。"迪亚戈嘟囔着说："这与爱无关呀。"郎女教授愣了。就像被人突然抽了一记耳光。郎女教授气得说不出话了。迪亚戈接着说："对不起，亲爱的，若是我伤害了你，我可以马上让这女人走，行不？"郎女教授什么话也没说，这时话筒里又传来迪亚戈的声音："亲爱的，我们拉美有一句民谣：'刀越磨越快；枪越擦越亮'。女人的子宫是需要男人来操练的。不操练，她就会收缩。用不了多少年，男人进不了了。女人也就老了。反之男人也一样。你我岁数也不小了……"郎女教授不想听下去了，把电话摔了，骂道："这是什么狗屁理由？"

郎女教授流出了愤懑的泪水。

郎女教授家门铃响了。

郎女教授四个弟子来了。

郎女教授赶快理了理头发，整了整衣服，用面巾纸擦了擦脸上泪水，从来都是素面朝天的郎女教授，赶紧化了个淡妆，然后从容不迫地开了门。

她看到三男一女，四张笑盈盈的年轻而又充满朝气的脸。她闻到了他们给她带来的一大束象征着火热爱情的玫瑰花。

三

一个月后的一个大清早，朱山和他的十来个伙伴刚吃过早餐，老板带着他们来到了浦江大酒店。浦江大酒店坐落在黄浦江边。从楼下抬头往上看，乖乖，妈的，又是一幢耸入云霄的宾馆。老板对他们说："兄弟们，这幢楼高 300 米，78 层，你们今天的任务就是带上饭盒，给老子一天内整干净，明白不。"朱山他们你看我，我看你，都不做声。老板说："怎么啦，妈的，哑巴啦。我知道你们有想法，这没错。不过你们也要为我考虑考虑。小山东掉了，老子损失惨重。所以要抓紧时间，把活儿干了。干完了，妈的，老子晚上就发钱，怎么样。"朱山他们依旧不做声。朱山不知道其他人的想法。他是怕了。妈的，你老板说得轻松，可我们呢。300 米啊，78 层，那是玩的吗？老板见众人装聋作哑，火了："干脆些，干还是不干。"

朱山他们还是干了。不干就没钱。来上海干吗？妈的，不就是干活拿钱吗？不拿钱来上海干吗？看风景啊。

朱山他们随老板进了电梯。电梯启动了。也就刹那间，朱山就觉得耳朵嗡嗡作响。一个家伙说："妈的，这电梯怎么回事。"老板笑了说："你们真他妈的傻逼，这是'时光穿梭机'"。众人面面相觑。老板得意了："也亏得你们是来干活的。看看你们那熊样，不干活，你们能进入这'时光穿梭机'吗？'时光穿梭机'听不懂了吧，那是比喻。就是说速度快得令人咋舌。这么说吧，这个速度是直升机爬升速度的 2 倍，一秒钟运行 9.1 米。我们从底楼到达顶端，只需 40 秒，怎么样，爽不爽。"朱山说："老板，爽个屁呀，老子耳朵都疼死了。"老板哈哈大笑："你看看，你们真他妈的穷人命啊。你看看来这儿的富人，坐上这'时光穿梭机'，又有哪个会说耳朵疼啊。那是享受，懂吗？"朱山说："不是干活，老子可不要这享受。那么高的楼，接不到地气，真他妈的活受罪。"

谁也没有计算过，从底层升到这 300 米的顶楼高空究竟用了多少秒，反正也就是一睁眼，一闭眼的功夫，他们就到了78层顶端。

老板站在顶端出口处对着他们喊道："兄弟们好好干，老子下去了。"

老板走后，朱山他们几个按往常的做法，十几个人分成东南西北四个片，开始做准备工作。

朱山拿出了粗大的保险绳子，先是把绳子固定好，然后把踏板放入大楼外墙，开始全身武装自己，这包括：洗洁净、水桶、抹布、太阳镜、手套、长柄刷子、喷枪、水管、防滑靴。随后，带上摇枪，一骨碌就爬到外面，稳稳地坐上座板，开始摇动摇枪。身子朝下降去。

妈的，牛逼不是吹的，火车不是推的。那时干这些活儿，朱山就觉得自己是个蜘蛛侠啊。从高空朝下看去，那人啊，车啊，那错落有致的房屋又他妈的算得了什么？不就是小孩子们玩的那些小把戏的玩具嘛。他所携带的洗洁净、水桶、抹布、太阳镜、手套、长柄刷子、喷枪、水管、防滑靴、摇枪等等，统统成了手榴弹、AK47、匕首、手枪、手铐、对讲机、微型电脑，每次上高楼大厦干活时，妈的，就像一个全能特警去抓歹徒，多爽啊。不过，自从小山东活生生地从自己身边消失后，虽则朱山所有的准备程序没错，但是内心总有一丝恐慌。太阳不是太阳；蓝天也不是蓝天；白云再不是白云了；那风啊，更不是那样柔软多情了，一切的一切，对朱山来说，充满着陷阱与杀机。尽管所有检查工作都做过了，可谁又能说万无一失？谁就能保证粗大的绳子中不坏了一丝；谁就能保证所有的扣子中就不会脱落一个；谁就能保证自己百分之百地不会一个不留神……

300米是什么？

78层又是什么？

朱山尽量不去想它们。一想，这活儿没法干了。

还是想想方小灯的老婆吧。这娘儿们脸黑身白，两个大奶子比自己老婆好玩多了。动起来，就像高空下坐着的坐板，一动就直晃荡啊。可是她毕竟是方小灯的老婆而不是自己的老婆。想到方小灯，朱山内疚。说来方小灯是自己从小玩到大的朋友，自己来上海打工，还是方小灯介绍的。若不是方小灯，自己现在还不知在哪儿混呢。可朱山又一想，这能怪他朱山吗？老家有句俗话：母狗不摇尾，公狗不上架。自己何尝敢上方小灯的老婆啊，是方小灯的老婆先上自己啊。刚开始时，朱山吓得浑身哆嗦，心想，这事被方小灯知道了，还不劈了自己，可是方小灯的老婆却说："我他妈的都不怕，你怕什么？"

朱山想着想着，身子已到了75层。他从宽大的落地窗玻璃下朝里一看，只见宽大的大厅里，一个女人摇头晃脑地弹着钢琴，好多男人与女人手里拿着盘子，走到那些餐桌前盛东西，然后回到座位上吃着。有咖啡，有茶，有牛奶，有饮料，有酒，有水果，有西点。朱山看到一个大胖子，面前食品竟然堆成小山似的，狼吞虎咽，也就是一会儿，就风卷残云似地一扫而空，妈的，朱山想，这一顿早餐要花多少钱啊。他不知道，但是他知道肯定不少。说不定自己这么干上一天，还不如大胖子一顿早餐，他们吃着早餐，还有美人弹着钢琴，那是什么生活，朱山觉得自己脸上热了起来。

一会儿，朱山下降到56层。他再次朝里面看去。大厅里跳出四个金碧辉煌的大字："食在56"。食在56是什么玩意儿？这儿吃早餐的多是老外。他看不懂他们吃的是啥，好几个老外啃着像是大街上做的葱油饼似的东西，喝着长瓶子里装的像是葡萄酒似的东西。56层最让他吃惊的是大厅正中的舞台正面有一幅色彩斑斓、气势宏大的巨幅油画，油画上面的玻璃幕墙里高速电梯上上下下，若隐若现，妈的，真像人间天堂啊。

朱山不想看了，得赶紧干活。其他几个伙伴已经下降到来四十多层了，更快的已经下降到三十多层了。

朱山下降到47层时，傻眼了。47层显然是健身中心。他看到了游泳池，他看到了健身器材；他看到了桑拿房；他更看到了按摩室。令他搞不懂的是刚才明明在75层大吃大喝的大胖子怎么一会儿跑到47层的按摩室里来了呢。更让他大为吃惊的是，大胖子光裸裸着肥胖的身子躺在一张金碧辉煌的软床上，一个同样光着身子、有着一头金发、说不清是中国人还是外国人的娇小玲珑的女人正骑在他的身上。

朱山不是没有女人。至少他有两个女人。一个是在舟山群岛海边的老婆；一个就是方小灯的老婆。但是在明快的阳光斜射下，瞅着一男一女做着这么档事，朱山的内心像是被什么东西冲撞着。他骂道："有钱人真他妈的好啊。"做爱时都敢拉开窗帘，享受阳光。哪像自己啊，无论是和老婆还是方小灯的老婆做那档事儿，都他妈的像是做坏事，门窗关得紧紧，那种偷偷摸摸的场景，不就是像做坏事。可见自己这人生，要说有多挫败就有多挫败。

朱山在高空陷入沉思。

四

那天下午，郎女教授的三男一女弟子来到她家。按照惯例，她理应对弟子们说说论文。毕竟那是大事。她却只字不提论文。在弟子们捧着玫瑰花进屋的一刹那，她夸张得像个小女孩一样，先是闻闻，随后大声说："谢谢你们，好漂亮的花啊。"郎女教授这种动作与口吻，尤其是小女生那种夸张话语，让四个弟子面面相觑。接下来郎女教授的动作更让弟子不可思议。朗女教授先是一人敬了一支烟，又为他们每人倒了一小杯94。郎女教授做着这些动作时，弟子们迅速交换了眼神。那意思是说郎女教授要去墨西哥结婚，郎女教授疯狂了。疯狂好啊，他们读了三年书了，早就想疯狂了。既然郎女教授疯狂了，那么他们也跟着疯狂一把了。

郎女教授做完这些动作后，对她的弟子说："今天不谈论文。三年来你们也累得够呛。餐桌上的西点与蛋糕随便吃，要放开，知道吗？"一个男生看着郎女教授说："不行啊。导师就是导师。我们不能放开。"郎女教授一听不乐意了："我知道你们肯定说我抠。来我家，连茶叶都是自带的，可是现在我让你们喝酒、抽烟、吃东西，你们却装孙子是吧。你们以为我不知道啊，你们三个男生喝酒、抽烟、泡妞什么没干过啊？"三男一女尴尬地笑了说："好好，既然导师让我们放开，我们就放开吧，来，感谢导师，干了这杯。"这么一说，郎女教授才笑了。看着郎女教授一口闷了杯中酒，三男一女如梦初醒，他们猜测郎女教授真的是开心了。

看来结婚真好啊。

吃着喝着抽着，场景融融。郎女教授轻轻打开音响，瞬息传来了英国巨星莎拉·布莱曼歌声《黑色星期五》，众人静下。音响很好，听着听着，三男一女突然发现郎女教授的眼眶里沁出点点晶莹泪花。三男一女怔住。你看我，我看你，这才发现郎女教授有什么不对劲的地方。然而郎女教授一笑说："我是被歌声中忧郁情调感染了。"郎女教授这么一说，三男一女松口气。《黑色星期五》后是那首极为著名的《斯卡保罗集市》。随着音乐的节奏，三男一女发现郎女教授又干了一小杯94，身体开始起伏，这是他们三年来从没见过的。四人对了眼睛，跟着也摇摆起身体来了。4分12秒后《斯卡保罗集市》结束，三男一女中的一女也倒了一小杯94，一口饮尽后突然说了句话："导师你知道吗，莎拉·布莱曼歌声让我想起四个字，除了你说的忧郁外，还有两个字：做爱。"这句话可是石破天惊，众人傻了。郎女教授未置可否只是笑笑，郎女教授发现一女泪水喷涌。

一女就是撰写《米斯特拉尔：抒情、理想、艺术》为硕士论文的一女。说完话后的一女在莎拉·布莱曼的歌声中，涨着一张小红脸说："先生们女士们，请允许我在我们导师大喜来临的日子里，朗诵《死的十四行诗》怎么样？"三男一听，马上阻止了，说："妈的，你这死丫头，这些日子老师高兴，马上就要去墨西哥结婚了。你可以朗诵帕斯，也可以朗诵马蒂，更可以朗诵聂鲁达，但你不要借着喝些小酒，偏偏去朗诵米斯特拉尔《绝望》中的《死的十四行诗》，太过分了吧。"话音未落，一女突然号啕大哭，说："原本我拿到硕士学位就结婚，可那个家伙竟然背着我出轨，被我逮着个正着。”三男一听面面相觑。其中一男满不在乎地说：“你岁数不小了，只要他对你好，你就放他一码好了。”一女泪流满面说：“是的。我想我年龄不小了，只要他以后不犯错儿，也就算了，不料，昨儿个晚上，他妈妈从家乡打来电话，说他出车祸死了，说是我给了他压力，让他开车时神思恍惚，我是罪魁祸首。你们说，我受得了吗？妈的，从昨儿个晚上到现我一直憋着。郎教授，是不是我写了米斯特拉尔，所以我也要经受米斯特拉尔一样的遭遇。”

郎女教授大为吃惊。平时算对他们从学习到生活加以关心，没料到一女会有这样的遭遇。郎女教授想起了自己，狠狠抽了口烟，在烟雾弥漫中她用西班牙说了一句话：“那就让米斯特拉尔来回答你吧。”

“人们将你放在冰冷的壁龛里，/我将你挪回纯朴明亮的大地，/他们不知道我也要在那里安息，/我们要共枕同眠梦在一起。/我让你躺在阳光明媚的大地，/像母亲照料酣睡的婴儿那样甜蜜。/大地会变成柔软的摇篮，/将你这个痛苦的婴儿抱在怀里。/然后我将撒下泥土和玫瑰花瓣，/在月光缥缈的蓝色的薄雾里，/把你轻盈的遗体禁闭。/赞赏这奇妙的报复我扬长而去，/因为谁也不会下到这隐蔽的深穴里/来和我争夺你的尸骨遗体……”

郎女教授的泪水哗地流了下来，上前紧紧抱着女弟子失声痛哭。智利女诗人“抒情女王”米斯特拉尔17岁时与一铁路工人热恋，对方变心，爱上第三者，后被抛弃，举枪自杀。这一恋爱悲剧引发了诗人内心深处的炽热感情。《死的十四行诗》即为悼念爱人之作。诗人也因此成名。感情的煎熬让米斯特拉尔长达十年之久才恢复常态。她决定终身不嫁。将毕生精力投入到教育工作与诗歌创作中去。这是众所周知的。然而一女说出了她的辛酸，可是三男一女除了知道他们的郎女教授马上要去墨西哥结婚了，可又有谁知道他们亲爱的郎女教授的个人生活情感世界呢？

那天下午，原本是件很高兴的事儿，不过一女喝了些酒后，再这么感情迸发，自比米斯特拉尔，三男觉得很不对劲。更主要的是一女疯狂，郎女教授跟着也疯狂，三男就有些坐不住了。他们不明白，对男人们来说很平常的一件事，女人们为何搞得像复杂劳动似的？94又没啥劲头，为何女人们一喝就高呢？

黄昏时分，尽管郎女教授要留下他们吃过晚饭再走，三男一女还是走了。临走时，三男一女中的一男当着郎女教授训斥一女说：“看看你，把导师都弄得失魂落魄，这是干吗呢。再说，一人一生中没有红杏出墙，那还叫人吗?”

三男一女走了，房间里除了音响萦绕着莎拉·布莱曼歌声外，郎女教授突然想起一女说的四个字：忧郁。做爱。郎女教授慢慢地坐在沙发上，再次开启一瓶94，随后倒满酒杯，一口饮尽，摇摇晃晃地站起，把客厅墙上迪亚戈的巨幅照片一把扯下，揉成一团，掷于墙角。郎女教授嘴角掠过一丝笑容，随后抓起桌上吃剩的食品，连同碗碟筷叉发疯似地砸了起来，直到筋疲力尽倒下。

郎女教授一睡就是两夜一天。

两夜一天后的一个上午，郎女教授醒了。明晃晃的太阳像无数支金箭，从南面落地窗玻璃里射了进来，深褐色的地板顿时金星飞溅。

郎女教授找出电话本，她要方小灯的老婆马上来收拾房间。

五

朱山在高空沉思之时，一阵大风吹来，让他差点向后倒去。朱山吓了一跳。惊出一身冷汗。无意中朝下一看，朱山浑身哆嗦起来。妈的，若不是自己机灵，不就成了小山东了吗？再看看伙伴们，大都已经下到二十多层楼了。自己明显落后了，这样一想，动作快了起来。这时，朱山放在上衣口袋里的手机响了。朱山想，方小灯的老婆真他妈的烦人，也就是两天没见面，就像催命鬼似的又在打他手机了。有什么要紧的事啊，不就是又学着广东人的样子，说着令人早就发腻的嗲话：“山山啊，我想你啊，早回，我替你煲了排骨汤了。”

朱山想，方小灯的老婆，你不是不知道，老子今天上高楼，你就不能不打手机吗？高空打手机，多危险。朱山不接，可他妈的那电话就像发了疯的女人，怎么也停不下。朱山火了，摸出手机，对着话筒说：“妈的，老子在天上，你能不能让我安静些。”朱山说完这话，却见话筒里一片寂静。朱山奇异了，方小灯的老婆他妈的玩啥把戏啊。他对着话筒不客气地说：“妈的，你说话呀。”这时话筒里传来一个陌生女人的声音：“你是朱山吧。请你转告一下方小灯的老婆，让她马上来我家做家政。听清楚了没有？马上。”朱山愣了。心想，这是谁呀？找方小灯的老婆怎么找到我头上来了。便问：“你是谁呀。”话筒里的女人说：“你火气好像很大啊。你不记得一个月前曾经来我家做过家政吗?”也就是一刹那，朱山想起了那个长得娇小玲珑的女人，尤其是那两条多汁的又白又亮的大腿。朱山马上低声下气地说：“对不起，老板。我马上通知方小灯的老婆。”朱山话音未落，对方已经挂了电话。高空中的朱山愣在那儿了。心想，我他妈的这上哪儿去找方小灯的老婆啊。她一会儿这家人家；一会儿那家人家，她又没有手机，怎么办啊。

朱山有些犯难了。

这时手机又响了。朱山不敢怠慢，赶紧接了。电话里传来老板的骂声："好你个狗日的朱山，老子在下面用望远镜盯着你呢，你他妈的停在47层偷看什么呀。这是你能看的吗？你这个没出息的小瘪三啊。"老板在话筒里骂着时，朱山低头朝下一看，只见老板像粒灰尘似的在下面。他看不清老板的模样，但是看到老板手中的望远镜，在阳光中一闪一烁。朱山骂了句："妈的。我偷看什么？你才偷看呢。"老板说："你这小子说什么来着……"朱山合上手机。开始摇动摇枪，两根绳子慢慢地把朱山朝浦江大酒店的顶端升去。

也就是十分钟后，朱山又回到了浦江大酒店的顶端阳台，当他刚跨入阳台里，老板已经气势汹汹地站在那儿了。老板说："你他妈的什么意思？骂你两句，你是不是就想撂担子？"朱山看了眼老板说："对不起老板，我身体不舒服，我只觉得自己像是要掉下去了。"老板奸笑道："是不是看了人家做了，你他妈的鸡巴翘了起来？"朱山摇摇头说："老板啊，我一没看；二我那东西好好的，没翘，真的，我身体不舒服。若是我一不小心摔了下去，对你对我，都没好处。原先我还想硬撑，但是你打了电话，这就提醒我了，我觉得还是上来为好。"朱山话音刚落，老板上前就给朱山一个大头耳光，骂道："你他妈的身体不舒服，为何不早些跟我讲，现在让我咋办？真他妈的穷山恶水出刁民，滚。"

朱山下来后，一时不知道做什么好？他想，我下来干吗呀？我生病了吗？没病呀，好着呢。老板今天可是发现钞啊，是一百元呢。后来他对着太阳眯了眯眼睛，猛地想到，自己之所以从上面下来，完全是为了通知方小灯的老婆去做家政。可是怎么通知？朱山想想，还真不知道上哪儿找这个跑东跑西做家政的女人呢。

想着，想着，朱山拍了自己脑袋骂道："妈的，我他妈的真是猪脑子呀，既然方小灯的老婆找不到，为什么自己不会去她家做家政呢？不就是买个水桶；买瓶洗洁净；弄块抹布就行了嘛。"

想到这儿，朱山兴奋了，很快去了联华超市，买了东西去了女人家。

朱山做完这些准备工作也就花了一个小时，一个小时后，朱山已经来到那个女人家门口了。

六

郎女教授打开门，见是朱山，略略有些吃惊，她想，我叫的是方小灯的老婆，这个蜘蛛人来干吗？想到这儿板着脸问朱山："方小灯的老婆怎么不来？"朱山没有回答。他越过郎女教授娇小玲珑的身子，看到郎女教授家一片狼藉，朱山满脸惊讶。郎女教授说："看啥呀，是不是看我家里像个垃圾场？"郎女教授见朱山不回答，也不让他进门，一双眼睛咄咄逼视着朱山，朱山有些心虚，忙说："这个娘儿们脚头散，不知去哪儿了。不过这不要紧，她来我来都一样。"郎女教授见朱山这么回答，就说："真想找方小灯的老婆，能找不到吗？她所有的客户就在这几幢教授楼里。你不就是自己想赚钱嘛。"朱山一愣。不过朱山没有申辩，而是低垂着脑袋。

郎女教授看着朱山满脸通红，张口结舌的样子，笑了，说："来了就好，快快做吧。家里脏死了。"

郎女教授把朱山放进屋内，就把自己埋入客厅中的三人沙发里，看着朱山。朱山说："你去忙自己的吧。"郎女教授说："这么脏的家，我能忙什么呢？"朱山想想也是，赶快拿起水桶，收拾起那些乱七八糟的东西。

郎女教授看着朱山忙东忙西，说："朱山，看你收拾家里的那种利索劲，真像上海男人。"朱山没做声。郎女教授又说："你今天是第二次来吧，我都知道你的姓名了，可你知不知道我姓什么。"朱山说："大姐，这名字重要吗？你就是告诉我，第二天说不定我就忘记了。"郎女教授一愣，心想，这个乡下男人，说话倒还有些哲理呢。想了想，觉得还是应该告诉他，说："你不能老是大姐大姐地叫，谁是你大姐呀，以后你就叫我郎教授吧。""狼教授？狼还有教授？"朱山疑惑地看着女人问。郎女教授先是一愣，心想这家伙装得像真的一样。明明是郎，他却叫成狼。一想到狼，郎女教授不由哈哈大笑起来说："你这家伙别看是农村里出来的，坏透了。是不是我上次把姓朱的说成猪，你现在就报复了？"朱山一听慌了说："没有。我只知道这世上有姓马、姓鹿、姓牛、姓龙的，还有前些日子我们公司摔死的那个小山东，他姓羊，够稀罕的。可我真的还没听到过有姓狼的。"朱山这么一说，郎女教授知道了，这家伙还真的把郎与狼搞混了呢，便有些高兴起来，说："还是头母狼。"郎女教授这么一说，朱山笑了。郎女教授发现朱山笑起来很动人，很纯真。一口白牙，在阳光下熠熠闪光。郎女教授内心一动。自己一天刷两遍牙，牙齿不见得比这乡下男人白，难道这个乡下男人一天刷三遍牙。不可能。看来只能这样解释了：种好。就像非洲人，哪怕不刷牙，那口牙齿也是白得惊心动魄。郎女教授想着时，听见朱山说："大姐，你真会逗人开心。”郎女教授赶快说：“我没逗你呀，我是姓郎，但不是狼，就像你姓朱，但不是姓猪而已。”郎女教授这样说着，发现朱山一脸傻样，似乎还没明白过来。她知道，这个身材高大肌肉发达的小男人看来以前多半是个失学儿童，便耐心解释道：“这么说吧，我这郎就是清朝时，从意大利来到中国的大画家郎世宁的郎。”朱山摇头。郎女教授又说：“就是那个台湾大摄影家郎静山的郎。”朱山又摇摇头。这下郎女教授不由把眼睛瞪圆了，提高嗓门儿说：“就是那个著名经济学家郎咸平的郎。”见朱山更是困惑不已，一双大眼同样瞪视着自己，郎女教授再也按捺不住，不由用西班牙语骂道：“操你妈的，笨猪。”见朱山挨骂后，还是一脸傻乎乎的，郎女教授恍然，他怎么听得懂西班牙语骂人话呢？不要说他，就是全中国也没多少人能听懂西班牙语骂人话啊。不过她看出朱山尽管听不懂她的骂人话，但是已经不开心了，便不由长叹一声说：“你真是什么都不懂。太没文化了。我最后告诉你，若是你再不明白，我可不要你做家政了。你比方小灯的老婆还笨。”朱山一听反感地说：“怎么可能呢？她小学还没毕业，我可是初中毕业了呢？你怎么不讲理。”郎女教授见朱山自己搞不清楚，还说她不讲理，不由提高嗓音说：“我最后对你说吧，就是那个上世纪80年代打排球的，外号叫铁榔头郎平的郎。”朱山说：“郎平是谁，80年代我还是个婴儿，我怎么知道铁榔头木榔头。”郎女教授气得差点背过气。就在这时，郎女教授突然听到朱山大叫一声：“啊，我知道了，你莫不是说郎昆的郎吧。”郎教授一愣，脱口而问：“郎昆是谁。”朱山大笑说：“你还是个读书人，连郎昆都不知道，还说我呢。我告诉你，郎昆就是中央台春晚大导演啊。”郎教授心想，春晚是个什么东西呀，没点文化层次，我怎么会去看春晚呢。郎昆是谁呀，还大导演呢？总不见得比张艺谋、陈凯歌还厉害？就算张艺谋、陈凯歌，也根本算不了什么大导演呀。和她喜欢的佩德罗·阿尔莫多瓦与阿巴斯·基阿鲁斯达米他们的影片相比，张艺谋、陈凯歌只能算是小孩子玩家家。郎女教授没这样说。如果她真要把世界上的真正大导演说给眼前这个毛头小子听，还真不知要花多大劲儿呢，想到这儿就反问道：“你怎么知道的。”朱山说：“我怎么不知道。我最喜欢看春晚了。再说他以前的老婆是我老婆的河南同乡，名模马艳丽啊。他和马艳丽拜拜后，又找了个跳舞的名叫刘岩的女人。可惜刘岩后来在舞台上跳舞时，摔成重伤了。”郎女教授被朱山说得一愣一愣。心想，导个春晚就叫大导演？朱山说：“你别愣着，这些事儿，马路上卖的杂志上都说了呢。”郎女教授发现朱山说起这些事，特别亢奋，便说：“他家里还有啥，你继续说。”朱山停下不说了。郎女教授发现朱山伸出粉红色的舌头朝嘴角舔舔，马上从沙发上站起，走到冰箱前，拿出一瓶可乐说："喝吧，慢慢说。"朱山接过可乐仰头朝嘴里一送，咕噜咕噜一口气地喝完，中途停顿都没有。郎教授倒抽一口冷气。看着朱山喝可乐时，宽大结实的胸脯一上一下地抽动着，她发现自己脸上潮热了。朱山一口气干掉瓶中的可乐后，神气活现地说："别看你家里一屋子书，像个读书人，啥都懂，可你也有不懂的呀。你牛逼啥，不就是郎昆的郎嘛。早说不就得了，费那么多功夫，还吹胡子瞪眼睛，幸亏你不长胡子，还真以为我是白痴。"看着朱山这么得意地一叫一嚷，郎女教授乐了，上前拍了拍朱山强壮的身体说："对不起。我确实也有不知道的。"朱山说："没事儿，承认就好。"

这么一问一答，郎女教授发现朱山这人一但提高嗓门儿说话，蛮好玩的。

郎女教授拍过朱山宽厚的肩膀后，走进书房。书房原本宽畅明亮，郎教授自己也说不清为何竟上前把窗帘拉上。整个书房一刹那处于漆黑一团。郎女教授随即又开了个小台灯，在小台灯的幽暗光线中，把身子埋入宽大的沙发里，那双手不安分地抚摸起自己的乳房来了。

也不知过了多长，郎女教授听到书房外传来朱山的叫声："大姐，你在书房吗？能不能出来一下，我得收拾一下。"郎女教授一惊，慌忙说："书房算了。"朱山又问："卧室呢。"郎女教授又说："也不用了。"郎女教授说完，发现朱山站在门口不动。郎女教授像是想起什么，突然从沙发上蹦了起来，从黑暗中走了出来，把个朱山吓了一跳。郎女教授说："今天累坏你了。洗个澡吧。""洗澡？"朱山搞不清了。郎女教授看着傻愣着的朱山，对准他的汗津津的胸脯用拳头轻轻一捣，用不容置疑的命令口气说："身上都是臭汗，冲一把吧。"朱山还是站着不动。郎女教授奇怪了："怎么啦。"朱山说："方小灯的老婆说过，到老板家做家政，不许东张西望的，可你还要让我洗……"郎女教授截住话头说："这话没错，但是现在我让你去洗，怕啥呀。"郎女教授这么一说，朱山满脸喜滋滋的，说："谢谢老板。"

朱山去卫生间洗澡了。郎女教授返身进了卧室。她从大衣柜里拿出一套干净男式内衣内裤，心里暗想："迪亚戈呀迪亚戈，原本给你的衣服，现在看来用不着了。"随后郎女教授拿起衣服来到卫生间门口，放好，冲着卫生间里面说："朱山啊，门口有干净衣服，洗完换上。"朱山在里面一听说："谢谢大姐，不用了。"郎女教授说："你说什么呀。让你穿，你就穿。"说完，郎教授走回书房里，把窗帘一拉，顿时，大把大把的阳光从窗外倾泻进来。

郎女教授走回卧室。

也就一会儿，郎女教授听见朱山从卫生间里走了出来，马上说："朱山，你来一下。"朱山忙说："大姐，你让我又洗澡，又穿新衣，对我太好，工钱就算了。"郎女教授说："不行，一码归一码，该算的还得算。我在卧室，你进来吧。"郎女教授说完这话，人已站在虚掩着的卧室门后。郎女教授听到朱山穿着拖鞋走路的声音。郎女教授觉得自己浑身火烧火燎。就当朱山刚推开漆黑一团的卧室门时，郎女教授再也憋不住了，她觉得自己犹如一条展开无数触角的章鱼，一下把朱山紧紧地缠绕住了。在郎女教授心中，朱山成了迪亚戈教授了……

七

黄昏时分，朱山都不知道怎么走出那个女人家里的。他仿佛觉得刚才所发生的一切都像是场梦。就是现在走在马路上，看着天边的夕阳，尤其是夕阳映照下的天边白云，他还觉得自己是踩在云端里。刚才那一切都是真的吗？是真的话，那么这事究竟是怎么发生的？那个家里有着整整一屋子书的女人，还是个女教授呢，会不会告他强奸？不会的，决不会的，是那女人自找的。是那女人全身赤裸，躲在门后，冲了上来，死死抱住了他。可是自己究竟又他妈的干了什么呢？对了，自己干了，但是却怎么会一点儿都不行了呢？

朱山到了普济路桥堍下，再也走不动了。普济路桥上桥下与以往没什么区别。到处是做小买卖的外地人。朱山看着人来车往，一屁股坐在引桥桥沿上，抽着烟，微闭双眼。

他现在得好好回忆刚才发生的那件事情。太突然了。突然得他点滴准备都没有。他只记得女人光溜溜的身子一下死命抱住他时，好像对他说了这么一句话："每当你爬在耸入云霄的高楼大厦外，像个蜘蛛人一样擦洗窗玻璃时，我的心都揪紧了。我生怕你一不小心掉了下来……"朱山当时还纳闷，女人怎么会像老婆一样说着这样关心体贴的话呢？可是女人不是老婆，更不是方小灯的老婆，她为何说这样的话呢？朱山回忆自己当时是边想边摇头说："不会的，我们干这行工作保险系数百分之百。"女人说："不要这样说，小山东怎么回事？方小灯又是怎么回事。"朱山一惊。女人记忆力惊人。一个月前，也就是见了一次面，她怎么会把当时方小灯老婆讲的话，还记得那么清清楚楚？朱山想着时，在暗暗的灯光下，看着贴在自己胸前女人的那张脸时发现，女人已经不年轻了。她的眼角布满着密密麻麻的鱼尾纹。再摸一下女人的后背脊，发现也不光滑了，有些毛糙。比不上自己乡下的老婆，也比不上方小灯的老婆。虽然自己的老婆与方小灯的老婆，两张脸老得吓人，但是她们后背上的肌肤，是光滑的；是有力的，两爿屁股蛋儿上的肉，是滑腻的，是结实的，是揪都揪不起来，不像眼前这个女人的两爿屁股蛋儿松松垮垮。眼下这个女人不但屁股上的肉松松垮垮，身上任何部位都是松松垮垮。但是这个女人还是吸引他了。不过让朱山自己都觉得奇异的是，自己身上到处都是腱子肉，两条胳膊力大无穷，可以把眼下这个娇小玲珑的女人高高举起，但做那事时，却为何怎么也不行呢。当时自己是怎样的状态？是口干舌焦，是浑身战栗，尤其他妈的是两条腿软得像踩在棉花上。朱山又想，他与方小灯的老婆做那事时，妈的，轻松极了。就像自己老婆一样。毫不费劲。同样是女人，真的做起来为何差异那么大？这是什么道理。朱山想了半天才觉得，或许女人与女人不一样吧。难怪方小灯一发工资，总要去一次发廊。

女人显然失望之极。这个，朱山强烈感觉到了。不过女人没有责怪他，只是轻声笑道："你太紧张了。能不能放松一下？男女之欢是一种享用，要细腻轻巧，不能急吼吼，你知道吗？再说你不能老是一种姿势，这就像你们的乡村，太单调了。"女人说到底，是家里有着一屋子书的读书女人，不像方小灯的老婆或者说自己的老婆，一但这事没满足，还不把他骂个狗血喷头。骂，还算轻。有时还他妈的会一脚把他踹下床去。不过这个女人不会，她只是长叹一声，说："今天你可能累了，回去休息吧，下次来，我替你煲狗肉。"女人这么一说，朱山当时就像一个获得大赦令的囚犯，什么话也没说，只是跑到客厅，慌得像只挨打的狗，手忙脚乱地套上衣服，赶紧走人。

朱山把防盗门关上的那一刻，听到女人说了一句："朱山啊，战士上阵要带枪，女人出门要带香。"朱山一听，一股羞耻感从脚趾直冲脑瓜。朱山想，被女人这么损着，妈的，老子还不如干脆割了钢丝绳，从楼顶摔下死了拉倒罢。

夜深了。普济路桥上起风了。朱山肚子饿得咕噜叫。这时，别在腰上的手机响了。借着桥上的路灯，朱山看到来电显示的是个陌生号码，朱山想，莫不是那个教授女人打来的电话，会不会还要呢？如果是个要不够的女人，那就麻烦。想着时，也就战战兢兢接了。一听却是方小灯的老婆："朱山啊，你这个狗日的跑哪儿了。我打了多少电话，你就是不接不回，我又打电话找你们队长了，他说你今天不舒服。早走了。你这个牛犊子怎么也会生病的呢？你不是在医院。"朱山说："没有。"方小灯的老婆马上说："那你过来呀，我为你熬了小排汤了。"朱山一听心里一阵温暖。心想，方小灯的老婆其实对他不错的。方小灯回老家养伤后，这个女人对他可比方小灯还亲呢。你看现在电话里那种急速的话语，简直像热锅上的蚂蚁。这样想着，泪水也就流了下来，马上轻声说："那好，我现在就过来。"

朱山很快到了方小灯的老婆那儿。刚走进门，方小灯的老婆像只母狼一样蹿了上来，一把紧紧抱住他，死劲儿啃他："朱山啊，你没事吧，吓死我了。如果你有事，我怎么向红梅交代啊。"朱山说："没事的。只是心头不舒服，请假到外滩走走。"方小灯的老婆松了松环在朱山脖子上的双手说："我知道你不想跟我好，那没什么。只是方小灯不在，我晚上睡觉害怕呀。你不知道，你不在的时候，隔壁那个上海老光棍老是跑来骚扰我，我都怕他呢。你这一来，老光棍可就没辙了。他敢欺负我，你还不揍死他呀。"

方小灯的老婆与朱山一起在灯下吃了晚饭。吃过晚饭，方小灯的老婆说："朱山，方小灯来电话了，这两天他就要回上海。谢谢你这些日子照顾我。"朱山说："没有，没有，是你照顾我的。比如这吃；比如这喝；还有比如这睡……"方小灯的老婆又说："这个不说了，反正出门在外，大家都是互相照顾，我只是想说，方小灯这个狗日的要回上海了，你呀，还得多跑跑，不跑，方小灯会起疑心的。"朱山有点害怕，点点头，半晌才说："我是偷来的锣鼓敲不得，万一被方大哥看出来，我死定了。说不定哪天就像小山东一样从天上掉了下来。"方小灯的老婆说："不要说这话，你怎么会对不起他呢。你对得起他。"方小灯的老婆这话让朱山纳闷。方小灯的老婆说："方小灯这个狗日的家伙算什么呀。反正我也不嫌家丑。方小灯身上不干净。"朱山没说话，只是愣愣地看着方小灯的老婆。"你不知道吧，这家伙有了点钱，就去普济路桥下红灯笼发廊玩女人，身上还得过脏病呢。老娘恨死了。我常想，这次出事故，他怎么就没像小山东一样摔死呢？"朱山一愣。方小灯玩发廊女他是知道的。他也曾劝过他。但是他不听。方小灯反而常常开导朱山："人活着，不就是图个开心吗？玩的就是心跳。哪像你啊，赚了点辛苦钱，他妈的都寄给红梅了，你这人生白活了。你不知道吧，我这是小打小闹。我们包工头那才叫厉害呢，包了两个小女人。多潇洒。你再看看我们洗过的那些高楼大厦，从窗前朝里一望，那些有钱人吃喝玩乐一场，抵得上我们半年收入。人嘛，活着也就这么回事。"朱山一听说："话不是这么说的，那些女人脏。你就不怕得脏病？"方小灯一听哈哈大笑："你个死脑壳子，这年头，医学发达，那算啥病？再说有成就的男人哪个没得过脏病。没得过脏病的还叫男人？"说着，方小灯神秘兮兮地说："去过华山医院吗？二楼，对，那是性病诊所，好多头面人物都去那儿看病呢。"朱山说："别吹，我不信。如果是这样，还不让媒体抓个现行。"

方小灯说："我说你傻吧，看这病，谁会用真名？全他妈的假名假地址。"朱山一听大吃一惊："那你也是？"方小灯说："当然。妈的，老子用了一个假名叫张登月。医生居然也信了。"

方小灯要回来了。

朱山想，他与方小灯的老婆那档事儿也就结束了。不结束又怎样？难道让方小灯活生生地砍死啊。再说，他心有不甘。他满脑子想着那个姓郎的女人。

那晚朱山本意不想和方小灯的老婆睡了。但想着今天下午在姓郎的女人面前那种糟糕差劲样，真让他蒙羞，这样想着，也就留下了。他想在方小灯的老婆身上试试自己是不是得了什么病？试验结果，那是相当的不错。不算拔尖，也算优秀。惹得方小灯的老婆一脸满足大呼小叫："朱山你这个狗日的，以前你不是这样的，上床就做，做完提起裤子就跑，像贼一样，现在慢多了，撩得老娘心急火燎。还有你怎么会有那么多的花头。打哪儿学的？"朱山笑笑。方小灯的老婆死死抱住朱山，嗲声嗲气地说："朱山，你不说是吧，你不说，你别想跑，老娘这辈子跟定你了。"

八

郎女教授决定跟迪亚戈教授分手。真要分手，并不简单。郎女教授真是爱恨交加。早在半年前，郎女教授为了去墨西哥与迪亚戈结婚，已经向学校递上辞职书，学校批了。让人进退维谷的是墨西哥的签证下来了。这就要求郎女教授在三个月的有效期内，要么去墨西哥；要么就放弃。更让郎女教授烦恼的是，学校里的老师与她的学生都太他妈关心她。老是打听，何时走人？何时发糖？

郎女教授感到前所未有的压力。走还是不走？已经变成哈姆莱特生存还是毁灭这样一个哲学上的问题。郎女教授闹心。与此同时迪亚戈教授接连不断发来一批又一批 E-mail。这些 E-mail，让郎女教强烈感受到迪亚戈身上滚烫的体温。郎女教授心动了。男人嘛，中外古今，都他妈的是贪腥的公猫。那是没办法的事情。再说，两人还没结婚呢。就是结婚了，男人要贪，又有何法？上次她的学生一男不是说过："一人一生中没有红杏出墙，那还叫人吗？"虽则郎女教授对一男这个小兔崽子这句话并不同意，但她也不会去学米斯特拉尔，为了一个背叛爱情的男人，痛苦 10 年，从而终身不嫁。再说迪亚戈对那个女人纯粹是生理上的动作，与爱无关。郎女教授想，要与迪亚戈在一起，持续他们爱的唯一办法，就是飞往墨西哥。

郎女教授一旦想通，立马行动。一月内处理所有事情。其中房子最让她头晕。但是为了与迪亚戈教授厮守终生，郎女教授忍痛割爱，把房子卖给了西语系的一名法国文学女教授。这名女教授和郎女教授私交很好，自然也是个独身女人。

郎女教授三天后就要飞往墨西哥城了。环顾独居8年的房子，潸然泪下。别了，黄浦江大学，别了上海，别了房子，别了……

她突然想起了朱山。

她想朱山现在会在哪儿呢。

她想都没想，操起手机给朱山打了过去。朱山接电话了。不过朱山在手机里的回答，似乎忘记了她。郎女教授有点光火。郎女教授心想，你是谁啊，连我都敢忘记？不过她嘴里却软绵绵地说："朱山啊，我是郎教授，我现在要你做家政，下午三点整来吧。"说完也不等朱山答应，"咔嗒"挂了电话。

郎女教授并不知道朱山接电话的那天，正好休假。反正休假也好，上班也好，郎女教授有把握朱山会来。在等待朱山的时间里，郎女教授不知道自己该做什么。郎女教授家里一如既往。她什么东西也没变卖。全都留给了系里那个法国独身女教授。坐着坐着，郎女教授觉得无聊，开始做起了家务。郎女教授活了大半辈子，绝少做家务。所有家务都是留给做家政的。如果你要去郎女教授家的话，那么最好星期日去。因为星期六，她已让做家政的人打扫干净了。如果你冷不丁地星期五闯入郎女教授家的话，那么你会看到一星期的碗筷还留着；看到一星期的脏衣服还堆在卫生间里。用郎女教授的话来说，不是她懒，而是留给做家政的。否则，家政也太好做了。钱也太好拿了。但是今天不同，她想试一下做家政的味道。没想到，单单扫个客厅地板，累得差点趴下。可见做家政的人，也是赚的辛苦钱。后来郎女教授干脆把扫把一扔，心想还不如洗把澡来得舒服。

郎女教授家的卫生间用的是浴缸。以往她总是站在浴缸里洗澡。她不愿泡澡。那是纯粹浪费时间。不过现在时间还早，可以泡澡了。

郎女教授觉得女人泡澡是要讲究的。想当初迪亚戈来上海与她一起生活了短短三个月的时间里，迪亚戈给她买过泡泡浴和玫瑰花。郎女教授知道，那是浪漫。那是迪亚戈想看她这个东方美人清水出芙蓉。现在迪亚戈不在了。也没人看她了，但是她还是想到了泡澡。郎女教授先是放了大半缸水，倒入泡泡浴，刹那间，泡泡竟像海水里移动的冰山雪峰。郎女教授一惊。郎女教授又把早已搁置一边的干玫瑰一片片地洒入泛起泡沫的清水中，雪白的泡沫，殷红的玫瑰，加上自己柔软的身子，郎女教授倏然想到与迪亚戈教授短暂同居时的点点滴滴。郎女教授慢慢地把自己的身子像条鱼似的慢慢滑入了温馨的水中。水是温暖的，肌肤是雪白的，头发是乌黑的，玫瑰是殷红的，一切都是美好的……

正当郎女教授沉浸于与迪亚戈共度幸福时光的美妙回忆中，门铃突然响了。她吓了一跳，睁眼一看卫生间的壁钟，是二点五十分。她猛地想到了朱山。她有些不高兴。不是说好三点整的嘛，他怎么能早到呢？看来不遵守时间的唯有乡下人了。

郎女教授赤裸裸地从浴缸里爬出，来到客厅旁的铁门处，操起对讲机问："是朱山吗？""是我。大姐。""你早到了。""是早到一会儿了。""以后可要记住，让你何时来，你就何时来。"郎女教授没听到朱山回答，又说："我正在洗澡呢。上来吧。"说完，郎女教授按响防盗门的按钮，随即轻轻地打开了门，又返回卫生间。

郎女教授回到卫生间后，先是把浴缸里的水放了，随后站在浴缸中间开始用莲蓬头冲水。尽管这样，她的一双耳朵还是听着门外的动静。铁门被拉响了，郎女教授马上在卫生间里问："是朱山吗？"朱山说："是我，大姐。"郎女教授说："我在洗澡，马上好，你先坐一会儿。""行。"

郎女教授洗完澡，关上莲蓬头，猛地感到原本虚掩着的卫生间门像是被人推开了。郎女教授回头一看，正好看见朱山高大的身躯出现在门边。郎女教授一愣。她听到朱山怯生生地说："大姐，要不要我帮你擦背？"郎女教授顿时火冒三丈，大声说："谁要你擦背？你怎么能明目张胆地看我洗澡。"郎女教授发现自己说完，朱山还傻站在那儿。郎女教授心想，这个乡下人，真是拎不清，让你走，你还不在？于是狠狠地剜了朱山一眼，恶狠狠地说："滚出去。"朱山一听，脸色发白，一边朝后退一边嗫嚅道："我，我，我是好心。再说，我们早……"

郎女教授披着一件雪白的浴袍，从卫生间里走了出来。这才看见朱山穿着一套商标缝在袖口上的廉价西服谦恭地站在一边，不由想，自己刚才有些过了。朱山说的没错，他是与自己做过，尽管不成功。想到这儿，就从冰箱里拿出一罐饮料递给朱山说："我刚才脾气不好。"朱山没有回答，也没接饮料，一双眼睛贼贼地盯着她的胸前，郎女教授低头一看，原来浴袍上面没系好，自己一只白乎乎的大奶子裸露出来。怪不得朱山看得眼都不眨巴。郎女教授笑了。把饮料朝茶几上一放，心想乡下男人也好，城里男人也好，中国男人也好，外国男人也好，骨子里都是一样的。郎女教授扑哧笑了，说："进来吧。"说着径直朝卧室里走去。这时朱山结结巴巴地问："大姐，我从哪里开始打扫?"郎女教授回头说："滑头，你这样子像是来做家政的吗?"朱山红着脸不吭声。郎女教授又说："真要做，就进来吧。"说着，进了卧室。

郎女教授进了卧室，并未关上门，而是哧溜一下钻进了被窝里。过了会儿，郎女教授发现门外并没有动静，略抬身子，却见朱山在门外一动不动。郎女教授说："刚才没让你进来，你自说自话地进来了；现在让你进来，你又缩手缩脚，怎么回事?"朱山说："你，你躺下睡了，我这家政做得有难度。"郎女教授突然在被子里笑了，说："你讲话蛮有水平的嘛。"朱山脸红了。女人说："进来吧。把窗帘拉上。"说完不理朱山了。

看着朱山把窗帘拉上后，郎女教授随即在床头柜前开了一盏小灯。灯光暗暗的，红红的。郎女教授看着清楚，她发现朱山身子在战栗。

郎女教授从被窝里钻了出来，轻轻地把朱山拉到身旁，慢慢地剥下朱山的衣服，随后又慢慢地让他躺在自己的身旁，一双细腻的小手，慢慢地抚摸着朱山结实有力的胸大肌。郎女教授发现朱山厚厚的胸毛上，沾满着汗珠；郎女教授听到朱山的胸膛里有一面大鼓似的咚咚地敲着。她知道，这事急不得。别看朱山长得人高马大，没用啊。那胆子麻雀样小。惊不得，吓不得。一惊一吓，就会飞。郎女教授贴着朱山的耳朵悄声说："朱山啊，什么叫爱?爱有许多特质，首先心灵会变得更为温柔，继而痛苦，接着它会感受到真爱的温馨，叫喊、呻吟，像被丢入锻铁炉内熔成石灰的石头，碎裂，被火焰所舔舐……"郎女教授说着说着那双小手就把朱山的大手按在自己丰满的乳房上，轻声又说："女人是需要男人抚摸的。"朱山说："刚才那话我不懂，你现在这话，我懂。"郎女教授见朱山开口，不由在暗暗的灯光下一笑，说："你懂啥呀。"朱山说："我当然懂。我摸我媳妇那会儿，她就笑。那是高兴。"郎女教授说："你只知其一，不知其二，男人多摸，女人就不会小叶增生。"朱山说："小叶增生是啥呀?""就是女人乳房里会生东西。"郎女教授说完，发现朱山身子一抖。朱山说："是不是生瘤子。"郎女教授说"对呀。"朱山一听，猛地从床上坐了起来，在黑暗中睁大眼睛说："大姐，那我好长时间没回家了，我那媳妇会不会也生瘤子。""很有可能。你呀，不要老是想着打工赚钱，有空呢，也得回家多看看媳妇，知道吗?"朱山没有回答，而是自言自语道："怪不得方小灯的老婆……"朱山说完赶快住嘴，但是晚了，马上又掩饰道："我是说着玩儿的。"郎女教授笑笑说："没事的。怪不得，我在想，人家的老婆怎么会对你那么好!"朱山不吭声了。突然他又说："大姐，既然男人不在身边，那媳妇是不是可以自摸。"郎女教授说："你不懂。男人摸与女人摸，不一样。"

郎女教授说完，紧紧地抱住朱山宽厚的身子，但是她发现，朱山的身子尽管不战栗了，但是身子却变冷了。

电话铃像哨子一样尖锐地在暗暗的房间里响了起来。郎女教授突然推开朱山，顺手从床头柜前操起电话。郎女教授听到电话里先是沙沙地响了几下，接着她听到了西班牙语在话筒里响了起来。郎女教授听出了迪亚戈的声音。郎女教授对迪亚戈说了从北京飞往墨西哥的航班后，发现迪亚戈竟然说了句OK后就挂了电话。郎女教授呆了呆。郎女教授发现朱山从床上爬了起来。郎女教授说："朱山，你这是干吗？"朱山说："大姐，我害怕。是不是电话里，你那外国老公要回家了。"郎女教授说："他死了，不会回来的。"朱山说："不，我得走。否则那老外杀了我怎么办？"

看着朱山胡乱穿衣时，一阵伤感涌上郎女教授的心头。郎女教授猛地像头母狼似地把朱山扑倒在床。郎女教授说："朱山啊朱山，你知道吗？女人的子宫是需要男人来操练的。不操练，她就会收缩。用不了多少年，男人进不了，女人也就老。你操我，狠狠地操我，好吗，好吗，我求你了……"郎女教授说着说着泪流满面。

看着哭成泪人似的郎女教授，朱山的身子一阵颤抖，翻身一把紧紧抱住郎女教授，说："可是大姐，我怕我怕。一踏进你家，我就像做梦，我就不行，怎么也不行呀！"

九

半年后，朱山与方小灯的老婆再次带着清洗工具来到教授楼。按响门铃，朱山就见一个40来岁戴眼镜的单身女人开了门。朱山一愣。这是个陌生女人。可是这套房子半年前的主人还是那位郎大姐啊。家里没变。变的是主人。朱山发现女人没看方小灯的老婆，而是对着他上下打量后问："你是谁？"方小灯的老婆赶紧笑脸迎合说："老板这是我同乡，这两天闲着，我把他叫来一起做家政。"女人想了想，问方小灯的老婆："我让你叫他来的吗？"方小灯的老婆有些尴尬，说："老板，这两天他闲着。我就让他跟来了。"女人问："会做家政吗？"方小灯的老婆高兴起来："岂止会做，他和我老公一样，连金茂大厦的玻璃幕墙，都能洗啊，手脚可快呢，像个猴子。所以我想啊，老板你家这不是高楼吗？让他爬出去擦玻璃最保险了。"女人没有接话，只是问："方小灯呢？"方小灯的老婆说："他洗大楼外墙摔伤了。"女人玻璃片后的一双大眼盯着朱山看。朱山脸就红了。朱山憨憨地低声下气地说："大姐，若是你不喜欢，我就回去了。"说完，朱山把手里的水桶、拖把以及登高用的保险带往往方小灯的老婆手里一塞，轻声说："我走了。"不过，方小灯的老婆轻轻地攥住了朱山的手，对女人说："老板，两人干活与一人干活不一样。速度快。再说又不增加你的支出。你看行不。"女人的想了想又问："你姓什么？"朱山说："我姓朱。"女人揶揄地说："猪。"朱山听出女人把朱叫成猪了。也没说什么，只是点点头。女的这才说："进来吧。"朱山与方小灯的老婆走进客厅。朱山眼尖，他看到书房的门开着，一眼瞥见靠墙的书架上放着好多好多的书。真是铺天盖地啊。

朱山回头看了眼女人，不知怎的，早先那种口干舌焦、浑身战栗时的感觉刹那间布满全身……

2009-5-20

杀猪刀与绣花针

一

申江县有一个叫胡天镇的小镇。镇上有一家胡氏肉店。店主是兄弟俩。大的叫胡大；小的叫胡小。胡大性格温顺；胡小性格暴戾。胡大管收钱；胡小管卖肉。不论胡大胡小，有一点公认的，他们一不短斤少两；二不与镇民吵嘴。肉店开得还是不错。

一个北风呼啸的大清早，天刚麻麻亮，冬日的太阳还没露脸，从小镇向天空望去，除了一片白乎乎的阴霾，什么都没有。胡氏肉店门外屋檐下，一串串晶晶亮的冰凌，在昏黄的路灯下，细细一看，竟然闪烁着一道道黄晕晕的寒光。此刻胡大与胡小正把肉店门板卸了下来，几个心急的镇民候在肉店门外等着开张。胡大与胡小朝他们笑笑，随后两人戴上袖套，套上皮围裙。往常呢，一般来说都是胡大磨刀，胡小杀猪。这个清早，胡大不知怎的心血来潮，说是自己想杀头猪，过把瘾。胡小笑笑说："行啊。"

胡小专心磨起杀猪刀的时候，胡大就把一头大肥猪从猪圈里赶了出来。那头猪想必还在睡梦里，走起路来，懵懵懂懂。当这头猪被赶入肉店店堂时，胡小磨刀时发出的"霍擦、霍擦"声，像是把它惊醒了。大肥猪像是有感应似的，一个转身朝外蹿去。胡大见猪朝外蹿去，不由急了，朝前一扑，狠命地抓住了两只猪后蹄。不料那猪力气可大了，拖着胡大朝外跑去。众人先是一愣，后来不由哈哈大笑起来。

正在磨刀的胡小，放下了杀猪刀，突然吹起了一声长长的口哨。那头大肥猪像是一头训练有素的动物，停了下来。后来镇民们说，他们认识胡小也不是一天两天了。胡小会吹口哨，他们还是第一次知道。且胡小这长长的一声口哨声与平时人们听到的颇为不同，就像一件利器划过了一块玻璃，刺得心脏起腻；刺得皮肤起鸡皮疙瘩。胡小吹完口哨后朝那头猪走去，那头猪看了看胡小，两只小小的猪眼里，起了两道惊恐的目光，四只蹄子由不住地在哆嗦，胡小也没作声，上前轻轻地用脚一踢，那猪一个嘴啃泥似地被掀翻在地。镇民们看得真切。有些人说："胡小啊，你这个杀胚，有武功咧。"有些人说："哪有武功啊，是那头猪看到胡小怕啊。"有人说："怕？怎么怕呢？"有人赶紧说："胡小杀了那么多年的猪啊，猪看见他能不怕吗？"说着时，镇民们就见胡小对胡大低声说了句："捆。"胡大来劲了，上前正要捆扎时，那猪竟然来了个鲤鱼打挺站立起来。胡小嘴里再次发出一声口哨声。不过这次却与刚才不一样，这次是短而锐，那猪不由自主地"扑通"摔倒在地。胡大一见，赶忙上前，左腿发力，顶到猪肚上，双手抓住了两根牛筋，把猪的两只后蹄捆住了。猪被捆了后蹄，前蹄也就乱舞，张开猪嘴吼叫起来。胡大随后又用两根牛筋扎住了大肥猪的前蹄，肥猪无法舞动，只剩下呼哧呼哧喘息的份儿了。不过胡大捆好猪后，却累得一屁股坐倒在地上，直喘粗气。这时有人说了："胡大啊，你真没用，你看看你家胡小，一声口哨就能把猪撂倒，杀气重啊。"

胡大把一头大肥猪从猪圈里赶出，在胡小的帮助下，把四只猪蹄扎紧，一塌刮子用了5分钟。按理说，这个速度已经不错了。但是用胡小的话来说，把猪从猪圈里赶出来，到放倒一头猪，超过20秒的都不算是真正的杀猪手。胡小说这话，似乎并不满意胡大。现在猪已放倒，胡大从湿漉漉的地上爬了起来，就与胡小合力把猪抬上了一个木架子，那猪上了木架子，瞪着一双猪眼，绝望地叫着的同时，还使劲地摇动，就像一个孩子在荡秋千。胡小看了看那头猪，说："我来吧。"说着从案几上拿起杀猪刀，胡大见胡小拿了杀猪刀，就把一只红色塑料腰子形盆放在木架子下。胡大刚放下，头顶上就拂过一阵冷风，胡大知道胡小让大肥猪咽了气。胡大站起时，看不到杀猪刀了。刀进入了肥猪的肚子里。胡大只看到胡小那双手，在猪肚子上游走，随后就听到像是一块塑料布被人猛烈撕裂的"嘶啦"声，接着就看见猪肚里的下水连同猪血"哗啦"一下，全部掉进了脚下的红色塑料腰子形盆里。

按往常做法，兄弟俩应该合力把猪抬到案几上，胡小切割，胡大做好收钱准备。但胡小没有这样做，像是刚从梦游中醒了过来似地说："哥啊，我想起来了。胡地镇有个养猪专业户，几次让我去那儿看看他的生猪，我他妈都忘了。我想现在去行不。"胡大有些迟疑，不过最终还是点了点头说："行啊，早去早回。"

胡小放着生意不做，大清早去胡地镇收购生猪，胡大是不信的。可他知道胡小脾气。他要干的事，没人能拦住。拦了也是白拦。胡小之所以和胡大打招呼，也就是兄弟之间客气。若不是客气，兄弟俩合伙做的买卖早散伙了。胡小脱下袖套与皮围裙，就去龙头处洗手。胡大注意到胡小用手沾着自来水，对着镜子抿了抿头发。胡大想，胡小一定去找女人了。不过令胡大有些纳闷的是，这样一个大冷天，又有哪个女人愿意为他开门暖被呢。胡大想不出。想不出的胡大只得一人闷头斩猪卖肉。一个人干活是慢的，平时 8 点钟忙完的活儿，胡大一直搞到 9 点才结束。

上午 9 点的时候，胡大忙完后，坐下歇息，准备抽口烟时，发现从镇外那条小道工地上来了几个气势汹汹的年轻人。他们挑着一担猪肉直冲胡氏肉店。胡大见这帮人旋风般地冲到肉店跟前时，还在犯疑。怎么回事呀。这时，为首的一个三十来岁的胖男人冲着胡大骂道："你个狗日的，卖什么肉啊。"胡大想，这算什么外国话。我当然卖的是猪肉。难道是卖羊肉、牛肉、狗肉？那价格可要贵多了。胖男人见胡大茫茫然地看着他，指着筐里的猪肉发狠说："那么多肥肉不算，还短斤少两。"说肉肥些，胡大承认，但要说胡大短斤少两，胡大生气。胡大说："我做猪肉生意不是一天两天，你说这猪肉肥，明天一早我可以给你换，但你们不可以说短斤少两。"胖男人说："那你秤呀。"胡大说："行。"

胡大把一担猪肉朝磅秤上一秤，傻眼了。刚才还是 50 斤的猪肉怎么转眼成了 40 斤？胡大说："你们工地也是老客户了，少了 10 斤猪肉，你们心中有数。"胡大这么说，胖男人恼了，说："你他妈的还嘴硬啊。我就是看不惯你们这些个体户，什么烂事儿都做得出，兄弟们给我砸。"几个小工一听，蜂拥而上一顿乱砸。胡大上前奋力阻拦，胖男人出手就是一拳，把胡大撂倒在地。胡大发现自己的鼻子嘴唇都出血了，胡大说："你们敢掴我，等会儿让我兄弟胡小来掴还你们。"胖男人一听哈哈大笑说："你胡大我们都不怕，还怕你那个胡小？胡小是谁，我好害怕啊。让他来掴我呀。"众小工一听轰然大笑。

二

雅娟父母一大清早就起床了。他们搭了头班车去县城。他们搭上头班车时，天还没亮透。雅娟父母刚走后，雅娟拉亮电灯，一骨碌从床上爬起，然后刷牙洗脸。做完这些，雅娟对着镜子搽了些雪花膏，把白里透红的脸蛋儿弄得香喷喷的。这时雅娟听到院子外的敲门声。雅娟感到自己脸蛋儿滚烫起来。雅娟走出房门，踩着院子里的积雪，开了院子里的门。雅娟把门打开，一股男人的热气扑面而来。男人刚想抱住雅娟，雅娟一推，嗔怪道："我爸妈还在困觉。"男人说："你以为我是傻子啊。我看着他们上了头班车的。"雅娟说："你行啊。"男人说："男人能不行吗？"雅娟一听，便有些媚笑道："你不要嘴硬骨头酥。"男人说："那好，我们试试。"说着男人又朝雅娟身上扑了过去。雅娟一闪身躲避着说："看你猴急的。"男人说："我怕你父母冷不丁地杀个回马枪。"雅娟说："你猪都敢随随便便地杀了，还怕他们杀回马枪啊。"两人轻声地说笑着，就进了房间。房间里的火炉还闪着暗火，男人顺手就往火炉上添了块煤，然后心急火燎地抱着雅娟边啃边说："雅娟，你好香啊。"雅娟说："香，香还不是为了你啊。"男人说："是的是的。"雅娟说："你闻闻你身上，都是一股猪腥味。"男人说："谁让我是杀猪的。"雅娟说："那你洗洗。"男人说："弄完了再洗。"雅娟说："不。你现在就洗。"男人无奈地看了一下雅娟，只得乖乖地洗了起来。

雅娟家的院子就坐落在镇边小道上。雅娟与那个男人热火朝天干完后，男人沉沉地睡着了。雅娟心疼男人，也就任他睡去。男人睡了，雅娟却睡不着。她在想着身边这个男人。男人高中毕业后，没考上大学，与兄弟开了爿私人肉店，雅娟呢，高中都没毕业就被父亲开后门送进了镇上粮店工作。雅娟是爱这个男人的。男人虽则脾气火爆，对雅娟却温顺有加。雅娟想，嫁男人图的是什么呀，不就是男人对她好嘛。然而雅娟父母不干了。他们只说一句话："雅娟啊，这个男人杀气重，嫁不得。"雅娟说："杀猪的没有杀气，怎么能杀猪？他又不是杀人啊。"父亲说："嫁个动刀子的男人就是不行，他脾气一火爆，说不定就会去杀人呢。"雅娟没作声，但她在想，你们说不行就不行啦，我把生米煮成熟饭，看你们还答应不。

雅娟与男人早把这锅饭煮熟了。但是饭熟了，接下去该怎么办啊。那就是"吃"。什么叫"吃"？两个字：结婚。想到结婚，雅娟茫茫然。雅娟问男人："老是这样偷偷摸摸下去可不行。"男人说："船到桥头自会直。"雅娟坐在床上想，什么时候才会"船到桥头自会直"呀。雅娟在迷迷糊糊似睡非睡之时，听到院子外有人大声在说："不得了，工地上来了帮杀胚，把肉店砸了。"雅娟当时还不明白，砸肉店？砸谁家的肉店。这镇上只有一家肉店啊。雅娟想到这儿，浑身一个激灵。难道有人砸了胡氏肉店？这不可能啊。这巴掌大的小镇谁不知道胡小的火爆脾气啊。这时雅娟又听到一个人兴高采烈地说:“这下好看了,胡家肉店是钉头碰到铁头。看胡小怎么办,这场戏肯定好看。”

后来雅娟说:“当时自己装傻,不把身边男人推醒,这件事就不会发生,或者至少推迟发生。现在悔得肠子都青了。”雅娟把男人推醒后,男人半真半假地说:“雅娟,刚弄过,你还要啊。”雅娟说:“要你个日头鬼,我刚才听到屋外有人讲,你家肉店被人砸了。”雅娟讲完,胡小嘻嘻哈哈地说:“你要弄,我陪你。你不要讲什么肉店被人砸了。你说,谁有这个胆子。”这时寂静的房子外面传来一阵脚步声,其间夹带着一阵零乱的声音:“快去看,胡家肉店被人砸了,再不去看,就来不及了。”

雅娟与男人听得清清楚楚,男人信了。男人二话不说,一骨碌撩开被子,从床上爬起。男人很平静,根本不像出去与人打架的样子。只是临出门时,朝她吹了很长一声口哨。雅娟说:“这口哨声不好听,刺心刺肺的。”

男人出门后,雅娟惊恐万状,她感到有什么不对的地方。什么地方不对,她一时想不清爽。雅娟迅速从床上爬起,套上睡衣睡裤发疯般地冲向胡氏肉店。冬天的寒气直向雅娟扑来,雅娟想起男人刚才走时不对劲的地方,就是父亲所讲的杀气。

雅娟冲向胡氏肉店门口时,有好多人看到雅娟很不雅观的穿着,不过大多数人一笑了之,总以为女人喜欢轧闹猛。想想啊,小镇这些年来一直太太平平,像砸店这种大事,几十年难见一次,更何况砸的是胡氏肉店;更何况砸的是胡小这样脾气火爆的杀胚。这样有劲的事谁不去看,谁就是戆大。雅娟不做戆大,她穿着不雅,有些疯的样子也是很正常的。

胖男人在把胡大打倒在地,扬长而去之时,胡小回来了。据当时围观的镇民们说,他们看胡小来时的情景,发现胡小像在梦游。他们颇为失望,都感到这场架可能不会打起来了。但他们多又不甘。

胡小确实在梦游。他听了雅娟的话后,一路走来还在想,这镇上,怎么可能有人打他的哥哥,砸他的肉店呢?这帮人不知道他胡小从来就不是吃素的料么。他们这样一砸一打,以后还能开成肉店?想着想着,胡小就到了肉店。胡小回到肉店,并没有去看那帮家伙,而是弯下身子看了看躺在湿漉漉地上的胡大说:“哥啊,谁出手这么狠啊,竟敢把你打成这个样子,他看起来一定不想活了。”胡大肿胀着一双眼睛,嘴角血迹斑斑,一双仇怨的眼睛死死盯住胖男人。胡小抬头一看,挺直了身子,对着胖男人吹了一声口哨,那口哨声长而刺耳,胖男人不由自主地打了个寒战。胡小说:“知道我是谁吗?”胖男人说:“你是谁呀。你他妈的不就是一个鸟人。”胡小“嘿嘿”冷笑两声,也不回话,转身从肉摊上操起那把大清早磨得闪烁精光的杀猪刀，说：“你打了我哥，还砸了我店，你们不赔，休想走动一步。”胖男人冷笑一声说：“笑话，我还怕你，你不要浪头大，有本事，你就掴死我……”话音未落，胡小手中那把闪着寒光的杀猪刀落下了。

胡小杀胖男人冷静得像平时杀猪一样。猪会拼命乱叫，胖男人不会。连哼哼唧唧的机会都没有。杀猪刀到了胖男人头颈上时，他的笑容没有了，人们只看到没有头颅的颅腔内喷出一道鲜血。然后胡小不慌不忙地用那把带血的杀猪刀，在胖男人的衣服上来回蹭了几下，收拾干净。这时，雅娟冲进了胡氏肉店，当看到一颗胖乎乎的骷郎头，滴溜溜地滚到她的脚边时，不由大叫一声，晕了过去。

三

一阵阵“呜啊呜啊”警笛声在胡天镇上空叫着时，镇民们看到一辆桑塔纳警车出现在小镇前面大道上，跟着看到警车后面一辆两吨小卡车，卡车上有几个人影在晃动。眼尖的镇民看到荷枪实弹的民兵押着一个男人。男人的两只手被高高反剪着，呈飞机式，手铐在冬日清早的阳光下闪着刺眼的白光。镇民们看不清男人的脸，只看到裤裆里一颗光溜溜的脑袋。

小镇只有一条鹅卵石铺就的弹格路，车子没办法开进来。车子开到小镇入口处停了下来。先是一个肥胖的警察挤呀挤呀地从警车里挤了出来，接着又有几个胖警察挤呀挤呀地依次从警车上下来。为首的胖警察威武地扫视了一下四周，接着肥厚的大手一挥，小卡车上跳下几个民兵，他们就把光头男人拖了下来，一个民兵利索地把一根麻绳套在男人的身上，扎紧，就像牵一条狗似地，跟随着胖警察沿着小街走来，寂寥的小街刹那间热闹起来，镇民们大呼小叫起来：“是胡小，快看啊，是胡小这个杀胚。”

一行人走着来到胡氏肉店门口。到了胡氏肉店门口时，整条小街前后被挤得水泄不通。胖警察环顾四周，觉得镇民们基本上到齐了，装模作样咳嗽几下，开始说话。到处都是乱蓬蓬的，人们并没听清胖警察在说什么，反正是为了从重从严从快打击流氓斗殴，原来是要判处胡小死刑，立即执行。鉴于斗殴事出有因，且胡小投案自首，故从轻发落，判处胡小死刑，缓期两年执行。胖警察说到缓期两年执行时，口齿清楚，声音洪亮，四周镇民听得清清楚楚。

让胖警官没料到的是，此时一个披头散发的女人如脱缰之马朝胡小冲去，抓住胡小被铐着的手腕，张口就咬。胡小疼得“哇”地一声大叫。四周镇民看得清楚，胡小左手腕上鲜血直冒。女人咬过胡小后，嘴里满是鲜血，随后见女人嘴里“哇”地喷出一口带血的肉。女人气咻咻地骂道：“你这个杀人胚，我要你偿命。我要你还我丈夫，我要一口一口把你吃下去，我要政府不杀不足以平民愤，立即给你一粒花生米，花生米，你这个狗娘养的。”说完再次朝胡小扑去。为首的胖警察看得清楚，不由上前大声斥责道：“妈的，你抽什么疯啊。”同时用厚厚的胸脯抵住女人。女人边跳边骂，还想冲上前去时，镇民们看到人堆里突然跃起一个女人，女人对准披头散发的女人就是一记耳光。那记耳光在清早的冬天阳光下分外清脆。披头散发的女人被打闷了。镇民们也都傻呆了。这个女人，不就是平时看人笑眯眯的粮店小女子雅娟吗?、她怎会扑上去打人呢。披头散发的女人被雅娟抽了一记耳光，满眼盛着一片迷惘。雅娟可不迷惘，她再度快速出手，这个动作，用小镇上有些文化的居民的话来说：“什么叫迅雷不及掩耳？看看雅娟的动作，你就懂了。”雅娟一把揪住女人的长发，死命地朝下一拉，女人疼得一个跟头跌落在地。披头散发的女人大叫：“你是谁？你打我干什么？”雅娟像只发怒的雌老虎，发疯地说：“你这个外乡女人，竟敢咬人，我就让你尝尝老娘的厉害。”

两个女人扭打在一起的时候，胖警察恼了，拿出手铐，“哗啦啦”地一抖，大吼一声：“他奶奶地个熊，我看谁再敢动，再动老子把你们都铐了。”一旁两个民兵见胖警察发火，“咔嚓”一下，手中两支步枪上弹出两把雪亮的刺刀，刺刀闪着两道白凛凛的寒光，两个民兵瞪大着眼睛吼叫起来：“他妈的，你们两个傻女人，是不是要劫持犯人？嗯！”两个女人被胖警察这一吼，又被两个民兵一吓，马上一动不动，气咻咻地你瞪着大眼我瞪着小眼互相看着。胖警察说：“你们胡天镇，男人杀人也就算了，偏偏你们这些臭娘儿们，当着警察的面，也敢这么野蛮，还有没有王法。”

现场顿时一片寂静，镇民们听到胡氏肉店屋檐下的冰凌，在阳光下发出一阵阵“咯吱咯吱”声。

胡小又像一条狗似地被牵走了。披头散发的女人仇怨地注视着胡小的背影，像一头绝望的母狼嚎叫起来：“胡小，你这个杀人胚，不得好死。”

雅娟一声没吭，看着越变越小的胡小背影，眼泪水“哗哗”地直往下流。

有两个人始终一动不动从头至尾地看着。

一个是胡大。胡大一双眼睛茫茫然的。谁都不知道他在想着什么。

另一个是披头散发女人边上的小男孩儿。小男孩儿一双眼睛里冷不丁地会闪着几道寒光。

四

胡小杀了人，判了死缓，并不等于事情结束。

那天，胖警察把胡大叫到派出所对胡大说："胡小吃官司了，我们还有事情要谈。"胡大一听泪水滚滚，说："还要怎样？干脆把我抓起来算了。"胖警察一听，火了："胡大，你不要讲这种话，事情是你引起的，你不要以为我们是吃素的，要抓你还不是一句闲话。"胡大一听脾气倔了，伸出一双手说："抓吧，抓吧，胡小判死缓，他这辈子也不知哪天出来，我活着也没意思，你们把我抓起来吧。"胖警察看着泪流满面的胡大，缓了缓口气说："胡小杀人事出有因，但终究杀了人。人家是外地人，孤儿寡母的，也是可怜的。今天找你来，是要谈赔偿问题。不赔偿的话，外地女人一上访一闹事，我们也吃不消。"胡大说："要钱没有，要命一条。"胖警察一听恼羞成怒，突然站起，一拍桌子说："告诉你，你不要耍赖，找你商量是看在同一个镇子上的人，是客气。你不要把客气当成福气。你听着，今天你赔也得赔，不赔也得赔。"胡大低头说："我拿什么东西赔？"胖警察说："那个女人说了，她什么东西都不要，只要胡氏肉店。"胡大一听跳了起来说："这不可能，赔了胡氏肉店，你让我吃西北风啊。"胖警察"嘿嘿"冷笑一声说："料到你会来这一手，既然如此，那就打开天窗说亮话吧。欠债还钱，杀人偿命，天经地义。知道胡小为什么被判死缓吗？"胡大一愣。胖警察一笑说："除了其他原因外，主要的是他答应了外地女人赔偿要求。否则他还活得了吗？"胡大说："胡氏肉店是胡家祖传的，其中有我一份。"胖警察说："知道。否则找你干吗？胡大，你好好听着，我们都是镇上的人，该帮的都帮了。你拒绝赔偿胡氏肉店，胡小马上就可以改判为死刑，立即执行，你希望他走上这么一条不归路吗？他是你亲兄弟啊，你他妈的还是好好考虑一下吧。"

冬天很快过去了。胡氏肉店经历了这场风风雨雨后，再度开张。只是当镇民们前去买猪肉时，惊讶地发现，肉店里不是胡大，而是两个操着河南口音的汉子，他们忙着捆猪杀猪。胡氏肉店怎么成了河南人的肉店了？看着镇民们怪兮兮的目光，河南汉子再也憋不住地说了："看什么呀，我们又不是老板，我们是打工的。"镇民们问了："打工？你们替谁打工，难道你们替胡大打工？"河南人摇了摇头，朝身后努努嘴。镇民们再探头一看，倒吸口冷气。他们看见肉店深处暗影里，坐着一个披头散发的女人和一个小男孩儿，正死死地盯住他们，两人四只黑漆漆的眼乌珠一动不动。

这种看人的眼光让镇民们很不习惯，让人有一种毛骨悚然的感觉，就好像丝丝冷气对准你的毛细孔钻来钻去。

一个河南人磨刀，一个河南人捆猪。两个河南人把捆好的猪合力抬上木架子上。一个河南人拿来了一只红色塑料腰子形盆放在猪下，一个河南人拿起了杀猪刀，这样的程式，镇民们是很熟悉的，只是原先胡大胡小做的事情，变成两个河南人而已。不过接下去的场景却发生了变化。镇民们看到小孩一个箭步从黑暗里蹿了出来，来到河南人跟前说："叔叔你们站一边去。"河南人一愣。小男孩儿一把夺过其中一个河南人手中的杀猪刀，对准那头猪的喉咙就是一刀。那猪吃了一刀并没有断气，却震耳欲聋般地吼叫起来。河南人急了，一把从小男孩儿手里夺过杀猪刀，对准猪喉补上一刀。河南人气急败坏地说："这是你干的活儿吗？一刀杀不了猪，猪的肉质就会发生变化，谁买你家猪肉啊。"小男孩儿说："我就是要杀猪。我就是要杀猪。"河南人说："你还太小。长大了自然就能学会杀猪。现在不行。"小男孩儿说："我能行，我会成为一个出色的杀猪手。"河南人没有理睬小男孩儿，开始忙着对猪剖肚开膛。坐在阴暗处的披头散发的女人始终一声不吭。

河南人杀完猪，把切割下来的猪肉，按着肋骨、蹄子、蹄髈、内脏等分门别类，一块接着一块扔到油腻腻的案儿上。

镇民们看到原本站在一旁的小男孩儿来到案儿前。小男孩儿这次没有和河南人打招呼，而是直接从案儿上拿起了一只铁钩，他把铁钩狠狠地扎在一爿肋条肉上，爬上案儿，把那爿肉朝案儿上方的挂钩上挂去。河南人见小男孩儿一副吃力的样子，想上前帮忙，小男孩儿眼睛一瞪说："走一边去。"

小男孩儿做着这一切时，镇民们始终没有作声。他们看到小男孩儿身上有着胡小的影子。那就是杀气。

五

那天大清早，白云山监狱资深警官张大队长心情非常不好。临出门时，老婆对他说："你看看你，做了20年的警官，赚了多少钱啊，还是大队长呢，你如果再不把这身皮剥掉，我就跟你离。"张大队长说："你叫了多少年了，那你就上法院和我离啊。"老婆一听跳了起来，一把拉着张大队长的手说："张子衡，你以为我怕你啊，那咱就走啊。"张大队长不肯了，说："我干了大半辈子警察，大小还是个领导，为了赚钱，让我脱掉警服，这行吗？钱就那么重要。"老婆说："呵呵，你好高尚啊，钱不重要吗？这社会你离开钱去试试。我兄弟开了那么大的一家厂，就等着你去做副厂长了，放着钱不赚，你不是傻子吗？”张大队长见老婆再次说起这事，转身就走。老婆在后面叫道：“扶不上墙的臭狗屎，气死我啦。”

张大队长到了监狱办公室时，正好一辆辆囚车鱼贯而入驶进监狱大院。张大队长就有些愤懑。心想，他娘的，咱们这个新社会不知比旧社会好上多少倍了，有吃有喝有穿有住，可就是有这么一帮子社会渣滓，惟恐天下不乱，放着太平日子不过，非要闹腾着一些事儿，要来监狱过日子，害得老子忙东忙西，这不是找死吗？

张大队长愤懑地想着，拿起了花名册来到院子。张大队长知道，这次分到他这个大队里的共有10名囚犯。10名罪犯都是无期、死缓一类重犯，稍有疏忽，不要说老婆让他脱了这身皮，自己也得卷铺盖走人。

戴着手铐脚镣的10名囚犯，从大巴士囚车上缓慢地下来站定后，张大队长开始点名。张大队长拿着花名册点到的第一个名字是胡小。但胡小像是聋了似的。张大队长有些诧异，还以为送错了犯人，对边上的王警官说：“怎么回事？”王警官也是一脸茫然。张大队长心情有些躁，便只顾照着名单往下念。很快名字念完了，但是张大队长的职业敏锐感告诉他，其中有一个人并没有应声。张大队长的眼睛就盯上了胡小，问：“你，你，怎么回事？”胡小也没理他，抬头看了看天。张大队长再次发问：“你叫什么名字？”胡小说：“胡小。”张大队长大恼了，说：“妈的，刚才叫你名字，为什么不答应？”胡小说：“我在想我女人。”张大队长“嘿嘿”冷笑两声说：“你他妈的死缓，有你想的了。”说完，上前狠狠推了把胡小。张大队长在推胡小时，感到胡小的胸脯像一只箍紧的铁桶，一动不动。张大队长不由发出一声：“咦”。胡小依旧没理。张大队长想，这小子发昏了，犯了死罪，还在想女人。这女人是你这样的死囚想的吗？于是一声断吼：“胡小出列。”胡小还在看着天空，理都没理张大队长。张大队长大怒起来，说：“看你个小鸡巴的鸟人，死缓还不买账是吧。”说到这儿，张大队长回头又是一声大吼：“王警官，把他送往禁闭室。”王警官一听，马上如狼似虎般地扑向胡小，推搡着把胡小送往禁闭室。胡小被王警官推搡着送往禁闭室时，脚下那副脚镣“哗啦哗啦”地发出了很响的声音，另外9个犯人不由兴高采烈齐声叫了声“喊”。张大队长又是一声怒吼：“不准出声。”其中一个家伙还是低声嘟囔了一句：“这个嫩头，还以为自己是个人物，傻逼。”

胡小确实不知道监狱禁闭室是怎么回事。当他看到那间长、宽、高均为1米的禁闭室时，知道要吃苦头了。但来不及了。王警官手中那根闪着耀眼火花的电警棍，已经戳到他的身上，胡小只觉得后腰杆子上一阵剧麻，不由跌倒在地。王警官提起一只脚，像踢一条癞皮狗似的，狠狠地把胡小踢进那个不比狗笼来得大的禁闭室里。

胡小被关进禁闭室，睡不能睡，坐不能坐，躺不能躺，他像一只被困的野兽，两只手就像两只野兽的前爪，一边拼命摇晃着铁栅栏，一边仰天长吼。那声音在冬日的白云山上空让人不寒而栗。

三天后张大队长带着王警官打开禁闭室的小门，胡小精神萎靡，眼神涣散，身上无一块好肉。张大队长说："这家伙第一次吃官司，就得好好吃些苦头。"

按照张大队长的意思，对于脾气极度火爆，具有明显暴力倾向，且刑期长的罪犯，比如杀人、放火、强奸等十恶不赦的家伙，洗涤他们那颗肮脏灵魂的唯一手段，就是强制性超负荷的体力劳动，只有这样，他们才能重新做人，回归社会，做一个有用的人。但是监狱长只是一句话就把张大队长否定了。

监狱长说："送他去绣花班。"

男囚绣花于白云山监狱而言，也只是试点，据说这个点子是司法部一位心理学博士后所做的课题。对于这个课题，白云山监狱的张大队长是不同意的。他说："男囚绣花，自古未闻，他奶奶地个熊，这不是便宜这帮罪犯了吗？"张大队长虽然资深，但是顶不上监狱长一句话，胡小最终还是被张大队长送往绣花班。

胡小被送进绣花班的第一天，张大队长当着众囚犯的面对胡小说："胡小，你给我老老实实地听好了。现在我给你一盒绣花针，里面共有大大小小绣花针 108 枚。晚上收工后，你就得老老实实还给政府 108 枚。少 1 枚就关一天禁闭；少 2 枚就关两天禁闭；少 3 枚就将关上一星期禁闭。绣花针有两种用途。第一可以绣花；第二可以吞噬。绣花是为了磨掉你骨子里的暴躁；吞噬只是你为了逃避劳动改造。绣花班里大多数罪犯选择了前者，最后回归社会，成了一个有用的人。而选择后者的人，梦想保外就医，那是痴心妄想。吞噬绣花针是什么滋味？是乱箭穿心；是求生生不得，求死死不得。"说到这儿，张大队长顿了顿，又加重语气说："更为重要的是，你将由死缓变成死刑，听清楚了吗。"

胡小没作声，只是对张大队长翻了翻白眼。

六

冬去春来，花儿开了，树枝吐芽了，小镇边上的河面上的冰块"咯吱咯吱"地融解了。镇民们也习惯了娘儿俩开的肉店。

胡氏肉店是彻底消失了。胡氏肉店很快成了镇民们遥远的记忆了。原先的胡氏肉店已改名“娘儿俩肉店”。像“娘儿俩肉店”这种店牌，常让镇民们暗自窃笑。这算什名字啊。不过窃笑也只是一阵子，时间一长，镇民们大都忙着去赚钱了。再说，小镇上的菜市场开了，肉摊头星罗棋布，随处都可以买肉。吃肉又算得了啥？小镇上有钱的人家，甚至于很少吃肉了，他们讲究起海鲜来了。“娘儿俩肉店”又算个啥呀。再说“娘儿俩肉店”里，那个整天板着个脸的披头散发的女人，也始终让小镇的镇民们横竖看起来不舒服，就这样“娘儿俩肉店”渐渐门可罗雀。也就这当口，据说申江县政府为了做大做强，把胡天镇镇政府撤销了，胡天镇整体划入胡地镇去了。这样，这个小镇更加无人知晓。胡天镇虽然撤销了，但这只是行政上的撤销，胡天镇还在。胡天镇不可能连锅端吧。人们该干什么还是干什么，对于胡天镇的镇民们来说，天空还是胡天镇的天空，大地还是胡天镇的大地，小河还是胡天镇的小河，没太大变化。

也不知是哪一天，镇民们早已淡忘的“娘儿俩肉店”忽然不见了，就像一夜之间蒸发了。“娘儿俩肉店”成了一家建筑材料商店。镇民们探头一看，发现老板竟然就是原先在“娘儿俩肉店”里打工的那两个河南人。镇民们就问河南老板：“肉店跑哪儿去了？”河南老板说：“那娘儿俩有病啊。整天死不死活不活的，这种生意怎么做啊，他们把肉店盘给我们，据说自己进县城开肉店去了。”镇民们听后，大都只是“噢”地一下，也没多加评论。但是镇民们知道，不论胡氏肉店，还是“娘儿俩肉店”都真正消失了。不但是真正消失了，而且从镇民们的脑子里给抹去了。这飞速发展的社会新鲜事儿多着呢，谁还记着那些破事啊。

但是胡大呢？一想到胡大，镇民们兴奋起来，对呀，胡大上哪儿去了。再细细一想，自从胡氏肉店赔给那娘儿俩后，他们就再也没看到过胡大出现在小镇上。这么一想，镇民们兴奋不起来了。胡大到底是个街坊邻居呀，人不坏，只是话少，人闷。他会上哪儿去？这样一想，镇民们不由惊出了一身冷汗。有好事镇民们就去问胖警察。

胖警察搞大了，胡天镇撤销并入胡地镇，级别上去半级，胖警察又提升为派出所副所长，现在成了一名副处级的所长，牛逼得很呢。一见那些好事的镇民问起胡大时，就有些烦了说：“现在社会开放，到处都是流动人口，我能管住他那么一个大活人吗？真是少见多怪。”镇民们一听，就说：“我们知道胡大是个大活人。但是胡大老实，他不会外出的。”胖警察被问得一愣一愣。心想，胡大这个三棍子打不出一个闷屁来的家伙，确实不像外出做生意的人。他除了会卖肉，还能干什么呀。肉店早已赔了，那么他会跑到哪儿去呢？有镇民们便建议胖警察去问问粮店里的雅娟，胖警察有些狐疑地问：“雅娟，问粮店里的雅娟干什么？”镇民们便诡谲一笑说：“你还是警察呢，你还是副所长呢，连雅娟的事你都不知道啊，喊。”胖警察说：“我还真不知道哩。”镇民们说：“记得那天胡小被你们牵走时，那个外地女人不是上去咬了胡小一口肉吗？当时雅娟一见，不是冲上去打了那个女人一记耳光吗？”胖警察一听，抓了抓头皮说：“有这事吗，我怎么不记得了呢。”镇民们一愣，说：“你记忆力怎么那么差啊，还是警察啊。”胖警察想了想，说：“就算这样，那又能说明什么？”镇民们就笑。其中一个像是有些文化的镇民说：“警察啊，毛主席他老人家有一句经典语录：群众的眼睛是雪亮的。”胖警察说：“毛主席，毛主席说过这句话吗。就算说过，你想说明什么呢？”那镇民就说：“据雅娟隔壁家的李老太太反映，胡小出事的那天，她亲眼看到雅娟父母一大早就搭头班公交车去了县城。”胖警察越听越糊涂了说：“我正忙着，你们说简单些行不行。”镇民们说：“也正是雅娟父母去了县城后，李老太太亲眼看到胡小这个杀胚进了雅娟家。当时李老太太就觉得雅娟不是个好女人。你想想一个好女人，又是一个大姑娘，怎么会把胡小这个杀胚放入自己的房间呢。再后来，李老太太又亲眼看到胡小这个杀胚，心急慌忙地从雅娟家出来，接着胡氏肉店出事了，你想，如果是这样的话，那么雅娟这个小娘儿，其实早已被胡小这个狗日的睡过了，这样也就能解释雅娟为什么会去打那个外地女人一记响当当的耳光了。这些都成立的话，胡大现在活不见人，死不见尸，雅娟应当知道。镇上只有她与胡家有关系啊。”胖警察一听，顿时严肃起来说：“你们说得对啊，你们简直都是福尔摩斯，同志们啊，这样吧，回头我给领导汇报一下，再去问问雅娟，你们看怎么样。”镇民们听后满意地说：“好的好的，麻烦你了。”

镇民们说完就走了。胖警察点起了一支烟，深深地吸了一口：“这帮吃饱饭没事做的傻逼，真他妈的会扯淡。还真以为自己是福尔摩斯呢。”

雅娟父母那天晚上从县城一回来，就听到满镇的人都在津津有味地说着胡小杀人的事。他们额手相庆啊。他们对雅娟说：“你看看，你看看，爸爸妈妈没说错吧，幸亏你没嫁给这个杀胚啊，否则我们家在镇上都抬不起头来。”雅娟听后什么话也没讲，只是进了自己的房间，把门狠狠地一摔，然后倒下就睡。那晚雅娟在被子里哭得一塌糊涂。

雅娟是第三年的秋天，通过在县公安局工作的以前一个女同学的关系，才打听到胡小被送往了白云山监狱的。雅娟对那个同学说：“我想去看他。”同学说：“雅娟啊，你疯了。这样的人，你怎么还会去留恋他呢。”雅娟低着头不作声。同学说：“你岁数也不小了。你看看我们这些同龄人，结婚的结婚，生孩的生孩，你为什么不去找一个好男人过上太太平平的日子呢。”雅娟泪水流了出来说：“你不要劝我了，我就是怎么也忘记不了胡小那个杀胚啊。”同学惊讶极了：“雅娟你是否有病啊。现在是什么年代？是改革开放的年代啊。不要说你们没有结婚，就是结婚了，也早就离了。雅娟，胡小是死缓啊，就算他在监狱里再怎么努力，从死缓到无期再到20年的有期，那意味着你将等他20年，你想过没有。”雅娟说：“我想过，可我就是忘记不了这个杀胚。他对我好，从不对我瞪眼，从不骂我，更不会打我。我知道他是真心呵护我，你说女人图的什么？不就图的这个吗？你说，你让我怎么办啊。如果我现在同一个男人结婚，我还是会想他的”那同学说：“雅娟，我是真心劝你的。看来你是不到黄河心不死，这样吧，过些日子，我将随我们科长去白云山监狱提审一个犯人，你随我们一起去吧。”雅娟一听喜出望外地说：“你们办案，你那科长会让我去吗？”那个女同学一笑说：“他在暗暗地追求我，他敢说不？不过你不能坐我们警车，你可以先坐火车到白云山市，然后我们到车站接你，把你捎带过去。”雅娟说：“那好。”那个女同学接着正色道：“不过，雅娟啊，我是看着我们老同学的份上，不忍心看着你这样，像一朵花似地憔悴下去。你要答应我，如果你看到胡小这个杀胚，还是和改造前一样，那么你回来后，马上给我找男朋友，嫁人，你答应吗。”雅娟没吭声。那个女同学火了：“那你就拉倒吧。”雅娟这才说：“我答应。”

雅娟是作为女朋友的身份去探监的。白云山监狱的张大队长，得知雅娟是胡小的女朋友时，半晌没回过神来，最后才说：“肖雅娟同志，我从警20年，看管的都是重刑犯。我见到太多家属的表现了。像你这种仅仅是以女朋友的身份，前来监狱探望重案犯的男朋友，在我们白云山监狱，我是第一次看到。其实改造罪犯并不单单是监狱的事情，太需要全社会支持了，尤其是他们的亲人。这样对罪犯的改造极有好处。我可以高兴地告诉你，三年来，我们对胡小的改造是卓有成效的，只要胡小保持下去，那么他的减刑是很有希望的。”雅娟听着张大队长的话，泪水流了出来说：“感谢政府，感谢领导，感谢警官。”说完，“扑通”一下跪倒在地上就给张大队长磕头。张大队长急了说：“你这是干吗？你不能这样。”说完就把雅娟扶了起来，随后又说：“你来一次也不容易，我陪你去看看他吧。”

张大队长先是陪着雅娟来到了绣花班教室门口，雅娟从隔着腕口粗的铁栅栏的窗口朝里一看，大吃一惊。跳入她眼帘的是这帮囚犯伏在大桌面儿上，像女人们那样专心致志地在绣着花儿。男人们怎么在绣花？他们有这样的耐心吗？他们能绣得好花吗？雅娟呆呆地想着。雅娟的眼睛急速地扫视着。她要看胡小。可胡小那个杀胚在哪儿呢。除了一片斑马形囚服和一个个光头在晃荡外，她根本看不清胡小。雅娟想，胡小啊，你能不能抬起头来，让我看一眼啊，你怎么就不抬头看我一眼呢。张大队长看出了雅娟的心思说："去会见室吧。这些囚犯不可能抬起头来。这是铁的纪律。不过我可以告诉你，胡小尽管只绣了3年的花，但是他的水平却是整个绣花班里最高的。真想不到，这样一个杀人犯，绣花水平却比你们娘儿们还厉害。"

雅娟是隔着会见室铁窗，一眼看到一名警察押着戴着手铐的胡小，一步步地走进会见室里的。当胡小看到穿着漂亮整洁的雅娟时，惊得目瞪口呆。他嗫嚅着嘴唇想说什么，终于什么也没说。雅娟隔着窗子对着胡小涕泪滂沱，战战兢兢地问："胡小，你还好吗？"胡小睁大眼睛点点头。雅娟说："听政府说，你改造得还好，我替你开心。"胡小终于咧了咧嘴苦笑了一下。雅娟说："胡大很好，他请你放心。"雅娟说这话时，身子在发抖。她想，胡大啊，胡大啊，你在哪儿呢。你不要怪我，你失踪那么多年了，我只得对胡小说谎了。否则胡小会不安心改造，那不前功尽弃了吗？胡小听到雅娟说起胡大很好时，脸上有了笑容。雅娟想，幸好我没说胡大失踪啊，否则这个杀胚，说不定会跳起来的。想到这儿，雅娟柔声地说道："胡小，你，你想我吗？"胡小呆了一呆，轻轻摇了摇头。雅娟一听，提高了一些嗓音说："你这个杀千刀的，你怎么能不想我呢。我可是日日夜夜地想了你整整三年啊，只要你不出来，我会一直想下去的呀。"胡小愣住了，想说着什么，但是终于什么也没说，却见那泪水却"哗"地流了出来。雅娟说："胡小，你说话呀，你不要哭好吗？"胡小点点头，但是那泪水还是止不住地往下流了。雅娟掏出手绢，从铁窗里拼命地伸过去想替胡小擦泪水，一边的张大队长突然大吼一声："住手。不准与犯人有肢体接触。"雅娟吓得一下把手缩了回来。张大队长这才轻声地说："这是纪律。"

半个小时的会面一眨眼就过去了。胡小被警察押回去了。这期间，胡小始终没说过一句话，看着胡小即将走出会见室的那一刹那间，雅娟仿佛看到三年前胡小被民兵们牵走时，变得越来越小的身影，雅娟禁不住地大叫一声："胡小，你这个杀胚，好好改造，快点回家，我等你啊，等你啊。"

雅娟与女同学还有那个县公安局的科长，一同坐上桑塔纳警车返回申江县。路上，女同学悄悄地问雅娟："怎么样，你还等他吗？你这个傻妞，该死心了吧。"雅娟没吭声。女同学说："雅娟啊，凭你这容貌，这善良，我帮你在我们县公安局里找一个，你看怎么样？"雅娟终于摇了摇头说："谢了，我是真的离不开他。"女同学说："为什么？是不是张大队长说他改造好，还是张大队长说他绣花好啊。那没用啊，你知道的，狗走千里改不了吃屎。”雅娟看着小车窗外急速掠过的山景，边抽泣边轻声说：“你知道吗，我不是为这些的，我是为胡小这个杀胚，他，他现在竟然会哭了。”

七

好多好多年后，早已被撤销的胡天镇边上，冒出一家绣花店。绣花店门面并不大，收拾得非常干净而又雅致。中国四大名绣：苏绣、蜀绣、湘绣、粤绣，比比皆是。而店内最让人大饱眼福的是顾绣。顾绣的历史大大地早于四大名绣。顾绣，粗看是画，摸起是丝。再细看一下，却是针细如毫，擘丝细过发，针法繁复，运丝如笔，配色柔雅，又间以淡彩晕染，颇具绘画之神韵。难怪董其昌称为“画绣”。顾绣多表现祥花、吉草、瑞兽、仙禽。一幅真正好的顾绣作品少则三四个月，多则一两年，使用的丝线少则一百多种，多则四五百种。胡地镇绣花店里那些顾绣，虽是仿作，但也足以乱真。仿明代韩希孟八开花鸟册页（八页）；仿张学良将军收藏的经典苏绣《君臣图》；仿当代大画家曹克家《猫》等作品，运用的刺绣针法就有羼针、乱针、撒针、滚针、正抢针、刻鳞针等等手法，让人看了眼花缭乱。尽管是仿品，但也让识货的朋友们看了目瞪口呆。想啊，如此精到的顾绣作品，就算它是仿作，那也该要花费何等大的功夫啊。只是令小镇人奇异的是，里面除了有几个身穿唐装的女人在绣花外，从没见到过老板。

一天绣花店里进来一个小青年。这是小青年第一次来。他进来后，也不买东西，只是 屁股坐到丝绸上。 个叫雅娟的女人与她手下的绣花女工们一愣，心想，这是怎么回事？随后雅娟她们就看到小青年从口袋里摸出了一包中华烟，从中弹出一支点燃后，深深地吸了一口，嘴里吐出一股浓浓的烟。雅娟也算是场面上见过的人，看着这个不速之客，心里就有些打鼓。心想，近来上小店买顾绣的大都是一些老外，莫不是我们的好生意，引起了同行的嫉妒？但转而又一想，不对啊，整个小镇也就是我们一家顾绣店，并没有其他同行啊，说嫉妒，那没道理。那么这小子是来收保护费的？这也不对，其他地方会有这类事情，但是这个小镇，治安非常好，有了胖警察当派出所所长，还有人敢来收保护费吗？这小子是来捣蛋的，也不像啊，小店虽则开张时间不长，但是从没得罪过任何人呀。小镇上的新娘子想买顾绣，她雅娟从来都是让利的，从没有想到过要斩小镇上的人，小镇上的人都是满意的呀，想到这儿，雅娟有些百思不得其解，便小心谨慎地上前问道：“这位先生，商店里是不能吸烟的。你是来买顾绣的还是来坐坐的。买顾绣，可以四处看看，你是第一次来，我可以给你打折；

是想来坐坐的，边上有椅子，我可以为你泡杯茶水，怎么样？”小青年不说话，抬头狠狠地瞪了雅娟一眼。雅娟内心一凛。她想，这个家伙怎么看上去那么眼熟啊，像是在什么地方见过的。但是再细细一想，又实在想不起在哪儿见过。小青年瞪了一眼雅娟后，就从丝绸上跳了下来，说：“我找你们老板。”雅娟这下心沉了下去。这家伙莫非是老板的……但不管怎样，来者不善，善者不来。雅娟说：“老板不在，你有什么事可以与我说。”小青年脱口就骂：“你他妈的是谁啊，我有必要和你说吗？”雅娟说：“你想骂人，那就随你便吧，我们商家讲究的是和气生财。”雅娟话音刚落，小青年猛地把燃着的烟头往一捆丝绸上一按，雅娟看到丝绸上出现了一个黑洞。雅娟惊呼：“你怎么能这样？”小青年狠狠地撂下一句话说：“告诉你们老板，让他早早出来见我，不要做缩头乌龟，听清楚了没有？”说完也不等雅娟回答，晃荡着身子走了。

小青年一走，雅娟一屁股跌坐在椅子上。几个绣花女工看着雅娟变得发白的面孔说：“雅娟啊，这是个小流氓啊，我们应该报警。”雅娟说：“不行。这事得容我想想。”绣花女工说：“那么赶紧报告老板吧。”雅娟再次摇头说：“不行。”绣花女工们说：“雅娟啊，报警不行，老板你又不让告诉，那你想干吗？”

三天后，小青年又来了，雅娟身子有些发抖，心想，上次坏了我一捆丝绸，这次他还想干吗？小青年一进门就说：“老板来了没有？”雅娟说：“老板出差了，最近不会来。”小青年咆哮如雷，骂道：“狗娘养的，他是怕了是不是。”雅娟强打笑脸说：“他怕什么，他真的出差去了。”小青年冷笑一声说：“出差好啊，那么我就让他马上替老子滚回来。”说完，小青年就从包里拿出一把锃亮的大剪刀，在雅娟眼前晃荡了几下说：“知道这是什么吧，这叫剪刀。剪刀是派什么用场的吧，剪刀就是剪东西的，尤其是剪起丝绸，那声音啊，好听得不得了。”雅娟急了说：“你想干什么？”小青年说：“听说你这儿的顾绣很出名啊，那么我就……”雅娟看出了小青年的意图，刚想上去，就被小青年推到一边。小青年看着墙上挂着的一幅顾绣狞笑道：“《达摩面壁图》，还面壁呢，标价 5 万，不错，不错，就是它了。”说完，一把把那顾绣从墙上扯下，那把锃亮的大剪刀便在顾绣上游走起来。雅娟冲了上去，抓住小青年说：“不要剪，不要剪。”话音刚落，《达摩面壁图》已被一剪为二。雅娟傻呆了。小青年随后拿起一剪为二的《达摩面壁图》擦起了皮鞋。雅娟的泪水流了出来，气得话都说不全了：“这是艺术品啊，你，你知道后果吗？”小青年一听勃然大怒，恶狠狠地说：“后果？你他妈的还知道后果。告诉你们老板。我会天天找他。一天不出来，我就找他一天；

一年不出来，我他妈的就找他一年，老子就不信他不出来。”

小青年要走了，雅娟上前拦住他说：“你不能走。”小青年见雅娟拦挡他，伸出一拳把雅娟打倒在地，恶狠狠地说：“你这个骚女人，老子20多年前就在这个小镇上认识你了。我不揍你，那是因为你是女人，你知道吗？”小青年说完，手脚并用，把店里砸得稀巴烂，随后扬长而去。

被打倒在地的雅娟却傻了。她傻不是被揍；也不是绣花店被砸得稀巴烂，而是被这家伙的恶狠狠的话说傻了。什么叫20多年前就认识你了？20多年前雅娟在干什么？想着想着，雅娟内心不由痉挛起来。她知道他是谁了。

八

用不了一天，更用不了一年，雅娟倒地的一刻，绣花女工们已经惊慌失措地给老板打了手机。当时老板正在市区与英国商人谈判。老板接到电话，生意也不做了，立即中断谈判，直接开车从市区赶到胡地镇绣花店。

老板50出头，出现在跟前的老板看去却有60多岁。老板一看店里一片狼藉，再听绣花女工们一说，皱了皱眉，轻声问了一句：“雅娟怎么样了？”女工们说：“她在楼上躺着休息。”老板一听心急火燎直往楼上冲去。老板上了楼后，就见雅娟卧在床上。雅娟一见老板回来了，很生气地对几个绣花女工说：“谁让你们打电话的。”众绣花女工面面相觑，半晌才说：“店里出了那么大的事，再说你又被……”雅娟一听挥了挥手说：“也不能怪你们，忙去吧。”女工们下楼了。雅娟对老板说：“没啥事的，你回来干吗？你不是在与老外谈判吗？”老板苦笑道：“雅娟啊，家里的事比谈判重要多了。谈判又算什么啊。现在我不回市区了，我要等他，我要会会这是哪里来的神仙。”雅娟一听急了说：“你不能呆在这儿，我已经报警了。这家伙如果再来，可以让警察来处理。”老板看了看雅娟轻声说：“他一定是冲我来的。我一定要会他，不过你为什么要去报警呢。雅娟啊，这世上好多事情是不能用报警来解决的。”雅娟说：“我知道你的脾气，我怕……”说着说着雅娟的泪水流了出来。老板抱着雅娟战栗的肩膀说：“雅娟，不会有事的。你放心吧。”雅娟说：“我不放心。如果你要让我放心，那你就回市区。这儿由我打点就行了。难道他敢掴死我。最多我们换个地方开店。”老板笑笑说：“第一，不要说掴死不掴死的，这话不好听；第二，不要说换个地方开店，我在胡地镇开店是开定了。谁都赶不走我。对了，你要不要去医院看看。”雅娟拉着老板的手轻声说：“你坐下，喝口茶，陪陪我就会好了。”老板抚摸着雅娟的脸说：“好，我听你的。”

小青年第二天没来，第三天也没来，一个月后的一天傍晚，小青年出现了。小青年一出现，雅娟马上冲上去挡在老板前面。小青年把雅娟轻轻地一推，雅娟一个趔趄差点摔倒在地，老板一见，正眼都没看小青年一眼，马上前去轻轻地把雅娟扶了起来，心疼地问："摔疼了没有？"雅娟摇摇头。老板见雅娟没啥，这才抬头迎着小青年问："听说你要找我？"小青年说："你这个乌龟王八蛋终于出洞了。"老板好像没听懂小青年的话，说："你砸了我的店，把我的女人打伤了，这是怎么回事？"小青年没有回答老板的问话，只是恶狠狠地看着老板，好像老板脸上有花。老板见小青年没作声，又自言自语地说："更何况你还把我的《达摩面壁图》剪了。这幅顾绣作品花了我整整三年功夫，用掉 399 种丝线，磨秃长长短短绣花针 14 根，顾绣中的所有针法，比如羼针、乱针、撒针、滚针、正抢针、刻鳞针全都用上了，知道吗。"

"不知道。"

小青年说完，从后背摸出一把刀朝地上一砸，只听地板发出"轰"地一声响，灯光下，那刀在地板上弹了几弹，发出几道凛凛寒光。小青年说："认识吧。"老板弯腰，从地上捡拾起刀，轻轻摸了摸说："一把好刀，一把好的杀猪刀。可我不杀猪，我只会绣花。"小青年对老板说："你以前可是杀猪的。"

雅娟一见急了，再次冲上去抱住老板，想夺过那把杀猪刀。老板把雅娟轻轻地朝边上一推说："别紧张，没事的。"老板没理小青年，只是把刀轻轻地放在地板上，随后拿起杯子，低头抿了口茶。老板把杯子放在桌上后，坐下，顺手拿起装有绣花针的盒子，从中挑出一根绣花针，一针一线绣起《达摩面壁图》来。老板说："我不知道你是谁，但你毁了我这幅好作品，我不计较，因为你年轻。我年轻时也是这样。你走吧。"小青年不走，恶狠狠地说："你杀了我爹，只是吃了官司，我现在要你赔，我要让你倾家荡产。"老板抬起了头，伤感地说："小伙子啊，我家肉店赔了；我哥胡大失踪那么多年了；我呢，判了个死缓，虽没死，但我好歹也在监狱里整整呆了二十年，你们应该满足了。"小青年气汹汹地说："放屁。那我呢，我们家呢？我爸被你杀死了，我妈活活气死了，我没了爹妈，我穷透了，你知道吗？"老板点点，想了想说："那你想怎样？"小青年说："你这套房子，连同店里的所有的顾绣都赔我，就一了百了。"老板笑笑说："不行，没了房子，没了那么好的顾绣，我怎么活下去啊。"小青年说："我不管。我只给你三天时间。"老板说："三天太长，现在我明确告诉你，不行。"小青年怪笑道："你还以为你是当初那个年纪吗？你已经老了。不行也得行。信不信我现在一刀劈了你。"老板说："我信。"小青年说："那你还不同意。"老板说："对。"小青年发怒起来，从地上操起杀猪刀，对准老板边上一把茶几劈了下去，那茶几“咔嚓”一声，顿时一分为二。老板一愣，说：“年轻人，你真是穷疯了。”小青年说：“是又怎样，不是又怎样。”小青年话音刚落，老板右手抓起一把绣花针，手腕一抖，绣花针犹如道道银线直飞墙上，半壁墙壁顿时银光闪闪。

雅娟和绣花女工们看得倒抽一口冷气。

老板慢慢站起，推开椅子，一字一句说：“你给我好好听着，我在监狱二十年，警察整天让我做的就是绣花。我绣花 20 年。你懂吗？”小青年说：“你他妈的吓唬谁啊。你以为你是武林高手。我告诉你，打从你进去以后，我先是在胡天镇杀猪，后来我又搬到申江县城里杀猪，我杀了 20 年的猪，你知道我杀死过多少头猪吗？”老板一双锐利的眼睛，在灯光下，犹如绣花针一样又亮又尖。老板说：“在我面前，你就是把世上所有的猪都杀尽了，也没用。”老板话音刚落，小青年手里的杀猪刀就朝老板面门慢慢地晃了过来，老板侧身一让，右手上前一挡，三个手指没了，三道鲜血直溅小青年的脸上，小青年一愣，手中那把杀猪刀“哐啷”掉在地上。小青年转身夺门而逃，刹那间只听老板大吼一声：“站住，你他妈的再敢动一步，我让你生不如死。”雅娟与绣花女工们看到老板伸出的左手背上有一块亮晶晶的疤痕，那带有疤痕的左手，紧紧抓起盒子里的一大把绣花针，悬在半空。

时间僵硬地停止了，半晌后，老板的手指松了，老板手掌里的一大把绣花针，像雪花一样，纷纷扬扬地掉在绣花盒子里，发出“叮叮当当”的响声。老板轻声说：“小伙子，这三根指头是我送给你的。你给我记住了，你不要给我显摆你杀了 20 年的猪。猪是猪，人是人，就是给你 100 年的时间，你也杀不了我。知道这是为什么吗？”小青年像一根铁钉被死死钉在地板上，一动不动，喘着粗气。老板说：“我告诉你吧，你图的是财，而不是图的是仇。我不想再见到你，你滚吧。”

小青年一听，脸色通红，一个转身，急急如丧家之犬。雅娟尖叫着扑到老板面前，老板退后一步，苦笑着对雅娟和绣花女工们深深地鞠了一躬，说：“我让你们受惊了，真是对不起你们啊。不过，这是我自找的。只是，只是以后、以后，我再也不能绣花了，尤其是这幅《达摩面壁图》。遗憾啊。”

老板的眼泪流了出来。

老板跌坐在一张太师椅上。

雅娟捡起地上三根血淋淋手指，用上一块上等鲜艳的绸缎细细包好，紧紧贴在脸上，随后和绣花女工们连拖带拉地把老板送往医院……

2008-2-7

和作家李图玩游戏

一

我这辈子曾经拥有过一个最好的朋友。他叫李图。比我小五岁。但我们在一起却有二十年了。也就是说，李图在 20 岁那年我们就已经认识并成为一对很好的朋友。不幸的是李图去年 2 月 15 日晚因病去世。享年 45 岁。李图去世时，我就在他身边。我是眼睁睁地看着他躺在病床上死去的。让我非常凄楚的是，李图心脏停止跳动后，眼睛却没合上，死死盯着我。李图的老母亲颤栗着伸出那双布满青筋的老手，哭着想把他的眼睛合上，可怎么也无济于事。老母亲哭着对我说，老禾啊，你看看这怎么办啊。我轻轻抚摸着老人家枯瘦的双手，望着老人家满脸皱褶和一头雪花似的白发，欲哭无泪。李图为什么不闭上眼睛，是否说明李图还有未了的心愿呢。我是李图的好朋友，目睹李图母亲哭成一个泪人，我他妈的怎么也得试试让李图合上眼啊。让他放心上路。我想了想，就附下身子在李图耳边轻轻说了一句话，我说，李图啊，你那长篇小说我看了，行。我服了你，你丫的就闭上眼睛，让你母亲少流点泪，行不？说来也怪，就这么一句话，李图的双眼终于合上了。

我是 2 月 13 号深夜接到李图母亲打来的电话。电话中李图母亲哭着对我说，老禾你快点来，李图在医院，快不行了。我吓了一跳。我想李图平时身体很好啊，就说俯卧撑吧，这小子一分钟能撑一百下，连气都不喘一口，这是我亲眼目睹的，这小子怎么会不行了呢。李图母亲在电话里也讲不清楚，反正就是那个意思，李图在电脑前整整写了一个晚上，后来身子一歪倒下了。老太太这么一说，我才猛地想起，李图熬夜肯定是在修改他的长篇小说。妈的，如果是为了修改小说，把小命送了，李图这他妈的不是弱智是什么呀。

关于李图写的那个长篇，我是非常清楚的。李图也曾经将他的长篇小说前面十几个章节发给我看。凭良心讲，还是不错的。我觉得他的长篇小说比起他的中短篇小说来说，更胜一筹。说起他的长篇，还得从今年元旦说起，那天我与李图在我家门口的小酒馆里喝酒，李图冲我说：老禾，你丫的以后几个月里，少他妈的来烦我。我一听愣了。我说：你什么意思啊。你是醉了，还真是不想与我交朋友了？他说：不是的，老禾啊，你我什么关系啊，那是比亲兄弟还亲的兄弟啊，我巴不得天天见面，只是我这辈子发了那么多的中短篇小说，可在你眼里没有一篇是好的。我想试试长篇，看看究竟行不。我说，李图你怎么这样说话？老哥满意不满意并不重要，重要的是编辑满意。小说写给谁看的？小说首先就是写给编辑看的，只要他们约你稿，发你稿，你就成功。哪像我啊，这一生，除了喝酒、看书，啥东西都不会，连个新闻报道都整不了，更不用说写小说了。李图说，你拉倒吧。我从你眼里能看出，这些年你常把中国的小说斥为一堆垃圾，没一个能上你的眼的，更何况我写的小说？就算发了有什么用，所以啊，我想花上个半年时间写个长篇试试。我说：那好啊，什么内容啊。李图说：你我在照相机总厂工作那么多年，下岗也有那么多年了。我总在想，我们那个大厂怎么说倒闭就倒闭了，我他妈的不死心啊。我就是想写一部关于中国照相机兴衰史的长篇。否则我死不瞑目。李图有这样的雄心壮志，我是不能泼冷水的。我说好的，我一定不来打搅你。不过写好后，我得先睹为快。他笑了，猛地击了我一拳说：那当然了。你不看还不行，不看老子跟你急。不过，我想以你的鉴赏能力而言，恐怕这个小说不会得到你的好评。我说，那是什么话啊，你还没写，我还没看，我怎么会说这样的话？李图啊，不是大哥恭维你，你现在的水平早已不是20年前的水平了。我相信你能写好。李图听了，低下头，使劲喝了一口酒说：你可不要蒙我。

那个晚上，我俩喝得非常尽兴。尽兴时，我便按照每次我俩见面喝酒时的习惯，做起了游戏。这个游戏说来也是俗套，就是双方轮流编故事。这个故事可以说得胡说八道，可以编得天花乱坠，但有一点必须明确，那就是一定要让对方听了心服口服。

你想啊，李图好歹称得上是个作家，一个作家我们其他不说，单就编故事的能力而言，总他妈的比我强吧。我是啥，就像我前面讲的，除了喜欢看些书，喝些酒外，啥都不是，我能赢他吗？不过也有例外，比如今晚我就有备而来，我他妈的一定编个让李图睡不着觉的好故事。

我记得清楚，那天喝酒时，李图看我菜没吃上一口，而是上来就是美美地喝了一大口小糊涂仙，李图就说：老禾大哥，看你那神采飞扬，你丫的肯定是编了一个好故事，搞不好老子今天就得买单。我得意地说，李图啊，你真聪明，到底是小说家，观察人就是不一样。李图一听，突然正色地对我说：老禾你别说我是小说家。我最烦你的就是说我是小说家。老子一直定位在文学爱好者这个层面上。我说：好好，我说你是超级文学爱好者这不算错吧。李图说：这才对了。不过老禾你别先牛逼，说不定你编的那个故事刚开了个头，老子就知道是个什么结尾了。我看到时究竟谁买单。我说：行了，不过你现在别说话行不，你这样一说，影响老哥的情绪。拜托兄弟了。李图说，好好，你说吧。

李图不吭声了，我开始编故事了。我说，我现在编的这个故事发生在抗日战争时期。主人公叫什么呢，我瞎编一个吧，那就叫他张热。小说就是讲张热在整个抗战时期的经历，时间跨度也就是从1937年7月7日卢沟桥事变开始，然后编到1945年8月9日零时，158万苏联红军突然越过乌苏里江、黑龙江和蒙古大草原，从三路攻入伪满洲国。70多万日本关东军像雪崩一样在24天内溃灭。

我说，我编的这个故事主要内容就是张热在整个八年抗战当中的经历与感受。在日军侵入东北之前，张热自己在家乡经营着一个马帮。卢沟桥事变后，张热被征召进国民党的军队里，当了一名通讯兵。很快，他就被日军俘虏，关进了长白山战俘营。在战俘营里，由于干活卖力，被安排当了汽车兵，运送什物。接着又被调配到位于日军首脑位于东北巢穴附近的"长白山自然保护区"帝国犬猎队，直接为日本陆军上将板垣征四郎等敌酋的狩猎活动服务。当然了，冈村宁次、梅津美治郎、山田乙三、松井石根、土肥原贤二也常会到这儿来打猎的。

在这之后，张热又被调到"沈阳军政学校"服务。这时第二次世界大战已近尾声。当苏联红军于1945年8月9日零时攻入伪满洲国，日本法西斯帝国全线崩溃之时，张热带着一名儿童加入了逃亡的日本人的队伍。后来为了躲避苏军坦克，他终于陷入了一处没顶的沼泽，在战争即将结束的同时，结束了自己的人生。

我在简述我编的这个故事的梗概时，其实是担心的。为此我始终注视着李图。我生怕李图把酒杯一扔说:你个老禾,你丫的编的是什么故事啊,不就是……李图没有扔了酒杯,而是说:老禾啊,怎么每次见面你丫的总会编些我不知道的故事啊。我怎么就猜不了你那狗日的故事的结尾呢。我听了哈哈大笑。我说如果你猜到了,还轮到我来编故事,你早就跳起来让我买单了,所以啊,接下来见面喝酒的日子里,你快快准备好银子,就等着替老哥买单吧。

李图一笑说:未必。现在是你编故事,等会儿是我编故事。如果你输了,我们也就是打成平局,AA 制。我说,好好好。现在我先编其中一个情节,我要让你知道,什么叫好东西。李图见我眼睛发亮,说,你只说了个梗概,看你那样子像捡到了一件宝物。

李图已经急了。

我说,我先编的这个故事的题目叫:长白山的吃人魔鬼。

刚才我说了,长白山是个“猎宫”。而前面讲到的张热是个战俘。那么张热第一次见到日军陆军上将板垣征四郎是怎样的场景吗?

说到这儿,我轻轻地喝了一口酒。我说,那天晚上张热看见庞大的轿车缓缓地开进长白山的“猎宫”停了下来。四个车门同时打开,只见从一扇后车门里滑出一个浅黄色的、长长的躯体,一只老虎,是只真正的东北虎,系着一根皮绳。绳端拉着帝国上将,他显得快活而又笨拙,身上裹着雪白的军服,圆滚滚的,简直就像只圆球。他们共同走进了餐厅。随后板垣征四郎让张热宰马,马宰了以后,当场肢解,扔给了长白山森林里的一头野猪吃。那头凶暴的野猪几口就把那匹马吃光了。随后板垣征四郎又将野猪杀掉,喂他本人和他的老虎。李图你丫的好好听着。李图说:老禾你说呀,卖什么关子。我说,那好。此刻只见板垣征四郎身穿一件雅致的浅蓝色和服坐在餐桌前,面前摆着半头野猪,手中正高举着一只野猪腿,仿佛举着一根大头棒。老虎就坐在他们身旁,凶猛地盯着那块在它头上移动的猎物,可当猎物朝它的方向靠近时,却拿不定主意,慢慢地把嘴往前凑了几下。最后,帝国犬猎队队长板垣征四郎大口地啃咬起来,一时间,他的整个面孔消失在巨大的野猪腿后面。接着,他满嘴塞得鼓鼓的,把野猪腿递给了老虎,老虎跟着张牙猛咬。就这样,那块猎物在两个魔鬼之间反复地来回移动,只见两个魔鬼满含深情地相互凝望着,一边大口大口地咀嚼着散发着麝香味的黑色野猪肉。李图,我操,你听后觉得怎么样啊。就这么……李图一下截断我的话说:老禾啊,我只是听你讲,你不要让我评论好不好,后来呢。

我说,对不起李图,我激动了。我说,接下来,也就是第二天白天,板垣征四郎带着他的随从开始对长白山森林里的鹿群展开了大屠杀，那天总共有11只公鹿和4只不生育的母鹿躺在血泊中，冒着腾腾热气。张热看见板垣征四郎高举阔刃矛，跑到一只只雄鹿面前，他拉开那还颤抖着的庞大躯体的两条大腿，把两只手一起伸进去，右手有力地拉锯，左手摸索着被锯开的阴囊，取出像鲜肉丸的睾丸，白里透红。李图啊，你看看老子是怎么编写战争的，老子不是从正面来编的，而是通过这些杀人恶魔在后方基地这些深含寓意的画面，将法西斯嗜血成性的凶残邪恶本质暴露无遗。

李图这次没有作声，但我发现李图嘴唇哆嗦起来。他急切地问我说，这果真是你编的，还是从哪本小说里看来的。我说，李图，论看书，你不比我少，你见过这样的小说吗？我说，你这样怀疑，本身就说明你违反了游戏规则，罚酒一杯。李图垂下了脑袋。

李图喝了酒后说，老禾你不要牛逼，妈的，老子也准备了一个新故事，我倒要看看你最终服不服我？同时李图接着又说，我在讲故事的时候，我希望你不要自作聪明，总以为自己编的故事都好，别人家的你都瞧不起行吗？

我知道李图讲这话是报复我。我说：行啊。我一定谦虚谨慎行了吧。李图说，那好。

坦率地讲，我与李图就是这样常常喜欢互相抬杠。如果不是这样，我与小说家李图很难成为一对知音，很难把我们20年的友情保存到今天。我想，我倒要看看他给我讲个什么样的故事。自从我俩在同一单位一同下岗以来，李图家我也不知去了多少回，他书架上只有2 000余本外国小说，老子有5 000余本外国小说，翻他个倍。此外他发表过的小说，我都看过。他肚子里有什么货，我也知道一些。我除了不会写东西，论说编故事能力我不会亚于他的。我怕什么呀？我想，这一局我肯定赢了。李图输定了。

但我没料到，李图开门见山就说：你刚才说的是发生在抗战时东北的故事，现在我要说的是发生在我们东海上一个荒岛上关于兄弟俩的故事。我一听马上说，那好，我最喜欢听荒岛发生的故事了，不过，你可不要编个《鲁滨孙漂流记》给我听啊。

李图一听不高兴了，说：我说老禾老禾啊，我就知道你喜欢自作聪明。我小说写得再他妈的糟糕，但也不会弱智到编个《鲁滨孙漂流记》来蒙你啊？

一见李图不高兴了。我马上说，对不起兄弟，是我的错，我自罚一杯。

说完，我自己倒了一杯满满的小糊涂仙，随后一干而尽。李图说，慢，你什么意思，你看故事只是刚开了头，你就喝掉三两了，你还让我喝不。

我说：怎么不会让你喝。只要编得让我叫绝，我再买一瓶又如何？嘁，不就是一百元嘛。

李图，行，那你就竖起你的狗耳朵好好听着。不过我就不像你那样先编故事梗概了，我是直接讲细节。你听着，那天在荒岛上，弟弟要干什么意想不到的事，他自己一下也弄不清楚。在一堆火燎滚烫的灰堆上，他放上了他从海里逮到的那只大乌龟，他把龟背朝下放在火堆上烤。乌龟还没死。离死还远着呢；只见它四个爪子在空中乱抓乱扒。站在一旁的哥哥甚至相信听到了某种沙哑的干咳声，这大概就是乌龟按照它的方式在诉冤叫苦吧。也就是一会儿，哥哥看见龟壳原来凹陷的地方已经消失，在烘烤之下渐渐隆起，弟弟连忙拿一把刀把龟壳从这个动物的肢体相连的地方割下来，哥哥这才明白是怎么回事。甲壳并不是很平的，形状如同一个向内凹陷的盘子，这时，那只龟向侧面翻滚，于是四爪着地。在它背上冒出一个透明的红红绿绿兼带紫色的大水疱，晃动着，活像充满血液和胆汁的一个大背包。简直像是噩梦，乌龟以极快的速度向海里跑去。潜入大海的波涛里面去了……弟弟平心静气地看着乌龟说：你错了，你这样下去，螃蟹一定会把你吃掉的……

这下我笑不起来了。李图以上讲的这个细节，让我听了恶心。妈的，这个弟弟也太残酷了。在我的记忆中，《鲁滨孙漂流记》里好像没有这样的情节啊。看来李图真的是在编故事了。但这样准确的细节难道真是李图编出来的。想想不会吧，李图尽管是个作家，我前面说过，我几乎看过他所有发表的小说，好像没有这么精彩简练的描写啊，这是怎么回事。可是想想又是可能的。在我的记忆里好像也没有哪个作家写过这样准确无误的大手笔的细节啊。

二

自从李图开始写那个长篇小说后，我们大大减少了喝酒相见的次数。原先至少一星期见一次面，现在变成了半个月见一次面。见面后主要还是继续游戏，继续自编故事。

现在李图死了，又是累死在电脑桌前，我非常伤感。李图不承认自己是个小说家，但我心目中一直认定他就是一个纯粹的小说家。在我们这个城市里，你们也知道，所谓的小说家也有六七百个，但像李图那样，每天除了看书、写作、外加喜欢喝点小酒的男作家非常少。男作家们大多忙着边做生意边泡妞了。由此每每想起英年早逝的李图，我总在想，这辈子恐怕不会再有李图这样的好朋友了。一想到这些，我的心情非常难受与沮丧。李图死了。李图的墓地坐落在上海远郊奉贤区的海边。尽管很远，但李图去世后，我还是常常去看他。去看李图十分简陋的墓地；去看粗粝的花岗岩石碑上李图那张笑口常开的脸，同时我还常常坐在他的墓地前，看着那张既熟悉又陌生的脸，试图把他从墓地里唤醒，想为他讲讲我最近又在新编的故事。

李图坐落在海边的那个墓园非常大，据墓地管理员说，它是目前上海规模最大的墓园，那儿居住着一万多个亡灵。但只有李图的墓碑上写着这么一行字：文学梦幻者李图之墓。这行字是李图生前对我说的。他说：老禾啊，我他妈的这辈子就好文学这一口，可就是写不好。如果有朝一日我死了，你要告诉我妈，一定不要在墓碑上写上什么小说家李图此类的捞什子，那是扯蛋，要写就写文学梦幻者李图之墓。

李图有些谦虚了，据我所知李图在我们这个城市里的小说家中，并不是很差的，但也不是最好的。以我的眼光来看，李图写小说的水平在我们这个城市属于中上。李图出道很早。13 岁在《青年报》上发表小小说，17 岁在《少年文艺》上发表短篇小说，20 岁在《萌芽》杂志发表中篇小说，30 岁在《十月》杂志上发表长篇小说。除了《收获》，后来十几年里他的小说差不多在全国各个刊物上都发表过。也算可以了。不过李图在我心目中，也只是一个普通的小说家。然而我最为敬佩的是李图那种对小说执著的精神。这种精神我是没有的。李图比我强多了。然而李图对我非常尊敬。这种尊敬并不是我比他痴长五岁。那是有其他原因的。不过这种原因一般人是不知道的。那时我们那个有着 5 000 余名员工的照相机总厂里的好多人非常纳闷。在他们心目中，李图是个极为骄傲的员工。不要说一般人，就是厂长、书记在他眼里根本算不了什么。即使如此我们厂领导看见他，也从不叫他姓名，而是客气地称他作家。李图骄傲是有资本的。

我早先与李图并不认识，我们虽在照相机总厂，可那大厂有 5 000 余名员工，占地 500 亩。我们不是一个部门的，再说年龄也不对，我们怎么会认识呢？不过那时对于我们厂里这位叫李图的小说家我是知道的。5 000余名员工中，只有他一人写小说，并且成功了。我能不知道吗？我也曾看过他发表过的那些小说。不过我并没有对任何人说过我的感想。我想我算什么呢。邓小平说发展就是硬道理，我想李图能发表小说也就是硬道理吧。

我与李图最初认识是在一次从市郊回上海的厂车上，李图见我在看一本厚厚的书。现在我记得很清楚，我看的是法国杜伽尔的长篇小说《蒂博一家》，那是一本分上、中、下三册，长达近一百五十万字的煌煌巨著，那时我已看到下册了。李图非常惊讶，他说，你怎么会看这么厚的书？我说我为什么不能看呢。李图笑笑说：我敢说，整个照相机总厂没有一人会像你那样，能有耐性把这本书看完。就说我吧，这三大本书也只看了两本。你行啊。我说我不行，我们厂里那个叫李图的行，他会写小说啊。李图一愣说：你认识李图？我说我不认识。他说：你想认识他吗？他是我们车间的。我说：我要认识他干吗？他的小说写得很一般啊。李图说：不会吧。他在上海还是有些小名气的。我说：他是凭小聪明来写小说的。这种小聪明逃不过我的眼睛。就说他最近在北京那个《青年文学》上发表的中篇小说来说，虽有生活，但缺想象。太糟糕了。那些狗日的编辑怎么会发他那种破小说。李图说，那你认为什么是好小说。我说，很难说好小说有统一标准，但至少对我而言，一要有阅读难度；二要有超出常人的日常生活与阅读经验之外吧。这是起码的。坐在我身边的李图脸蛋儿涨得通红，突然从座位上站了起来，说：还没人这样说我的小说。你这是污辱我。李图这么一说，我愣了。我不知道这个坐在我身边的小伙子就是李图。我不想与李图在厂车上争论起来。我笑笑说：你是李图啊。对不起，我是胡乱说的。如果我知道你是李图，我就不说了。

李图见我这么一说，有些沮丧。坐了下来。

一个半小时后，我们厂车到了市区静安寺，我下车了，李图也下车了。李图是提早下车的，他家住曹家渡，他完全可以从曹家渡下车的。当时我并不知道。他跟着我下车后，就对我说：老哥你能告诉我，你是哪个车间的，你叫什么，我们以后能成为朋友吗？李图这样一说倒是出乎我的意料之外。我想了想说：李图啊，我刚才是瞎胡闹的，你别生气。其实你有才气，你的有些小说也确实写得不错的。可是我除了喜好看书外，又不会写小说，你和我交朋友，不怕误了你的宝贵时间。李图说：老哥，你他妈的别给我戴高帽。我知道你说得有道理的。总之你这个朋友我交定了。就是你不理我，我也会来找你的。你只要在照相机总厂一天，你就跑不掉。李图说这话时，我笑了。我脑海里突然一转，我总觉得李图我好像在哪儿见过似的。尤其是这家伙说话的语气、神态我总觉得熟啊。可仔细一想，却怎么也想不起在哪儿见过他了。

现在我就坐在李图坟地前。我给李图倒了满满一杯小糊涂仙。我对李图说：小老弟，哥又来看你了。你知道你走后，我就没朋友了。喝酒也只能一个人了。太没劲了。你为什么走得那么早啊。你还记得元月十五号我们见面吗？你不会忘记的吧。那天是在你们曹家渡中行小区门口的小酒馆里喝酒啊。你半个月的时间里就写了二万字，我看了，我损你了。我说了，写那个长篇你要记住，情节咱不说，但你一定要给老子弄出几个鲜活活的人物来。你很沮丧。我说，你沮丧什么？老哥不会写小说，但是老哥上次编的，包括你编的那个故事，你为什么不把它融进你的小说中呢？李图想了想说，我知道了。

我现在还记得那天，我继续与李图玩游戏，继续和他编故事。

张热已经从长白山来到了小兴安岭打猎场。这时苏联红军开始大反攻。日本鬼子就准备让那些从日本招募而来的娃娃兵们上去。小兴安岭打猎场的日本总管对孩子们说，苏联人的这些坦克并不可怕，孩子们你们就像平时打猎一样带上地雷上去。孩子们雀跃欢呼。总管开始对孩子们进行反坦克火箭实弹射击训练。学员队轮流按弹幕法埋设反坦克地雷阵。这是一种碟式地雷，至少要40公斤压力才能引爆。操作起来相对安全一些。不过这种地雷自重15公斤。对孩子的耐力与体力无疑是种严峻考验。他们必须将地雷从卡车上搬下来，搬运到事先选好的埋设地点。即敌方坦克可能突破的“必经之路”。在纵深二三百米的范围内，地雷呈梅花状分布，每两米的阵面就有三颗地雷。其中有个孩子叫小津三郎，个头不高，长得腰圆背厚，双腿粗壮有力。外表虽然笨重，但步履轻盈，然而他失去了平时平地生风的步子，右手提着沉重的死亡之碟，这个铁甲封闭的圆饼压得他身体歪向左侧，另一只空手的胳膊直直的，在空中呈水平状摆动着。走出百步后，他停下换手，步子比刚才还急促，右胳膊在空中晃荡。看见他走出百步后，朝跟在后面的张热笑了下。鼓了一下腮表示累了。最后他才用了一种无疑是更省劲的搬动技术，但完全违反了教官所教的布雷和排雷规程。只见他两手托在地雷下端，将它抱起，紧贴腹部，上身微微往后倾，他又停了两次，这样张热与他就更近了，当地雷爆炸时，张热与他只有十来米的距离。张热什么也没听见，只看到孩子行走的地方燃起一团白色火光，紧接着，一阵耀眼的风暴将张热横扫在地，一阵气化的血雨淋了张热一身，有一阵，张热自己都觉得自己恐怕已不省人事，他只记得有人很快把自己抬走了。在医务室，大家见张热毫发未损，甚为惊奇，而张热从头到脚像穿了件血衣，可却没有一滴血是从他自己身上流出来。原来是小津三郎被气化成红血球雾，染了张热一身血。

李图听后久久不作声。半晌眼泪流了出来。说：妈的，你编得真好，老哥，可怜那个孩子了。我也低下了头。我说，我自己故事编到这儿时，一想到那个叫小津三郎的孩子被气化成红血球雾，我自己也想流泪，这个细节怎么样啊。

李图想了想说，太好了。我他妈的还能说什么呢？我无话可说。不过，现在轮到我编故事了。我他妈的再编不出好故事，我可真要买单了。我说，那当然，你不编，你编不出让我满意的故事，那我们这个游戏就无法进行下去了。

李图这次讲得简单。没我讲的多，但也足以让我震颤。李图说：在荒岛上，那个弟弟发现了一头高大威武的野公羊。这只野公羊出现在潮水般涌来的公山羊与母山羊群中，它那身姿活像一块岩石死后兀立着。就是这头大公羊把那个弟弟撞得像一具脱臼散架的木偶人一样，然而这个弟弟一下扑到这头公羊的脊背上，人的重量压得公羊站立不直，但它放开四蹄一个劲儿地朝前猛冲。弟弟咬牙忍住肩上的剧痛，死死抓住那畜生不放。他两只手牢牢抓着弯曲的两角靠近头骨的地方，两腿紧夹两胁上的羊毛，他的脚趾紧紧揪住它的生殖器。这公羊颠来颠去乱蹦乱跳，企图把这紧缠着它的身体、像流苏一般的赤条条的肉体甩掉。它沿着海岛四周跑了好多圈，在乱石丛中居然一次也没有失足跌倒，虽然压在身上的重负眼看快要把它压垮。假如它一下摔倒，假如它故意在地上打滚，那它就休想再站得起来。弟弟只觉得胃里一阵阵捣得痛，担心再度失去知觉。必须强制让这只巨大的野公羊停下来。弟弟两只手顺着它那凹凸不平的头骨往下移动，用手捂住这畜生的两个眼眶。眼睛看不见，也不肯停下来。既然眼睛看不见，那么前面的障碍物也就一概不存在，它盲目地往前冲。它的蹄子在石片上发出响声，再往前去就是悬崖，两个紧紧纠结搂抱在一起的身体，一冲就冲到半空中去了……

李图编到这儿停止了。我禁不住地鼓起了掌。不错，后来呢，我急切地问李图。我要知道这个狗日的弟弟与那头野公羊究竟是死是活。但是李图却卖起了关子，不说下去了。

三

我想我与李图成为好朋友，可能是天意吧。也就是没几年，我们照相机总厂每况愈下，我们厂的主打产品海鸥牌 DF300 照相机占有市场份额越来越小，这款照相机是仿照日本美能达 300，美能达原装货市场只卖 900 多元，而我们组装货却要卖 1100 多元，你说，这不是让小日本卡着脖子过日子吗？并且随着对外开放，越来越多的德国、日本产品进入中国市场。尤其是高科技的数码相机的进入，必将注定我们厂败北。不但我们厂这样，全中国的照相机厂败北也是注定的。我是喜欢看书的，李图喜欢看书外还写着小说。我对市场还稍稍了解一些，而李图根本不懂。不过有一点我与李图清楚，国营企业难过了。国营企业难过，也就意味着我们日子开始难过。我所在的销售科更是如临大敌。每个销售员都有一定的推销指标。完不成任务，连吃饭都将成为问题。

我永远忘不了 1996 年 10 月。人说 10 月是金秋的日子，我说那他妈的绝对是昏暗的日子，就在这昏暗的 10 月里，中国唯一的大规模相机生产厂上海照相机总厂破产。破产的目的很单纯，免掉银行债务，挽救中国唯一的 135 相机品牌。领导们想得很简单，上海照相机总厂破产，债务全免，然后重新成立海鸥照相机公司，5 000 名职工拿政府拨给的每位职工 3 万元安置费总共 1.5 亿作为注册资金和购买金，购买全部原上海照相机总厂设备，把总厂改名为海鸥照相机厂。领导说了，这次破产，肯定有许多不合规的，但手续倒是全的，我们把老厂一部分资金转到新厂注册资金上，就这么成了，主要就是免去债务，支持民族工业。原厂 4.6 亿元债务只有 21%转到新厂，其余 3.1 亿一笔勾销。由于为了赶 2 个月的公告期，整个破产过程从立案至法院宣判只有 18 天。然而事实呢？十余年后的今天，我们照相机总厂，也就是破产后更名为海鸥照相机厂，它挽救了中国唯一的 135 相机品牌吗？没有。用上一句兵家俗语：兵败如山倒。不说别的，就说李图去年在写那个照相机兴衰史的长篇小说时，曾经上网查了，让他差点晕倒的是，现任海鸥照相机公司的一位领导竟然连照相机发烧友说的山寨机都不明白。呜呼，有这样的领导，海鸥翅膀不断，那才是怪事呢。

这些是李图写小说需要用的。与我现在说的无关。还是说说破产后我与李图的情况吧。也就是破产后的那一年，即 1997 年的秋天，为了加强海鸥相机的推销，厂里一下把原本 50 余人的销售科扩展到 300 多人，从而形成了一支的庞大的销售队伍。在这种形势下，李图就从 135 装配车间调到我们销售科里来了。想着李图好歹是个作家，又是我的好朋友，作为销售科的老销售员，我对领导提出，让李图跟着我跑华北地区，也就是说，主要跑京津冀。领导对我的建议是有意见的。一般来说，新来的销售员都是跑边远省区的，边远地区的购买力可想而知的。由于我据理力争，最终领导还是同意了我的要求，这样一来，写小说的李图就跟着我跑销售了。

我与李图第一次共同跑京津冀地区是在 1998 年的早春，李图是搞装配的，他第一次跟我跑推销，他这才明白跑销售那是多么难的一件事啊。

他最经典的一句话就是:妈的,我写小说都比这狗日的推销容易啊。

想想上世纪 80 年代初,我们厂的海鸥牌照相机是多牛逼啊,那时全国各地的商家啊,天天堵在我们松江那个厂子门口,要求领导无论如何给个批文,哪怕弄个 10 台 20 台 135 或者说 120 相机也好,那时我们是爷们。那时一张海鸥 135DF 照相机的购货券黑市价就是 100 元。哪像现在啊。记得那次跑北京做照相机销售,我与李图为了节约钞票,吃的是盒饭,住的是地下室,而且自己还得掏钱请销售商吃饭,可是最终结果呢,最好的也只能是代销,销出一台,事后结账。销不出,退货。退货的邮费还得我们自己先填上。我们那个气啊,就差喷血了。这就是市场。市场不讲眼泪。这些我就不说了,这些与我现在说的无关。

我只讲与我有关的东西。

在北京的那些日子里,李图是很沮丧的。不过他又是亢奋的。沮丧的是照相机根本无法推销;亢奋的是他几次想拖着我去北京那些文学编辑部。我不去。我想这是干吗?我又不写东西,你让我去陪衬啊。李图说了几次,我火了,我说:李图,至于吗,不就是发几个鸟小说,你丫的用得着去请客送礼?要知道,完不成销售任务,你就得喝西北风,你还有这样的心思啊。你丫的是上海人吗?我心一急,就说出了这样伤害李图的话。李图愣住了。李图的脸变得通红通红。半晌李图小声地说:不是我请他们,是人家请我。我想这些天,我们吃得太差了,我想让你一起去,不就是让他们多放一双筷子吗。我一听让我去蹭饭,更火了。我冷冷地说:我他妈的没吃过饭啊,要你怜悯啊。

李图被我骂后,终究没去。我太知道李图了。我虽然不是他们文学圈子的,但是李图说是人家请客,鬼才信呢。皇城根下那些牛逼哄哄的文学刊物会请你李图吃饭,你以为你是大作家啊。你拉倒吧。果然,李图去世后,来了几个李图生前的朋友。其中一个也是小说家,我无意中说起当年请客一事。这位小说家沉思了一下对我说:你说对了。那些狗日的编辑怎么可能请李图吃饭呢。北京是什么?是首都啊,是心脏啊,是操他娘的霸主啊,是中国文坛最牛逼兮兮的地方。李图不是大作家,不过就上海而言,李图的小说还是可以的。李图完全用不着去请客。你做得对。我们那些小说家就是把那些狗日的编辑惯坏了。总以为上了北京的刊物就是大作家了,真他妈的狗屁。我在北京鲁院读书,每当吃晚饭时,那些编辑就像苍蝇一样嗡嗡地出现了。所以我说北京的一些编辑,就是四顿饭编辑。第一顿是交稿子,第二顿是改稿子,第三顿是发稿子,第四顿是拿到稿费。真他妈的太闹心了。

我记得李图被我骂了后，我们的关系就僵了。幸亏我们已经忙完了石家庄、天津的事务，否则从北京再到那两个城市，我不知道我将怎样面对吃喝拉撒共处一室的李图。

我与李图的转机在于，我们坐13次京沪列车准备返回上海的那个白天，我俩闲着没事，我想我是老大哥，总得先说句话吧。我说，李图，前两天的事就过了。现在没事，我们去王府井书店逛逛吧。李图不置可否。我想坏了，他真的不理睬我了。我想了想说，好吧，你不去，我一个人去了。有好书，我会代你捎上一本的。我话音刚落，李图从床上跳了起来说，你以为我没钱啊。老子有稿费。我笑了笑说：好，李图我服了你好不好。你有稿费，我没稿费好不。我们这样互相说着，就出了红庙那个地下室。在等公交车的时候，李图突然自言自语地说，总有一天我将会以上海照相机总厂为蓝本，写出一本有关中国照相机兴衰史的长篇小说。他愤愤不平地说，我们为中国照相机事业把自己的青春都搭进去了，这个厂怎么会像多米诺骨牌一样，倒得那么彻底呢，就像白茫茫的一片大地，真他妈的干净极了。

在王府井书店外国文学专柜前，我一下看中了由柳鸣九先生主编、北京师范大学出版的法国龚古尔文学奖作品选集一套十本。我算了一下价格，一共是191元。我觉得还可以吧，买了。李图呢，他想了想，可能是嫌贵，反正最终没买。不过李图共计花了32.8元买了两本一模一样的书。那书叫《礼拜五——太平洋上的灵薄狱》，我接过也没认真看，只是翻了翻，一看又是“礼拜五”又是“鲁滨孙”的，我就像老法师的模样笑笑对李图说，不就是笛福的《鲁滨孙漂流记》嘛。现在改了名，弄成这样一个题目来唬人，骗钱啊。这样的书不买也罢。李图当时朝我笑笑，什么也没说。就这样，我们各自拿了书出了书店。刚出书店，我问李图，这样的书，你怎么买了两本。李图灿烂一笑说：老哥，我想送你一本。说着就硬朝我包里塞。我不想要，我说，我早就有了笛福的。要它干吗。李图说，先不要下结论，回家看看再说嘛。我不好拂了李图的好意，再说，我与李图还要修复好关系啊。这样一想，我就收下了。

收下的同时，我对李图说，兄弟，你等我一下。我有点事。李图还没明白，我就把手里的包朝他怀里一塞，匆促走了。

其实我没事啊。那一刹那让我想起了一件事。我们上海人常说这么一句话，那就是来而不往非礼也。你敬我一寸，我得还你一尺。这是做人的道理。我知道我刚才买的那套书绝对是好货，李图犹豫不决还不是嫌贵嘛。既然这样，我送他一套不就得了。更何况他是写小说的。

当我返身捧着沉甸甸的十本书送到李图手里，李图呆了。李图说：老哥，你怎么这样？我得给你钱。我笑着说：你拉倒吧。这191元就算我替你请了北京那些编辑吃了饭了。

现在李图死了。我说过李图死前，我就在他身边。我们还在继续编故事，做着我们一生乐此不疲的游戏。其实这个游戏根本不存在谁输谁赢。因为没有一个人敢说，自己的一生只赢不输或者说只输不赢。

窃以为，精彩的人生就是忧喜参半，输赢合一。

2月1号我们见面了。这次见面，我非常高兴，我狠狠地拥抱了李图。我说你那个长篇前面两万字不但改好了，同时，你新写的两万字更为精彩。不说其他，单就从小说角度而言我就喜欢，因为，你是从一个1958年就开始从事135照相机事业的老装配工的眼里，来折射上海或者说中国照相机发展的兴衰史的。李图面对我的热情夸奖好像无动于衷。只是说：老哥，谢谢你的夸奖。八字还没一撇呢，不说这个了。这半个月来，为了写好这个长篇，我是滴酒未沾。今天我们边喝边做游戏。照规矩，你继续编你上次说过的那个故事。

我说，今天你兴奋，我少编一些，主要你编，行不。李图说：行，我半个月大门都没迈出一步，我几乎忘了怎样说话。我是想多说些。不过，现在你说。

我说，行。不过李图请你原谅，我现在是想到哪儿说哪儿好吗？我记得我第一次跟你说起这个故事的时候，好像没有说到那个叫张热的家伙最初被捕后的情况是吧。李图说，对的。你没说。我说，那好，我现在就补编这一段吧。其实张热被捕后就被送往臭名昭著的731部队。那个部队建在中国东北哈尔滨附近的平房区。现在我说起这个731部队，你肯定会汗毛直竖的。但我编的故事不是这样。就说我故事中的张热吧，他进了731部队这个世界上最大的细菌工厂，竟然让他感到这个血腥的杀人如麻的营地里原来是个宁静的、带有几分北国风光的所在地。比如挖沟渠的劳动、守林人的小屋、屋中燃着木块的壁炉等等。

我刚编到这儿，李图的眉毛拧紧了。他说，老禾啊，日本鬼子把我们中国人当成细菌研究，你还把那儿编成北国风光，如果让老子在东北的那些作家朋友们看了，不把你大卸八块我就不是人养的。李图这么一说，我火了，说，李图，你狗日的少说两句行不。我不会写什么小说、散文之类的东西，那是你们作家干的玩意儿，我现在编的就是有悖常理，我就是要与你们这些狗日的作家对着干。我倒要看看是我编得好，还是你们作家写得好。不可以吗？李图有些恼羞成怒地说，好好，老子看你怎样往下胡编乱造吧，只要你编得有理。

我说李图啊，你这么发火，我还真的不敢往下编了。李图说，你编，今天你编也得编，不编也得编。否则我踩扁你。我说，好，那你别说话了。那天半夜里，张热在屋里听到窗外有什么东西呼哧呼哧地响着。他起床一看，原来是一头流落在山林中的、瞎眼的驼鹿，张热动了恻隐之心，就拿玉米喂了这头可怜的瞎眼的驼鹿。后来张热在这间小屋的里间发现满满一屋子的长发，一看那些长发，就知道那是女人的。那么这些长头发是怎么来的。李图我告诉你，我编的故事就是想说，狗日的日本鬼子蹂躏并杀害了我无数的东北三省的姐妹后，然后还要一个个地铰下她们的头发，给日军士兵制作毛毡鞋垫。你说日本鬼子可恶不可恶啊。你知道吗，我编的那些北国风光只是表面的，我是通过那头瞎眼的驼鹿自然地将"里间小屋里堆满了头发，都是女人的头发"，"是用来给鬼子制作毛毡鞋垫的"连在一起，并以这头瞎了眼的驼鹿来隐喻日本法西斯企图蒙蔽天下。我是想前后对比强烈，更加暴露法西斯的邪恶本性。就这么一个细节，你能说我是瞎编吗？如果我是瞎编，那你也这样瞎编一个，让我开开眼界，行不？

李图见我这么一说，才恍然大悟，把酒杯朝桌面儿上一拍，说，老哥啊，你他妈的比作家还作家啊。编得好。现在我能看出。你这个故事不是从正面编小日本鬼子的。你是反其道而行之。我服了你。现在得轮到我编了。老禾啊，以前我总是说海岛上的那个弟弟，现在我不说弟弟了，我要说小说中的那个哥哥了。

一个人，无论是男是女。都是一样的。他(她)上面要吃；下面也要吃。李图说这话时，我当时一时还没反应过来，我说，吃什么？李图先是一愣，接着哈哈大笑起来。在笑声中我突然明白了。我说，你别笑了，我自罚一杯。李图说，算了吧，你听我讲啊，那个哥哥同样如此。你想啊，他们兄弟俩来到荒无人烟的海岛上，尤其是这个哥哥，他原本是有老婆与小孩的，现在离开了他的老婆，他能不想女人吗，可妈的这个荒岛上连个鬼影都没有，更遑论侈谈女人呢。然而他又要女人你说怎么办？

李图说这话时我没吱声。我想说这个哥哥如果是手淫的话，那也是能暂时解决问题的，但是我知道，李图是希望我说出这样的话来的。那他就可以耻笑我的蹩脚了。我想，你越是希望我说，我越是不说。李图见我不说，只得自己编了。李图说，那天哥哥看到了荒岛上那棵被雷电击倒的巨大的榕树。这棵榕树就是哥哥日后称之为植物通道的门槛。哥哥犹豫了好几天。他一再跑到这株榕树前面转来转去。那神态很有些形迹可疑、鬼鬼祟祟的，他在草地上看见这棵树一对黑黑大大分开的大腿的树桠之间，发现了他认为的某种暗示。最后他赤身伏在那被击倒的树上，他两臂紧抱着树干，他的生殖器冒险深入主枝分开之间那个小小的长着青苔的凹洞。一阵幸福昏眩使他迷茫麻木。他半眯着眼睛只见一片像奶油一样的肉质花卉，在眼前荡漾展开，从倾侧的花冠里发出令人昏眩的浓重芳香。花微微张开潮润的粘膜，仿佛在热切等待着上天的某种赐予，昆虫在天空中懒洋洋地穿飞舞蹈。哥哥是不是人类谱系中返回到生命的植物类的源泉的最后一人？花是植物的生殖器官。植物天真无邪地把它的生殖器官呈现给任何来者，正因为具有那最绚烂最芳馥的东西。哥哥在想象某种新的人性，每一个人由于这样的人性豪迈地把他的雄性特征或雌性特征生长在他的头上——巨大显目，色彩斑斓、香气诱人的……性特征。

李图一口气讲完这个细节，我手中的酒杯啪地一下掉在地上砸碎了。我半晌才说，妈的，好细节，这是谁编的。是你编的？李图，你他妈的能编出那么精彩的细节，我可以说，你完全可以当之无愧地成为中国一流作家。我这样兴奋地吼叫着，然而李图却不理我，只管自己说着：那个哥哥孤独极了。看到他的弟弟整天价无所事事地在岛上疯玩着，他只能孤独地看着岛上那些野猪在泥潭里打滚。后来，这个哥哥也跳了下去，他把自己当成了一只猪。哥哥把最后剩下的破烂衣服挂在荆棘丛针刺上就此丢弃在那儿。再说，他已经不怕烈日曝晒了，因为他的背脊、腰胁和大腿都结了一层可憎的干枯的硬皮。他的胡子和头发混杂纠缠难以分清，他的脸在一大片蓬松浓密的毛发中已经看不大清了。两只手就像勾曲的残肢一样，除了用来爬行以外别无他用……他只能用肚皮在地上爬行移动。现在他才知道，在骚乱与暴动中，一个受伤的人，只要群众紧紧挤着他，扶持着他，站多久都可以，但人群一散开，他就支持不下去，就要倒下去了。人无非就是这样一个容易受伤的动物罢了……哥哥鼻子伸到地上吃着叫不上名堂的东西。就地排泄粪便，而且会不时地在自己的烂汲汲的排泄物上滚来滚去。他动弹得越来越少，偶尔挪动一下，也总是滚到烂泥塘里去。在烂泥坑里，他的身体沉没下去，浑身上下裹在湿软发热的泥浆之中因失去重量而得到解脱。他浸在水塘里，只有眼睛，鼻子和嘴露出在尽是浮萍和蛙卵的流动的水面上。他知道他像以前看到的那些在烂泥塘里打滚的野猪一样了。

李图还在继续讲着，但我没听进去了。我只牢牢记住这么一句话：人无非就是这样一个容易受伤的动物罢了……

四

原本我与李图说好是2月15日见面，我前面说了，2月13日的深夜，我接到了李图的老母亲打来的电话，于是火速赶到华山医院。去时，李图正躺在急诊室里。我问医生李图是什么毛病。医生说是心肌梗塞，不过现在暂时没事了。李图心脏怎么会有毛病？我怎么也想不通。但是事实上真是的。看着熟睡的李图，我在想前些日子李图编的那部故事中的一句话：人无非就是这样一个容易受伤的动物罢了……

李图是凌晨时从梦中醒来的。李图一看我站在他的病榻边，他只轻轻地说了一句话：老哥，谢谢你来看我。我看来不行了。刚才我在梦中总觉得我就像你编的那部故事中的张热一样，陷入了一处没顶的沼泽。可我于心不甘啊，我那个长篇已经完成了整整八万字啊。我怎么能撒手不管了？看来这是命。我说：你说什么呀，你身体素质好，你会好起来的。李图根本没接我的话，而是说：你个狗日的，你真会编故事，我真奇怪，你怎么就不试试写个小说呢。说不定你一写就超过我了。我说，这也是命。有些人注定是写的；有些人注定是看的；更有些人注定是讲的。李图说，难道你就不后悔你不写小说吗？我笑了。不后悔。李图遗憾地闭上了眼。

我们各自沉默了一会儿，互相都觉得压抑。但是又感觉不出这种压抑来自何处。后来我想，这种压抑或许来自医院里那种消毒水的味道吧。

也就是清早四点半的时候，护士前来换吊针时，李图又对我说：老禾，看来我们15号不能在一起喝酒了。我说：你丫的真烦啊。谁说不能喝的。到时，只要你有信心，我背也要把你背到小酒店里去。李图想了想，摇了摇头说：这个不说罢了，我现在睡不着，我俩能不能各自提前把我们所编的故事全都编完，做个了结好吗？

看着李图那种迫切的目光，我心一沉。一种说不清的味道朝我汹涌而来。我想，李图这是怎么啦。他为什么这么急着要做个了结呢？了结不是个好词。不过既然他这样说了，我就随了他的意吧。正在想着时，李图又说，我也该结束我所编的故事了，否则我一死，你都不知道我编的故事的结尾，那多遗憾啊。

我想了想说，李图，你为什么老是想着死呢？

李图说，我也不知道，但是如果天要亡我，我又奈何？

我说，你个狗日的，既然这样，那么我就编了。

于是我紧紧挨着李图的病床边。我不用上海话，而是破天荒地改用普通话继续朝下编着故事。

帝国犬猎队准备在长白山开始大规模的狩猎(这个狩猎就是指猎鹿，我上次说过的)活动，森林总管给张热送来了一匹巨大的黑色阉马，肌肉凸出，马鬃浓密，肥大的臀部，活像个女人的屁股。张热太喜欢这匹马了。一天上午，太阳将一束逆光投在了马的身上，张热发现黑如煤玉的马毛呈现出一个个蓝色波纹光圈，宛如一个个同心的光晕。张热给它起了一个名，叫“蓝色之光”。这匹“蓝色之光”将成为追逐鹿的有力武器。怎么说呢，让我还是先说说马与鹿吧。你知道吗，鹿的全部力量是集中在它的肩膀和颈脖处。与之恰恰相反，马的全部力量集中在它的臀部。马的肩部又细又瘦。而且往里缩，而鹿的臀部也是瘦瘦的，往后塌。马的进攻武器实为尥蹶子，力量恰来自臀部，而鹿则是用侧枝顶，力量来自脖颈的部位。跑动时，鹿的身子往前倾。这是一种前拉力。可马相反，是用臀部的力量，从后面把自身往前推，实际上，马的关键部位是臀，前面的一些器官是臀部的补充。那么马术是什么？一句话，就是一种支配马的肌肉力量的艺术，主要任务在于保证控制肌肉的力量集中在臀部。只要骑手的脚后跟微微一压，马的髋部就必须作出偏离的反应，臀部也必须具有柔和的韧性，以赋予臀部带动全身各个部位的力量。

说到这儿，李图一下站了起来，说，老禾，你给我说清楚，你怎么那么清楚马与鹿的。我说，不瞒老弟，这是我从书上看到的。但我把它变成了自己的东西，我已经融会贯通了。难道这也不行？李图不吭声了。现在我主要说的是故事中的张热。我所说的一切都是从张热的眼光来看这世界的。上面我说的，那又算得了什么，上面那算精彩啊，你拉倒吧。我编下面的，那才叫精彩。就说马拉屎吧，我能编得让你目瞪口呆。不但你目瞪口呆，我他妈的敢说，让全中国的那些草包作家都他妈的去跳大海。你不信是不是，你好好听着，让老子来告诉你，什么叫准确？什么叫优美？李图你别朝我翻眼睛，你是不是不信啊。那你给我好好听着，老子就编一段马拉屎让你开开眼界，让中国所有的作家开开眼界，让他们知道什么叫牛逼，老子讲的就是牛逼。

一天晚上，张热在马厩里流连忘返，金色的影子中，飘忽着甜滋滋的马粪味，他看着一个个分栏中波动起伏闪闪发亮的马屁股，突然发现“蓝色之光”的尾巴斜斜地从根部翘了起来，裸露出整个肛门，肛门不大，卷卷的，往外鼓凸，但整个儿密不透风，往中心皱缩，宛若一只缩边扣环钱包。刹那间，钱包张开，像低速摄下的玫瑰花蕾慢慢开放，如同手套一般翻开，往外展现出一只湿润、玫瑰色的花冠，花冠中心，如开放的花蕾，拉出一个个新鲜的粪蛋，形状优美，色泽光亮，一个接着一个落在垫草上，一点也没有摔碎。排泄动作竟达到了如此完美的境界。你听听我编得怎么样？李图长叹一声，骂了一句：妈的，你真他妈的编得准确。我说，李图，你现在别打岔，否则我会忘记的。我说：张热看了惊叹极了。他明白了，唯有马的后躯与人的下半身彻底合二为一，才可以使骑手拥有保证像马一样排泄通畅的同一器官。这就是半人半马的意义所在，它向我们展示了一个其肉体与肛门神合二为一的人，骑手的屁股与马的臀部融为一体，在欢乐中铸造出一个个芳香四溢的金苹果。至于马在猎鹿中所起的极其重要的作用，意义是显而易见的。这是肛门神对男根神的追逼，是始对终的追捕与处决，张热惊叹不已，他再一次从中发现了令人诧异的错位现象，在这场你死我活的游戏中，臀部肥大、怯阵逃跑的动物变成了咄咄逼人、置敌于死地的力量，而本来富于雄性力量、拥有金字塔形生命角的森林之王，却成了疲惫至极的猎物、枉然地苦苦求饶。

我说完了，长长地吁了一口气。李图听完后，苍白的脸上一脸沮丧。他说：老禾大哥，我写不好我的长篇了。我说：你怎么这样啊。李图说不是我这样，事实上就是这样。我和你差不多，说的比写的好。我说，那你就把嘴里编的写下来啊。李图说，我不行。写下也是形似神不似。没用的。

李图说这话，我是明白的。的确，有些人确实是这样，只会说，不会写。或者说写出来的东西完全与说出来的是两码事儿。不过李图还不至于吧。不像我。我是根本写不上一行字。

李图缓缓地喝了口水，提了提精神说，那现在我得编了。可我在想，我怎么才能编得比你精彩呢。好了，我想起来了。既然你能编马拉屎，老子就编个鼠鼠相斗，也让你这个狗日的开开眼界。

有一天，那个哥哥看见荒岛上有两只老鼠在嘶鸣狠斗。这两个动物完全不顾四周的一切，像眼瞎耳聋一样，嘶嘶叫着，咬成一团，在地上乱滚乱跳，难分难解。最后，互相咬断颈子，至死仍然紧扭在一起，决不放松。哥哥对这两只死老鼠作了一番比较：一个毛色很黑，体圆，头上光秃秃的，各方面都很像他以前在岸上所一贯见到就捕杀的那种老鼠；另一个，灰色，体型长长的，毛长得丰厚，是乡下常见的一种野田鼠，在草地一部分地方经常可见……前者无疑不知是哪个渔民从岸上带来的，后者无疑是本地的鼠类。有一天傍晚，那个哥哥把洞里捉到的一只黑鼠放到草地上，由此取得了证明。只见草丛上面长时间颤动不已，表明有个什么看不见的东西在下面频繁奔跑乱窜。接着追逐的范围缩小，后来在沙丘脚下一片尘土飞扬。等到哥哥跑到那儿一看，原来他的那个囚徒黑鼠只剩下几簇黑毛与支离破碎的腿脚了。于是哥哥把麦粒从洞里开始像一条线一样连下去，撒在地上，一直引到草地，然后再把两袋麦子撒在草地上面……待黑夜降临，黑鼠成群结队涌出，要把它们也许认为是属于它们的财富搬回洞中。战争爆发。在几英亩的草地上，沙尘土飞扬，一小股一小股沙土难以计数，四下喷射，活像是一场风暴。一对对的战斗者，像活了的铁蛋，窜来窜去，不停地滚动，同时叽叽吱吱响成一片，嘶鸣乱叫，从地上升起，这里简直成了一个令人毛骨悚然的地狱似的儿童游戏场。在青灰色的月光下，这块平原上喧声鼎沸，发出幼儿一般的啼号叫泣。这场战斗的结局不难想见。一个野兽在敌人的领土上战斗，一向是以吃败仗告终。这一天，所有的黑鼠全军覆灭。

李图说着说着，脸一下变红了。他编得太激动了。他激动是有理由的。谁能说，他上面编的故事不精彩呢?

李图说完后，又对我认真地说：老禾，我们打平了。我俩编的故事都他妈的把对方征服了，这个游戏没有输赢。

李图说这完这话后，一脸的疲乏。我内心一动。此刻我真想对李图说，兄弟，其实你是赢的，我是输的。

五

那天清早我回家了。当日下午我又来到了医院。李图见我再次来到，一张苍白的脸上露出了笑容。李图说，老哥，你看你，我都差不多要好了，其实你不必再来看我的了。我笑笑说：老弟，你这就错了。我能不来吗？我还得找你喝酒呢。不过，你有了一次病危后，今后可得注意悠着点啊。不就是写个小说吗？不要搞得大惊小怪，差点把自己的小命都搭上，你说是不是。李图说，是啊，是啊。这世上又有什么东西比生命可贵呢。不过就我而言，不看书，不写东西，那我这生命还有什么意义呢。

李图说到这儿，我发现李图的老母亲暗里朝我使眼色。于是我找了个借口说是上厕所去，就来到了医院急诊室外面的大院里。也就一会儿，李图的老母亲匆匆忙忙地出来了。老母亲一见我，劈头盖脸地就是一句话：老禾，你是李图的好大哥是吧，可你知道吗，李图现在健康状况很不好，医生说了，他再也不能激动。如果这样的话，他随时都有可能上路的。我希望你们不要再互相编故事了好吗？他年纪轻轻的，已经心肌梗塞过一回，他不能第二次了，行吗。我一听，内心一凛。我忙说，伯母没事了，我们编的故事已经暂告段落。李图母亲说，你不知道啊老禾，今晨你一走。李图老是长吁短叹。我问他干什么呀，他只是说了这么一句话，说你不写小说可惜了。如果你能写小说，那么他绝对不是你的对手。老禾这是真的吗？我一听就笑，我说，伯母你别听李图胡说八道。他那才叫水平呢。我怎么能与他比，不信你上百度、Google，把“李图小说”四个字打进去搜索，那是一大片一大片他的信息呢。我有什么，屁都没一个。李图母亲一听说，话是这么说的，可他就是佩服你啊。他跟我说，你编的那个什么张热，让他佩服得五体投地，这怎么说？

我没做声。只是笑笑。

后来我就又回到了李图的病床前。看着李图那张苍白的脸，我想，李图是我这辈子最好的朋友啊，我可不能把一件让他佩服得五体投地的事情瞒着他啊。李图见我欲言又止，马上就说，老禾，你这是干嘛？你一定有事瞒着我。李图这么一说，我脸刹那间红了起来。我说……李图说，不要我说我说，你就说。我说，李图啊，其实你编故事的能力是一流的。我他妈的根本不及你。李图一听双眼显得迷惑不解，说，你这是什么意思。我想了想，最后还是下了决心对李图说，我给你带来一本书，我不知你看过没有。但我估计你没看过。李图一听有书，一下从病床上挺了起来说，快，快，拿给我看。李图说着时，我把那本荣获法国龚古尔文学奖作品，也就是加斯卡尔写的《死人的时代》从包里取了出来。李图一看那醒目的黄色封面，有些失望。说，你丫的搞什么名堂。这套书共计 10 本。比如说《悠悠此情》、《暗店街》、《冬天的果实》、《天根》、《神圣的夜晚》、《大家族》、《名士风流》、《野蛮的婚礼》、《阿维尼翁的情侣》。如果我没记错的话，这套书还是你 10 年前在北京买了送我的。这套书我 10 年前就看过了。我笑笑说，是吗？不过我希望你把这本书再翻看一下，看看除了《死人的时代》外，还有什么？李图见我不像开玩笑，便打开了书。这时我的双眼使劲盯着李图。我发现李图的脸色有些变了。李图说，怎么回事？怎么回事？这本书里怎么会有两部小说？这部《桤木王》是什么小说。我怎么会没注意到这部小说呢？不过老禾，你把曾经赠送给我的书，再拿来给我看，什么意思。我笑了笑，刚想说什么，这时只见李图脸色大变，他的一双眼睛死死盯住我，大叫一声：老禾，老禾，这是怎么回事。这部《桤木王》的作者怎么会是法国的图尔尼埃。李图这么突然惊叫，把我吓了一大跳。我说，李图啊，《桤木王》的作者确实是图尔尼埃，这又不是我虚构的。你为什么大呼小叫的。李图不吭声了。但是李图却在大口大口喘气。李图母亲一见，马上对我说，老禾啊，你这是干吗呢？你不知道我家李图有病吗？这时，只见李图突然冲着他母亲说，妈，我与老禾说话，希望你不要插嘴行不？老禾，现在我问你，你为何突然把图尔尼埃书介绍给我看？你用意何在？今天你一定要说老实话。

李图这么较真，把我弄得束手无策。我说是这样的。我之所以把这本书介绍给你，是因为我断定你没看过这么好的书，因为这与我们的游戏大大有关。李图睁大眼睛望着我说：游戏？你说的是游戏？我说，对。是游戏。李图说：你丫的说个明白，这他妈的究竟是怎么回事？我一下站了起来，沉痛地对李图说，老弟，我现在向你检讨，我他妈最大特点一是喜欢看外国小说，可以这样讲，只要是翻成汉语的外国优秀小说，随你说起哪本，没有我书架上没有的，也没有我没看过的。老子这点就是牛逼。李图点点头说，这是真的，就说云南人民出版社出版的那套拉丁美洲丛书，共计 41 本，拉美那些大大小小的作家的作品，你这狗日的不但收齐了，而且全都看过了，老子听你讲拉美小说，还真以为你这狗日的是个科班出身的拉美文学专家呢。我说，你拉倒吧，我是个屁专家呀。你别哄我。第二我是喜欢喝白酒，好的坏的来者不拒。一顿喝上一斤、半斤没问题，这些你都知道。李图说，你简单地说行不行，我知道这些你都在行。不过我知道，你现在本质上不是要跟我讲这个，我希望你马上切入主题行不行。你说，你要向我检讨什么。我说，不，我还得把前言说完，不说完，我他妈的难受。我想说的是，你那东西编得好，那是大作家的手笔。我希望你的长篇里要有类似这种精准的叙述或者说描写。妈的，中国那些狗屁作家能写出如你编的那些故事与细节吗？那是好东西，你千万不要浪费。好吗？对不起了，我的前言完了，现在我正式向你检讨。其实我在与你做游戏时，我是输的。接下去的日子，我们喝酒该我买单。因为我不会编故事，我给你编的那个故事，其实就是图尔尼埃的这部长篇小说《桤木王》里的东西，这也就是我断定你没读过这本书的原因。

我终于如释重负地说完了。我想，李图听完后，一定会大骂我一通。然而李图没有，他只是冷笑一声：老禾，你编吧，你给我使劲地瞎编吧。我怎么会不知道图尔尼埃呢。一个作家如果不知道图尔尼埃，那他就去死吧。他是法国顶尖大作家。可一个法国作家他不写欧洲二战，他怎么写到日军陆军上将板垣征四郎在东北的事情呢。我一听，笑了。我说，我承认这是我编的。我把欧洲的二战移到了中国的东北，你难道没有发现，我在讲的时候，好多地方都露出了破绽，不信，你可以看原著……我话还没说完，只见李图大叫一声，昏了过去。李图的母亲大惊，指着我鼻子，气得说不出话来：老禾，你这个老禾……快快叫医生……

六

李图再也没有醒来。我觉得李图之死与我有直接的关联。可我又不明白,李图为什么那么激动呢。我本也没说什么呀。我只是逗逗李图啊。李图只要去看一下《桤木王》不就完了?他犯得着那么激动吗?

李图那个长篇小说只是完成了三分之一。我把这三分之一的稿件存入我的电脑里。我想或许有一天,我也说不定会拿起笔来,写上一部中国照相机兴衰史的长篇小说,但是仔细想想,这不太可能。因为我打20岁起,就没拿起笔写过一行类似文学的语言。我注定成不了中国小说家。可是我又想,真的成为一名中国小说家就那么光荣吗?我成不了中国小说家又有什么关系?嘁。

但是李图是小说家。他是中国的一个小说家。原因就在于他加入了中国作协。不过李图又不是一个出色的小说家。但是话反过来说,中国有出色的小说家吗?然而有一点我得说一下,那就是你可以说我的好朋友李图不是一个好的小说家,但他却是一个纯粹的文学爱好者。李图的墓碑上能刻上这么一行字:文学梦幻者李图之墓,这或许就是一个明证。

李图死了,我这一生也就没了一个能喝酒,能说外国小说的好朋友了。为此我常常伤感不已。

也就是李图去世后的三个月吧,我突然想,李图这一生果然没有写出一篇令我这个读者满意的小说,但是李图与我游戏时编的那种故事细节,绝对是好东西啊。我为什么不把它整理一下放到网上,让更多的文学朋友们来欣赏呢。

那天晚上,我边喝着酒边凭着记忆,开始整理李图对我编的那些精彩故事与精彩细节。我想好东西总是让人难以忘怀的。我也就是花了三四个小时,就把李图编的那些东西整理完毕放到了网上。

我记得放上网后,我就去睡了。大概也就是迷糊了一会儿,我就醒了。是凌晨时分,我想看看网上的朋友们是如何评论李图编的那些细节与故事。然而当我打开网页后,却看到一个醒目的跟帖:老禾先生你好啊。你那哥们李图的小说我是常常看的。还是可以的吧。不过,你整理的李图编的那些东西,不是李图的。那是法国大作家图尔尼埃的长篇小说《礼拜五——太平洋上的灵薄狱》中的东西。只不过李图把它移花接木地放到了我国东海上的一个荒岛上。李图说的兄弟俩其实就是星期五与鲁滨孙。李图为什么把人家的东西说成是自己编的呢?你是李图的好哥们,我是李图的忠实读者。死者为大。兄弟我建议你为了李图的名誉,赶紧撤了，免得贻笑大方。

我成了傻子。

然而我于心不甘。这怎么可能呢。这种事只有我这样的人才会弄来玩玩的。李图他是个小说家，他怎么可能呢？

我从电脑桌前跳了起来。《礼拜五——太平洋上的灵薄狱》这本书我熟。那是当年李图与我在北京时，他送我的。可我一直以为这是笛福作品的另一个版本，我怎么会知道，这竟然是图尔尼埃的另一部伟大的作品。我他妈的急功近利，我他妈的鼠目寸光，我他妈的自以为是，我他妈的还自以为读书多，整天价的牛皮哄哄，什么玩意儿。

我推翻了电脑椅子，我扑到我那整整一堵墙的书架前，急速寻觅起来。我想那个网友一定是胡扯。李图不可能像我那样，把世界名作改头换面变成自己所编的故事。不可能，决不可能。

我终于找到李图当年送我的那本《礼拜五——太平洋上的灵薄狱》。十年了，妈的，时间过去整整十年了，那本书还是崭新崭新的。我一看作者，确实是图尔尼埃的。当我颤栗地打开这本书，急速地翻看时，一切如这个网民所言。

我火了。凌晨时分，我突然打开窗户，冲着满天的星星大声吼叫：李图，你这个狗日的给我活过来，给我活过来，老子不要你死。老子要拷问你……

可我知道，无论我怎么像狼一样嗥叫，李图还是走了。

我想起了李图编过的一句话，尽管我现在知道这话其实是图尔尼埃说的，那就是：人无非就是这样一个容易受伤的动物罢了……

2008-8-22 深夜

英吉沙小刀

刀子是一只冰鸟儿。
只要它落下，空气便凝固，
就像喊声凝固在寂静中。
在头发的利刃下，
停滞的血液变细流，
瞬间被分成紫色的两半……
荒无人迹的世界，寒冷的天空，
呼啸着消失一颗灰色的彗星。

——帕斯：《刀子》

赤

那纯粹是一件小事啊，一件小得不能再小的事啊。为什么一件小事会酿成一件惊天动地的大事呢。知道米玲珑吗？就是我那 14 岁的外甥女——米玲珑。

也就是去年初夏的一个下午，天空下着大雨，快放学时，米玲珑在教室做完功课，刚刚舒了一口气，作业本被她十分讨厌的既是同学又是邻居的毛茸茸抢去了。米玲珑当时一愣，随后愤怒地吼道："毛茸茸，你个强盗，还我作业本。”毛茸茸一听，坏坏地笑道：“还你个屁，老子就是强盗，没命令你抄就客气了。”这下不得了了，米玲珑双眼怒睁，操起课桌上的铅笔盒子，像上体育课扔铅球一样奋力掷向毛茸茸。铁质铅笔盒子先是在半空中“啾”地响了极短促的一声，接着就是一声响亮的“乒乓”声。班里同学清楚地看到，铅笔盒子在毛茸茸额前响亮地炸开后，里面铅笔、钢笔、圆规、长尺、橡皮、三角尺等等用具纷纷扬扬地掉了下来。毛茸茸脑袋轰隆一响，不由站起，愣愣地看着米玲珑。他想不到，长得像豆芽一样的米玲珑竟敢用铅笔盒子砸他，并且穷凶极恶地砸他。

在同学们一片惊叫声中，毛茸茸感到额角有一股稠稠浓浓的像是小虫的东西在蠕动，一会儿到了眼角，一会儿到了嘴角。他下意识用手去擦，当看到手掌中是一摊鲜血，顿时吓坏了，人就摇摇晃晃地跌坐在椅子上。这一幕，尽管前后不到十秒，却被在马路边摆水果摊的毛茸茸父亲毛里求，在教室外看得真切。自从儿子上了初中，毛里求从来没来过学校，这天之所以来，是因为下大雨西瓜生意不好，老婆又催他去学校给儿子送雨衣，他就来了。当他目睹隔壁邻居，也就是米玲珑竟敢用铅笔盒子把他儿子砸得血流满面，于是二话不说，一个箭步冲进教室，如老鹰捉小鸡般把米玲珑一把抓起。

假若，只能称之假若没有下大雨；假若，只能称之假若西瓜生意好得一塌糊涂；假若，只能称之假若我姐夫米粒没有下岗，正在上班；假若，只能称之假若毛里求和米粒，只要一人不到学校送雨具；假若，只能称之假若毛里求和米粒两人中，只要一个很有修养，这事就有可能是另外一个结局了。不过世上没有假若的，反倒有着更多的巧合。这时我姐夫，米玲珑父亲米粒来到教室门口。他和毛里求一样，也是给孩子送雨具来的。毛里求刚把米玲珑一把抓起时，被他看到了。当时他还有一些糊涂，心想，毛里求做啥。寻开心？不像。他看到毛里求一脸凶相毕露。米粒当即很不高兴地叫道：“毛里求。”若毛里求放下米玲珑，把看到的说清楚，我想米粒会对毛里求有所交待。但毛里求失去了理智，竟当着米粒之面，对准米玲珑的面门狠狠一拳。这一拳委实厉害，米玲珑的小脸蛋儿顿时成发酵的面团，小嘴一咧，“哇”地嘴里喷出一口鲜血，一个外号叫小四眼的同学惊呼起来，他看到喷出的鲜血里裹着一粒白白的大门牙。这样的事，任何人看了都不会无动于衷，何况米玲珑的父亲米粒？当时他想都没想，像头愤怒之极的老虎，一步踏上椅子，两步跃上课桌，饿虎扑食般地扑向毛里求，一对势大力沉的拳头，同时击打在毛里求胸前。小四眼说：“我耳朵可尖呢。我听得清清楚楚。毛茸茸老爸的肋骨，在寂静的教室里‘咯吱咯吱’地响了几下，随后像堆烂泥萎靡于地，是真的，我不骗你，骗你是小狗。”

看着毛里求在地上挣扎，米粒愤恨地一字一句说：“那么大的人，打我女儿，你他妈的什么东西？找死啊。”米粒怎么也没料到，他那句“找死啊”，非但没让毛里求死，反提醒了毛里求。毛里求后腰别着一把用来开西瓜洞的小刀。米粒话音刚落，小刀就从毛里求后腰刀鞘弹出，像长了眼睛，“嘶啦”一下，闪电般地穿过米粒薄薄的白衬衣，长驱直入心脏。全班同学目睹这一幕，就像目睹着昆汀·塔伦蒂诺的《杀死比尔》，大气不喘，鸦雀无声。米粒忍着剧痛直扑毛里求，一双大手死死掐住毛里求脖子。后来我猜测，米粒当时会像拧鸭脖一样拧断毛里求的脖子。毛里求不是鸭子，是快被淹死的人，手脚拼命挣扎，力大无穷，那把开过成百上千只西瓜，像是长着眼睛的刀子，在米粒身上渐臻佳境。极短时间内，米粒力不胜任，一双精光十足的眼睛渐变涣散，一双粗壮的手臂渐成面条，慢慢软下。

亲眼目睹事件的同学，在接受警方调查时，都讲不清楚，只有小四眼眉飞色舞对警方说：“我边看边数，刀刀下去像喷泉，捅一下，冒一下，‘咕噜咕噜’十八下。”后来警方检查米粒尸体，果然！

其实米玲珑、毛茸茸和所有同学，都目睹好像长着眼睛一样的刀子，穿过米粒雪白的衬衫，游入心脏。米粒的白衬衣，像年三十夜燃放的夜明珠，“通通通”地绽开十八朵血红血红的花朵。

这是什么刀，竟然如此厉害？最为起劲的小四眼打听到了，他激动得不停地推着小鼻梁儿上的眼镜对米玲珑说：“我靠，刀子不出鞘，不知多锋利。英吉沙小刀。一把好刀！”

青

杀无赦熟练地进入游戏界面，鼠标轻点，瞬间从地球深处，飞出无数把闪着寒光带着哨声的刀子。“冷兵器搏击”五个汉字，由无数小刀合拼成五柄杀气腾腾的大刀，伴着低沉的贝司声轰隆轰隆朝你逼来。刚割下的新鲜羊头，在碧绿的草原翻滚哀鸣；没了脑袋的马匹，尥开四蹄狂风暴雨般地从屏幕前掠过，脖腔处喷出一股热腾腾的血液，直冲云霄，然后暴雨般纷纷扬扬地落下，一波比一波更厉害地撞击你的眼球。

血液在沸腾。刀子在闪烁。到处是一片鬼哭狼嚎。

这是以刀子为搏击武器的游戏界面。

杀无赦嘴角露出一丝灿烂笑容，快一星期没动过刀子，也没听到战马嘶鸣和看到新鲜血液的喷射,他难过啊。作为“冷兵器搏击”游戏里的教主,只有不停地厮杀,才能永葆教主地位不失。

杀无赦刚想启动兵器库,就见一大批帖子像成群的蝗虫蜂拥而来,他的十指莫名地颤栗,想,我就他妈的一星期没上网,怎么会有那么多帖子涌来呢。发生此类情况只有一种可能,就是“冷兵器搏击”世界发生重大变故。用游戏网民的话来说,原本由他做教主的“冷兵器搏击”世界里发生了政变。如果真的是政变,那他的教主位置极有可能被人取而代之。杀无赦急出一身冷汗,白皙细长的十指,像被恶狼追逐的惊恐万状的小鹿,在电脑键盘上飞也似的敲着兵器库密码,那密码是由一星期前过世的父亲身份证号码组成的。

杀无赦在电脑上敲着数字,嘴里喃喃自语地说:“为父亲而战!为父亲而战!”

杀无赦在“冷兵器搏击”游戏中搏击三年,绝非浪得虚名。之所以在这款游戏界面里赢得杀无赦称号,不但因为他好勇斗狠,更与他搏杀技巧与兵器一流有关。三年来,无人与之匹敌,他一直引以为荣。然而现在他却莫名地颤栗起来。这是一种极不好的预兆。果然,十指像寒冬肃杀之暴风呼啸般地掠过键盘,兵器库在他面前像一匹华丽的绸缎“哗啦”一下展开。

空空如也。

杀无赦惊得目瞪口呆。不好预兆果然应验。他的游戏ID密码被盗。是谁盗走的?除了上帝,就是黑客。上帝会吗?上帝不会。那就是黑客了。这个黑客不但盗走他兵器,还在兵器库里拉了一大泡屎,屎上插着一面迎风招展的黑旗,旗上黏着一张在风中飘动的纸条,上曰:“你教主日子过得太久,现经全体‘冷兵器搏击’网民投票结果,取消教主终身制,我杨柳轻风该领风骚三五年了。得罪。”

杀无赦眼冒金星。全体网民?!哪些是全体网民?!!真他妈的扯蛋。你可以打败我,你可以消灭我,但你绝对不能偷盗我。该杀的江洋大盗。

更让他难以容忍的是,原本“冷兵器搏击”里紧紧跟随他的三百嫔妃,三百面首,几乎全被杨柳轻风轻易接收。那些三年来所谓始终不渝跟他转战南北,奋战沙场的元帅、将军、校官、尉官、战士全他妈树倒猢狲散,跑到杨柳轻风那儿了。看着杨柳轻风在游戏界面上耀武扬威,前拥美女,后簇面首,一副志得意满的样子,杀无赦气得双眼发绿。

兵器库里没有兵器,就像下了一场白茫茫的大雪,空荡荡一片真干净;就像一粒沙子被一片沙漠所吞噬;就像一滴水珠,被一片海波所汇融。了无痕迹。杀无赦被杨柳轻风颠覆。一个教主沦为乞丐,只要一秒钟。

教主，至高无上，前呼后拥；乞丐，孤家寡人，就连一只猫，都会朝他“喵喵喵”地示威。

杀无赦成了一只被关在笼子里的猛兽，愤怒而又无奈。现在还有谁认识他，谁还在惦念他。没有了吧。他不甘心。他是这座城市里有着十万人参与的“冷兵器搏击”游戏的教主，怎么说没就没了呢？是的，所有的一切无法挽回了，他十指僵硬地发出了一张哀伤的帖子：“胜者为王败者为寇，十万将士终为土。窃贼盗去吾江山，天动地摇雨纷纷！”杨柳轻风你是谁。杀无赦发疯般在游戏界面上吼叫。没有任何人理睬。他已是一只遭人遗弃的癞皮狗。是一个众叛亲离的孤家寡人，应当成为自刎乌江的西楚霸王啊。可他还是不甘。一秒二秒三秒，就像笼里的猛兽渴求冲破铁门，就像远去的鸟儿渴望归巢，就像打入牢的死囚盼望新生啊。楚霸王还有虞姬相伴，我那十万大军啊，难道一个都不念他之情吗？这公平吗？不公平。杀无赦泪水滚滚流下。泪水中，他惊讶地发现有三张尘埃一样的帖子从遥远的屏幕尽头，慢慢地在他眼里降落：一个是杨贵妃，一个是赵飞燕，还有一个是吴越西施。她们愿意成为他坚定不移的大奶、二奶与三奶。十万将士最终成了三个美女。而那些以前时刻舔他屁眼的家伙们，现在一个个全他妈的钻到那个叫杨柳轻风的女人胸前吃奶去了，真他妈的是可忍，孰不可忍也。

寒风在阴沉沉的钢青色的天空呼啸而过，一棵孤零零的老槐树上，几只乌鸦在聒叫。大雪随风飘舞，他独自漂泊在深夜空旷寒冷的“冷兵器搏击”战场上。没有人会正眼看他一眼。他知道，他们个个躲在荧光屏后暗自窃笑。其实当他三年前成为霸主时，就有人想把他杀死在游戏界面上。他们没有得逞。他们得逞，是发现他一星期没上网，是去料理父亲丧事，就像一个国家元首出国访问，那是颠覆的好时机啊。可又有谁清楚他这一切呢？是熟人，是贴心人。是杨贵妃？是赵飞燕？还是吴越西施？是，都不是！

杀无赦下网时给“冷兵器搏击”全体将士留言：“小蟊贼，你他妈的有种，就露出你的狗脸，下网和老子单挑！”敲完这行字，杀无赦顺手把网吧里的 TCL 鼠标砸得粉碎。

杀无赦走出网吧，独自行走在初夏黄昏的马路树阴下。脑里十分清晰地出现一张自己被盗兵器清单：冷钢公司产品：速锋一把，价值 1 000 元，雷康一把，价值 1 500 元；戈博公司产品：守护神备用军刀一把，价值 2 000元，海军用海豹 2000 型号一把，价值 900 元，迷你型海啸一把，价值 600 元；蜘蛛公司产品：军刀两把，单价 1 000 元，新手警用刀四把，单价

770 元；史密斯韦森公司产品：特种 OPS 锯齿刃刀一把，价值 1 000 元，平刃刀一把，价值 450 元；蝴蝶制刀公司产品：AFO 自动刀一把，价值 1 000 元，斯特赖克自动刀一把，价值 1 000 元，梅尔帕杜非自动刀一把，价值 1 000 元；兰德公司产品：一号战刀一把，价值 1 000 元，二号战刀一把，价值 1 000 元。

这些都是世界刀器顶级公司的产品，怎么说没就没了呢？杀无赦靠着马路边的一棵粗大的梧桐树暗里涕泪滂沱。这些都是他称霸"冷兵器搏击"江湖的兵器啊，是他通过无数场厮打、搏击后赢来的战利品和那些崇拜他的网民进贡而来，还有是他通过公共频道花大钱买来的高级装备，至少要三万元人民币呢，怎么说没就没了。

橙

是母亲先在电话里嚎啕大哭告诉我的，我茫茫然。我想不通，一件小事，竟然引起一死一伤，酿成轰动校园的血色大案。成年人的杀心为何如此之重？是人啊，不是一只鸡或者一只鸭，说杀就杀，说打就打。我在急切安慰母亲的同时，问我姐姐与米玲珑怎么样。母亲哽咽道："她们没事。"我稍稍松了一口气，毕竟姐姐和我有血缘关系。现在我最担心的是外甥女米玲珑，她只有十四岁，一个十四岁的小女孩，懂什么？但她却亲眼目睹成年人的血腥厮杀，并且死的还是她老爸，她受得了吗？那把刀子，据说十秒钟之内，在她爸爸身上游走十八刀，鲜血慢慢从胸口洇出，这样的场景，在她心中会留下多大的伤痕？

当夜，我火速从郊外单位赶到市内姐姐家。姐姐家里到处是人。这些人大多是姐姐与米粒单位的领导与同事。而她隔壁邻居，也就是毛茸茸的父亲毛里求，自然被警察捉了去。

晚上 10 点，领导与同事一个个离去，突然我听到姐姐家的门铃响了一下，开始还以为是错觉。后来铃声又响了一下。我狐疑时，门铃再次响了一下。怯怯地。我便轻轻打开防盗门，见昏暗的走道灯下跪着四个人。我吓了一跳。我看见毛里求年老体弱的父母带着毛里求老婆和额头上扎着白色绑带的毛茸茸跪在地上。两个走路都打颤的老人啊，一见我马上边叩头边痛哭流涕说："对不起了。毛里求杀人了。只要你们不要求判毛里求死刑，哪怕我们把公房卖掉，也会满足你们提出的任何赔偿条件。"我无言以对。让我说什么好呢？杀人的只是他们的儿子。为什么要让老人与家属来承担这样的责任。没道理。我只有默默无声地注视老的老小的小的四个人。我姐姐在屋子里听见了，她发疯般地冲出来，要噬咬他们，被我一把死死抓住。我看见毛家四口犹如雕塑,一动不动,毛里求父亲老泪纵横地说:"要打要骂要杀,我们不会还一记手,只求吾儿不死。"我姐姐在拼命挣扎,发狠大叫道:"不要毛家一分钱,就要毛家来偿命。只要毛里求死,我们放弃任何索赔。"我姐姐吼叫时,眼睛里射出的绿光,让人害怕。

我姐姐要求判毛里求死刑,但法律不是姐姐制定的。死刑也不是随随便便就可以判的。毛里求最终被判了无期。无期也够呛。毛里求这辈子算完了。毛里求的老父说话算数,他打电话说:"毛里求判了无期,我承诺,只要你们开出条件,我们就是卖了房,也会弥补你们的损失。"可是毛里求家中又有什么东西?除了一套二室一厅的房子,夫妻双双下岗。就算卖了他们的水果店,也值不了多少钱啊,更何况我姐姐在米粒死后,变得神经兮兮,她在法院终审判决后,还大哭着大闹法庭,这就过了。

毛里求家的赔偿,姐姐一分不要,她要的就是毛里求死。姐姐怎么变成这样,我不清楚,但姐姐不要毛家钱,不等于米玲珑不要。她要上学,要过日子,作为舅舅,我果断地代表我姐姐从毛家那儿拿到了二十万的赔偿。毛家没那么多钱,是毛里求父亲让毛里求老婆把市区两室一厅置换成近郊一室一厅。

毛里求害己又害家。

姐姐家中的顶梁柱倒了,姐姐时常处于半疯癫状态,为了避免意外,我替米玲珑在银行开了户头,把一条命换来的二十万,统统打进米玲珑卡内。我想米玲珑应当知道,如何去花这些钱了。

我说过,自从米粒死了,我姐姐时常处于半疯癫状态,疯癫时对米玲珑放任自流;清醒时,时常对米玲珑吼叫:"人不犯我,我不犯人;人若犯我,我必犯人。"

我姐这种状态真让我担心。但米玲珑还好,至少听我的话。然而自从米粒死了,我明显发现米玲珑变了一个人。最为显著的是,除了偶尔会和我讲上一两句话,学校也好,家里也好,连爷爷、奶奶、外婆这样最亲的亲人,她都懒得和他们讲话。该上学上学,该放学放学,脸上没有笑容,深沉得成了一个老年人。虽则我打电话过去,她还和我说几句,但常常让我觉得云里雾里,让我很难得知她的真实想法。她每天在想什么?她每天在干什么?

绿

秋雨绵绵。一年一度"冷兵器搏击"网友蒙面化装会,由"冷兵器搏击"游戏设计者,某IT公司在远郊一个叫平安镇的小剧场里举行。

这是一座破旧不堪的早已废弃了的小剧场，小剧场外墙上，一个白灰画成的大大的圆圈里写着一个大大的“拆”字。但不知怎的就是还没有拆。那天上午9点，破败而又冷清的小剧场门口，开始热闹起来，出租车、小轿车、中巴、面包车、三轮车把小小的平安镇挤得满满当当，那些当地人一个个瞪大眼睛，莫名其妙地注视着三五成群，操着各色口音的市区人、外地人朝小剧场涌来。

小剧场门口，几个不知从哪儿找来的穿着制服家伙，严守两扇早就不成样的大门。每个进门的人都得报上自己的QQ号码，然后从保安手中拿到自己的面具。杀无赦现在啥都不是了。他只是网络游戏上一个极普通的菜鸟。菜鸟只能戴最为简陋粗糙的麻雀面具，而那些元帅、将军、校官、尉官们大都戴簇新漂亮的狮、虎、熊、豹、豺、狼之类的面具，尤其那个戴着非洲狮元帅面具的家伙，身边有四个礼仪美女，前后簇拥，好不威风。杀无赦想，这些家伙原本都是他手下将帅啊，而现在呢，都成了别人的了。

走进小剧场，但见墙角处、天花板下到处是密布的蛛网，有个菜鸟用手去摸了一下，发现蛛网竟然像橡皮筋一样有韧性与弹性。大如蚕蛹的蜘蛛旁若无人地在网上闲庭信步，昏浊的小剧场内，蝙蝠像偷袭珍珠港的小日本战机黑压压地在空中不停地上扬、俯冲。小小剧场内一条条破败长凳上密密麻麻地坐着戴着面具的网友，杀无赦原以为“冷兵器搏击”游戏只有本市十万网友，哪想到戴上面罩，听到的却是来自五湖四海口音，且男女老少比比皆是，不但江浙沪有，更有新疆、青海、内蒙古和宁夏。这样一来，他内心更是叫冤。本来他是教主啊，他可以坐到主席台上发号施令，面对第一排的元帅、第二排的将军、第三排的校官、第四排尉官和第五排后面所有的战士。现在呢，他连战士都排不上，他只是一个菜鸟。菜鸟就是一条狗、一个乞丐，只能坐在靠门边。长歌当哭。

最为隆重的时刻到了，那个夺了他兵器库成为教主的家伙在IT公司人的引领下，在数十名保镖的前呼后拥下，隆重登台。一张高贵而又华丽的孔雀面具上面插上了一支彩霞般的羽毛，啊，这就是原本我应戴上的桂冠啊，现在成了人家的了，这算什么呢?

IT公司的人刚开始讲话，杀无赦的心狂跳起来，他看到三个戴着仕女面具，走路袅袅婷婷的女子走了过来，仕女面具两端的绸缎上清晰地写着杨贵妃、赵飞燕和吴越西施。对了，是至今还在网上死命追随他的三名死心塌地的妃子。她们冲着粗糙简陋的舞台大声叫道:“杀无赦杀无赦杀无赦杀无赦……”然而她们声嘶力竭的喊叫很快被一阵巨浪般的吼叫声掩蔽了。那些舞台下的网民挥动着大大小小的拳头冲着她们直晃。然而三人毫不畏惧，迈着坚定的步伐勇敢地朝舞台走去，就在接近舞台时，几个保安拦住了她们。尽管如此，杀无赦还是被感动得热泪盈眶，眼泪无声地掉落。三个小女子，乃巾帼英雄也！

上午 10 点大会正式开始。全体网民站起，唱起《“冷兵器搏击”之歌》，随后全体网民向教主三鞠躬。IT 公司的主持人开始讲话，杀无赦根本没有听清楚。他脑里乱蓬蓬的。他只是反复地递交纸条，要求 IT 公司主持公道。毕竟是前任教主。主持人无奈，只得面对全体网民念道：“我堂堂正正的杀无赦，杨柳轻风不管你是男是女，不管你是老是少，我要把你揪出来，剥你的皮，抽你的筋，你有本事，我们就单挑。谁到老派（指派出所）报案，谁就是野种。”坐在台上的杨柳轻风轻蔑地在微笑，随即让主持人代为回敬道：“中国伟大作家鲁迅说得好：辱骂与恐吓，决不是战斗。而我说：只是一堆臭狗屎。我愿意奉陪，谁输谁永远滚出这款游戏！”杀无赦听得浑身热血沸腾，递条回答：“行！”整个小剧场顿时像煮沸的开水，起哄喧嚣不绝。三个刚才被保安死死按住的女子，这时挣脱保安冲上舞台，直扑教主杨柳轻风怒骂：“你这个狗娘养的大盗贼，你偷走了人家的兵器库，还有脸充大。我们身为杀无赦的大奶、二奶、三奶要与你拼了。”说完三名女子果然亮出刀子。这时杨柳轻风身后十分奇怪地竟然闪出一个戴着老虎面具的小个子来，只见他冲着一旁 IT 公司雇佣来的膀粗腰圆的汉子怪叫道：“冲上去，你们是猪啊！”无论是身材还是声音，都让杀无赦蓦地想到了一个人。会是他吗？看看吧，面具后面突出的是什么？不就是一副眼镜？几个保镖这才像是醒悟过来，冲上去打掉三个女子手中之刀，现场鸡飞狗跳，所有人都闹了起来。杀无赦冲在前面。但那个小个子像隐身人一样，转瞬即逝。杀无赦悔得肠子都青了。然而他很快被三个女子的刀子吸引了。那是他网上早已熟透了的刀具，但不是虚拟之刀，而是货真价实来自蝴蝶制刀公司的 AFO 自动刀。三人毕竟是女子啊，她们怎能斗得过那些 IT 公司雇佣来的保镖呢？三名据说来自呼和浩特的蒙古族女子，最终被几位强壮的汉子卸了刀子，强行拖出会场。杀无赦潸然泪下。他的一双手在颤栗。

忽而他的一双细细手腕被一双强有力的十分粗糙的大手握住。有人在他耳边轻声道：“网友，刀子要么。”他不由脱口而出：“你弄疼了我。我不要刀子。”“你不要，啧啧可惜了。”“没啥可惜的。”“我是草原上的雄鹰，我能看到面具下的你，一双美目在燃烧，你需要刀子。”杀无赦惊讶地抬起头，他看到的同样是和他一样戴着麻雀面具的网上菜鸟。对方在面具后笑笑说：“一样啊，都是网上任人宰割的菜鸟，不过我比你强的是，我还是网下的商人，专做刀子生意的商人。”杀无赦没吭声，他的一双眼睛死死盯住那个人。他发现那人的眼珠怎么会是绿色的？终于他迟疑不决地问："你有何刀？""英吉沙小刀。"像刹那间通过的强大电流，一下把杀无赦电麻了。杀无赦一动不动。"你怎么啦？"对方不解地问。半晌杀无赦才摇摇头，随后问："何价？"对方伸出三根手指捅捅他的后腰杆子说："先杀只猫试试。如果中，就把钱打入我的卡内。"对方说完，杀无赦发现手中多了一件用红布包裹的沉甸甸的东西。随后那人像鬼魅一样消失在人头攒动的剧场之中。杀无赦的瞳仁放大。他双眼死死盯住手中红布，大气不喘，只是嘴里喃喃自语："怎么会这样？怎么会这样？这不可能啊。"

杀无赦悄然无声地退出小剧场，剧场外秋雨悄然无声地下着。他只觉得浑身发冷。这是怎么回事？忽而他知道了，是手中的刀子。刀子在他手中，就像来自极地的冰块。他一层层地打开红布，在绵绵细雨下，他先看到了刀鞘。是用小牛皮制做的，上面雕刻着一朵朵梅花。梅花旁有四个小孔。估摸刀鞘，约长 9 厘米。杀无赦内心有些紧张，一只手不由微微颤栗地从刀鞘里抽出了那把小刀。刀一出鞘，一股寒气嗖嗖直扑门面。杀无赦闭上双眼，轻轻地用刀去割耳边一绺鬓发，那鬓发纷纷扬扬地落下，可谓吹毛断发。杀无赦睁大眼睛，复而细细端详小刀。先看刀柄，长约为 7 厘米，厚约为 0.3 厘米，宽约为 1.8 厘米。刀柄三截镶嵌。首尾熟铜。中间镶嵌沉甸甸的红木。熟铜上有稀奇古怪图纹。正反上下各刻有 6 小圆点。共 4 排，每排 3 小圆点。圆点上涂红与蓝，更令杀无赦激动不已的是刀柄尾部，恰似一弯钩月。不错，是把典型的青龙偃月形英吉沙小刀啊！再看刀身，长约 8 厘米，一面刻 OTKUR 和"英吉沙小刀"五个汉字。汉字上面还刻着一行看不懂的外语，像是阿拉伯语。阿拉伯语上还刻有奇怪图形，横看竖看，似月非月。翻转刀身，另一边刻一行 OTKUR KNIFE。随后杀无赦就见寒气逼人的刀身中间刻着深深血槽，血槽前端尖尖上翘，活像女人跳《天鹅舞》那绷紧朝上翘的屁股。

是把好刀吗？他不知道！

杀无赦已无心再参与"冷兵器搏击"网友蒙面化装会了。大会对于从教主位置跌落下来的他，实在是无所谓了。他只想早些回家，从远郊平安镇回到市区家。

回到家所在小区时，尽管已是黄昏，但是秋雨绵绵使得天地变得漆黑一团。走在小区路灯下的小道上。小区小道两旁的小树林里鬼影绰绰，偶尔会响起一种莫名的响声。他飞快地回到家里，从冰箱里拿出一条冻带鱼，然后慢吞吞地下了楼，来到了工房旁的小树林。

现在他就坐在阴冷的小树林旁的水泥台阶上，他手里拿着一条带鱼。他的一双被卖刀人称之为美目的眼睛十分随意地看着四周。他看见一只白猫出现在小区小道上。他没有“咪呀咪呀”地叫唤着。他知道是猫总是要吃腥的，是会过来的。果真如此，黑暗中白猫眼睛就像两只亮晶晶的灯笼，贼亮贼亮。它可以不看杀无赦，但绝对不可能不看带鱼，不闻带鱼腥味！

事情就是这样简单。

那猫过来时并不猥琐，而是箭一般地直冲过来，低头一口，叼着就走，杀无赦拉着冻结的带鱼一头，不让走。两者胶合着。杀无赦已无耐心，他要试试刀子了。想到这儿，那把刀子闪电般地出鞘。刀子是长眼睛的。这是谁说的。他记不清了。他只知道刀子出鞘时，眼前就有一道寒光在秋雨中一闪，像浪头里跃起的一条白鱼，准确无误地切入猫的脖子。那猫先是一愣，随后惨叫一声，像来时一样箭般地飞走。杀无赦就见小区小道灯光下出现了一幅诡异的画面：那只白猫的头颅，活像一只白白的小雪球在地上滴溜溜地滚着，而无头的身子喷着成扇面的血，直朝小区外马路飞去，细雨中听到有人尖叫：“那猫怎么没脑袋的。”

杀无赦站了起来，看了一眼手中的英吉沙小刀，往小树林的草地上一擦，刀面就泛着绿色之冷光，无一滴血。是谁说过这么一句话：“刀子不出鞘，不知多锋利。”

当晚，杀无赦以被他祭祀过的白猫网名在网上发布帖子：“杨柳轻风，杀无赦让我并转全体‘冷兵器搏击’游戏网友，他决定向你发出生死挑战。时间定于 2004 年 12 月 15 日 22 点，沪西地区大自鸣钟。”

“‘冷兵器搏击’世界，不相信眼泪。杨柳轻风是我网上假名，现在我堂堂正正地告诉你，我真名叫毛茸茸，安远中学学生。你连真名都不敢露的家伙，还配拥有‘杀无赦’？我接受挑战。”

黄

米玲珑的父亲，我姐夫米粒死去半年多了。随着时间推移，我姐姐病情或好或坏。我母亲一直陪着她。然而就在期中考试后，我母亲心急火燎地打电话对我说：“米玲珑考试回来病了，是突然病的。这病很怪。”我一听病很怪，就晓得里面有名堂。下班后就像半年前那样，火速从郊外赶到市内我姐姐家。我想，我姐现在只有米玲珑。如果米玲珑再出什么事，那我姐一定会彻底疯了。

赶到我姐家，不但我母亲在，米粒的老父母也在。我意识到我姐家的空气里很不寻常。我姐和母亲争着对我说：“学校卫生老师讲了，米玲珑可能得了精神分裂症。”我一听就觉得不可信。但从母亲与姐姐神色里还是发现了问题。我说：“你们别大惊小怪，我看看再说。”于是轻叩米玲珑房门，里面没声音，或者说米玲珑根本不理睬。我有些急。于是在门外轻声叫了起来。米玲珑听出是我声音，马上开门，从房间里迎出来。我一看，心沉了一下。米玲珑依旧瘦瘦小小，还是一副没有发育的样子。虽人形没怎么变，但头发却乱乱地竖着，苍白的脸泛着不祥的光，眼圈全黑，但眼睛亮得出奇，但这亮的光里，泛着黄，似里面点着两团黄火。

她和谁也不打招呼，径直对我说：“我想问你一些问题，舅舅你到我房里来。”看了看母亲与姐姐以及米粒的父母，我隐隐约约觉得自己担着重大责任。容不得多想，我已被米玲珑拉进房门。

米玲珑先是拿起《现代汉语词典》，一翻就扔。随后拿起 1979 年版《辞海》。这本《辞海》还是我以前送她的。我正想着她是否还有其他举动时，就见她快速翻到 570 页，旁若无人念到：“英吉沙：县名。新疆维吾尔自治区塔里木盆地西部。清设英吉沙尔直隶厅，1913 年改英吉沙县。经济以农业为主，产小麦、棉花、玉米、大麦、油料作物和杏、梨、苹果等，并产名贵滋补果品巴达木。公路东南通莎车，北达喀什。”米玲珑至少对着这段文字读了三遍，我实在有些搞不懂，这时就见她突然当我面把《辞海》狠狠砸在地上。我被吓了一跳，轻声说：“你不可以这样对待书。”米玲珑说：“这书是什么人编写的。”我说：“中国各行各业顶尖人物编写的。”她说：“狗屁。”我说：“你怎么骂人，舅舅不喜欢。”“那我问你：‘知道英吉沙吗？’”我说：“万宝全书缺个角，还真不知道。”米玲珑掷地有声地说：“英吉沙最出名的是英吉沙小刀，而不是巴达木、小麦、棉花、玉米、大麦、油料作物和杏、梨、苹果。《辞海》为什么不写？所以我说这《辞海》是狗屁。没错！”

我瞠目结舌。

米玲珑一气说骂完，一屁股坐在我对面，低头不语，手里摆弄什么。半晌忽又冒出一句：“这一切都有什么意义。”我怔怔的。她说的“这一切”是什么？什么叫“有意义？”她又催我说道：“你说，你说呀。”眼睛直直看我，一眨不眨。我能看见两团黄火在她眼里燃烧，然后这黄火渐渐熄了，最终她从喉咙吐出几个字：“你也不知道。”言语中是无尽的失望。不知为何，这一刹那，我感到在她面前是愚蠢可笑。最后她叹了口气说：“无非是这样的吧。”“什么是‘无非是这样的吧’？”我想问清楚，但她却坚定地说：“谢谢舅舅，我送你出去。”这时，我才注意到那只还没去镶过的大门牙说话尽是漏风。于是我没话找话说：“你该去镶牙了。”她说：“舅舅，现在功课很多，以后再说吧。”你听，她一下又正常了。“你还有话吗？”她问。我想了想，还是试探性地说："我想带你看心理医生好吗？"她却淡淡一笑说："舅舅，我挺好，你别听她们的。"

米玲珑硬把我送出她的房间，我魂不守舍。一出门，我姐，我母亲，还有我姐的公公、婆婆，都围上来问："她跟你说了些什么？她有没有提学校考试的事？她就是考试后才变成这个样子的，其实她考得很好，她还……"我没有回答。我无法回答。我想，真的是因为考试？不对吧，那么请问，是否还有其他？我隐隐约约感觉到些什么，但我也说不清。总之，她那泛黄的眼光，真让人害怕。我姐姐说："学校卫生老师讲，米玲珑有可能患了精神分裂症，我们几次想带她去医院看，但几次都被她识破。她死都不肯去，并且威胁任何劝她去医院看病的人，只要谁让她去医院看病，她就从学校顶楼跳下去。这一来，谁敢。"

米玲珑一有事，我姐正常了；我姐一有事，米玲珑反倒正常了。这是怎么回事？

蓝

12 月 15 号，夜里 9 点光景，天空一片深蓝。瘦瘦的安远路上空星光点点。一个身材单薄，长得像豆芽似的网名叫杀无赦的人，骑着一辆崭新的变速山地自行车，由西康路划了一个优美的弧度飞速至安远路。在车子刚过陕西路后，这人从车上下来，慢吞吞地推着车，来到玉佛寺门前。玉佛寺门前空无一人，但初秋之夜的寒风依旧让人有些许冷。他把自行车朝路边一靠，一人跪在朱红的大门前点燃了 14 支香，然后重重地叩拜了 14 个头。完了后，嘴里念念有词。念什么？无人得知。

杀无赦骑车来到大自鸣钟前停下，然后从背包里拿出一副雪白的手套戴上，便仰头看着大自鸣钟上粗大的指针，和自己手腕上的手表对时间。对完后，他就推车过了马路，走到长寿路绿地花园门口。

风起了，初秋之夜的大自鸣钟，除了长寿路绿地中央的喷水池里闪烁着五彩缤纷的光束，把人搅得有一点喜庆外，偶尔就是马路上驶过的一些车子，真的十分宁静。

杀无赦的双眼一会儿看表，一会儿看马路对面的大自鸣钟。时间很快到了 9 点 45 分，杀无赦朝四周望去并无一人。他想，那些网上信誓旦旦来为他与杨柳轻风各自助战的家伙，怎么一个都不见鬼影子呢？还有在网上要死要活嫁他的大奶杨贵妃、二奶赵飞燕和三奶吴越西施，怎么一个都不见人影？这样一来，杀无赦的心就有些隐隐约约地痛。想，无非就是这样的罢了。网上都是英雄，网下都是狗熊。

现在他并不在意那些网民了。他甚至倒希望他们不要来为好。但是杨柳轻风一定要来。他一定要与他作个了结。

也就是22点缺5分，约定的时间快到了。杀无赦的一双眼睛一眨不眨。终于他的瞳仁里出现了一个穿着披风戴着墨镜的男人。尽管男人装得老成，像个大人，但是他看出就是在平安镇剧场里坐在主席台上的杨柳轻风。是个自称站不改名坐不改姓名叫毛茸茸的人。但是他不懂游戏规则，杀无赦看见他的披风里明显藏着一把大家伙。是长刀？还是长棍？或者说是铁棍？这就很不好。他想他不应当那样。“冷兵器搏击”世界里，永远是短刀相搏。仅此而已。

杨柳轻风在大自鸣钟下面笔直地站着，任寒风拂动他的风衣，一动不动。酷酷地。杀无赦甚至刹那间有一种爱上他的念头在闪烁。

这时，大自鸣钟突然在他耳边雷鸣般响起：“当当当……”那沉重的钟声就像死亡前的号角，吹掉了杀无赦的一切杂念。他一脚跨上自行车，那车就像哪吒的风火轮“呼”地似一道劲风飞起，直扑杨柳轻风，然后猛地一个坠落。杀无赦看不到他墨镜后的眼睛，但看到那张十分熟悉的脸。脸在抽搐。杀无赦根本容不得杨柳轻风拔出那把长刀？长木棍？长铁棍？便把手中那把锃亮的小刀十分轻松地插入杨柳轻风胸脯，那刀插进体内时，他清晰地听到一声令他永远无法忘怀的“嘶啦”声。然后，刀又从里面跑了出来。杀无赦低头一看刀子，上面无一滴血迹，只是刀尖有块白乎乎的东西。似肉？似油？他不由抿嘴一笑，想，是把好刀。是谁说的：“刀子不出鞘，不知多锋利。”那个新疆网友虽然让他出了大价，但提供的东西确是货真价实。

杀无赦从容收刀，跨上山地自行车。刚踩了踏脚板，背后传来“咕咚”一声。网上无数次的操练，使他闭眼也能准确无误地知道，哪是人心，哪是人肺，哪是人肝，哪是人喉，哪是人主动脉。于是他十分满意地点了点头。没人看清他是男是女，只见他抬头看了看湛蓝湛蓝的天空，然后咧嘴一笑，嘴中间缺少一颗大大的门牙。令杀无赦无论如何没有料到的是，一切均被不远处一个外号叫“小四眼”的人用数码相机“喀嚓喀嚓”全部拍下。

紫

12月16号下午1点。很少来我家的米玲珑突然跑来了。我自然欢迎。我发现米玲珑十分开朗，还抢着替我做家务。米玲珑毕竟是小孩，你看看现在这股活跃劲，哪会是什么神经分裂症。

也就是晚上10点，我正陪着米玲珑起劲地看着《樱桃小丸子》DVD，忽听门铃响。那么晚，还会有谁来我家？透过猫眼朝外一望，见是居委会李阿姨和几个警察，就十分诧异。我，乃至我家所有人，向来对警察敬而远之，李阿姨凭什么带警察来我家？我疑疑惑惑地打开木门。李阿姨隔着防盗门轻声问："米玲珑在吗？"我反问："找她有事？"李阿姨嘴角处的肌肉抽搐一下说："警察找她问些事情。"这么一说，我打开了防盗门。刚开了一条小缝，那些身强力壮、手执手枪与警棍的警察一捅而进，把门后的我撞了个趔趄。当他们看到米玲珑竟然是个羸弱少女，且只有14岁，就有些发愣。一个警长模样的人十分严厉地问米玲珑："你是米玲珑？"米玲珑说："我是啊，有事吗？"米玲珑边吃牛肉干边回答，一双眼睛始终没有离开电视屏幕。警长像是自言自语："不会搞错吧，你真是米玲珑。"米玲珑这才抬头瞄了眼警长，点了头。警长又问："你真是捅死毛茸茸的米玲珑？"米玲珑有些吃惊，睁大眼睛说："是啊，你们怎么知道的？"警长再问："网名杀无赦也就是你了。"米玲珑惊讶地张大着嘴很不高兴地反问："你是怎么知道的？你凭什么知道的？你是黑客？"我在一旁听得清清楚楚。我的脑袋"轰隆轰隆"炸开了。米玲珑杀了毛茸茸？米玲珑怎么可能杀毛茸茸？毛茸茸早在大半年前就转到郊区念书了，怎么杀？能杀吗？我有太多疑问。但我哑了声。我呆呆地看着警察，处于恍惚之中。

警察从米玲珑书包里，搜出插在牛皮刀鞘里一把小刀。拔出时，原本白花花的刀光此刻竟成了一道紫光，刺痛了我的眼。警察掂量手中小刀似笑非笑对米玲珑说："是英吉沙小刀，品牌刀。"说完，警察从后腰摸出手铐毫不迟疑把米玲珑铐了，米玲珑说："叔叔，你们是警局黑客吧，我想把作业本带上，否则完不成作业，老师要骂的。"警察收了似笑非笑转而骂："谁是黑客？老子是警察。你下辈子再考虑作业吧。"

米玲珑被警察推搡着出我家防盗门，忽而脸上露出与她年龄极不相符的凄楚，对我说："舅，无非就是这样罢，无非就是这样罢。他们不是警察，他们就是黑客。黑客我是无法对付的。"我懵了。听不懂这是啥意思，更不知怎么回答。看着走道灯光下，米玲珑双眼发出紫荧荧的光，我觉得眼泪快要掉下来了。

米玲珑两根细柴般的手腕，托着一只沉甸甸铐子，贴紧楼道扶梯铁栅栏，一路"哐啷哐啷"下楼，在深的夜，分外刺耳。我紧跟其后。李阿姨打开楼下防盗铁门，楼门前一辆警车顶上闪烁刺眼的紫光，米玲珑被警察揿着的小脑袋奋力抬起，张着漏风的嘴对我尖声叫道："舅，回吧，别忘了告诉我老娘，我用掉老爸3万元。值！"

2005/5/5

饥饿的口琴

我自己都不知道怎么会去偷东西的。后来我想，我之所以迈出偷窃的第一步，除了饥饿的原因外，还在于我嘴馋。是的，作为一个女孩子，又有哪个不嘴馋呢？别的女孩子所以没走上偷窃的道路，或许是因为她们家境好，或许是因为她们有自控能力，而我呢，坦率地讲，没有。如果说，这个社会人人家境都好，人人都有自控能力，那么就不会有犯罪的人。

一个春寒料峭的夜晚，刚吃完了一碗粥的我，总觉得肚子饿得慌。于是从家里出来后，百无聊赖地站在我家斜对面的水果店前。当时我从口袋里摸出一只铁皮小口琴，想胡乱地吹些什么，然而水果店前寒风飕飕，使我打消了吹口琴的念头。我清楚地记得水果店里点着一盏15支光的灯泡，灯泡在黑夜里发出昏暗的光。灯光虽则昏暗，然而我的一双眼睛此刻却变得贼亮贼亮。我看见那些苹果、香蕉在夜的黑暗中闪烁着一种黄澄澄的光。而我抽搐的鼻子里竟然闻到一股股对我来说，早已忘记的水果香味。啊，这是水果啊，这确实是水果，这是我梦寐以求的水果啊！国光苹果，咬起来嘎嘣脆响；芝麻香蕉含在嘴里，像冰糖一样地会融化。如果，如果。我想到如果两字，肚子竟然饿得一抽一搐的，我的一双贼亮的眼睛便一下射进店铺。店铺里的老山东似乎是在打盹儿，见机会来了，我毫不犹豫地伸出一双小爪，偷了一只苹果，窃了一根香蕉，转身就朝漆黑一团的安远路窜去。跑了一会，回头望去，水果店犹如遥远天边的一颗星辰，我这才放慢了脚步，慢吞吞地拐个弯，朝家中走去。

我左右口袋里各放着一只苹果和一根香蕉。我觉得幸福的愉悦像浪潮一样朝我小小的胸腔涌来，让我浑身战栗。

我没想到第一次偷东西竟然如此方便，这不禁使我陶醉万分幸福无比。记得我来到我家石库门前的马路边时，一阵尿意直冲脑门，于是我就毫不犹豫地褪下裤子，我那小小白白的屁股，在寒风中并没有觉得有多冷，我只是蹲在木头电线杆下，舒舒服服痛痛快快地撒了一泡欢快的尿，那尿在路灯下泛起了一阵阵白色的泡沫。那泡沫不断堆积着，就像渐渐堆积起来的白雪，我为自己在寒冷的冬天，能制造出一堆白雪而开心得抿嘴而乐。

我在幸福光晕下不能自已。我忍不住从口袋里摸出带有体温的苹果和香蕉，借着路灯光线，先送到鼻头下闻闻水果香味，然后又紧贴在滚烫的小脸蛋上，我想，我已经好长时间没有吃过水果了，现在能轮到我享用，真是妙不可言。

这时我就听到黑暗里传来一阵悠长的口哨声，我发现在口哨声里雷登像鬼魅一样突然出现在我跟前。我记得雷登比我大 4 岁，今年已经 19 岁了，是市政局的压路机司机。雷登人长得高啊，那双腿就像长脚鹭鸶。长脚鹭鸶雷登的眼睛细长，他看我的目光让我有一种掉入冰窟的感觉。在他的目光里，我那刚才的快乐幸福倏然像一缕轻烟跑得无影无踪。我胆怯地朝后退一步，双手紧握水果，问："你想做啥？"

"冰琴，你是从老山东那儿偷来的吧！"

我一时语塞，只是慌乱地摇头。

"没事，一点水果算啥偷。"

雷登说这话时，微微弯着腰，满脸和蔼。可不知咋的，面对这种突如其来的和蔼，我愈觉不安。这个从来不和我讲话，更不和我们玩的雷登今晚是怎么啦？

"顾冰琴，我看出你有出息，有空来我家玩。"

我摇摇头。我怎么能去他那儿玩？我只觉得如果我胆敢踩进一楼半的亭子间，被父母亲知道，迎接我的只是毛栗子。知道雷长天吗？他就是雷登的父亲，和我父亲在一个学校当教师。两年前，对了，是两年前，我 13 岁那年的一个深夜，我父亲很晚才从学校回到家。回家后，我父亲悄声地对我母亲说："前些日子，雷长天在学校操场边的司令台后猥亵一名女学生，被人当场逮住，今天被戴上坏分子帽子，要批斗了。"

我听不懂猥亵是什么意思，但从母亲横眉怒目的模样中，我猜测：那个雷长天肯定干了什么见不得人的勾当。

“不敢来是吗?”雷登的声音忽然变得很轻很轻，在路灯昏黄的灯光下，他的眼睛里露出一丝很忧伤的光线，“那就来我压路机上玩吧。最近我们在海防路修马路、铺柏油。”

海防路我知道，就是我们学校拐弯处那条瘦瘦细细的马路，但我依旧摇摇头。雷登见我摇头，转身走了。我愣在电线杆下。我看着雷登的背影，又细又长，慢慢地融进了漆黑的夜色中。由于雷登的出现，在寒夜里，我咀嚼的苹果和香蕉，变得索然无味。

冬天是极其漫长的，上课又是令我讨厌的。坐在课堂里的冷板凳上，我常常心不在焉。望着窗外灰蒙蒙的天空，我时常觉得肚子莫名其妙地饿。我真的不想上学。于是一天早晨，我突然想到了雷登。一想到雷登，我便迎着寒风，去海防路找他了。

我看见长脚鹭鸶雷登身穿一身脏兮兮的衣服，坐在一台庞大而又笨重的压路机驾驶座上。压路机前面是一群脏兮兮的工人们，正用铲子铲塌车上冒着滚烫热气的沥青往路上倒。而雷登神气活现地开动着那台轮子像两只大铁桶一样的压路机。压路机像蜗牛一样慢慢爬动着。压路机爬过后的路面整洁光滑，像一面黑色的镜子，把天空里的那轮红日，变成了一轮黑漆漆冒着炫目油光的黑太阳。我顿时来劲了，在隆隆压路机声中，我冲雷登大叫一声。雷登看见我了，雷登在压路机上冲我吹了一声悠长的口哨。那口哨很有旋律，在我听来，妙不可言。

我痴迷地看着雷登开压路机，我痴迷地看着压路机碾过的沥青路面里冒出一轮黑太阳。

快到中午时，一群工人们扔下手中的家伙，一窝蜂地聚到路旁准备开饭，我看见雷登从压路机上跳下来，扔掉手中的纱手套，走到我跟前小声说：“顾冰琴，我带你吃大排面去”。

吃大排面，这是多大的诱惑啊！在我15年的有限记忆里，我只吃过3顿大排面。一次是我10岁生日，一次是我父亲40岁生日，还有一次是我奶奶60大寿。现在雷登要请我吃大排面啦，我小脸变得热乎乎的。我眼前冒出那细长的面条上盖着一块香喷喷的大排，那香味在我鼻头下面萦绕，我觉得我像一头狼，看见一只雪白的羊羔在我眼前晃动哩，我的口水都要掉下来了。但我嘴里却说：“不行，我爸知道后要揍我。”雷登只是一笑，用那双细长的手指弹了一下我的面颊说：“你爸不会知道。”

就这样，我跟在雷登长长的身影后，从海防路拐到西康路，然后走到大自鸣钟四如春面店。我记得小小的四如春面店里挤满了人，我们在等候座位时，就见雷登从口袋里摸出大前门香烟，熟练地抽出一支叼在嘴上。我非常吃惊。我记得我父亲月薪是83元，他只能抽22分一包劳动牌烟，只有在逢年过节才偶尔抽上一包28分的飞马牌香烟，而雷登这样的青工，每月只有18元工资，他咋能抽上35分一包的大前门烟呢？我理不出头绪，我只有羡慕。

我们终于等来了位置，大排面这时也端了上来。看见做梦都不敢想象的大排面突然出现在我眼前，我似梦似幻。我伸出粉红的小舌头，先是舔了舔，一股肉香直抵肺腑。然后，我张开一排细牙轻轻地咬了大排的一角，含在嘴里，细细地咀嚼着。我的味觉告诉我，这是货真价实的大排面啊，于是我的嘴开始大张着。我要吃啊，我要大口吞吃啊，多么令人馋涎欲滴的大排啊，多么令人难忘的大排啊，我活到15岁只吃过的3次的大排啊！

当我由慢到快，风卷残云般地吃完大排面时，我发现雷登依旧在抽烟。他似乎对面前的大排面视而不见，我觉得很奇怪。面对我傻乎乎的样子，雷登嘴里喷出一股浓烟，笑眯眯地说："大排面好吃吗？"我点点头。雷登说完毫不迟疑地用桌上的筷子把他碗里的大排夹到我的空碗里。我有些犯困，我不知道雷登这是啥意思。雷登说："你喜欢吃，就吃吧。"我忙说："不行，我吃过了。"雷登见我谦让，脸色一下变得难看了。他讲话的嗓音也变得有些凶狠了："吃也得吃，不吃也得吃。"面对雷登那凶狠的不容置疑的口气，我内心深处油然升起了一种恐怖的感觉。我蓦然想起了一件事。上个月我舅舅从绍兴老家来上海，他让我陪他去老西门顺昌路一个老乡家吃晚饭，当时我看到桌上有一盘韭菜炒鸡蛋，于是筷子像雨点般地伸过去，那盘菜几乎让我独吃了。那晚回家我兴高采烈地对母亲讲了，母亲二话没讲，伸手给我一个巴掌骂道："你个馋鬼，你饿疯了，你这样恶吃，天生是个贼相。"

是的，那个巴掌给我的教训是：再好的东西也要留有余地，不留余地，那是要受惩罚的。可是现在我留有余地，为何雷登逼我恶吃呢？我看着雷登的眼睛，心里直打哆嗦，我想如果我不吃，会不会也会像被母亲抽耳光一样被雷登用手指敲我脑袋呢？

我吃了。我15岁那年，吃到第5块大排的感觉犹如嚼蜡。在嚼蜡一样吃着大排时，我在想：这世上拿工资的人，怎么都令人恐怖呢？

午饭后，我跟在雷登的长脚后面开始逛我们沪西最热闹的街区——

大自鸣钟。我俩逛到四如春斜对面的同大昌文化用品商店门口时，雷登的脸色像变西洋镜一样一下又和蔼了。雷登回头对我说："顾冰琴，我记得你会吹口琴。"我不知雷登又想玩啥花头，立定脚，有些胆怯地点点头。雷登又问："顾冰琴，你会吹啥拿手曲子?"我战战兢兢地说："我啥都吹不好。"这下我发现雷登的眼光开始发生变化，我吓得赶紧补充说："我拿手的是《东方红》、《金色的炉台》、《在北京的金山上》和《我爱北京天安门》。"雷登这才满意地点点头说："唔，只有《金色的炉台》有些难度。"顿了顿他又问："你用什么口琴?"说到口琴，我很惭愧。我那哪是什么口琴啊，是小摊上买来的铁皮做的小口琴。雷登见我垂下头，就说："我送你一支国光牌口琴。"我听了吓一跳。我这种吓比吃大排面来得更厉害。大排面每碗1角8分，国光牌口琴每支9元8角，是雷登月薪的一半，我想这玩笑开得大了。那有着高、中、低三排音阶的大号国光牌口琴是我能拥有的吗? 大排面，我是经常梦到的，那国光牌口琴我是连做梦的机会都没有啊! 雷登见我脸色突然大变，有些不满，说："不就是一支破口琴嘛，我进同大昌里拿一个就是了。""拿一个! 怎么拿?"还没容我回过神来，雷登已经推开同大昌玻璃门，回头冲我欢乐地吹了一声口哨，随后又轻声说："你只要站在窗玻璃外看着就是，这可比你拿的水果值钱。"

雷登说完走进了同大昌。

我想当我一下明白"拿"的真正的含义时，我的小脸在太阳底下变得惨白。惨白是别人看的，我只是觉得我的嘴唇在毫无规律地颤抖，透过大玻璃，我的双眼死死盯住雷登的一举一动。我发现雷登很随意地走到乐器柜台前，让营业员拿出了几支银光闪烁的大口琴，随后我发现雷登用手握着口琴放到嘴边试吹着。雷登吹什么，我一点都不清楚。其实即便我知道他吹的乐曲，我也不会注意，我注意的是他的双手。他的双手很平常，只是比我大一些，长指比我长一些。雷登在商店里时间并不长，可以说是一眨眼的工夫。也就是一眨眼的工夫，雷登放下了口琴，随后两手空空地慢慢地走了出来。我有些糊涂，我发现雷登是个骗子，他说要拿国光牌口琴，可那琴呢? 他手中什么也没有啊!

雷登走出商店门口，驻足了一会，还抬头看了看早春天空中那轮暖洋洋的太阳，随后朝我眨了眨眼，示意我跟他走。既然没拿到，我不跟他走又奈何。于是我瘦小的身体像跟屁虫一样跟在他瘦长的身体后面。

当我俩重新走过马路，来到四如春面店隔壁西康路菜场的弄堂口时，雷登像变戏法似的从口袋里摸出那支在太阳下闪烁着银色光芒的国光牌口琴，我立即傻住。雷登当时并没有立即把口琴给我，而是说："顾冰琴，你看看同大昌门口有什么人?”我回头朝对面望去,只见同大昌商店门口有几个营业员像走错地方的瞎子,大声嚷着什么。

这时,长脚鹭鸶雷登一下握住我那细细的手,把口琴塞到我的手中。抚摸着还带有雷登体温的口琴,抚摸着光滑锃亮的口琴,我的脚步变得欢快起来。我问雷登:“万一被他们捉住,怎么办?”雷登吹了一下口哨说:“要捉我的人还没生出来。不过,顾冰琴,你要记住:万一被人家逮住,首先就是要迅速、彻底、干净丢掉东西,懂吗?”

我点了点头。在我和雷登快分手时,雷登又说:“要每天吃大排面,过好日子,就要多干活,多干活就是多‘拿’东西,多‘拿’东西,是件非常有趣的活儿。”

夏天很快来到了。

现在我的口琴吹得非常出色,并且自我感觉姿势也非常美了。我在吹《金色的炉台》时,左脚会不由自主打拍子,握口琴的左右手会一上一下抖动,那副腔调很像那个弹钢琴时全身抖动的殷承宗,不仅如此,我吹曲子时,还能吹出和声,极富 rhythm,这些得益于国光牌口琴。

我很想让雷登上我家玩,但我不敢。即便我敢,雷登也不会进我家门的。我时常从他的眼光里看出对我的父母以及周围邻居憎恨的目光。我的父母以及邻居对雷登同样报以憎恨的目光,并且憎恨里含有冷笑的意味。

不过我没有。

我不但没有,我还在 15 岁那年,斗胆走进了石库门一楼半雷登的亭子间。

长脚鹭鸶雷登住在亭子间搭的小阁楼上。我看见长脚鹭鸶雷登进阁楼时,不是单单用脚,而是手脚并用,像狗一样塌着腰爬进去的。爬进去后,他就坐在阁楼木板上,他的头顶着阁楼的天花板了。我虽然不像他爬进去,但弯腰钻进去的姿势绝对是不好看的。

阁楼里点着一盏 15 支光的灯泡,把逼仄狭小的阁楼照得像人民广场一样的灯火辉煌。我记得我并未为窄小的阁楼所吃惊,让我吃惊并久久大张嘴的是我看到的东西。我遽然像看见无数块浇上葱花的香喷喷的大排朝我扑面而来。不,大排算什么?小阁楼任何一样东西,都是他娘的大排所能比得了的吗!我在长脚鹭鸶得意的目光下,开始跪着数我看见的东西。首先我数了蒙着透明纸,后面用长方形硬纸衬着的白衬衫共有 13 件;黑色的像沥青刚浇过地面,反射出漆光的牛皮鞋 8 双;像行走在万里沙漠上的骆驼一样的颜色的绒线衫11件；像大灰狼一样颜色的毛呢大衣三件；大前门香烟14条；半导体收音机5台；三五牌木壳台钟4台；上海牌手表7块……哦，还有我差点漏数的棕色唱机一台，在唱机边上，还有一厚叠胶木与红颜色的塑料唱片；还有什么？还有解放军穿的军衣、军裤、军帽共计5套。我数着数着一颗心激动得怦怦乱跳。这是多么了不起的雷登啊，他究竟从哪儿“拿”来这么多东西啊！他的小阁楼可以成为中百一店了。我激动得晕乎乎时，长脚鹭鸶雷登拿起一顶崭新的绿色军帽扣在我的脑袋上，那颗货真价实的五角星在15支光灯泡照耀下，不断闪烁着一波一波的红光，这红光让我想起八一电影制片厂出品的电影时，片头总是推出一颗五角星，然后五角星边上不断推出一波波金光。

我陶醉了。

我颤抖的小手不断摸着软软的帽身，又摸着前面突出的硬硬的帽檐和尖尖的有些扎手的红五星。我仰起小脸看长脚鹭鸶雷登很像向日葵仰望着红太阳。我知道，我15岁的鲜血已被太阳烤炙得沸腾。我闪烁的漆黑的眼珠像探照灯一样不断扫射着每件我都无比喜爱的东西，我渴望这些东西归我所有。

长脚鹭鸶雷登撕开一包大前门，从中取出一支，我马上拿起身旁的火柴替他点上了香烟。我想这个无意中献殷勤的动作说明我多么佩服长脚鹭鸶雷登啊！点完烟后，长脚鹭鸶非常舒适地抽了一口然后伸出长长的舌头，那烟就呈圆圈型缓缓喷出。在一只只连续大圈套小圈的烟圈中，长脚鹭鸶雷登说：“顾冰琴，这些东西拿起来太方便了。你只要胆大心细外加一些技巧。”

胆大心细，我是能做到，但技巧我就不懂了。我渴望他能教我技巧。

但是雷登没有教我技巧。他说技巧是在实战中学的，就是说只要胆大心细，技巧自然会冒出来的。对于这种话，我觉得费解。雷登见我费解，给我打了个比方，说：“怎样在五秒钟里学会游泳，最好的办法是把他推入河里，他如果想求生，自然会胡乱划动手脚。我保证只要二三次，这家伙就会游泳了。划动手脚能教吗？划动手脚就是技巧。所以说，技巧只有在大风大浪中学会。”

我还是有些不懂。雷登见我不开窍，说：“明天，我带你出去。”见雷登答应带我出去，我一下变得异常兴奋。不过，我说：“我要拿我喜欢的东西。”雷登一听马上否定了，说：“就像吃饭，肚子饿了，啥东西都会吃。哪能喜欢不喜欢。此次跟我出去，还得有指标。”

“指标，什么指标？”我不解地问。

“你每天吃几顿?”

“三顿。”

“一天只让你吃一顿,行吗?”

“要饿的。”

“对了,一天三顿,就是指标。指标是个好东西。它能逼你发挥聪明才智,逼你才尽其用,逼你进入一种境界。”

“境界是啥东西?”

“境界嘛,这个这个,就是把‘拿’东西,当成一日三餐。不过你进不了这种境界。”

“为什么?”

“你偷的东西和我不一样。”

“胡说。”

“你偷你喜欢的东西,我是什么东西都偷,因为我恨!”

雷登突然咬牙切齿地说。不知怎地,我不由自主地想到了雷登的父亲,心里不禁打了个哆嗦。

“这社会没一个好人,包括我父亲。我什么都不怕。我为我每次成功而感到无比自豪。”

说到这儿,长脚鹭鸶雷登把盘起的腿收了起来,这一瞬间,我发现他的姿势很像一只狼。是的,像狼一样的长脚鹭鸶雷登的眼光在15支光的灯泡下变成绿荧荧的。面对这种绿荧荧的目光,我没有害怕,只是亢奋,满脸发热。这时我发现长脚鹭鸶雷登的一双眼睛一动不动地盯着我,随后他按灭了烟头,把脸凑到我跟前,我顿时闻到了他身上一股浓浓的香烟味。他说,跟我学手艺,总要付出一些什么东西吧。我说,学会了手艺,我会把东西全交给你。雷登不屑一顾地说,我才不要你的东西呢。我说,那你要什么?雷登不说话了,我发现他伸出细长的十指,一下捧住了我的脸蛋,轻轻地抚摸着,嘴里亲昵地骂了我一句:“顾冰琴,你这个小娘逼长得真好看。”我记得当时在想,他怎么能摸我的脸呢?还没容我想明白,雷登那张带有极浓重烟味的嘴就贴到我的嘴上,那根长长的舌,十分灵巧地轻轻地舔我的脸,那样子很像小猫在舔碗里的小鱼。

我记得一开始我并不习惯,然而慢慢地我就有些喜欢起来。老实说,长脚鹭鸶雷登长得非常英俊,五官轮廓十分鲜明,尤其是他的鼻梁笔挺笔挺。我发现自己的身体不由自主地开始扭动起来。雷登看我并没反抗,一只右手就轻轻地塞进了我的衣服里。开始时他的右手是隔着我的乳罩在轻轻触摸,后来见我没有拒绝,他的手就跳过我的乳罩,直截了当地摸起了我的乳房，我的脑子在这瞬间一下出现了空白。我全身像散了架。我觉得我的一切都属于雷登了。

我想，长脚鹭鸶雷登一定是看到了我那种陶醉的样子，突然他一下松了手，说，知道我父亲犯了什么罪吗？他就像我这样抚摸你一样地抚摸他的学生。不过他那不叫抚摸，他那动作叫猥亵。猥亵，你懂吗？我困惑地摇摇头。这时雷登突然爆发出一阵大笑。我注意到这种笑，像电影里的狼嗥。笑毕，他非常严肃地说，顾冰琴，你记住，从今以后你就是拉三。

我偷偷地穿上了雷登送给我的特制军裤，与雷登一块来到静安寺立丰土特产商店门口。对于该店的牛肉干，我一直馋涎欲滴，为此我希望雷登能满足我牛刀小试。雷登同意了。不过，他说："你看你看，你就喜欢这些小东西，不过你得告诉我，你今天指标是多少？"

"看情况吧。"我随随便便地说。

"不行！"雷登突然非常严肃地对我说。当时，我被吓了一跳。

"那就三次吧。"我显得结结巴巴地说。

"说定啦。"

我点点头。

"你要记住，干我们这行，定下指标要完成，完成指标就要马上回家。听清楚了吗？"

我未知可否地点点头。

现在雷登站在我身边。我显得特别轻松。雷登和我一起走进商店，来到牛肉干柜台前。雷登轻声轻气地对营业员说："阿姨，我弟弟想吃牛肉干，你能拿几袋给我看看吗？"

"行。"

那个阿姨很爽快地从玻璃柜子里拿出了两袋牛肉干。雷登看了我一眼，随即递给我轻轻问："弟弟，这是不是大了一些？"

我接过两大袋沉甸甸的牛肉干。我闻到了一股香喷喷、辣蓬蓬、甜滋滋的味道。我有些爱不释手。雷登见我那种馋涎欲滴相，不禁用脚暗地里踢了我一下，我猛地醒悟过来，忙说："哥，太大了，我要小的。"

"对对，我弟弟要小袋的，你这儿有没有？"

"有啊！"

那个阿姨又很耐心地弯腰，从柜子里面取出两袋小包装的牛肉干。也就是那个阿姨弯腰的一瞬间，我已经把手中一袋大的牛肉干塞进了军裤的长口袋里。我感受到那牛肉干哧溜滑到了裤跟。我特别开心。

这时我听到雷登在问:“阿姨,小袋的牛肉干多少钱?”

“5 角。”

“啊,要 5 角呀,弟弟太贵了。”

雷登装着一副买不起的样子,我看在眼里直想笑,但我实在不敢笑。

“不,我要嘛。”

我装着赖皮样子。

“弟弟,不是哥哥不买,只是因为身上只有 4 角钱。4 角钱是不能买的。”

我没吭声。我低着头,装着要哭的样子。

“好好好,是哥哥不对,行了吧。”

雷登对我说完,又抬头向营业员阿姨连连道歉。那个阿姨边收牛肉干边说:“不要紧的,4 角钱可以去买好几斤苹果呢。”

雷登一听忙说:“谢谢阿姨。”

我们开始朝商店门口的水果摊走去。到了水果摊跟前,我刚站住了脚,雷登就使劲地拧了我一把,我这才醒悟过来,马上随他出了商店门。

“快把牛肉干拿出来。”

“为什么?”

“你看看你走路的样子。”

我低头一瞧,原来滑到裤管底部的一袋牛肉干,使裤管鼓出了一大块。于是我马上弯腰取出了牛肉干,和雷登一块来到静安公园门口的石凳子上,两人津津有味地吃了起来。

“你这小子能沉着应战,是块料。”

“都是你教得好。”

雷登见我有些得意,便冷笑一声说:“我记得你订下的指标是 3 件,你似乎还有两件没有完成吧。”

“没事。另外两件我已经想好了。一件是去华山路新华书店‘拿’一本书,另一件我还是想去立丰里面搞几只苹果吃吃。”

“书,可以。苹果绝对不能进立丰里面‘拿’。”

“不能‘拿’苹果,那我还能‘拿’什么?”

“到中百九店,替我搞双皮鞋。”

“行!”

不出一个小时,我就搞到了一本《新华字典》,一双牛皮鞋。当我把这两件东西很得意地交给雷登时,他的眼睛充满着惊讶。

看他那样子,我心里直乐,于是我转身又要朝立丰走去,雷登问:“你还要干什么?”

“我想吃苹果。”

“不行,你这样要坏事的。”

我没理睬雷登。

我一个人再次去了立丰土特产商店。不料刚到商店门口,就见那个卖牛肉干的阿姨站在门口东张西望,我一看吓得魂飞魄散,掉头就跑。刚到静安公园门口,就见雷登坐在公园门口的铁栅栏上,冲我冷笑。这下我彻底服帖了。

乌鲁木齐北路华山路口的那段马路开始翻修了。它将被铺上崭新的柏油。

这事是发生在我 15 岁时的初秋日子里。

我喜欢爬上爬下特别熟悉的压路机,此刻停在乌鲁木齐北路静安区工人文化馆门口。

我记得那天中午我爬上压路机时,就坐在宽大的驾驶椅子上,很骄傲地用和声吹着《金色的炉台》。尽管我现在不是站在金色的炉台前,看钢花四溅的美景,而是坐在压路机驾驶座,但是我的双眼没有一丝放松,我也在看啊,并且很仔细地看着。我在看时仍然没有忘记,我像殷承宗弹奏钢琴时那样摇头摆脑,我认为十分优美的姿势。

我记得大约是 12 点左右,对面一条公寓弄堂里走出一位身材很高,锁骨突出,脖子白皙流畅,戴着一副金丝边眼镜,身穿一身黑衣服的老太婆。我不知道这个老太婆是干什么的,但这样超凡脱俗,一脸高雅,脖子上竟然没有褶子的老太婆,我想我是 15 年来第一次,活生生地看见。我不知长脚鹭鸶雷登为什么要我跟踪这样的老太婆。但既然他分派给我任务我就没有理由问为什么。长脚鹭鸶说,其实他跟踪老太婆已经有两个月了。两个月了,老太婆总是每天中午 12 点左右出去,1 点左右回来。他让我跟踪他,只是想再次证明两个月的跟踪的结果和我跟踪的结果是否一模一样。

跟踪时,雷登再三叮嘱我说:“千万不要靠得太近,但也不要离得太远。”

“知道了。”我有些不耐烦地对雷登说。

“你知道个屁。我问你,跟丢了怎么办?被她发现了又怎么办?”

“不可能。”

“好好好,你他妈的像死去的鸭子嘴壳硬。不过我还是要告诫你,什么地方跟丢，就给我站在什么地方，不要离开，一旦被她发现，不要跑，更不要惊慌，要装成玩耍的样子。”

尽管雷登很罗唆，但我还是点了点头。

老太婆是沿着乌鲁木齐北路朝南走去。她走得不快，先是过了华山路，接着过了长乐路，然后又过了五原路，这时我有点不耐烦了，老太婆究竟要到哪儿去？老太婆丝毫没有折回的念头，依旧朝南走去，过了淮海中路，又过了东平路。这时，我沉不住气了。我觉得我的腿都累了，老太婆为何丝毫不觉得累呢？我有些不满长脚鹭鸶雷登，这种跟踪，难道就是像毛主席那样到长江里去畅游吗？我想，老太婆如果过了衡山路的话，我就往回跑，我要告诉长脚鹭鸶雷登，我累了，跟丢了。

我正想时，突然发现老太婆不见了。我被吓出了一身冷汗。我觉得不知该如何是好。雷登的提醒，我全都忘记了，只是东张西望。正当我绝望时，我的身后传来了说话声：“小朋友，你是在找我吗？”

我一下子张口结舌，不知说什么好。

“我知道你是在找我。有什么事？”

“没有，我没有。我是在这儿玩的。”

“不用怕。既然是玩，那就陪我转转吧。”

老太婆摸着我的头微笑地说着，同时从口袋里摸出一粒话梅糖给我吃。

所有这些雷登都没教我。我不知道怎么办。这时我不知怎么地想起了我早已去世的外婆。老太婆除了黑衣服我不喜欢外，其他和我外婆差不多。一想到雷登要动她家脑筋，我害怕。于是我什么也没说，转身拔腿就跑。

刚跑出一会儿，我又停住脚了。虽则说她像我外婆，但毕竟不是我外婆，我还得跟踪下去，否则不好交代，但我又不知老太婆究竟要走到什么地方为止。啊，真是谢天谢地，老太婆到了乌鲁木齐北路、衡山路口突然右转弯，穿过马路，走到一座四周围着高墙，铁门紧锁的建筑物跟前。

我站在马路对面看得很清楚，铁门里是一灰色的有着高高尖顶的建筑物。建筑物外爬满了藤蔓。这是教堂！教堂早已不开了，铁门上挂着生着红锈的大铁锁证明了这一切。老太婆来这儿干什么？我百思不得其解。我双眼紧紧盯住老太婆。老太婆浑然没有觉察我在看她，她只是在秋阳下，很随意地在教堂外的围墙处走了三圈，然后她穿过马路，沿着乌鲁木齐北路朝北走，朝北走，就是朝来的路上走，就是回家。

一个小时后，黑衣老太婆已经走进一小时前她走出的弄堂里，秋阳打在她的黑衣黑裤上，在我的心中倏然升起一种不祥感受。我说不清道不明。然而雷登却很兴奋地说："她去了衡山路天主教堂。"

我不懂什么天主教堂，但教堂我是知道的，我点点头。

"老太婆是去做弥撒了。"雷登说。

"什么叫弥撒？"我问。

雷登懂得真多啊！雷登没有回答什么是弥撒而是说："我们成功了。老太婆是孤老，她雷打不动每天 12 点到 1 点要去教堂外兜兜，她给我一个小时，足够了。"

现在压路机被雷登开到乌鲁木齐北路华山路口。雷登很卖力地吹着口哨开着压路机。当时间快接近 12 点时，他准备停下压路机，一个头头模样的人对雷登说：

"今天吃饭时间推迟。"

这下雷登傻眼了。

"我肚皮饿。"雷登说。

那个头头冲雷登眼睛一瞪，说："推迟 10 分钟时间，会把你饿死啊！"

雷登没有吭声，雷登只是抬腕看了一下手表。我知道这块手表是上海牌。上海牌不锈钢的表壳在秋阳里闪烁一下，发出一道很耀眼的光。

12 点 10 分时，压路机终于停止了轰鸣，长脚鹭鸶雷登从驾驶座背起了一只发白的帆布包，朝左肩上一挎，从压路机上跳了下来。我忙把国光牌口琴朝口袋里一塞跟了上去。当我快靠近雷登时，雷登压低着声音问："老太婆走了没有？"

我一愣。我只是远远站在马路边，看雷登开压路机，我实在忘了还要看弄堂里是否走出黑衣老太婆。然后我想当然地认为，黑衣老太婆既然每天去教堂那儿走一圈，那么今天肯定也会去的。于是我不假思索地点了点头。雷登的眼睛像雷电一样朝我划一眼，说："肯定？"

我又坚定地点了点头。

雷登不吭声了。于是我俩沿着乌鲁木齐北路走到静安区工人文化馆对面那条很浅的弄堂里。

很浅的弄堂两边是一幢幢独立的公寓房子。

午间的弄堂可以用寂静来形容。我看见秋天午后的阳光打在很浅的弄堂里，把弄堂劈成两片，一边是阳光，一边是阴暗，很像当时我们常常看到的鲁迅木刻。此刻，我走在静寂的弄堂里，不知咋的，心脏狂跳起来。浅浅的、平静的弄堂里，对我来说，很有种像雷登所说的，要学会游泳得把他推进河里。我现在岂止是被推进河里,简直是被推进长江里,或者说简直是被推进了大海。我别无选择。我得划动手脚,否则我死定了。

我跟在长脚鹭鸶雷登长长的背影里,我发现长脚鹭鸶雷登闲庭信步,就像走在自己的亭子间里。长脚鹭鸶雷登走到弄堂最后一幢背阴的公寓门口,从白帆布工作包里取出了一块银闪闪的铁片。那铁片的功能很像一把钥匙,只见他把铁片插进公寓门的锁眼里,轻轻一转,那门"咯吱"一声打开了。我注意到雷登脸上什么表情都没有,样子很像一块石头。这块没有表情的石头张嘴对我说:"你在门口玩,老太婆回来就替我吹口琴。"

我点点头。我在点头时,心有不甘,我想我只是个守门的人啊!我只要看到弄堂口是否会出现那个一身黑衣、高个、锁骨明显、脖子白皙的老太婆就行了吗?当然雷登承诺不管事后结果怎样,他就给我他一个月的工资 18 元整。想想吧,18 元是个怎样的概念?我可以去四如春店吃 1 角 8 分的大排面整整 100 碗呢,啧啧,这不美死我了。也正因为想到 100 碗大排面能美死我,我就觉得太不够意思了。这么简单的任务就能得到如此高的奖赏,我是有亏雷登。我想,我岂能只做个望风者。想到这些,我就在长脚鹭鸶打开门猫腰钻进去的同时,也从半虚着的小门里钻了进去。

现在我看见长脚鹭鸶雷登像一只灵活的狸猫沿着宽宽的木头扶梯三级一跳朝上蹿去。后来我想我其实应该遵守游戏规则的。如果我不尾随进去,那么我就啥都不知道。我啥都不知道,那么他的失踪就与我无关,我最多很伤感地谢谢他给我吃了大排面,很伤感地用他替我从同大昌文化用品商店里"拿"来的国光牌口琴替他吹一曲《金色的炉台》。

我清楚地看见长脚鹭鸶雷登像狸猫一样在宽宽的木头扶梯上朝上耸了三耸,这三耸也就是 9 格扶梯,他突然停止一动不动。那模样很像一头快速奔跑的动物被枪子儿击中。但被枪子儿击中的快速奔跑的动物是不会突然倒下的,它至少还有惯性。长脚鹭鸶雷登是没有惯性突然停住的,这就让我奇怪,我想他是咋啦?于是我越过他的身体朝上面楼梯尽头望去。我看见了,楼梯顶头上方一扇小窗户前,初秋的阳光正斜斜地射进来,在一小块阳光里,那个一身黑衣的高个老太婆像一尊雕塑一样一动不动地盯视着我们。

我听见长脚鹭鸶雷登在自言自语:

"不可能,不可能。"

我的双眼在几秒钟后渐渐适应了。我看见裹着黑衣黑裤的老太婆的一张脸：冷漠、高傲。让我惧怕的是，这张脸白得近乎透明。她那种居高临下逼视人的目光，把我和雷登压得喘不过气来。她的目光像两枚长长的十寸钉子把我和长脚鹭鸶雷登死死钉在木头扶梯上。

我终于尝到所谓走进别人家里“拿”东西，犹如走进自己家里拿东西的味道了。

“两位既然来了，就请进吧。”

黑衣黑裤老太婆冷冷地抛下这句话后，遽然转身像一缕蒸汽消失得干干净净。

头顶上方依然是一块秋阳。

我只觉得我的后背沁出大片汗水。我看见雷登转身死死地看着身后的我，突然他从楼梯上蹦跳到我的眼前，握压路机方向盘的大手抓住我的领口，伸手给了我一巴掌，嘴里骂道：

“操那，你这个小卵丸子。”

在楼梯口的黑暗里，我被抽过巴掌的右嘴角边有一股热乎乎的东西在蠕动。我没有哭，我只是在黑暗里与雷登瞪得像牛眼一样大的眼睛对视着。倏然雷登松开了我的领口，转身一步一步地走了上去。

雷登上去了，我也紧跟着。当我走到楼梯顶端那扇小窗前，我用右手抹了一下嘴角，我感到手背上有一块鲜血。

我突然有些憎恨长脚鹭鸶雷登。然而这种憎恨的念头刚起，我和雷登看见腰板笔挺坐在一张椅子上的黑衣黑裤老太婆的上方墙壁上挂着一张相片。这张相片里是一个外国老头。而外国老头相片下面却是触目惊心的两个字：雷登。

在我心目中做事讲话从来都是从容不迫、闲庭信步的雷登，此刻目睹相片下面写有雷登两字，禁不住浑身簌簌地打抖。

我没有簌簌打抖，我只觉得我碰到了鬼。一个黑衣黑裤的女鬼。面对女鬼，我唯一做的动作就是三十六计，走为上策。这个“走”就是跑。我跑是最拿手了。只是这次跑，狼狈多了。我几乎是从高高的宽宽的木质楼梯上滚下来的。当我的身体接触到最后一阶楼梯而停住时，已被摔得像散了架。我哪儿顾得了疼。我想疼和生命相比差远了。我从地上呼地跃起，拉开依旧虚掩的门冲了出去。

弄堂里的秋阳真好，暖洋洋的。马路上的人群真好，让我又回到了世上。

冲出了浅浅的弄堂，来到乌鲁木齐北路，我倏然止步。长脚鹭鸶雷登咋办？我的心被揪得紧紧的。我躲在静安区工人文化馆门口的铁门旁，双眼一眨不眨地盯住对面弄堂。

雷登没有出来。雷登始终没有出来。

天空刚才还如写满字的黑板，一片白乎乎，现在已被黑板刷擦去，露出了黑板一样的黑色。天黑了。我要回家了。

晚上7点左右我回到了石库门的天井里。我轻手轻脚登上楼梯，停在一楼半的亭子间门口，驻了脚侧耳倾听。亭子间像太平间鸦雀无声。我的屁股不争气地一咕嘟坐在雷登家门口。这时我觉得浑身如针刺般地疼痛。

从这晚起，直至寒风呼啸、大雪漫天的隆冬，我已经很少见到雷登。有几次我故意在天井里磨蹭着等雷登时，他总是撩开长脚行色匆匆从我跟前跑开，根本不和我搭腔，那模样简直像不认识我一样。我很生气。你雷登有啥了不起，不就比我大4岁？这大不大，也没关系，关系的是你还欠我18元整。我已经好久没吃大排面了。一想到大排面那种扑鼻而来的香味，那"18"就顽强地凸现我眼前。

我觉得我无论如何得找雷登谈一次。

我开始跟踪雷登，然而雷登的腿太长，脚太快，我几次跟踪都失败了。不过从中我也发现了一个秘密，那就是雷登常去静安寺一带。开始我还以为他又在那儿开压路机，修马路，但去了几次均不见压路机的影子，我就狐疑。一狐疑，我就思索。然而就在脑袋思索得像一只快爆裂的气球时，有一天，我突然开了窍。我想，静安寺离那个鬼魅一样的老太婆的家仅仅一箭之地，雷登会不会朝那个地方跑啊。一想到这些，我冷不防地打了一个寒噤。

这天上午，我死死地守在老太婆家那条浅浅的弄堂对面。我的双眼几乎目不转睛地死盯着弄堂口。我实在没想到我的狐疑变成了事实。雷登来了。雷登竟然像走回自家石库门亭子间一样走进弄堂。看着他那从容不迫的走路姿势，我目瞪口呆。一开始我想，雷登这家伙真不够朋友，竟然背着我独自去老太婆家偷东西，是想独霸，但我很快否定了。原因很简单：不像。既然不像，那他去老太婆家干吗？难道走亲戚？一想到走亲戚，我便暗自窃笑自己的无知。我想，世界上还没有听说过，窃贼和被窃者能互相成为亲戚。然而事实很快证明了我的无知。也就是一个小时后，我看见雷登从浅浅的弄堂里走了出来。正当我要上前截住他时，蓦地看见雷登身旁竟是那个身穿一袭黑衣的老太婆。老太婆那张白得近乎透明的脸，此时犹如向日葵迎着太阳般眯眯微笑，这让我害怕。更让我害怕的是，雷登怎会乖乖地被老太婆牵着走呢？

雷登和老太婆一起走进了华山医院。让我瞠目结舌的是华山医院里的几个老医生，见到老太婆竟然很热情地打着招呼，而雷登则像个孝顺的孙子，站在一边陪着。

我看不懂老太婆，当然也看不懂雷登。

隆冬季节到了，寒风呼啸，天空下起了鹅毛大雪。找雷登的念头伴随着大雪每天都在噬咬着我，折腾得我寝食难安。我清楚地记得，我是在我15岁时的一个隆冬季节，天空里下起鹅毛大雪的日子里找雷登的。雷登的压路机现在已开到曹家渡了。我从西康路折入长寿路然后来到曹家渡。我的双脚踩在厚厚的积雪上，积雪发出一阵阵"咯吱咯吱"声。我想，如果雷登不给我讲清楚他和老太婆的关系，或者不给我他曾经承诺的18元钱，我就去告诉里弄治保委员费阿姨。我们里弄里都清楚费阿姨——费大块头的厉害。

在曹家渡的五岔路口，我欣喜若狂地看到那台我十分熟悉的压路机，此刻正停在曹家渡邮电局门口。我看到长脚鹭鸶雷登头上扣着一顶没有五角星的军帽，冒着大雪坐在上面准备启动。他前面的路面上的沥青升腾起一股热气。

我知道长脚鹭鸶雷登其实早看到我了。可是他不仅没朝我吹口哨，并且还装着不认识我的样子。但我却从头顶上摘下同样没有五角星的军帽朝他挥了挥。我的意思很明确，我今天非等到他不可。那个守株待兔的家伙没见到兔子还在等，我看见了兔子难道还不等？这没有理由啊。有那么一会儿，长脚鹭鸶雷登正好和我的视线相碰，我吃了一惊。我好久没有仔细看雷登了。现在在鹅毛大雪下看坐在驾驶座上的雷登，我发现他的脸瘦得像只猴子。不但瘦，而且面色十分苍白。他的眼睛也变了。以前射出的是精光，甚至有时候会射出像狼眼一样的绿光。现在没有了。现在的目光连狗的目光都不如，不，毋宁说现在的目光像羊一样。他那像羊一样的目光里更多地是包含着一种胆怯。这种胆怯的目光本应属于我，怎么会属于他呢？

我突然想到那个穿黑衣黑裤的老太婆。是一个如鬼魅一样的老太婆。老太婆除了年龄外，其他的一切正像我父亲在我很小的时候给我讲过蒲松龄《画皮》故事里的那个妖女。

我的眼前猛然又跳出那个外国人头像下面两个字：雷登。

有一阵子，我看着在雪地里开着压路机的长脚鹭鸶雷登，心里一片迷惘。

终于挨到中午。雷登的活儿干完了。雷登身披一身雪花从压路机上跳了下来，摘下军帽朝身上拍了几拍，那雪就纷纷扬扬地抖落了下来。随后雷登的长腿不像以前那样迈着很开的大步，而是一小步一小步地走到我跟前。雷登说：

“顾冰琴，吃大排面去。”

我没吱声。雷登见状，也不理我，自顾自地走进邮局隔壁的一家面馆里，我是在雷登走进面馆后，再走进去的。面馆里人很少，稀稀拉拉的。雷登若有所思地坐在一张靠窗的桌前，我挨了上去。我们没有讲话。很快，服务员端来两碗热气腾腾的大排面。当大排面一放到桌上，雷登迫不及待地端起就吃。雷登似乎不在乎我，或者说雷登好像没有看见顾冰琴和他坐在一块吃面。

雷登很快吃完了面和大排。这次他没有像上次我们在四如春面馆里吃面，他逼迫我吃下第二块大排。我有种皮球被放掉了气的感觉。

我是在雷登吃完面和大排时，才端起海碗开始吃面。这时雷登开始抽烟了。我注意到雷登没有抽那种很高档的大前门香烟，而是抽起了飞马牌香烟。这使我内心一沉。我记得这是我和雷登吃面最没劲的一次。我已不知道嘴里的面和大排的味道了。

在我还没吃完时，雷登从工作衣的口袋里摸出两张崭新的十元钞票塞进我手中，说：

“顾冰琴，从此以后你不要来找我了。”

说完，他就朝面馆门口走去。我立刻放下筷子追了上去，拉住雷登长长的衣襟说：

“雷登，你答应带我去大风大浪里锻炼的。”

雷登回头朝我苦涩地一笑说：“我答应过吗？”

我坚定地点点头。

雷登又说：“我不会再偷东西了。”

我一听急了：“不是偷，我们是拿。”

雷登说：“不管是偷是拿，我都不会做了，永远。”

我说：“你不做，我做。我手脚痒。”

雷登说：“你手脚痒是你的事，我现在不痒了，这是一，第二……”雷登说到这儿，顿了顿说，“你还是不知道好！”

雷登说到这儿，拉开了面馆的玻璃门，径直走了出去。我一见，急了，马上追了上去。我在大雪中对雷登说：

"你第二点一定要告诉我。"

我在寒风大雪中的嗓音又响又硬，雷登有些惊呆了。半晌雷登才说：

"顾冰琴，你很可怕。如果我不告诉你，你将怎样？"

我说："我把你阁楼上的东西告诉大块头费阿姨。"

我说完，雷登的身体开始摇晃起来，像被大风刮得东倒西歪摇摇欲坠的电线杆，这是我所始料不及的。

我想我和雷登同样不会忘记我10岁，雷登14岁时，一个同样是大雪纷飞的夜晚。那夜，我刚入睡，我们楼下的天井里传来一阵嘈杂声，我赶忙从床上爬起，和父母亲一起藏在前楼的门后。我记得我们把门开了窄窄的一条缝，我、父母，六双眼睛注视着一楼半的亭子间。我看到大块头费阿姨带领里弄居委会几个人，在"嘭嘭"地敲雷登家门。身材细长的雷登打开了门，就被大块头费阿姨像拎小鸡一样拎在走向我家的楼梯上。我只听见大块头费阿姨大吼一声：

"坏分子雷长天，你给我滚出来。"

雷长天就是雷登的父亲，只见他穿着单薄的背心和棉毛裤出现在门前。在一楼半亭子间门前的公灯下，雷长天簌簌发抖。

"走，到天井里去。"

雷长天甚至来不及穿上罩衣罩裤就被他们赶到石库门的天井里了。我记得，我们甚至来不及关上我家前楼的门，而是赶忙扑到我家的窗户前。我与父母透过沾上好多雪花的窗玻璃朝楼下黑漆漆的天井里望去。我是什么也看不清，只觉得在天井那棵粗壮光秃秃的梧桐树的枝干下面，有一样东西在积雪里滚动。跟着我听见"扑扑"的声音。这声音太刺激我了。犹如我们把冬天的棉被放在太阳底下晒好，用柳条做的掸子拍打棉被时传来的声音。

雷登是在楼下过道里亲眼目睹坏分子父亲被费阿姨等抽打的场景的。

我记得事后，我重新钻进被子时，听到我做中学教师的父亲对我母亲悲天悯人地讲了一句话：

"中国人是不可以犯错误的。"

父亲讲完这句话，我突然插嘴说：

"那金无足赤，人无完人，又当何解释！"

父亲被我这句话给噎了一下，回答不出，只是说："快睡。"

现在我有些慌了。我不应该提大块头费阿姨啊，我现在做好撒腿跑的准备，如果雷登揍我的话。如果雷登果真揍我，那以后也就不会发生那么多事了，问题是雷登长长的腿儿最终没有被寒风刮倒，而是坚定地站稳了。他回过头，朝我走了过来。雷登的脸色很平和，根本不像揍我的样子。雷登走到我跟前，低下头说：

“顾冰琴，你知道那老太婆，不不，老外婆是什么人？”

我一想到那黑衣黑裤老太婆，就汗毛直竖，我脱口而说：

“她是人吗？是鬼。”

雷登摇了摇头，说：

“我是看走了眼，我原认为她家有很多值钱的东西。可是没有。可我仍然高兴，你知道吗？这个老外婆不得了，水平高得一塌糊涂。光外语就会三种，英格里兮、法格里兮、德格里兮。你知道，那天墙上挂的外国老头是谁吗？你知道，为什么老头像下会写有雷登吗？外国老头确实叫雷登。不过是司徒雷登，而不是雷登我。”

司徒雷登，这个名字我很熟悉，我在哪儿见过的，我想。这时雷登的双眼在大雪里倏然贼亮贼亮说：

“她是司徒雷登的女秘书。那天，她没有去教堂外走走，是因为在家里祭奠司徒雷登去世十周年。”

雷登终于说完。雷登人像虚脱了一样。雷登朝我挥了挥手。我没动，我在使劲想着司徒雷登这个名字。忽然我想起来了。我的语文教科书里不是有一篇毛主席写的文章吗？那文章叫什么？对，叫《别了，司徒雷登》！我想起老师在课堂上讲课时，好像说司徒雷登是美帝国主义。雷登现在和美帝国主义的女秘书，那个令我惧怕的犹如鬼一样的老太婆搞在一块，这，这不是特务是什么？

我连滚带爬地从老太婆家逃跑后，雷登却一动不动地站在房间里死死地盯住老太婆。老太婆说：

“你的徒弟已经跑了，你为什么不跑呢？”

雷登冷笑一声说：“我为什么要跑？”

雷登说完，就觉得身上有一股杀气在暗暗地涌起，右手不由自主地伸入了斜挎在肩上的工具包里。老太婆慢吞吞地站起，一步一步地走到雷登跟前笑着说：

“你想杀我！”

雷登一愣。雷登搞不清老太婆怎么会洞察他的心思。雷登发现自己的一双手禁不住在哆嗦。

老太婆注意到这一细节，忽而长叹一声说：

“我是一个快死的人了，尽管如此，但你不会杀我。”

“为什么？”

“我知道高买人的规则。”

“高买人的规则，什么意思？”

老太婆一愣，说：

“你连高买人的规则都不知道，还在偷东西？”

雷登愣住了。他确实不知道高买人就是窃贼。

“自古以来，高买人取物不取命，你不懂这些？”

雷登火一下子蹿了上来，说：

“我不懂得什么高买人的规则，我只知道杀你易如反掌。”

“是吗？让我看看你这双手，能否杀得了我。”

老太婆一双眼睛突然一亮，像两把匕首直刺雷登。雷登内心不禁一抖，不由自主地把一双手伸到老太婆眼前。

“你不会杀我。”

“为什么？”

“你的一双手在战栗。”

雷登低头一看，只见自己一双手果然在战栗。

老太婆双眼慢慢地闭上，雷登发现她的眼角开始滚动出晶亮的泪花。

“上帝啊，快快拯救这只迷途的羔羊吧！”

雷登愣住了。他发现一种从未有过的异样感渐渐地从内心深处浮了上来。

“小伙子，知道司徒雷登吗？我以前是他的秘书，现在是政府监控对象。你们跟踪我，想上门偷盗，我早就知道。可我为什么不告诉政府？”

雷登这下有些傻眼了。他不清楚如此诡秘的事，老太婆竟然了如指掌。更让他大为吃惊的是，老太婆竟然是大名鼎鼎的司徒雷登的女秘书，而不是他雷登。雷登内心不由惊慌起来。

“我再问你，你为什么要做高买人？”

雷登先是一愣，忽而咆哮如雷地说：

“我恨！”

“恨谁？”

“恨世界上所有的人。”

“原来是这样，但并不是世上所有的人都恨你呀。”

雷登没吭声。

"你父亲呢?"

"死了。"

"哦,我的上帝。那你的母亲呢?"

是啊,我的母亲呢?雷登的双眼忽然变得十分空洞。母亲在他心中似乎是一个十分遥远的梦。

"孩子,你知道我为什么不报告公安吗?"老太婆突然动了感情说。

雷登摇了摇头。

"因为你暗偷,说明你还懂得羞耻。你比那些明火执仗、公然上门抢劫、抄家的要好上一万倍。"

雷登的眼珠子一下瞪得大大的。他的胸膛从来没有这样剧烈跳动过。

"主啊,我不下地狱谁下地狱。你现在可以掐死我了。"

雷登双眼看着老太婆那张白净得几乎透明的脸,看着那细长的脖子,他猛地扑了过去。当他的双手紧紧掐住老太婆的脖子时,老太婆翻着白眼,喘着十分细细的气说:

"钥匙在柜子的第二个抽屉里,你可以慢慢地把东西拿出去卖。孩子你要记住:从今以后,你你你,再也不是高买人了。"

这些断断续续的话,犹如断断续续的子弹,一颗连着一颗射进雷登的胸脯,雷登的双手突然松懈。

雷登的泪水喷涌而出。

现在我回家了。在回家的路途上,我在寒风大雪里开始发疯般地狂奔,长寿路上的积雪在我的双脚球鞋下,飞溅着,飞溅着,我感到那个像鬼一样的老太婆在背后追赶着我。父亲的话在我耳边撞钟般地敲着:中国人是不可以犯错误的。是的,中国人一旦犯了错误,就会被大块头费阿姨用柳条做的掸子在雪地里狠命地抽着。可是,我是犯过错的呀,我曾经成功地偷过水果店那个老山东的苹果和香蕉;我是犯过错的呀!我曾经在立丰土特产商店里偷过肉干;我还偷过书和皮鞋。现在雷登,仿佛一夜之间换了一个人,已经洗手不干了,可是他的阁楼里偷有那么多的东西,被查出来,他是要被枪毙的呀!还有,还有,我搞不清了,他和那个像鬼一样的老太婆……

我怕极了。

我一头栽倒在雪地里。

我醒来时已经躺在安远路、江宁路口玉佛寺背后的纱厂医院(也就是现在的利群医院)的病床上。我记得身为中学教师的父亲正焦急地守候在我的身边。父亲见我醒来，就问我：

“冰琴，究竟出了什么事?”

我脑子一片空白，我只记得我在雪地里狂奔，可这会儿怎么跑进纱厂医院的病床上来了呢？父亲见我惘然，就说：

“你嘴里老是讲司徒雷登是什么意思?”

父亲说完，我突然醒悟过来了。

“是的，司徒雷登是谁?”我问父亲。

父亲一笑，用英语说了一句：

“John Leigton Stuart，美国传教士，外交官，担任过燕京大学校长和驻华大使。”

“那他是美帝国主义?”

父亲说：“当然。”

在父亲肯定的话语里，我缩在被子里的身体明显地簌簌发抖，父亲说：

“你一定碰到什么事情了。”

父亲的语调亲切友好，于是我呜咽着对他讲了我和雷登以及黑衣老太婆的事情。但我没想到我那么信赖、敬爱的父亲，竟然把我对他讲的我和雷登之间的关系以及雷登与黑衣老太婆的关系原封不动地报告给里弄治保委员——大块头费阿姨。只是在报告费阿姨的过程中，父亲遗漏了我曾有过的偷窃行为。

知道我父亲出卖雷登是第二天出院回到家中的夜晚。我家石库门的两扇黑漆大门又被撞开。我又听到费阿姨那粗大的嗓门和走路像压路机一样轰隆隆响的脚步声。我在床上惊恐不安。我看着站在床头的父母亲。他俩面色平和。他俩说：

“冰琴你躺下，不关你的事!”

我被他们死死按在床上。我的耳膜里传来大呼小叫声。在这嘈杂的声音中，我感觉到雷登家被翻得天翻地覆。我听见大块头费阿姨大声而又兴奋地嚷着：

“手表5块，三五牌台钟4台，牛皮皮鞋3双，半导体收音机……”

听着听着我猛然醒悟，大块头费阿姨这样数数不是和我那天在长脚鹭鸶雷登的阁楼上一样的吗？只不过数量上略微减少而已。我知道，这肯定是父亲在捣的鬼呀！我蜷缩在被子里身体成了一只小虾米，然而小虾米的双眼瞪出的眼光却是仇视的。仇视父亲的出卖。

父亲现在对我说："冰琴，看着你轧坏道，我们心寒，我们是在拯救你，世上哪有做父母的会把孩子往火坑里推呀！"

父亲那种可亲可爱的语调此时此刻听来显得特别恐怖。

我把脑袋全缩进棉被里，我不要听，不要看，我知道雷登完了。雷登会像他的父亲一样被大块头费阿姨拖到天井里，用柳条做的掸子抽啊！是啊，那种犹如抽在棉被上发出的"拍拍"声已经像轰鸣的压路机一样朝我身上一步一步地碾来。

不知过了多久，我隔着棉被听到一阵嘈杂声涌到我家；我听到父亲的嗓音倏然变得像摇尾巴的狗：低三下四，战战兢兢。我不知发生了什么事，我只知道被子被一个人粗暴地掀开。我看到灯光下两个中年彪形大汉与凶煞一样的里弄治保委员大块头费阿姨。

在两个据说是静安公安分局的公安人员鹰隼一眼的眼光中，我 15 岁这一年知道了什么叫审判。

"叫什么？"

"顾、顾冰琴。"

"几岁？"

"15。"

"雷登和你啥关系？"

"啥叫啥关系？"

我真的不明白"啥关系"是啥意思。

"说。"

一个公安猛地拍了一下桌子，大吼一声。

我被吓坏了，真的被吓坏了。我觉得这世上大人怎么都那么坏呀！费阿姨坏！公安人员坏！我父亲也坏，于是我在审判中被吓得哭了起来。

我的哭声来得那么突然汹涌。像突发的泥石流，像崩塌的悬崖，像决口的江堤，像冒顶的矿井，像冲出轨道的火车，像一头从空中栽下的飞机。在号啕大哭声中，我的小胸脯像大海里的波浪一样很有节奏地起伏着。

我家前楼 18 平方米的长方形房间里现在变成了一只大音箱，大音箱里到处萦绕着我那伤心透顶的哭泣声。

我那脾气向来不好的母亲，这时忍不住了。她那神情犹如一头暴怒的母狮，对准桌子狠命地拍了一下。那声音比刚才那个公安拍桌声响多了，以至把我吓了一大跳，只得由号啕大哭变成呜咽了。我母亲不是针对我，而是针对两个公安和费大姐。母亲吼道：

“啥意思？我家祖宗三代都是响当当的工人出身，你们竟然这样对待工人阶级的女儿？”

母亲的话很巧妙。母亲和父亲不同。父亲祖宗三代都是教师，是臭老九。而我母亲以及母亲的母亲是我们这个城市开埠以来最早的纺织女工。不瞒你说，我母亲的母亲当年就是和顾正红烈士一块儿在纱厂闹革命的，她怕谁啦？这一点一旁的里弄治保委员大块头费阿姨心中最清楚。

费阿姨脸上的肥肉开始抽搐了几下，皮笑肉不笑地说：

“叶大姐啊，冰琴是小囡，啥都不懂，是被人利用了。公安局只是想问问她雷登的事嘛。况且，这些事情也是你们家顾介安向我揭发的嘛！你身为党员，不应该护短，要站稳立场！”

现在我看到母亲眼里喷火了，父亲吓得低下了脑袋。

“顾介安，顾介安算什么东西，他老酒喝过只会胡说八道。”

母亲边说边用手指指着父亲的鼻头，躺在床上的我可开心极了。

“我女儿会和雷登有关系？雷登家里是什么人？我们家又是什么人？你去整个石库门打听一下，我们家我们石库门的邻居有哪家和雷登讲话？嗯！”

费阿姨哑口无言，她是里弄治保委员，哪家的一举一动，她心里非常清楚。

这时一旁另一个公安人员开口了。我记得他进屋始终没讲过话，脸上总是带着微笑，他见我母亲天不怕地不怕的样子，就把脸凑到我跟前。借着我家的电灯光，我从他的瞳仁里看见了我自己的脸。他轻声细气地笑道：

“小朋友，那天午后，我看见你和雷登走进了乌鲁木齐北路那条弄堂里了。”

我从他的瞳仁里，看见自己惊呆的脸。我确实和长脚鹭鸶雷登走进了那条弄堂里，并且看到那个像鬼一样的老太婆。但是我不能承认，于是我摇了摇头。

费阿姨此刻的一双眼睛像锥子一样盯着我：

“顾冰琴，党的政策是坦白从宽抗拒从严。”

这时我看见我母亲的脸色又变了。我立刻明白我母亲的变脸是针对费阿姨的，于是我又摇头。

那个公安没有灰心，而是满脸堆着笑容，那笑容很像一束放在橱窗里的塑料花，又说：

“小朋友，不要赖，承认还是好孩子，况且这都是雷登的罪，你是无辜的。”

雷登的罪，雷登犯了罪？我害怕了。害怕中我嘴里突然冒出了一句话中有话：

“捉贼捉赃，捉奸捉双。”

此话一出，母亲的眼睛顿时闪亮，这闪亮还带着一种惊奇，她满意地点头说：

“顾冰琴在学校、里弄表现都是很好的，你们可以调查。这样好的小囡怎么会和吊儿郎当流里流气的雷登混在一块呢？”

那个拍过我家桌子的公安忍不住大声说：

“雷登是特务！你女儿和雷登绝对有关系！”

我母亲一听倏然又变了脸，也大声说：

“我以党性担保，我女儿和雷登不会有什么关系。雷登是特务和我家有什么关系？顾冰琴只有15岁，15岁做特务，也太可笑了吧！如果你们有证据就拿出来。我女儿说得对：捉贼捉赃，捉奸捉双，你们拿出证据来呀！”

这时那个一直微笑的公安人员猛然收起了笑脸，脸孔变成了一块飕飕发冷的铁板，对我父亲说：

“顾介安，顾冰琴和雷登的事情乃至雷登偷窃的赃物都是你揭发的，你看着办吧！”

父亲的脸顿时变得苍白，嗫嚅道：

“这、这些我都是听我女儿说的。我想，我女儿只和雷登去了一次，后来也就，也就逃回来……”

“我们完全可以把你女儿抓进公安局。现在我只是提醒你们一句：雷登跑哪儿去了？”

雷登跑哪儿去了？我真的不知道，在这些大人令我恐怖目光里，我确实不知道雷登在哪儿。我只知道，昨天我们在曹家渡吃了一碗大排面，然后，我就在雪地里撒腿跑呀跑呀，后来不知咋地躺倒在医院里了。

后来他们走了。临走前除了警告我，一旦知道长脚鹭鸶雷登而不告诉费阿姨，那么我肯定得蹲公安局。说了这话还不算，那个拍桌子的公安人员临走还指着我的小鼻子点了几点吼道：

“三岁看到老，顾冰琴人小鬼大，以后总会栽倒在我们手里。”

这句话，像一根鞭子狠狠地抽在我心中，我吓得哆嗦。栽倒。栽倒。太厉害了。在以后的岁月里，栽倒，这词时刻在撞击我的耳膜，不能栽倒，栽倒，就是犯错误、犯罪。犯错误就如我那出卖我和雷登的父亲所言：中国人是不可以犯错误的，更何况犯罪呢？

现在我还得上学。父母亲是没办法管住我的。可是没管住我，并不等于我能见到雷登。其实现在我根本不愿见长脚鹭鸶雷登，我害怕见他，每次从学校回来，路过一楼半的亭子间，我都害怕长脚鹭鸶突然出现在我面前。

然而他始终没出现。

他到哪儿去了呢？

有人说他失踪了，有人说他被公安局抓了，还有人说在南京看到过他，总之谁也不知道他究竟跑哪儿去了。

12 月的隆冬季节，也就是距公安人员和费阿姨来我家审问我的半个月后的一个夜晚，大约是 8 点左右吧。我对父母说，我要去隔壁东麻里弄堂厕所里小便。父母知道，我每晚睡觉前总要去那儿小次便，今晚当然也不例外。当我从前楼准备下去时，蓦然想到好长时间没有吹那支国光牌口琴了。

那支国光牌口琴一直被我藏得好好的。现在我趁父母不知道，就从抽屉下面的夹层里取出了口琴下楼了。

我冒着鹅毛大雪奔到东麻里弄堂口厕所里小完便，就站在小便池边上的屋檐下吹起了那首被长脚鹭鸶雷登誉为有点难度的《金色的炉台》。吹着吹着，我就有些伤感起来。看着西康路的昏暗路灯下大雪飞舞时，我想到了雷登。雷登此刻在何处？

这时，我真切地看到了雷登。雷登那瘦长的身体和拖长的身影在路灯下晃了一晃。尽管只是一晃，但我知道，那肯定是雷登。

我欣喜若狂。

我高声叫道：雷登。

茫茫大雪里，我的声音在很瘦的西康路上空只飘了一飘，就无踪影了。我用手揉了揉眼睛，除了大雪和阴飕飕的寒风，以及间或驶过的空荡荡的 24 路电车外，哪有雷登的影子呢？

不可能，肯定是雷登！我坚信。是的，我前面讲过，我很害怕见雷登，因为由于我而导致了雷登被出卖，但雷登真的从天而降，我还是要见他的。

我开始寻找，我从安远路搜寻到海防路，甚至连阴暗逼仄的白天我都不敢走的仁和街小巷里我都去找过。没有，真的没有雷登影儿。

我沮丧极了。我想雷登你出来吧，你肯定看见了我。你只要出来，我就告诉你，你千万不要回家。我父母，我们石库门里的所有人，日日夜夜都睁着大眼，竖着耳朵在看着你的踪影，听着你的脚步声。你不要回家，前些日子你给我的20元钱，我藏得好好的，我还给你，你赶快逃吧，逃得越远越好。

雷登不见踪影。最终我知道我看到的是幻影。

我只好回家。否则这小便时间太长了。

我披着一身的雪花推开了石库门的两扇黑漆大门。我从不去注意的那棵早已光秃秃的梧桐树，竟然会像电影里的特写镜头跃入我的眼帘。我发现他像雷登一样在冬天里显得那样的孤零零，于是我双手哆嗦着，对准这棵树吹起了被雷登认为颇有难度的曲子《金色的炉台》。

这是我最后一次吹口琴。

我把口琴埋葬在这棵光秃秃的梧桐树下！

2003-12-9

借个男友回家过年

一

我是18岁那一年进的上海地铁职校。我能进职校，是因为我妈是上海知青，我是属于知青子女来上海念书的。3年读书结束，我成了一名地铁女司机。我开地铁快3年了，时间并不长。记得刚毕业，成了A号线司机，每天驾驶德制列车，从莘庄开往上海火车站，从上海火车站开往莘庄站，工作时的感觉就像一个公主。想想吧，每天开车运载数万名乘客，把他们送往大上海的东南西北，那种兴奋之情、自豪之情、骄傲之情，让我久久不能平静。然而3年后，原先拥有的新鲜感慢慢地消失、退化。我时常有一种惶惑。总觉得大上海地面上的大街小巷离我很远很远。我的职业不得不时时刻刻提醒我，我是生活在地下的。一想到生活在地下，内心就紧张。现在每次开车总提心吊胆，这不仅因为每次开车，车上都有二千多人，而且莫名其妙地怕火灾，怕爆炸，怕沙林毒气，怕出事故。2003年2月18日韩国大邱地铁发生特大火灾，死了198人，救都没得救。这样的事故，别人随便当个新闻看了也就过去了。但我们地铁是把它当成一个典型案例来教育的。不过，受教育的同时，我却时常想到那198具尸体，那是活生生的生命，怎么说没就没了呢？一想到一具具被抬出的焦尸，我就惊慌。就像小时候，我看到那些调皮的小男孩儿把老鼠逮住放在火里烤一样。大邱地铁火灾，总让我想到我的工作。若是这事故出在我们这里，那我不就成了一只被烧烤的小老鼠吗？每每想到这儿，我时常不寒而栗。每次开车心理压力大，就像独自一人在体验死亡生活。进洞战战兢兢，出洞扬眉吐气。一会儿进，一会儿出。累人呀！地铁是什么？现在让我说，它是一只硕大无朋的老鼠，一年四季，没有休息日，没有节假日，成日成夜地在大上海的地洞里忙乎着，不知疲倦地在来回奔波着。

我叫叶子，今年 24 岁。18 岁前我生活在山西黄河边的一个小城。我长得不漂亮，生性内向，至今不会讲上海话。对于班里的上海男生，有一种天然距离感。我想，或许和我是班里唯一出生在山西黄河边的知青子女有关吧。现在让我回想那些男生姓名、长相，我已想不出了，他们早已淡淡地离我远去。

王念是我班同学，毕业后，他去了地铁的 B 号线还是 C 号线，我不太清楚，因为这不是我所关心的。3 年前虽说是同学，但我对他并不了解。虽然王念现在和我同在地铁公司，从事驾驶工作，但我们几乎没怎么见过面，这除了本身关系一般，更何况我至今都不会说上海话，更不是同学聚焦对象。按理和王念永远不会碰头，但生活常常鬼使神差，真主还是让我俩碰头了。也就是 2005 年元旦的一天，傍晚时分，地铁里人山人海。比大街上的人还多。每次我按动自动车门，总是吃力得不得了，我时常想，路面交通工具多的是，他们为何要挤到地铁里来？后来我想，这是因为地铁不会塞车，价码儿便宜，于是他们就像水银泻地一样渗透进来。

我把地铁开到上海火车站终点站，聚精会神注意车上乘客如潮水般涌下时，突然发现一个十分年轻时髦的漂亮小姐大声叫道："王念，你这小子躲哪儿啦，给我出来。王念王念。"小姐口齿清楚，声音响亮，容貌更是一流，一下吸引了我。当时脑子一闪，王念名字熟，好像哪儿听到过，可就是想不起来。后来，我关好地铁车门跨进驾驶室，猛地看到黑黝黝的驾驶座上坐着一个男人。我吓了一跳。这是谁？他凭什么进我驾驶室，驾驶室重地，我完全可以叫保安把他扭到地铁派出所，拘他 7 天没商量。我不由恼怒地叫道："你是谁，你想干什么？"话音刚落，那男人轻声说："叶子，你别叫，我是王念。"王念，怎么又是王念？我一愣。我被搞糊涂了。刚才有个小姐不是大声叫着"王念王念"吗？可王念跑到我的驾驶室里来干嘛？王念见我傻愣着，就有些不高兴地说："叶子，你装傻，我是王念，职校同学，在 C 号线工作。"王念这样一说，我的记忆犹如潮水般涌来。对，是王念。是在学校里同学了 3 年的王念。但我还是十分奇怪地问："你怎么像个老鼠一样，钻到我这儿来呢？"他见我认出他，十分高兴，也就很灿烂地一笑，用食指放嘴唇中央“嘘”了一下，说：“外面是我女朋友，每逢节日，作天作地，我被她搞得晕头转向。你帮帮忙，带我进洞内折返线，避开她。”我想，王念你怎能这样，这不是让我犯错吗？如果让我们称之为如狼似虎的督导看见，那不是要扣我奖金吗？这是不行的。我刚想拒绝，信号灯亮了，驾驶桌前无线话筒传来调度哇啦哇啦叫声：“3567 次列车，你做啥？没见信号？打瞌睡呀，快开车。”我只得启动地铁，很不开心地带着王念进洞。

列车缓缓驶入洞内折返线，稳稳停下。我已跑了一圈，可以休息 10 分钟，车子将由其他司机开走。当和王念从驾驶室走入空无一人的车厢，就见车厢两旁、顶上所有灯光，犹如火树银花扑面而来，我的所有不快一下消失了。我的心尖竟然莫名其妙地颤栗起来，我从没和一个男生单独在地下 15 米的深处，在安静得一根针掉在地上都会轰隆作响，在长达 140 米的车厢灯火长廊里轻轻地走着。我的心在别别跳。我并没有问王念女朋友。这事和我无关。3 年没见王念，总好像有好多话要问，但一句都讲不囫囵。我只是暗里打量他。发现他和读书时有了明显变化。那时理个小平头的男孩儿，现在却是长发，松松地披着，轮廓清晰的脸上，有了些许沧桑感，是那种成熟男人所具有的魅力，又帅又酷。看来时光老人会把男孩儿催得越发成熟老练啊！

10 分钟很快过去，我又要上岗。后来回想 10 分钟里，好像我们互相只说了一二句话。王念先说：“叶子，欠你一个情。”我答：“拉倒吧，快去追你女朋友。”说完我发现王念像个心事重重的中年下岗工人。他小声说：“我最怕过节。”

什么意思?!

二

深夜时分，我驾驶着最后一班地铁结束运营，回到梅陇地铁基地。走进地铁司机公寓，已是子夜。梅陇之所以叫梅陇，是因为到处种着梅花。司机公寓楼就处在梅花包围之中。对于大上海来说，元旦还正是初冬，天气还没冷透，深夜的梅陇有些许寒意，梅花还未开放，只是探头探脑地露出细细的嫩芽，就好像我对爱情微弱的向往。然而用不了多长时间，隆冬就会来临，那时如能落下 2005 年第一场漫天漫地大雪，从我们公寓窗口朝外眺望，那满陇满陇梅花就会铺天盖地开放，不但天地成了梅花的海洋，还有那梅花之香，熏得你整个人都成了梅花，走哪儿，香哪儿。记得前两年吗，每到隆冬季节，新年来临，大雪纷飞，我总是独自呆呆地看着梅花在寒风中、雪花下,争奇夺艳盛开着。我在地铁司机公寓度过了3年,梅花也开了3季,可每每想到我心中之梅花,究竟何时才能盛开,我不由隐隐作痛。我时常深夜站着窗台前,看着盛开的梅花,闻着暗暗的幽香,常不由自主暗自垂泪,我想梅花啊梅花,隆冬是你盛大的节日,是你一人的世界,为什么你就不能匀一点鲜艳给我,匀一点暗香给我?

2005年元旦之夜,我想得很多很多。我脑里老是萦绕王念的话。就这样,我不由骂起王念。狗日的是少年不识愁滋味,是饱汉不知饿汉饥。有了一个如花似玉女朋友,还想咋啦。不就是上海小女人会作一点吗?小女人能作,是对你的爱呀。如果不作,那关系不就拜拜了吗?你他妈的上海小男人就是会花小姑娘,还在我面前作秀、充嫩。要说真正怕过节的倒是我。王念你知道吗,我来上海连头带尾6年。3年苦读书,3年苦开车,现在整个一洞里老鼠,一只无人企盼的雌老鼠,而且是一只年轻的雌老鼠,我多么想有一个男朋友啊,我多么想有一个家啊,我多么希望他能在我休息天,把我带出洞,让我在淮海路逛逛商店,让我在新天地喝喝茶,让我在衡山路泡泡吧,让我在钱柜唱唱歌,让我在环艺看看电影,让我沐浴一丝阳光、微风和时尚,最好让我也能每年带他回山西老家过年,让我妈,就是那个原先上海女知青,现在一整个儿山西老娘儿,老是唠叨何时把女婿带回家,老是唠叨何时做外婆,老是唠叨何时借光,回上海安度晚年,也高兴高兴乐呵乐呵。

我已经讲过,我都24了。这年龄的女孩,在山西黄河边的小城里,早已是母亲,而且小孩都三四岁的母亲。可我呢,我的恋人在哪儿呢?我的爱情在哪儿呢?我爸妈的女婿又在哪儿呢?地洞里,车厢中,一年365天,空调永远不知疲倦像我一样在"嗡嗡"地工作着。没有春夏秋冬,没有阳光明媚,没有狂风暴雨,没有冰天雪地,没有星光璀璨,每当驾着地铁从洞里钻出来,看见阳光,看见风雪雨霜,看见车水马龙与人群,看见高架以及高架四周耸入云霄无数漂亮的建筑群时,我总忍不住想哭。因为我是一只无人眷恋的小老鼠。

21岁从职校毕业,成为一名地铁女司机,第一年回山西,回到生我养我的黄土地上,第一次把完整的工资和年终奖交到我爸妈手里,他们双手在颤栗。从我懂事起,我从没发现我妈有笑容。我妈总是和我爸闹,吵着要回上海。可是上海只有我舅舅一家。我妈能住到我舅舅家吗?不能啊,舅舅、舅妈能接纳我回上海读书,已经十分讲情面了,你还想让舅舅、舅妈让出二室一厅来接纳我家吗?不可能。但是我妈回上海之心从来没有动摇过。我妈口头禅就是:"只有想不到,没有做不到。"我爸一听就笑说："你妈总是发神经，还想回上海？拉倒吧。"我妈一听就骂我爸："叶绿体，'只有想不到，没有做不到'，不就是你的口头禅吗，你不就是靠这，才把我追到手的吗？否则我早回上海，还轮得到你现在这样猖獗。"我爸听我妈这么一说，才憨厚一笑，不吭声了。

我工作了，并且在大上海的心脏里开着最现代化的地铁，我妈能不高兴吗？我妈能把我弄回上海，固然得益于政策，但你不能不佩服这个上海过期女知青，现在还犹存的那种刚毅果敢作风，不但能让我舅舅、舅妈帮忙，而且还鼎力相助。这就是这个看来整个一山西老娘儿们的厉害了。

工作第一年回山西，我妈脸上多年不见的笑容总算有了。我妈一开心，我爸也跟着开心。你还别说开心会传染啊，当我妈好多年都没笑过的嗓门儿笑出了我家院子，隔壁那些看到我妈就走得远远的邻居都来我家了。我妈非常热心地把我从大上海带回给我爸的红双喜、大白兔奶糖、稻香村鸭肫肝、城隍庙五香豆、梨膏糖，全都撒给那些男人、女人吃，我妈泪流满面说："我回不了上海，我女儿能回去，我高兴啊，我女儿成了上海人。真正的大上海人了。"我妈说这话是不错的，她把叶落归根的希望放在我身上，但我妈千不该万不该不该借着高兴劲儿，顺口说了暂且不该说的话。她说："凭我家叶子能耐，用不了多久，她就会找个大上海的帅小伙，结婚生子。"

我妈这么一说，我就不开心。我没男朋友，所以一说男朋友，正是我的软肋。我妈脑子好像挨过枪子儿。她还以为自己是大上海豪门出生的千金小姐，她还以为自己女儿是天上仙女，世上男人都要争着、抢着啊。我妈说着说着，见我低垂着头，还以为我害羞，也就越发来劲，更加得意忘形地说："不用吹，用不了一二年，叶子就会把大上海小伙子带回家过年。"我妈这么一说，我气鼓鼓地转身回里屋。我爸察言观色，马上跟着我走进里屋。我爸说："叶子，你妈那是开心啊。那么多年了，她脾气不好，不就总觉得嫁我吃亏，现在看你回大上海，有些得意忘形，你应该体谅她。"我点点头。我爸一见我还是比较消沉，又说："叶子，你岁数也不小了，不要东挑西挑，找个老实的结婚了吧。"这话我又不爱听。爸妈都以为上海找个男朋友十分简单，好像在我们小城，只要是女人，找个男人并不成问题。他们不知道，对于我这样的姑娘来讲，要找个上海好小伙子并不是一件容易的事。我本想解释，后来一想算了，越解释话越多。一年回一次，不容易。

记得大年初一。我很早起床。我要给爸妈俩大大的惊奇。我一个小小的地铁司机钱不多，但一年来省吃俭用也有三万余元积蓄，除了过年给了我妈一万，其余留点生活费，我把第一年剩余的钱全买了东西。当然钱还是不多，我不可能买顶级品牌，但我可以买一般品牌。爸妈大年三十忙了好长时间，也只是睡了没多久，就被我叫了起来。我对爸妈深深地一鞠躬。我说："爸妈新年好！今年是我第一年工作，感谢爸妈养育。我要按照上海老爷叔、老阿姨的打扮，打扮爸妈。"我爸没听懂我的话，我妈一听就懂，就有些激动，对我爸说："老头子，叶子要让我俩成为上海人啦。"我爸迷惑不解，说："我是山西人，弄成上海人干嘛。"

我没有理睬爸，我先把妈赶出房间，我妈说："这是干嘛？"我说："我要让爸成为一个上海男人。"我妈笑笑说："说这话，不是让太阳打西边出来？一个山西小城土老帽，能整出一个大上海绅士？要成为上海绅士，没得三五十年熏陶能行吗？"我妈这话不能说一点理儿没有。你看我，连头带尾在上海 6 年了，可到现在都不会说地道的上海话，我一说上海话，那些上海人就会笑，让我帮帮忙，说我洋泾浜上海话，让人笑疼肚子。但不会说上海话，并不一定不能学上海人的衣着打扮呀。我没理妈，我只是让我爸赶紧洗漱一番。爸疑神疑鬼看着我，然后像个机器人一样，听我指挥。我先给我爸穿上笔挺的黑衬衫，随后穿上一套啄木鸟牌子的影条浅灰西服，再扎上一根紫红色的领带，穿上雪白的袜子，锃亮的皮鞋，然后用摩丝朝我爸头上"丝丝丝"地喷了几下，用梳子好好梳理一下，知道吗，我爸肩膀阔，长年累月劳动，使得他的胸肌十分发达，我那西服又买得十分合身，经我装扮，帅气极了，活脱脱如日本明星高仓健。看得我都大吃一惊。这是我爸吗？我爸果真那么帅？看我爸宽厚的身胚，不用说一般上海小男人根本比不上，就是赶超我们地铁里那些德、法、英技术专家也绝不逊色。我激动地叫了起来："爸，你帅气极了。"随后，我打开门，让我妈看我爸，我妈一看果然吃惊，嘴张得大大，半晌才回过神说："妈呀，你果真是叶绿体吗？"

我看得真切，我妈真的动情了！我对爸说："爸，你一边呆着，看我给妈装扮一下，也吓唬吓唬你。"我爸一听笑着低声说："你妈又不年轻，再咋整治，也是老菜皮。"老菜皮是我爸从我嘴里学会的，这是上海男人损老女人的一种说法。幸亏我妈没听见，否则我妈决不会饶了我爸。想想吧，我妈为了我，又是生活在那小地方，她好多年没穿品牌衣服，她也好多年没用品牌化妆品了。就算你生活在天堂，你也会老的，更何况生活在黄河边的穷困小城。

我没理我爸，先给我妈吹了头发，然后开始给我妈细细化妆。我妈果真老了。我妈今年 50 都不到。看看地铁里那些 50 左右的上海女人，哪个不是打扮得清清爽爽，看上去白白嫩嫩，让人赏心悦目。可我妈，头发里有好多好多白的、灰的、银的、花的头发；再看她那脸，细细一瞅，真是一老农妇呀，我想，要是我有钱，能找到一个好夫婿，我一定把我爸妈都接到上海去，尤其是让我妈叶落归根，让我妈常去美容院好好做做脸，多抓住几年的青春尾巴。想着想着，我的泪水一滴一滴地掉了下来，掉到我妈全是褶子的后脖里，我妈先是不露声色，后来见我泪水多了，她就使劲抓住我的手说："叶子，大过年的不哭，是不是妈老了，你难受。"我轻声"嗯"了一下。我妈又宽慰地对我说："世上哪有不老的。我看电视里那英国女王，不是也老得厉害嘛，更何况像妈这样的小市民呢。"我说："妈，你别安慰我，你才多大，那英女王多大。"

我妈不吭声了。我开始帮我妈化妆，把我妈从里到外彻彻底底改造了一番，然后再给她换上一件紫红色的紫澜门上装，脖子上扎上一条湖绿色围巾，最后，我给妈喷上淡雅的茉莉花味香水。可以这样讲，我爸只是改变了服装，一举一动，骨子里还是山西人；而我妈不但变了服装，而且变了气质，在我的打扮下，对着镜子照着的那一刻，我知道，我妈变回了一个典雅的上海中年妇女了，变成了一个喝黄浦江水长大的妇女了。黄土高原只是给我妈蒙上一层厚厚的土灰，当这层厚厚的土灰被我擦得干干净净，可以毫不夸张地说，她和乘坐地铁的上海中年女人没啥两样。

我妈被我从房内推到我爸跟前，我妈的神态显得有些忸怩，就好像一个新娘子，不敢看我爸。我爸只是傻傻地看着我妈，脸憋得通红。我忙笑着说："爸妈，你们这是干嘛，还以为是黄昏恋呢？在上海，你们这样打扮，都是最寻常不过的，可见你们平时都过的叫啥日子哩。"说完我又对我妈说："妈，你可不能激动。一激动，那妆就白化了。"我妈被我这么一吓，可能想到闺女替她化妆不容易，果然不敢把激动的泪水往下掉了。

大年初一，我妈脾气一下变好了，穿上我从上海带回的衣服，用上我从上海带回的正宗化妆品，又有了我给她的一万元积蓄打底，这一个新年她一下变得极自信，极神气活现，更让人吃惊的是我妈一下年轻了好几岁。用我爸那酸不拉唧的话说："你妈打大年初一，又成了当初知青点上，让人魂不守舍的上海小妖女了。"我笑盈盈地说："老爸，那你更要疼我妈啊。"我爸点点头，又含蓄地说："叶子，如果你能把男朋友带回山西，你妈更会年轻了。"

听了我爸的话，我没吱声。

三

我妈对女婿的向往，就像上海一个叫梅陇的地方，随着 2005 年的第一场雪，满天满地梅花争奇斗艳，昂首怒放，那梅花之香，常把我从梦寐中唤醒。随着腊月的到来，春节就像一把锋芒毕露的宝剑朝我脖子根越逼越近，我时常感到剑锋的寒气。我每天都处于忐忑不安之中。对于 2005 年的春节，我真的不知道怎么过。那夜 12 点刚过，我下班才回到梅陇地铁司机公寓，我就预感我妈要打来电话，果然刚想到，我妈就从山西打来电话。她先说："叶子啊，又是一年啊，时间过得真快，妈妈好想你啊。你说说何时能回家啊。"我知道，回上海又过了一年，妈想我是真的，我想妈又何尝假呢？可我知道妈话中还有含意。果然妈说："叶子啊，不要买东西，我们这儿啥都有。"我知道这话是开场白，为此我说："知道了。"说实话，我可不想让我妈为我婚姻而难受，于是抢在我妈前面说："妈，今年我回不了家。"话音刚落，我妈就不开心地问："你这是为啥呢？"我说："妈，今年上海地铁客流量，不说不知道，一说吓一跳。"我妈说："你别吓唬我，什么吓一跳。"我说："地铁每天客流量 180 万人次，是我们小城里全部人口。所以越是节假日地铁越是忙。"我妈说："没事，甭说 180 万，就是 1 800 万，天塌不下。你是知青孩子，家在外地，有探亲假，再忙领导也不会为难你的。"我说："这是真的。"我妈在话筒里笑出了声说："你信不信，我给你领导打电话，看他们准不准你假。"我一下不吭声了。我妈能说出，就能做出。我妈又说："叶子，你这是在蒙妈，不就是你这死丫头没找到男朋友嘛。"我不知我妈激将法，就冲动地说："这是啥话，你以为叶子是嫁不出的姑娘？告诉你，我早已有男朋友了。"我妈一听，先是一愣，接着问："叶子，这话当真？"我言不由衷地发嗲说："妈，他长得好帅，他好爱我呀。"没想到，我这是犯了一个极大的错误。更没想到，哄我妈的话，竟让我妈听后当即哽咽起来说："叶子，我就知道你不会让爸妈失望的。"说到这儿，我妈顿了顿，又一字一句说："爸妈为你感到无比自豪……"我慌了。这怎么行啊，这是在哄我妈，是假的，是要穿帮的。在电话前，我不由心慌意乱，我不知道该如何去劝我妈。我妈并没有觉察我的异样，而是自顾自地说："叶子，你借口过年工作忙，不回家也行，妈知道你正在热恋，妈是大力支持，这样吧，妈有 20 多年没回上海了。妈做梦都想回上海，亲亲咱大上海的南京路，摸摸咱大上海的淮海路，舔舔咱大上海的黄浦江水，看看咱大上海的动物园，玩玩咱大上海的大世界。更主要的还是要咱闺女，亲自为妈开动地铁，让咱感受这地铁究竟是咋回事？这样，你妈这辈子活得也够本了。闺女啊，妈想大上海想得疯啊，那是你妈的故乡啊。”我一听这样大段抒情，吓坏了。她若真来上海，我才害怕。要是我妈知道，这是唬弄她，那才要气疯。不行，决不能让她来上海。我还在想着，我妈越发来劲地问：“叶子，告诉妈，他是干啥工作的?”我像滑扶梯一样，从上到下，已经刹不了车。我一点底气都不足地说：“和我一样，也是开地铁的。”我妈想了想说：“叶子，同一单位好。女儿开地铁，女婿也开地铁，夫唱妇随，人家结婚，租奔驰、宝马；咱女儿结婚，我跟你们领导商量商量，租地铁，女儿，你牛!”我妈这么一说，我急了，我说：“你胡说啥呀。地铁能租吗？那可是上亿资产。”妈一听，顿了顿说：“那咱以后再说。这样吧，你不回山西，我这就跟你舅舅打电话，今年过年，我就住他家了。”我妈说完，就要挂电话，看来是要给我舅舅打电话。那哪行。我说：“妈，你不要着急，现在还早着呢。过两天给你回话，是我回来，还是你来上海好吗?”我妈一听，立马纠正说：“叶子，需要讲清楚两点。第一，你回家要把男朋友带来！第二，如果你工作忙不回家，那我跟你爸一块来上海。”我一听求饶道：“妈，这不妥吧。”妈问：“有啥不妥。如果他不答应，你把他电话号码给我，我来打电话吧。”我说：“好好，让我想一下总可以吧。”我妈说：“那行。叶子，妈高兴，妈得向你爸那儿的七大姑八大姨宣布了，咱家叶子有上海男朋友了。”我妈说完就挂了电话。

这一晚，我睡不着。话已说出，就像泼出的水，断没收回的道理。可马上要过年了，我到哪儿去找男朋友？我妈将对外宣布我有上海男朋友了，这话可不能随便说呀。不是我不想，可我现在还没找到男朋友呀。我生长在黄河边的小城里，我现在的月薪不比我们小城里的市长少，可在大上海我那点月薪又算得了什么？什么都不是，我还牛啥。我有压力，这种压力是浸渍在骨子里的。知道吗，我还是外地人，我还是知青小囡，上海对我是一个极其陌生的城市。就是呆了几年，我想我要融进上海人的圈子里，也难啊。前面说过，我的容貌一般，长得瘦小，一笑起来，说好听是林忆莲，说难听就像一根破拉链。没人追我，我只有白天黑夜工作，3 年来，我获得 3 次公司先进，这没用，它换不来男朋友。如果我有男朋友，我宁可不要这劳什子的先进。

想了两天，我决定打电话给王念。我想王念能给我出主意。他是土生土长的上海小伙子，头脑活络。

我查到王念所在石龙路 C 号线运转车间电话号码，我不知道王念是否在班内。我想王念不在，或许连他手机号码都无法查到，那就只有独自回山西老家，给咱妈认错，给咱爸道歉。记得我按电话号码时，一根食指哆嗦得厉害。当对方电话响起时，我心猛然加速。有那么一刹那，我想还是挂了为好，这是干嘛呀，用咱家乡的话来说，不是犯贱吗？人家王念可有一个如花似玉的女朋友啊，又是正宗的上海姑娘。正想着时，对方问："你好，这儿是C号线运转室，你找谁？"我顿了顿说："请问王念在吗？"对方一听找王念忙说："你是谁呀，你找他有事吗？"我一听就不高兴，这家伙是干嘛，查岗呀。我说："我是A号线的地铁司机，我叫叶子，麻烦你让他听个电话。"话音刚落，电话里的声音忽而激动起来："叶子真是你吗？我是王念，上次帮我忙，我还欠你情呢。"我说："啥欠情，举手之劳。"王念说："你怎么会打电话给我呢？以前在我们班里，你可是最骄傲的人啊。"王念这么一说，我傻了。王念这是在夸我还是损我。王念说："是真的。你功课班里第一，你普通话班里第一，你卡拉OK班里第一。"我想，这都算啥呀？普通话第一，是因为我从小生在北方，长在北方；卡拉OK第一，纯粹是从小在黄河边吼信天游的结果，很不正规；功课好，那更是让人笑落大牙，那是职校水平，又不是复旦第一。说真的，所有这些，都抵不上容貌第一，那才叫好。我说："得得得，王念，我有一件事找你帮忙，下午有空吗？"王念说："下午还得跑两圈车，7点后有空。"我说："行，7点半，衡山路耕读园茶吧见个面。"王念说："是不是我们地铁公司隔壁的那家茶吧。"我说："对。"

也就是7点多一会儿，我来到了耕读园茶吧。刚被茶吧小姐引了进去，一旁的榻榻米上，就传来王念的叫声："叶子叶子，来来来。"原来王念比我早到。是个极守时的小伙子。我朝王念友好地点了点头，脱了鞋，踏上榻榻米，刚坐下，王念轻轻把水果拼盘、点心、茶水放到我跟前，随后无声地看着我，微笑着。

说真的，我很喜欢王念的优雅动作，我想，这大概就是我妈所讲的上海人的绅士风度吧。

现在王念那双眼睛静静地看着我。我有些心慌意乱。我想我怎么一下那么大胆起来了呢？以前我是连和男生讲话都不敢的女生，现在啥时胆子大得竟敢向上海小男生约起了会，喝起了茶呢？

王念并不问我有什么事，那双黑眼睛看我时，十分的透明。这给了我勇气。我低下头说："王念，我对我妈说了，今年回家带男朋友回家。可我并没有男朋友啊。"我只开了一个口，王念就明白。王念说："你是不是想让我介绍一个男朋友，带回家呀？"我说："是的。"王念说："这有难度。主要难在时间上。马上要过年了，人家怎么可能跟你回山西呢？"我说："是的。所以我才找你呀。"王念没作声，轻轻呷了口茶，又吃了一颗樱桃。见王念为难，我说："那就算了，我只是问问而已。"王念听我说完，才不慌不忙地说："叶子，世上只有想不到的事，没有做不到的事。"这话让我一愣。这话太熟，那不是我爸妈的口头禅吗？王念又说："你现在只是要个男朋友，带回家哄你妈高兴，并不是真的恋爱。这好办，那就帮你租一个。"王念能说这话我还是很高兴。我也知道现在网上有租朋友回家过年的，但真的让我上网租男友，或者通过媒介找一个陌生人，我还真不放心。不说别的，至少别扭。我想租个男友回家，至少要认识吧，至少要互相有些了解吧。

我为什么要找王念？我的潜意识里到底在想什么？

我们就这样闷坐着，喝着茶。后来，我发现王念从口袋里拿出了烟，抽了起来。也就抽了两三口，灭了，像是下了很大决心说："叶子，你人不错，这事我帮定了。我可以帮你租个不错的小伙子带回家过年。"我一听心中自然一喜问："可靠吗？"王念说："那当然。不过既然是租人家回家过年，费用自然要算的。所以我想，你要拟定一个合同。"我一听说："这当然，不过需要多少钱呢？"王念说："你回司机公寓，马上弄个合同交我，如有不适之处再修改。不过，不管怎样，你那男朋友，我给你租定了，你火车票得赶快订了。"

和王念谈妥租男友回家一事，我的心情陡然高涨起来，我想，至少爸妈这个年一定过得十分开心，这，够了。至于2006，2007，那是另一回事。管不着了。

心情一开朗，我和王念玩得十分开心。喝罢茶，我们还去茶馆隔壁欧登保龄球馆各打了四局保龄球，我打不过王念，但重要在于参与。当我偶尔打进一只十分球，竟然会尖叫起来，这是我从来没有过的。王念没有大呼小叫，他多数只是笑笑，喝着饮料，或者说，像是沉浸往事的回忆。他在想什么？我不知道。

我是晚上8点多钟回到梅陇司机公寓。回到公寓，马上打开电脑开始拟定租友合同。也就是一个多小时时间，我添添减减地拟定了以下租友合同草案：

租友合同

叶子（以下简称甲方），所租男友××（以下简称乙方）。甲方鉴于私人原因，想租男友一名回山西老家过年。具体时间定于2005年2月7日至17日，为了更好地完成这项任务，甲、乙双方经协商达成以下协议：

一、甲方负责此次过年活动的全部费用。乙方经过仔细考虑，愿意参加甲方的本次活动。活动期间，甲方向乙方提供所需食、宿、车费用。

二、甲方在活动期间,另行支付乙方报酬人民币三仟元。启程前,甲方预支乙方一仟元,余款将在活动结束,甲方三天内一并付清。

三、除一、二条款外,乙方提出其他要求,甲方不予考虑。

四、甲方要求乙方没有女朋友(或者有女朋友,但至少租用期间,不得通电话、发 E-mail、发短信),年龄 30 以下,上海本地人,少沾烟酒,最好不沾烟酒。

五、乙方要依据甲方工作思路,认真配合好甲方,扮好男朋友的角色。

六、乙方承诺活动期间协助甲方工作,尽到责任完成甲方交给的任务。

七、乙方承诺活动期间,中途不得退出。

八、乙方和甲方相处时,不得有任何肢体上的接触。

九、乙方在和甲方相处时,要时时听从甲方的安排。

十、协议书一经签定,甲乙双方均有义务共同遵守。若一方违约,将承担由此造成的损失。

甲方:叶子

乙方:××

2005 年 1 月 25 日

草拟完租友合同,我立即通过电子邮件发给了王念,同时给我舅舅打了电话,让他替我订了两张去太原的卧铺票,这才舒心地躺下睡觉。这一夜是我睡得最香的一夜。

四

春节越来越逼近。王念还没给我租好男朋友。打了几次电话,他总是说误不了。他说女朋友最近跟他闹得厉害,他得正确处理好。我说:“王念尽管我对你放心,但时间越来越紧,你总得给我看看租来的男朋友,到底长得如何?再说,他对我草拟的合同是否有意见,可以商量,这是双向选择呀。”王念还是老样子的不温不火地说:“合同很好,朋友挺满意。你不要弄得很复杂,7 日上午,在火车站地铁的通道里,我准把他交到你手里。”

王念这样一说,我也没啥话。我想既然让人家帮忙,那就应该相信人家,疑神疑鬼是很不应该的。尽管我和我妈说带男朋友回家,我妈也说不用让我带东西回家,但过年,总得买些东西吧。于是利用翻班休息,我上了趟淮海路，给我爸买了些烟啊酒啊茶啊，给我妈买了衣服啊化妆品啊等。跑了一下午，大包小包提了回来，累得够呛。

7日一早，我就坐地铁去了火车站。从锦江乐园站坐地铁到火车站也就是30分钟。到了火车站，那些同行司机帮我把东西放入车控室后，我就耐心等着王念替我租来的男朋友到来。

离火车出发还有1小时，王念还没人影，我开始着急。我不停给王念发短信息，问他究竟咋回事。王念好容易给我回了电，说得很急："我们到了火车站，我现在摆脱我女朋友，真他妈的烦死人。这样吧，叶子，你先上火车，把那票放在车控室，到时我让你租的男友上火车找你。"我想了想，也没其他办法，只得让其他司机帮我拎着行李，上了往太原的火车。

上海至太原K372次列车8点36分开。我站在车厢口等啊等啊。每当见到有单身男人上车，我都冲人家笑，我想这一个该是租来男友吧，可是每每都失望，笑得肌肉都酸了，还没见到那男友，反倒惹得服务员直朝我看，还以为我是一个花痴。都到8点34分，火车开动前的铃声响了，我还是没见到租来的男友。我那个气呀，自己都感到手脚冰凉，和个死人有啥两样。我想，王念啊王念啊，为何这样玩我呢？这样很好玩吗？我到底哪儿得罪你？想着想着，泪水再也控制不住地流下。服务员吃惊地看着我。他们大概猜测我的男朋友不来送我，小姑娘受不了了。

火车启动了，我踉跄着跑回自己座位，突然傻了，我看到王念从容不迫坐在我的下铺上，笑眯眯地看着我。我像被人当头一棒。这，这是咋回事。王念像是料到我会大吃一惊，慢慢吞吞站起来，彬彬有礼地低声说："叶子，急了吧，对不起，我想，我就是你租来的男朋友。"王念这么一说，血液一下冲上我的脑子，我感觉我的脸滚烫滚烫，我不知是悲是喜，猛地朝王念身上扑去，我说："王念，你他妈的坏到极点，我饶不了你。"我骂着、疯着，朝王念身上乱捶乱打。

王念一动不动，直到我疯够，他才扶我慢慢坐下说："不就想给你一个惊喜嘛，不就想玩一把浪漫嘛。"我说："有你这么玩法吗？你这样玩法，不就是让我一会儿进澡堂，一会儿进冰库嘛。"我虽则满脸不满，但最终想到王念成为我租用的男朋友，我不但十分高兴，更是万分雀跃。

也就一会儿，我疑云难消。王念凭什么随我去山西。我知道地铁司机假不好请。节假期更是如此，他这一请假，损失可大了。我对王念说了想法。王念说："你说的不错。但是原本说好的家伙反悔了。"我问："为啥？合同只是个人看法，如果嫌钱少，可以商量。"王念说："不是。主要被他妈知道后，骂他脑子进水。自己不好好找女朋友，反倒客串人家男朋友，这算什么？这样一来，他就不肯，所以我就顶替了。否则我说话还算数吗？所以假再难请，也得搞定。”王念这样解释着，但我总怀疑有猫腻。可又找不出理由反驳。我想，姑且听之。如果真这样，王念是个讲信用的男子汉。于是我说：“那合同是草拟的。如果还想加点什么，包括钱方面，好说。”王念说：“我是帮你忙。钱不少，而且是多。”王念这么说，我就感动。这社会，哪个不是见钱双眼出血啊，王念说他够了，我搞不懂。李嘉诚都没嫌钱多，更何况区区三千元钱呢？我又说：“你看清合同啦。”他说：“不但看清，而且还背得出。我会遵守合同，你放心。”我说：“那行。”说着从皮夹里掏出一千元。王念顿时脸涨得通红说：“叶子不要这样，算啥呀。”我说：“这是你该得的。”他说：“回去再算吧。”我见王念小脸通红，想想回去算也是可以的。

火车嘁嘁喳喳驶出上海，朝北方驶去。我突然想到王念女朋友，他们关系怎么了。但转而一想，我只是租王念为男友，问王念女朋友，那不就是打听人家隐私？既不应该，也是和合同无关。

五

从太原到我家小城还得坐 6 小时中巴。在中巴上我想还得再次提醒王念冒充毛脚女婿的细节。但我总感到王念心不在焉。我想王念肯定有事瞒我。尽管合同规定，不发短信，但王念真在那儿偷发，我也奈何不得。毕竟租来的是单位同事，而且这同事是在帮我大忙。认不得真。一较真就不好玩。但我还是想，他在收谁的信息？不会是父母吧，那么就是他朋友或者说女朋友。女朋友概率应该最高。想到这些，我心里总有些吃醋，尽管这种醋吃得根本没来由。

想着想着，我的脸色不太好。王念何等聪明。他马上感觉到，朝我抱歉地笑说：“按合同，我断然不能发信息，但我是给我妈发短信，让她老人家放宽心，告诉她我到了太原，现在和朋友赶往风景点。”我一听不由笑了。王念很会说话。明明是赶往我家，他倒说是赶往风景点。王念见我笑，说：“你看这儿，不就是全世界著名的黄土高原风景区吗，天高云淡，空气新鲜，不错嘛。”我说：“王念，你这是近视眼还是咋啦。天是黄的，云是黑的。这儿是煤都，哪有好天气，你这是在损人嘛。”我说着，手机响了。是我妈打来的。我妈在电话里问我到哪儿。我说：“早出太原城，正沿黄河跑，最多 1 小时到家。”我妈在电话里要我把手机给“女婿”接，我一听烦，说：“妈，咱旅途劳累，你不是不知道，我和王念正打盹。”听我这么一说，我妈才恋恋不舍挂了电话。

上海人有句俗话:“丈母娘看女婿,越看越欢喜。”我们那也有一句俗话:“丈母娘待女婿,房前屋后撵母鸡。”意思差不多。我妈就是这样。当黄昏来临,中巴驶入黄河边小城,停在我家小胡同口,我和王念拎着行李下车时,就见我妈和几个邻里大妈、大嫂带着几个娃子,站在哪儿,兴高采烈唠嗑着啥。一见我和王念下了中巴,我妈就大呼小叫:“叶子来啦,叶子来啦,咱毛脚女婿来啦。”我妈这么一叫,把王念闹了个大红脸。我说:“妈,干嘛呢?有你这样的吗。”我妈根本没理我,而是走上来,就把王念的行李夺下,然后脸上笑得犹如一朵花儿,上下细细地瞅着她的“女婿”,嘴里不停地说:“王念吧,王念吧,让你大老远来看我们,真是辛苦了。”王念一听说:“伯母,我们年轻,不辛苦,大过年的,天寒地冻,你老人家辛苦。”我觉得王念这回答十分得体。但我妈却像人来疯,更像王念是她多年未见的老情人似的,拉着王念手说:“啥伯母的,你能来山西,就算上门,就算女婿,应该叫妈。”我妈这么说,王念脸红到脖根,拿眼看我,我无奈地点点头,王念这才轻声叫道:“妈。”我妈听到了,先是一愣,接着眼角里就有泪水在婆娑。

朝家走去。胡同里的邻居都跑出来看。我知道他们看我只是捎带,主要看王念,我们那疙瘩,除了我妈是上海人,当然现在也是一个地地道道的山西婆姨外,几乎从没见过上海小伙子,现在他们要看的实际是王念。王念到底来自大上海,一副从容不迫、波澜不惊,微笑而从容自信地看着他们点点头。这时,几个小娃子前后簇拥着我们,在胡同里大呼小叫:“来啦,叶子姐姐带男朋友来啦。”娃子们这一大叫大嚷,我家院子门洞里首先就出来一个女孩子,一身打扮艳艳的,黑黑的头发里挑染出一簇黄毛,蛮好看的。她是我表妹,比我小 3 岁,叫叶灵。叶灵见我们来了,也就叫了一声姐后,转脸对着王念一连串地叫起姐夫姐夫来。王念被叶灵亲热叫着,又见叶灵长得好看,再也没有自信与从容,脸蛋儿腾地又红了。叶灵见了,不由拍掌叫:“姐夫还会脸红,好玩。”

走进院子,我都没搞懂是咋回事,就见我爸穿着去年给他买的西服,和一大帮七大姑八大姨站在那儿。我想那西服虽不是顶级品牌,但也是上海名牌,是啄木鸟,怎么我爸穿得皱巴巴,像个民工。坏了,我爸肯定是放洗衣机里洗了。真傻呀,那是要干洗的。想着,我爸他们鼓起了掌,就像欢迎市长大过年来咱家访贫问苦,送上一些面呀、肉呀、蛋呀啥的。这还不算,最叫人害怕是,几个七大姑八大姨家的孩子,一下在院子里噼里啪啦点起了鞭炮,不但把我吓了一跳,把王念吓得更是不轻。王念坏坏地损我说:“叶子,还没到子夜吧,你家怎么放鞭炮。”我苦笑说:“肯定是我妈想出来，她不就是想‘女婿’想疯了嘛。”

大年夜晚饭自然十分丰富，不必多说。我妈还拿出珍藏十多年的一瓶汾酒。我爸一见汾酒，还没喝，就有些醉。我妈说：“你别喝，那是给咱女婿喝。”王念一听说：“伯母、伯父，我不会喝酒。”我妈说：“男人哪有不会喝酒，叶子你说对吗？”我妈这么一说，倒让我尴尬。我真的不知王念是否会喝酒。但不管咋，既然我妈把汾酒拿出来，不喝也得喝一些。否则我妈真不开心了。我朝王念暗里点头，王念才说：“那喝一点点好吗。”王念话音刚落，叶灵叫了：“咱姐夫肯定能喝，他在看咱姐脸色。咱姐厉害，婚都没结，已是妻管严。姐夫，别理咱姐，叶灵小妹陪你喝个痛快。”叶灵说完，果然喝下一小杯汾酒。叶灵像个开心果，这么一说，大家都笑了。

餐桌上，只有我能看出，王念并不喜欢我妈做的山西菜。但王念为了让我妈喜欢才拼命吃。也就是两小杯汾酒，一两模样，王念一张小脸蛋儿通红通红，我说：“王念还真不会喝酒。”我妈一看王念模样，可喜欢啦，说：“喝酒既伤身，又花钱，还会误事，不会喝好啊。”但我爸会喝，又是窖藏十余年的陈年汾酒，是珍品。但我爸一喝，话就多。

我爸打出生后，一直在山西学习、工作，至今还没出过山西省。对于火车(这是我爸对地铁的称呼)，他咋都不明白会在地下开。我爸问王念：“我看中央台，北京地铁在洞里呼噜呼噜地开着，很牛。”王念一听来了精神，笑说：“北京那地铁是破车，哪能和我们比。我们全进口。一列车上亿元。我开法国阿尔斯通，叶子比我牛，开德国庞巴迪。”我爸一听问：“一列车上亿，那你们公司有多少车。”王念说：“目前 ABC 三条线 91 列，546 节车厢。”我爸说：“那你公司可有 91 亿资产。”“远远不止。还有其他进口维修设备，起码二百个亿，还不算今年 D 号线通车的列车。”王念说完，我爸非常严肃地教导我说：“叶子，好好开车。要对得起国家对得起人民对得起领导啊。”我爸说完，不知是酒喝多，还是其他什么原因，双眼迷蒙，我妈一看说：“老头子想啥哩。”我爸被这么一吆喝，醒了过来，神态像小孩子一样羞涩地笑说：“地铁往下跑，不就像童话世界吗？咱叶子不就是个白雪公主。”我爸这么一说，全家哄堂大笑。我妈问王念：“你也开地铁？”王念说：“上海地下、地上、空中开的轨道交通列车，统称为地铁公司。我开的是 C 号线，说白了，我在空中开车。”我妈一听说：“空中也能开轨道车啊，老头子这叫啥呢？危险不？”我爸想了想说：“这空中开车，就是和空中客车意思差不多，比波音飞机慢，其实也就是开慢飞机。自然危险。”我听后捧腹大笑，我说：“得得得，爸你别问了好吗？有你这样问吗？”我其实在损我爸，但王念没有，他还满脸严肃劲儿说：“伯父说得对，就是开慢飞机，不过放心，我和叶子无论地上、地下开车，驾驶技术一流，处理事故一流。你们不知道吧，叶子还是公司为数不多的金星司机呢。”王念是在表扬我。但我心里清楚。我果然是金星司机，但这是咋来的？不就是没有男朋友嘛。下班闲着没事就钻研技术。如果有男朋友，我还能成为金星司机吗？这要打上问号了。所以从心底里讲，如果在金星司机与男朋友之间选择，我肯定选择男朋友。老爸你知道长年累月在洞里工作的滋味吗？说来你不信，每天工作机械单调，大部分时间在昏暗地洞里，前方只能看到两根平行钢轨，眼睛“横扫”距离不足 10 米，平均每趟列车运送乘客 2 000 多人次，A 号线来回 60 多公里，不干别的，就是坐那地铁里，单一景色，混浊空气，拥挤人流，会把你累得头昏脑胀。不是这样，领导怎么会让我们跑一圈，休息 10 分钟呢？王念呢，也比我好不到哪儿。王念开 C 号线上高架。如果让我开，真会吓死。记得一次去虹口足球场，列车上高架，朝车窗外一望，真让我胆战心惊。我想，我在地铁死了，也就把地铁当一口棺材来享受，王念那列车在高架上出事，冲出隔离带，半空中砸下，想想那是啥场景?！不能想啊，一想啥事都不能干。这时我爸又问王念：“你刚才说阿尔斯通和庞巴迪啥意思。”老爸这么一问，王念说：“那是世界品牌公司呀。”我爸才恍然大悟：“就像咱城里大款开奔驰、宝马一样，都是品牌吧。”王念说：“就那意思。”我爸听完，咪口汾酒埋怨说：“太原政府在干嘛，为啥不弄条地铁，让咱山西人坐坐玩玩呢？”

从我爸神态看，他是对地铁神往得不得了。然而对我们这些以开地铁为职业的司机来讲，算啥呀。我爸希望太原有地铁，是他老人家良好愿望，但以我说，太原没有地铁更好，所有交通工具都在明媚阳光下，享受阳光轻抚，享受空气新鲜，享受雨水充沛，那该是多美好人生呀！

这样吃着、聊着，时间不早了。这时王念站起，脱下那件西伯利亚皮货店买来的皮夹克，捋起袖管，要收拾桌子。我爸有些看不懂，拿眼瞅我。我马上说：“王念算了，我来洗。”王念没听，真的干了起来，这时我爸嚷了：“嗨嗨，这是干嘛呢。”王念说：“伯父你歇着，伯母你也别累着，我来洗碗。”我爸说：“放下，哪是你干的活呀。”一旁的叶灵马上水灵灵地笑道：“姐夫，你歇着，我来。”说着硬是把王念按到椅子上。王念没办法说：“我做家务，绝对超过叶子。”说着又想站起来。我爸说：“那不行。哪有男娃子做家务。”我妈也笑着，对我爸说：“哪有让姑爷做家务。不过话反过来说，就你们山西人规矩大，上海小两口，哪有男孩儿不做家务，多的是，你们山西大老爷，钱赚不多，花头多，这规矩那规矩。”这时叶灵去厨房绞了一把热气腾腾的毛巾递给王念，王念擦完，叶灵马上递上香茗，王念感激地看着叶灵，叶灵那模样，比我做得还到位。

喝过酒，爸被人拖去打麻将。那些七大姑八大姨和叶灵也回去了。我看王念小脸通红，一脸倦意，让他早睡，到半夜再叫醒他放鞭炮。房间我妈早收拾好。窗纸新糊的。土炕烧得暖暖。还有被子，又厚又软，被我妈晒得香喷喷。王念进里屋睡了，我妈小声问我："叶子，跟妈说实话，你们睡了吗。"我一听又羞又愧，说："妈你想哪儿了。我们只是朋友。"我妈说："你别唬我。现在大城市里不是流行同居。睡就睡，怕啥呀。这个女婿我中，你也中，否则也不会带回家。"我不吭声。妈说："我是过来人。当初你爸睡我，生米煮熟饭，一支上海玫瑰花被他采撷了。"妈这样一说我急了，说："妈，你真的不要这样想好吗？"我妈一听十分严肃地说："他长得帅，人和气，懂礼貌，家境也不错，你要牢牢把握。过了这村就没那店。"我妈这么一说，我憋不住地乐。这是哪对哪呀。王念是我租来蒙我妈，我妈当真。我妈见我笑，说："不要笑。女人两次投胎，一家庭，二夫婿。妈不是老封建，要抓牢，就得像你爸当初睡妈一样，所以大年初三你们订婚，圆房。"

六

大年初一我刚起床，王念也起来了。我和王念到我爸妈那儿拜年，祝两位老人家新年快乐，幸福吉祥，身体健康。我爸妈见我俩同去拜年，高兴得不得了。我妈眼泪水涌出来对王念说："叶子是我和他爸一手养大，我们把她交你，好好对待她。你们初三订婚，邻里亲戚前就算结婚了，所以要相敬相爱。到正式结婚，我们一定赶到上海去见亲家，喝喜酒。"王念开始还是满脸笑容，见我妈越说越来劲的话，他茫茫然看着我。我赶紧说："这事还得和王念商量，急什么呀。"我边说边朝王念丢眼色。王念自然明白，说："伯父伯母，我和叶子商量一下，等会儿给两老回音好吗？"

我和王念一起来到院子里，望着院子地上红通通的一片鞭炮纸，王念说："叶子，今天是大年初一吧。可我记得昨晚应该放鞭炮。"我说："早放啦，你睡得像只小懒猪，鞭炮在你耳边炸响，你还在打呼噜呢？"王念一听不好意思地笑。一刹那，我内心一沉。我发现王念假得很。他是一个极其出色的演员。这样的演员其实就是我所需要的。我不应该有其他想法，但是，也就是最近一段时间，我其实对王念越来越喜欢。王念昨儿个所有一切做得十分到位、得体，但是昨儿个晚上，王念在装聋作哑，那么大的鞭炮声他不可能没听见。实际上，昨晚子夜，我曾悄然无声走进王念房间，要让他起来让我爸妈开心，让他当着我爸妈面前放放喜庆鞭炮，但是他却呼噜打着震天响，让我生疑。后来，我发现他其实是偷躲在被窝里打手机。那么晚，打给谁？我估计是和他吵嘴的漂亮女朋友。我们合同有规定他是不准打手机的，要打也应该当着我的面打呀。但我没有说什么，我悄声退出。王念总体表现不错，还去说干嘛。毕竟假的呀。我吃什么醋。如果吃醋，那就是我的错。

王念现在装着啥事都没有，一副埋怨没有叫醒他的模样，绝对作秀。但即便作秀我也无奈。现在不是在想作秀不作秀问题，现在想的是如何让王念配合我，共同抵御我妈所谓订婚。于是我对王念说："想不想到黄河边走一走。"王念来了兴趣说："行。我想看看我们母亲河。"

就这样，大年初一上午，我和王念骑着自行车来到小城边缘的黄河边。我是从小在黄河边长大的，所以看黄河，就像王念看黄浦江熟视无睹，但是王念却不同。王念看到黄河惊讶得说不出话，半晌才说："这是黄河？怎么只有一点细流？"我说："现在是冬季，枯水期。"王念说："叶子别蒙我。黄河就像长江，哪有什么枯水期。"我笑了说："那你说，黄河应该是啥样子的。"王念说："她应该像宁静演的《黄河绝恋》中的黄河。那黄河才叫汹涌澎湃。这黄河像啥？比我们苏州河水还少。"我说："老兄啊，黄河长着哪。我们这儿只是一段。拍电影，当然要找最好河段。"我这么说，王念马上说："这个我们不争论，现在主要是你妈那儿，怎么办？"我说："我也不知道，事情会发展到这一步。我为难。你是我雇佣，你得为我想办法。"我半真半假地说。王念说："叶子，合同上好像没写上订婚一事吧。"我一听马上说："是的，但是王念，你曾经对我说，你能把合同全背出来，我想你不会忘了合同第五条：乙方要依据甲方工作思路，认真配合好甲方，扮好男朋友角色；合同第六条：乙方承诺活动期间协助甲方工作，尽到责任完成甲方交给的任务。"王念见我脸上挂不住，就笑说："叶子，开个玩笑，就当真？说真的，订婚对你是大事，对你爸妈也是大事。对我无所谓。这主要不在我。但我要为你考虑，这是因为你爸妈太善良。但反过来说，如果不订婚，他们不开心，订了，咱又是假的，这骗人骗得超过底线了。你爸妈老两口存点钱不容易，我这是假女婿呀。我问你，订婚得花多少钱。"我一想对呀，我真粗心。这一订婚，我爸那儿七大姑八大姨过来，没有十桌也得八桌，这要花我爸妈多少钱啊。更何况亲戚、友人、邻里都知道了。所以不能订，否则我爸妈最后知道是假，不但气得吐血，弄得不好断绝关系。这样一想，大冬天，我额上冒出热汗。王念笑说："女的真没用，我倒有个办法。婚照订，但可以一分钱不花，或者花些小钱。我们可以一不收礼金，二不办酒席。"我说："这是废话。那哪行。"王念说："怎么不行。我对你爸妈说，上海是没有订婚，现在尊重两位老人家意见，入乡随俗，可以订婚，但作为上海地铁的一名中国共青团团员，我们向来不主张铺张浪费，婚事要新办。你看看黄河，我们伟大的母亲河啊，咱中国人脊梁骨，现在像什么样子？水土流失，四周只有几棵小毛树，所以我们把吃喝订婚活动变成植树活动。对，就这样吧，我们上黄河边植树。虽然我们的力量是微薄的，但这叫树立新时代上海青年人形象，怎么样？”我被王念的想法惊得目瞪口呆。不能说点子没道理，他确实是为我想，但我爸妈会同意吗？

正说着，一个脏兮兮的小女孩，牵着一头母羊，来到我们跟前，怯声怯气地问："叔叔、阿姨，要喝羊奶吗？当场挤兑的新鲜羊奶。"我一看，皱起眉头说："不要不要。"我拉着王念的手就要走。王念却站着不动，反而来到小女孩跟前，先从口袋里掏出一张餐巾纸，替小女孩擦了擦，然后亲了亲她冻红的小脸，从口袋摸出一张十元钱说："那就给叔叔挤一杯吧？"小女孩不敢接钱，一双眼睛害怕似的看着我。王念说："叶子，喝一杯又没什么了不起。你看小孩子看你都怕了。"可不是吗？小时候我也在山坡上放过羊，也曾让游人买过羊奶，可我全都忘了。想到这儿，我的脸火辣辣的。我的眼睛一下变得柔和起来。小女孩这才笑起来，很熟练地替王念挤了一杯热腾腾的羊奶，王念看都不看，一饮而尽。小女孩见王念喝完羊奶，开心地笑了，随后用冻得哆嗦的手找回王念9元钱。王念摇了摇手说："别找，给你的压岁钱。"小女孩呆住，突然牵着她的羊，跪在我俩跟前，磕起了头，我和王念大惊，忙把她扶起说："这是干嘛？"半晌泪水从小女孩眼里流出，小女孩啥也没说，牵着羊一起站起，慢慢走了。

望着小女孩破衣裹着的瘦骨嶙峋的身子，想着王念越拖越长的目光，从一件小事里，王念善良体恤之情，让我大为震惊。看来我对上海男人还不太了解，他们有时举动，确有小男人之气，但实际上，他们有些举动，才叫男子汉哩。

也就这时，黄河对面太行山谷深处，忽然飘出一声声女人歌声。歌词听不清，但却高亢、嘹亮、深情。王念听到，先是一愣，接着问："那女人唱什么？"我仔细一听说："那意思说，她的男人外出打工，正在思念他呢。"王念又问："那么她是在唱情歌？"我说："不错，是情歌，但这情歌的唱法就是信天游。"王念大为吃惊问："这是信天游？"我说："对。是随时自编自唱的信天游。"王念说："太好听了，那我可以和她对唱吗？"我一听笑说："你没那中气，那歌声至少在十里以外山坡。况且，你并不会编歌。"王念看我一眼，没作声，突然跑到黄河堤堰上，猛地亮开嗓门儿大声吼起来："山丹丹花开浓又浓，哥哥出外在打工，打工赚钱盖大房哟，让妹能睡热炕头。"我一听惊喜交加。真的没想到王念嗓门儿那么好。高亢、嘹亮、深情于一体，是信天游。并且我发现大冷天的黄河边，王念吼着自己编的信天游，眼角有晶莹泪花闪烁。我知道王念一定借信天游，想着他那心爱的人儿。这样一想，我突然也按捺不住，马上接上应和："山丹丹花开浓又浓，妹子在家想哥哥，想得心尖窝窝疼哟，妹子啥时亲哥哥。"

就这样，我和王念对唱。唱着唱着，我与王念不由潸然泪下。我们相视无言。但我们几乎同时看透对方在想什么。

七

刚回到家，就见我爸推着自行车出院门。我爸一见我们回来，脸上不自然说："回来了，我正找你们呢。"我问："啥事。"爸说："回屋说。"进屋，见我妈也不自然笑。我心里一沉，总觉得有事。这时爸和妈对了一眼说："你们领导一大早从上海打来电话了。"我妈这么一说，我愣住了。我想领导怎么可能打电话来呢？不可能。但我爸妈的脸色告诉我是真的，于是我问："领导说啥了？是拜年吧。"我爸妈点点头。我笑说："我们地铁公司正在开展以人为本活动，打电话过来是对我关心呀。"我妈一听也就点点头，随后她问起大年初三订婚一事。我把和王念商量的结果说了。我妈一听就反对，说："年年种树，年年砍树，咱老百姓哪管得着。订婚可是大事。"但这时我爸说："孩子们有他们想法，还是尊重为好。"以我妈脾气，一定不会同意。但事实上我妈却同意了。

旁王念什么话也没说。但王念觉察到什么。这时，电话又响起来。我妈脱口而出说："是你们领导打来的。"怪了，我妈怎么那么肯定。于是我就接电话，一听果然是单位领导。我领导首先说："今天我值班，所以在电话里向你拜年。"我说："谢谢。"按理我还应该说些什么，但我没说，我想领导在我回山西探亲，大年初一打电话过来，除了拜年，除了体现以人为本，不会那么简单吧。我在等领导后面话呢。果然领导拜年完毕，话锋一转问："听说地铁C号线叫王念的司机陪你回山西了。"我一听脑子轰地炸响了，我第一反应是，这是哪个混蛋告诉领导的。我想我愣在电话机旁的尴尬脸色，我爸妈看得一清二楚。领导又说："叶子，说老实话，你是一位好员工，大年初一我原本不想打电话，但那个叫王念的女朋友，大年初一把我堵在办公室里，说你抢了她的男朋友。我想这是笑话，叶子怎么可能呢，为此我训了她，自己男朋友管不好，还赖到叶子身上。但她哭着说是真的，说是王念跟你回家。我不信，所以打电话了。原来我想，你妈只要告诉我王念不在就行了，但你妈还告诉我，王念是她女婿，那我就搞不懂。年轻人恋爱是件好事，但要正确处理好。我在想一件事，王念真和你恋爱？是不是脚踩两只船？你们的行踪，他女朋友怎么会知道得一清二楚？”

我不能在我妈面前露出破绽，我没有正面回答领导提问，只是强颜欢笑说：“谢谢领导，我知道了。同时我代表全家向领导拜年，祝领导新年好。”说完挂了电话。

电话挂了，我妈把我叫进里屋。我妈面色倒并不严肃，但是讲话声音却语重心长：“叶子，你别瞒我。王念是不是和他原来女朋友，没理清关系啊。”妈这么一说，我没吭气。我也不想吭气。这越吭气话越多。我抱定让我妈说话绝不插一句的宗旨。我妈又说：“王念以前有女朋友，跟咱没关系。只要他能正确处理好就行。这社会，无论男人还是女人，只要优秀大家都在追，死命追，不达目的决不收兵。你看你老爸，当初并不优秀，可他死命追我，当初整个山西，就本小姐是如花似玉的大上海小姐，被你爸死追到手，可你看看现在过的叫啥日子，还是上海人呢，整个一下里巴人。现在妈就把所有希望寄托在你身上。你相貌取了你爸，不漂亮，但你要争取，争取就是胜利。这也是妈要让你订婚的道理。咱山西，订婚，就是结婚，结婚，你俩就可以同居，还怕他逃了不成。所以要向你爸学习，那事做了，还能跑了不成。”我妈唠叨着，我却也忍不住。我知道妈是好心，可她哪知道事情来龙去脉，我说：“妈，你哪像上海人，你这是坍上海人台，你变得整个一山西老农民。”我妈说：“我咋老农民啦。”我说：“现在啥社会？只要相爱，又有谁在乎睡与不睡。睡了能真爱？睡了能结婚？结婚能保证不离？这年头离婚还少吗？妈，你是真糊涂还是装糊涂？”我妈被我劈头盖脸说了一通，犹如当头一棒，懵了。后来，她低头想了想说：“那也不能这样说，起码有个束缚。”

一转眼，年初三的订婚之日来到了。我家就来了姑妈一家，其他亲戚朋友没通知。所以这订婚也就是小范围。姑妈知道我们订婚是植树，当然也不开心，但由于我爸妈坚持，她也无奈。我觉得这样挺好。否则搞真的，就像上海人结婚，闹起新房，那才无法收拾。

我和王念、叶灵去黄河边植树。植树时，叶灵比我们还忙，好像植树订婚的是她，而不是我。她老是盯在王念身后屁颠屁颠，嘴里一口一个姐夫好姐夫好，像个小舔子，把王念乐得开心得不得了。我们在黄河边植树就是作秀，完全为了应付我妈订婚的主意，所以我那树也植得特别快。但我没料到王念特别认真。他一棵棵植得仔细，无论挖坑、培土、植树苗，浇水做得特别心细。待我们各自植完10棵小树苗，王念对我认真说:“叶子，以后每年回家，要代我向这些小树苗问好。如果这些树苗能长大成材，真是功德无量。一棵树就是一条生命。”我有些怔怔看着王念。真的，我根本不了解王念，他那话好像挺有哲理，挺深奥。这时叶灵说:“姐夫，这话不对。过年还不一起回家，为啥要叶子姐一人来看小树苗啊，那是你们爱情的见证，都要来。”叶灵这话有道理，但我们又怎样向她解释？或许什么解释也不需要。这时王念拿出数码相机，对我和叶灵说:“来来，我们拍照拍照。”说着我、叶灵、王念三个人在黄河堤堰上互相“咔嗒咔嗒”，拍得不亦乐乎。

三小时后，我们三人像三个小孩子兴高采烈地回家。我和王念仿佛忘了植树原是订婚一事。我做梦没想到，这次回家竟然和王念去黄河边植树，去“订婚”。但无论如何，这是很有意义的事。

刚回家，我姑妈就当着我爸妈以及我们面前说了叶灵。一开始我还不明白，叶灵咋啦？听着听着，我才明白，我姑妈说，她看到王念不抽烟少喝酒，非常羡慕，她说从王念身上看到上海小伙子帅气、聪明、厚道，这成语叫啥子呀，叫窥一斑而见全豹。所以一定要让叶子和王念帮忙，替叶灵找个上海小伙子，嫁到上海去，让我们以后也可以去那个叫啥珠子的地方享受享受。叶灵一听说:“妈，啥珠子，不是珠子，那是东方明珠电视塔。”

对于姑妈这番话，我真的不好随随便便表态。姑妈是个十分较真的人。如果一旦答应，那这辈子就非得替叶灵找到上海婆家，否则永远没完，万一叶灵找不到，成老姑娘，不但我脱不了干系，我爸妈也脱不了干系。姑妈见我和王念都没吭声，急了又说:“不要为难。如果小伙子不行，大一点无妨，不过最好是上海款爷，否则叶灵就吃亏。”姑妈那话，直爽得让人瞠目结舌。我想，现在长辈都怎么啦？怎么都那么赤裸裸的呀？这是为什么呀。这时我姑妈又说了一番话，那话和我妈说过的一样:“女人投胎一关，嫁人一关，而且是更重要一关。投胎不能选择，嫁人可以选择。”

姑妈说完让我表态。我又咋表态，我在想，我到上海前后6年，姑妈、表妹，你们知道上海男人那么好嫁吗？不但上海，任何地方都一样，优秀的男人是需要优秀的女人来相配。表妹，你说你是个优秀女人吗？不错，你长得比我标致十倍，但你没文化。上海是个极需文化的城市。上海男人找外地女人很少。在一般老百姓眼里，上海男人找了外地女人，那就是说，他找了一个外来妹。知道外来妹吗？我不说，你们也懂。你们以为王念是我男朋友？那是我花钱租来哄我妈的。

由于我和王念都没有明确表态替叶灵介绍上海男朋友，姑妈和叶灵他们一家吃过晚饭，也没唠嗑就走了。我知道她们不开心，但我又能咋样。我总不见得吹牛说谎。但我妈是识大体。我妈说："叶灵又不在上海工作，她在咱山西一旮旯，连普通话都说不全，满嘴山西土话，你让叶子咋介绍男朋友。"

我妈这么一说，我爸才不吭气。我妈趁着情绪饱满，和我爸多喝了几杯。王念本来不会喝酒，但想到我妈是认真搞订婚的，于是对于爸妈敬酒，几乎来者不拒。这样你一杯我一杯，很快他就不行了。最后被我和爸一块儿扶进房间。

王念一躺倒炕上，我就马上替他绞了热水，帮他擦嘴，洗脚。我这是做给我爸妈看的，我要让他们放心，同时也怕王念把我妈辛辛苦苦搞的新被子弄脏。做这活儿时，我脑子曾划过一丝亮光，我想，要是王念真是我男朋友那该多好，按照山西人规矩，今晚咱就名正言顺进洞房，大喜。一想到进洞房大喜，我脸蛋儿发热。我都 24 了，还没一个男人亲过，吻过，抱过，我多希望王念是我男朋友啊，可这是不可能。王念从上海出发到山西我家，无论讲话做事基本得体，没出过洋相，是十分符合合同规定的。

是啊，租就是租，还真是租的样子。

我爸又被人拖去打麻将。我妈边收拾桌子边借着酒劲对我说："叶子，今晚起你就是王念的人了。妈真希望你们过得快乐，小两口恩恩爱爱。以后若是条件允许，就把你爸妈接到大上海去享几天福，不行的话，你们就每年回山西看我们一次，好吗？"我妈说着说着眼里又像要流泪。我说："妈，叶子能有今天，能在上海有个稳定工作，都是你给的。叶子发誓，以后一定会把你们接到大上海过上好日子。"我妈一听像小孩一样笑了说："好了好了，快进里屋吧，王念等不及了。"我妈这话一说，我脸蛋儿烧得厉害。我说："妈这是订婚，不能同居。"妈一听不由生气，说："你咋不懂事哪。进去进去。"我妈说着就把我推进房间。王念正窝在被子里睡得香，看着他喝得红通通的小脸蛋儿，我不由心慌意乱。我记得清楚，合同第八条明确规定："乙方和甲方相处时，不得有任何肢体上的接触。"可现在咋办？

王念半夜醒来。他是因为口渴才醒来。当他醒来，猛见灯光下，我独自打瞌睡，不由大惊。王念问："叶子，我这是在哪？"我笑说："在我家呀，昨晚是我俩订婚之夜，我妈一定要把我送到你面前，也就是洞房啊。"王念揉了揉眼，有些结巴说："我没动你吧。"我说："没。你都睡死了，哪还动得了呀。"我想，这真是干啥。我怎么想到租男友，这不是天下第一大傻瓜吗？王念从我话音里听出潜台词说：“真的对不起，我没想到事情会发展到这一步。你是位好女孩。”我笑笑说：“没啥。我给你拿水，你喝了就睡。”王念说：“那你怎么办？就这样到天亮。”我说：“不要紧，在地铁公寓里，早习惯了。”王念说：“不行。我起来，你睡。”我一听这哪行，我说：“你给我睡着。只要你牢记合同第八条就可以了。”王念点头说：“我记得牢呢。不过，你这样不睡，我是睡不着的。这样吧，你想不想听听我女朋友的事情？”王念主动说起他女朋友的事，我自然是要听的，我点点头。王念说：“其实来时，我骗了你。从一开始压根儿就没上海小伙子愿意做什么被出租人，大过年的谁要赚这钱，当然我也是。我之所以帮你，是因为曾是同学，我了解你，其次你帮过我大忙，还有就是烦我女朋友。她是典型上海姑娘，人漂亮，爱打扮，爱作天作地，实在让人受不了。我烦透。这次出来，我只跟我妈说外出旅游，根本没对她说。我想如果这次外出，她不找我，我也不想她，那肯定拉倒。但你知道吗？当火车一启动，我就想她了，我想，作为一个男人，我是不是做得过分？尤其夜阑人静，我偷偷打开手机，看见铺天盖地发来的滚烫滚烫短信息时，我才知道我还想她。她昨晚发了一个短信息说：‘王念，我错了，改还不行吗？这辈子，我生是你的人，死是你的鬼，无论你跑到天涯海角，我都等你。’”王念动感情地说着，我也被感染，但一想到她女朋友大年初一跑到我们A线领导那儿，无论如何我是不开心。王念真厉害，他一下看透了我，说：“你在想大年初一电话，我可向真主发誓，我绝对不可能对她说，跟你跑山西，说实话，这事我现在也找不出头绪来。”

王念不可能说谎。这样说谎没必要。王念说：“她人不坏，只是作天作地让我受不了。你想想还没结婚就这样，结婚了，那还了得？我想失踪，就是试试她是否想我，不想拉倒。记得大年三十你们放鞭炮吗？我听得一清二楚，怎么可能睡着。我是偷打电话给我妈。没想到被我妈骂得半死，说是李小雪急得双脚跳，哭得昏天黑地。”

王念说着他的故事，我静静听着。我知道，他和叫什么李小雪的女人感情很深，他被我所租充当男朋友，纯粹和女朋友赌气。不过王念能当我面，这样干干净净地说出来，他还是好样的。

王念说着说着，我总觉得他像我哥。我没哥，但我想，哥大概就是这样给妹子讲话的吧。我们说着，天边露出鱼肚白，这时，王念突然说：“叶子，我能亲亲你吗？”我一愣，我想王念这是干嘛？但看着王念清澈的眼睛，我一下就答应。我说：“行。”刚说完，王念就轻轻把我拥入他的怀里。我知道24岁这一年，第一次给一个男人结结实实地拥在怀里，第一次被一个不是我的恋人的男人轻轻地吻了一下。

第二天，我依偎王念，就像一个小妹依偎哥，从里屋走了出来，我妈已守在客厅。我妈充满母性地朝我们一笑，对王念说："你们已经成家了，叶子也交给你了，你要向胡锦涛总书记保证，要多照顾她，对她好。"王念一听朝我笑笑说："一定！"

2月15日，我们返回上海前一晚。我妈在帮我们整理行李时，往里塞了好多山西土特产，有枣子、老陈醋、汾酒。我说："妈，上海都有。"妈说："那不正宗。我是给亲家带去的，正宗。"这些王念都看在眼里，但他什么也没说，只是静静地看着，我知道，王念内心一定不平静。

为了消磨时间，晚上吃过饭，我和王念先是看了两部DVD片子，随后又玩起扑克牌"杀关"游戏。也就是半夜时分，王念忽而说："叶子，好像有什么动静。"我竖起耳朵，怎么也听不出夜阑人静的深夜有什么响声。王念一下站起说："去看看。"我俩走到前院，发现后院有动静，于是又悄然无声来到后院。果然发现后院原本弃之不用的小屋里有一盏小灯亮着昏黄的光，同时还传来一阵吱呀吱呀的磨盘声。我想是谁呀，三更半夜干嘛呢？我和王念站在破窗棂前，先是闻到一股香喷喷的麻油味儿，随后竟然看到我妈坐在一张破椅子上，正在磨着小麻油。

我和王念愣了。我想叫我妈，王念一把捂住我的嘴，把我拉回房间。我冲王念发怒说："你干吗嘛？"王念泪水流出来说："叶子，你妈磨小麻油一定想让我们带回上海。如果现在阻止，不但阻止不了，还会惹她生气，这是她一份心意。"看着王念泪流满面，我不由抱着王念哭。我只是反复说："这是为什么？我妈这是干嘛，小车麻油，上海超市多得是，不值钱。"王念说："叶子，我不是在想小车麻油，我是在想以后这种游戏玩不得，太残忍，如果你妈知道，这是在耍她、骗她，那无疑往她内心捅刀子。"我哭说："我何尝想骗我爸妈？我不是有意，真不是有意。"

八

2月17日K371次太原至上海特快列车，16:20分准时抵达上海火车站。租用男友活动总算结束。我与王念提着我妈送的大包小包下了火车，刚走到上海火车站通往地铁的通道口，看见地铁A线客运服务员，惊愕地看着我俩。我是A线地铁司机，她们自然对我熟，但我实在不知她们为何要用惊愕目光。我脸上又没花，值得那么看？然而意想不到的事发生了。有一个认识我，同时也认识王念的老阿姨服务员冲着王念大声说："王念，你做啥啦，大年夜跟外地女人跑出去？"这话十分刺耳，外地女人不就是说我吗？王念一时被她说得莫名其妙。老阿姨又说："太原到上海每天一班车，你女朋友从大年三十到今天，天天在这里守候，你知道吗？"王念惊呆了。他想，他未必那么伟大，他女朋友李小雪果真这样痴情，天天来这儿守候吗？王念笑笑，并没有回答。他是不相信这事。老阿姨见王念好像一脸不信，不高兴地说："王念，你这个小司机要知足啊，像这样如花似玉的女孩子一直等你，你还要搞花头？要搞也不要紧，但要和自己女朋友弄弄清爽，否则人家小姑娘发疯，算啥？"

老阿姨说完，我就见一个姑娘像箭一样射了过来，我看清了，就是那个长得如花似玉的叫李小雪的姑娘，她扑在王念身上，紧紧抱住王念，泪流满面，既是对我，也是对王念说："我会改的，我会改的。"王念惊呆了，王念只是喃喃自语说："我只是一个地铁司机，要上早班、晚班，还要常常睡在司机公寓，不能回家，钱又少，你父母不会喜欢，我们为什么要惹家长们不开心呢？"那个叫李小雪的姑娘大声说："如果找不到我心爱的人，我才真正不开心呢。"

看着这一幕像是电影里发生的场景，我脸刹那间红了。我一句话都没讲，我只是暗里为王念祈祷：王念，一个女人如此痴心地等你，爱你，是你福气，好好珍惜吧。

我走了，独自一人穿过地铁通道，走进熟悉无比的地铁候车客厅，等待黑洞洞的地铁的折返线里列车的到来。

地铁响着鸣笛，从黑黢黢地下深处开出。候车乘客骚动起来。我没动。我双眼看着四周涌动的人流，我鼻子嗅着四周涌动的味道。对，到处是生活的人流，对，到处是人的味道。人，就是这样，生活也就是这样。我不可能处于真空，更不能把租来的男友当成自己的男友。生活是铁实铁实的，不是梦想，更不是像我爸说的，地铁就像童话，咱叶子就是童话里的白雪公主。童话，是虚幻，是五里云空，生活，在人间。人间就是充斥烟火气！

王念没要我一分钱，反而饱含深情对我说："谢谢叶子。"

我租的男友和他的女朋友转身离去，渐渐地消融在氤氲弥漫的人流之中。

（完）

2005-3-18

母亲与易拉罐

一

很久以前，我有个邻居叫张三，现住东方路上的冠龙园。一听冠龙园，马上就能猜出这是一个比较高级的花园住宅小区。事实上也真是的。

我和张三已经10年没见面了。10年前张三和我一样是个疯狂的文学爱好者。两人的友谊不仅因为是邻居，更多在于文学。10年前我写中短篇小说如日中天，几乎每月都有发表，而他比我努力，但不知怎的，到头来，一篇小说都没发表。为此10年前他去了澳洲。也就是张三刚走不久，我们居住地的一片旧房拆迁了，当然也包括张三家。

张三是一个多月前从澳洲回来的。据张三说，他一回来到处找我，后来费了不少周折总算打听到我家地址和电话。张三的电话是我接的。记得接电话时我问他是谁？张三说，他是张三。当时我一愣，但我立即想起了10年前的旧邻居。便兴奋地说，你回来了？真的回来了？张三说，当然。我又赶紧问，你现在住哪儿？他说，住在东方路上的冠龙园。接着又说，我们是好邻居，好朋友。以前我常往你家跑，现在回来了，你来我家玩吧。

说实话吧，当时有一刹那我想，张三让我去他家玩，是不是摆阔，是不是以他的成功，衬托我的失败？但阿桂却很实惠地说，管他摆不摆阔，现在人家是“海龟”，比你有钱，和有钱人交朋友，不会错。

这样我就去了东方路上的冠龙园。

张三家的房子以及家庭装潢，让我大开眼界。一句话，只要一看就知道是有钞票人家。看来他在澳洲10年并没白混。记得当时坐在他家的布艺沙发上，喝着他妻子调的鸡尾酒，不知怎的我变得十分小心翼翼。不是我俗，没钱人和有钱人比，骨子里还是很软弱的。尽管张三十分客气。

就这样，我和张三有一搭没一搭地聊了两个小时左右，告辞了。告辞时，张三说，过几天请你们全家吃饭。我说，不用了。现在你回来，有空可以多联系。张三把我送到他家门口，我就让他不必送了。也就是告辞的时候，我突然说起了他的母亲。张三说，母亲挺好，她就住在浦建路。浦建路我知道，它离冠龙园一箭之地。于是我说，你房子买对了，靠近你母亲，可以照顾。张三连连点头说，确实是这样。

深秋的夜，风很大。有些冷。我独自穿过冠龙园庞大的建筑群和花团锦簇的花园，来到东方路上。夜的东方路十分宁静，尤其是仁济医院门口，除了一些路灯外，几乎没什么人。记得我刚走到仁济医院门口时，迎面看见一位满头花白头发的老太太，只见她推着吱吱作响的，用四只弹子盘做成的简易小推车，小推车上有只小火炉，小火炉上有我们现在很少看见的特大号的钢精锅子，迎着寒风，嘴里在轻声叫道，豆腐干、茶叶蛋要吗？豆腐干、茶叶蛋要吗？我是不喜欢吃豆腐干、茶叶蛋的，所以也根本没去注意。只是在走过老太太跟前时，发现老太太的模样和我母亲长得很像。都是圆脸，都是满头花白头发，年龄也都差不多。当时我心里一动，觉得这个人很面熟。于是我走过去后，又返身回来。老太太见我走了过去，又回来，以为我要买她的豆腐干、茶叶蛋，便热情地说，先生，豆腐干、茶叶蛋要吗？我没说要，也没说不要，只是盯着她看。老太太有些奇怪地问，先生，你看啥？老太太的话音刚完，我的血液一下沸腾起来。我绝对没想到，我认出的人，竟然会是刚从澳洲回来的，我的老邻居张三的母亲。当我确准是他的母亲后，我就有些语无伦次地说，老太太，那么晚了，你还不回家呀。张三的母亲根本没认出我来，我想了想，就是我报了姓名，她也未必能想起。毕竟我们各自动迁出去10年了。正想时，老太太一脸欢笑地说，在家也没事做，再等一歇，医院门口总归有生意的。

后来我就走了。我并没有买她的豆腐干、茶叶蛋。走了几步，我又偷偷回头看着，发现一阵寒风吹来，把张三母亲额上的白发都吹飞起来，在白发飞舞中，我看见张三的母亲一边用手指沾着嘴里的口水，得意地在点着手中的毛票，一边不时地抬起一张欢乐的脸，注意着是否有人来买她的豆腐干和茶叶蛋。

二

当晚回家，阿桂自然问了张三家的情况。我只是说了他家里的豪华装潢，没有说他母亲卖豆腐干、茶叶蛋的事情。我觉得把这种事情告诉阿桂并没有什么意思。然而当夜我还是难以入睡。虽说张三母亲的事情和我并没有关系，但我还是不明白，张三母亲那么大的岁数了，儿子刚从国外回来，买了那么好的房，她为啥还要冒着寒风去卖豆腐干和茶叶蛋呢？难道说张三对母亲不孝？或者说张三根本不知道这件事？想着想着，我怎么都理不清，后来也就迷迷糊糊地睡着了。

一个星期后，张三打电话来，说晚上来我家，接我们全家外出吃饭。

我把张三请我们全家吃饭的事告诉了阿桂。阿桂并不认识张三。我想阿桂一定会推脱的，没想到阿桂一口说好。阿桂说，你现在单位效益不好，小说也写不出名气，我们好长时间没出去吃饭了。既然张三是大户，你们曾经是好邻居，人家诚心诚意请我们吃饭，为啥不去？听了阿桂的话，我觉得阿桂和我一样，都被钱压得变俗了。

为了晚上吃饭，我下午就从单位溜了出来。一到家，发现阿桂在翻箱倒柜地挑选衣服，同时床上还放着我好久没见她用过的眉笔和口红。我说，一顿饭而已，你怎么弄得像真的一样，你以为这是你结婚呀。阿桂一听笑道，当然要穿得好了，这是给你面子。我钞票少，但出客衣服还是有几件的。

阿桂虽然很随意地说着，但我心里总是隐隐作痛。我除了闲时能写些不成气候的小说，弄些香烟铜钿外，并没有多余的钱。阿桂作为我的妻子，从来没有讲过什么。在我们这个城市里，阿桂能做到这一步，已经不错了。

也就是下午 5 点左右，张三来了。我从我家底楼窗户口看见张三从一辆稀奇古怪的吉普车上下来的。张三刚下车，那辆人高马大的吉普车就吸引着小区里老老少少的眼球。老老少少看不懂这是什么车。既不像轿车，又不像面包车。它的外形高高大大，方方正正，光是前面后面上面下面中间，大灯小灯就有十六七只，一只轮胎半人高。车的浑身上下弄得花花绿绿，像小区隔壁大酒家，从广东运来的生猛海鲜。小区里的人搞不清这是什么车，围着这辆车像看西洋镜一样东摸西看。忽见邻居的儿子小黑皮，眼睛瞪得溜圆，摸摸这亲亲那。小黑皮说，你们知道这辆车吗？众人一见小黑皮老茄色气，就起哄道，你知道？小黑皮头也不抬地说，我买过它的车模，它是世界顶级吉普车，你们看看这英文 Defender，就是陆虎呢，价值四五十万。啧啧，他娘的，听听这名字，陆虎，陆虎，陆上的老虎，专跑沙漠的，这车子厉害。老子要有这么一辆车，人生就值了。围着的一帮大人小人听得一愣一愣。其中几个老人说，四五十万是辆流动的二室一厅，在大马路小马路上跑来跑去，神气。

张三是听到邻居们的议论的。但是张三只是笑笑，就来到我家铁栅栏门前叫我，我忙打开铁栅栏门说，进来坐吧。张三说，不坐了，我车停在外面，接你们全家去金茂吃饭。张三很随意地说着。我点点头，忙把阿桂介绍给张三。张三并不言语，只是笑笑。我们出门时，阿桂暗里显得很吃惊地问我，他有车？他是请我们去金茂吃饭？

我和阿桂走出家门，就看见邻居们围着那辆陆虎吉普车，那种羡慕的眼神，让阿桂一下还真觉得自己是新娘子呢。而我则弄得十分的不自在。当我和阿桂坐上陆虎吉普车时，张三突然问，你母亲呢？我说，她动迁搬走了。张三又问，搬哪儿了？我说，曹家渡的中行小区。张三说，那儿我认识。说完张三就开动了车子，驶出了我所居住的小区。也就是张三开车的一会儿，我就发现他开车的方向好像不对，但我也没问。在车上，阿桂很兴奋，不断地对张三问东问西，张三十分耐心地给予解答。末了，阿桂长叹一气说，若是当初老公跟你一块出去，现在也就荣归故里了，我也可以沾光了。张三啊，你现在是张老板了，可要帮帮我老公。对于阿桂喋喋不休的问话，我十分反感，这是干嘛？讨饭啊。

也就是十多分钟的时间，我发现张三把车子开到了中行小区，我和阿桂愣住了。张三说，你不是说你母亲住这儿吗？快去把老太太接出来。我说，张三，张三，你这是干什么呢？张三说，我是真心请你们全家的。当初我和你为了文学，常常争吵到三更半夜，是你母亲半夜起床为我们烧酒酿圆子的。你忘了？

我确实忘了。

张三这么一说，我才让阿桂下车，去把母亲请了出来。

母亲很快从公房里下来了。当母亲来到车子跟前，我对母亲说，娘，你认识他吗？母亲睁大着眼仔细辨认，摇了摇头。张三接过我的话头说，我是张三，就是阿三头，以前常常到你家的老邻居阿三头。母亲一听，忽然笑了说，什么张三，你说阿三头就是了。阿三头，我怎能不认识。

张三说，娘你上来吧，我请你们吃饭去。母亲一听说，不行，不行，我这个老太婆寒酸，怎能和你们轧在一起吃饭呢？阿三头你能想到我，就行了。娘说着说着脸上洋溢着一股幸福。

我知道母亲脾气，母亲说不去，就是不去。于是我对张三说，我们走吧。张三一看如此也就作罢。忽然张三想到了什么，从副驾驶座上拿起了他的小包说，娘，我也不知吃了你多少酒酿圆子了，我给你请了一件礼物。张三说着，就从小包里拿出一只用缅玉雕成的十分精致的观音菩萨挂件，又说，娘，这是在我从普陀山请来的，开过光，祝你老人家长寿、开心。娘一听，开心得不得了。笑道，谢谢阿三头还想到我。菩萨会保佑你身体健康，大大发财。

几分钟后，我们离开了中行小区，张三沿着万航渡路，把车开上了延安路高架。一上高架，张三的车子就开得跟飞机一样又快又稳，同时张三扭响了陆虎吉普车里的纯真音响，放起席琳迪昂的歌，我和阿桂一时有种恍恍惚惚，犹如聆听天籁。车子穿过延安路隧道，驶入陆家嘴金融区，停在金茂停车库，我们跟随张三坐上高速电梯，来到远东第一高楼金茂大厦旋转餐厅共进晚餐，除了阿桂脑子十分清楚，明显带有阿谀的口气对张三讲着话，我一直有些晕头转向。

酒过三巡，张三忽然很随意地问我，现在月薪多少。我想，张三当着阿桂面提这个问题，真是哪壶不开提哪壶。我实在不好意思说出我的月薪，只好支支吾吾。这时阿桂多话了，说，他有多少？不就两千来元。张三听后笑笑也不吭气。我只觉得脸上发热，不知是酒，还是难为情。阿桂又说，张三呀，你现在是大户了，拔根毛都比我们粗，有生意可以挑挑我们。对于阿桂这种赤裸裸的俗到极点的问话，我是十分不开心的。我心里在想，阿桂啊，阿桂啊，你今天可把我的台坍到极点。但是张三好像没有意识到这点，反而十分诚恳地说，实际上请你俩吃饭，一来叙旧，二来我需要小簟帮忙。小簟的水平我是知道的。工资嘛，小簟单位拿两千，我也给两千吧。我一听，心就被狠狠拨拉了一下。我马上想到，就算我写小说再厉害，每月发个三万字的中篇小说，也拿不到二千元的稿费呀。可见我和阿桂一样也是俗得很。我正想时，阿桂那个轻轻的笑声啊，一波波地犹如发出香气的夜来香，阵阵逼来。她忙不迭声地说，张三呀，你真是我们的好朋友，不仅请我们吃饭，还让他打工，真不知怎么谢你。张三说，小簟以前在写小说上帮过我忙，只是我没出息；现在我公司要人，是我请小簟帮忙。应该是我谢你们才对呢。

张三说的公司，就是张三以“海龟派”身份开的文化公司。张三从外省承包了一家40版的文摘类的周报，他要我每晚下班后去做周报的执行主编。

三

这天傍晚，太阳还没有完全沉入地平线下，西面天空还有一大片赤红赤红的晚霞。我从家中出来后，初冬的寒风迎面吹来，让我有种冷丝丝的感觉。当时我朝地下车库走去，左手夹着一只柔软的黑色羊皮包，右手中指套着一个钥匙圈，钥匙圈上圈着几把明晃晃的铜钥匙，我的中指不停地摇晃着钥匙圈，几把铜钥匙随着钥匙圈的转动，像荡秋千似地飞了起来。它们互相碰撞着，发出嘻嘻哈哈的笑声，就像我的心情。

进入公房下面的地下停车库，我去取那辆新买的电动自行车。这种车子要二千多元。二千多元是我一月薪水。按理我不会用一月薪水去买辆车的，这年头用钱的地方实在太多，但我买了，是因为现在有两份工作。一份是单位的，另一份就是晚上在张三任主编的报社里做编辑工作。两份工作两份工资。买辆电动自行车，也算慰劳自己吧。

取好车，从暗暗的地下车库里推出，那黄昏尚存的一抹红光，打在我和那辆锃亮的墨绿色电动自行车上，我眯了眯眼，轻轻抚摸了一下黑色的皮座椅，然后跨上车座，车子就呼地一下划了一个漂亮的弧度，有些威风凛凛地驶出了小区，由安远路拐向陕西路，朝位于苏州河边的报社驶去。

陕西路朝北那条路是刚刚新开的，一头连着苏州河。这条新开的马路，不宽，人少，非常宁静。路两旁是刚造好不久的高耸入云的写字楼。写字楼下的路两旁，是从别处移植过来的粗大的梧桐树，在这早秋的日子里，晚霞透过梧桐树上的墨绿叶片，打在地上，犹如一块块乌金。路两旁的花坛里，新栽种的花儿，在一抹淡淡的晚霞下，不但姹紫嫣红，争奇斗艳，还不断暗暗飘出一股股令人陶醉的花香。那苏州河，对我们这座城市而言，是一条好河。站在岸边眺望，河道细弯，轻风拂面，河水清清，微波涟漪常与堤坝呢喃，而河两岸是一排排杨柳，在微风中左顾右盼婀娜多姿地摇曳，引得路人常常驻脚观望。每每从这条宁静而又干净，又有树又有花的马路驶到苏州河边上的报社上班时，我总想，城市好，马路好，树木好，花儿好，空气好，苏州河好，自己又能拿双份工资更加好。

也就是刚从安远路拐向陕西路时，我无意中看见马路旁的梧桐树下，有一个满头白发的老太太，手里拿着一只黑色的塑料袋，正弯腰在捡地上一只易拉罐。这个十分熟悉的背影突然让我想起了什么。在车子驶过的一刹那，不由自主地回头看了一下。也就是这么一下，我猛地把车子死死刹住了。

老太太并没发现有人看她。她迈着老年人特有的小步子，慢慢地走着，一双看上去十分昏暗的眼睛，从左到右，从前到后，像细细梳理头发似地，梳理着这条干净的马路。

老太太慢慢地走到我跟前。当我确信这是母亲后，热乎乎的血液一下冲上我的脸。我控制不住自己，叫了一声，娘。

母亲被这突如其来的叫声吓了一跳，抬头见是我，不由惊呆了。母亲的嘴唇在哆嗦，想说什么，但又说不出什么。

娘，你在做啥？

我双眼盯着母亲的眼睛，不由提高声音问。

母亲见我这样问她，忽然像个做错事的小女孩，头低了下去。不一会儿，又怯怯地抬了起来，那张黄黄的脸皮上，红晕，像潮水一样慢慢地爬了上来，最终整张脸成了一块揉皱的红布，一双脚慢慢地朝后移着，拿着黑色塑料袋的手，忙朝背后放。但是，我还是清晰地听到塑料袋里传出的易拉罐的清脆撞击声。

一阵寒风吹来，令我打了个寒噤。看着母亲一头被风吹乱的白发，以及满脸窘迫的样子，突然我想到夜里在东方路仁济医院门口卖豆腐干与茶叶蛋的张三母亲。于是放软了口气说，娘，阿桂在家，你去吃口饭，喝杯茶。我上班来不及了。

话音未完，母亲把头摇得像个拨浪鼓说，不不，我家里煮好了。

我没有再坚持下去。我明白母亲。母亲总不见得拿着捡来的易拉罐，丁零当啷地去见媳妇吧。

我开着电动自行车朝苏州河边驶去。我心里有火，母亲怎能这样，母亲怎能拿着一个黑色塑料袋，东张西望地寻找着别人丢弃的易拉罐。这不是捡垃圾是什么？一只易拉罐能卖多少钱？一毛还是二毛？一想到这些，羞耻感犹如成群结队的蚂蚁悄悄地爬在我的后背，让我浑身说不出的难受。母亲，这是为什么呢？一想到为什么？我赶紧刹车，从电动自行车上下来。我想，张三的母亲卖豆腐干也好，卖茶叶蛋也好，和我关系并不大，可是我母亲竟然去捡易拉罐，比张三母亲都差，这算什么玩意儿？

天黑了。我靠在苏州河边的杨柳树下抽起了烟。从堤坝前看苏州河中的水，漆黑的河水里，闪闪烁烁反射出河两岸高楼大厦的灯火。朝天空望去，只见早秋的夜，漆黑的天，不见月亮，倒是看到有着无数颗亮晶晶的星星，正闪烁着一种十分诡异的光。抬头看天，低头看河，看着看着，就见天上的星，河中反射出的灯火，渐渐地变成了一只只晶亮晶亮的铝制易拉罐，在天空，在水中，丁零当啷地碰撞着。我发现母亲在天空里，在水花中，像个小女孩欢快地追逐着漂亮的蝴蝶一样，追逐这些星星做成的易拉罐。

四

我现在不写小说了。人家写小说是越写越好，我是越写越差。即使发表了，我总觉得人情六分，小说四分。是属于一年照顾一篇的对象。这情形很像一个特困家庭，领导每年访贫问苦一次而已。既然这样，我为什么还要去写呢？

我不是一名好作家。我以前常说自己只有三个忠实读者，一个母亲，一个阿桂，一个琴琴。有次偶尔听到琴琴对她母亲讲，爸爸写的成长小说很臭。阿桂一听，马上对琴琴讲，你爸写得确实不怎么样，但要说好。他也快40了。就这点爱好，一个人有点健康的爱好，能自我陶醉，老酒不沾，麻将不打，我们应该大胆鼓励嘛。当时母亲就在一边，她听后大发脾气说，你们懂什么，只要书上登出来，就是好（母亲把报刊杂志统统称为书）。谁说小簟写得不好，就是和我过不去。你俩行，你俩有出息，你俩也去写个东西，到书上去登登给我看看。母亲一席话，把阿桂、琴琴说得哑口无言。

虽然母亲帮我了。但我有自知之明。我知道已经失去了最后三个读者。后来我就装傻，再也不给她们看自己写的小说了。但是我知道现在不能装傻。现在每月能多拿二千多元钱，感觉真的很不错。但作为每周要编40版的文摘类周报的执行主编，从业务上来讲，是很累的。每天下班后，简单地吃过饭，就要匆忙赶到报社，上网，浏览全国各地的报刊杂志，又要下载，又要摘编，还要审核，看大样，忙得焦头烂额。因为这是张三投资三百多万的文摘报，要对张三负责。我知道，张三再怎么朋友，但他毕竟是私企，不是自己那国企。国企什么都好说，私企就完全两样。所以尽管月末发工资，张三会对我调侃说，怎么样，这钱比你写小说好拿吧。每到这时，虽然内心不舒服，但也没办法，因为往往这时，我会想到阿桂每次上班前的再三叮嘱，工作来之不易，要珍惜。尽管张三以前什么都不是，但人家现在是老板，所以切记要叫张三为老板，或者说叫老师。礼多人不怪。想到这些，我心里就佩服阿桂人情世故方面的老练。自己是作家，可在这方面比起阿桂差远啦。于是，拿工资时，面对张三调侃也会说，谢谢张老师。一说这话，张三就会哈哈大笑。笑声里充满了做老板的自豪。对于张三的笑声，我先是心里骂，但后来也就无所谓了。张三在笑，我也笑。不过我是数着钱笑。每月毕竟多出二十张百元人民币，那也是值得笑的。

我也因为有了这固定的第二份工资，有时也不免张狂一下，比如把钱给了阿桂，就有些忙碌得连油瓶倒了都没时间去扶，更不用说做家务。当然，对于母亲，好像忘得一干二净。倒是阿桂还时常记得母亲，双休日依旧会带着琴琴去看母亲，去时我会拿出钱，像个大老板似的对阿桂说，给娘零用，替我问娘好。可见我有了一些小钱，也常常会变得俗了。

我从来没有像今晚这样猛烈地抽着香烟。厨房里烟雾萦绕，顺着门缝钻入了卧室。阿桂是在梦中被烟雾熏醒的。她在床上剧烈地咳嗽着。我似乎没听见。阿桂穿着睡衣从床上爬起，一走进厨房，就看见我面前的小桌上的烟灰缸里，堆着小山一样的烟蒂，不由大吃一惊问，你有事？我摇头。是不是编辑部里做得不顺心？我依旧摇头。阿桂显得不屈不挠地还在问，你说呀。我被阿桂问得烦死了，不由脱口而出说，你管得真多。男人的事你少管。你每月只管收钱就是了。阿桂有些呆了，半晌才幽幽地说，我知道你很辛苦，多抽烟我也不会讲的，但我们是夫妻，你有什么事，总要对我说一下吧。否则你难过，我也不会好受的。

我被阿桂这么软软地一问，也觉得自己讲话太冲，便不吭气了。

现在我心里在想，要不要把母亲的事说给阿桂听呢。说了，阿桂会不会看不起母亲，会不会以后夫妻发生争执，阿桂会借母亲的事情，对我冷嘲热讽。但又一想，阿桂和我毕竟是夫妻，她懂得什么该说什么不该说，于是也就把我母亲捡易拉罐的事情说了。阿桂一听也有些不信说："娘是有些文化的人，虽然程度不高。她又有退休工资，不会做这种丢人的事的。"

"我也是这样想的。但事实就是这样。娘是不是脑子有病。"

"不会吧，娘不是脑子有病，恐怕是想你。"

"想我，想我干嘛不到家里来呢？想我也不能去捡易拉罐呀。"

"你看看你现在每月能多赚一份工钱，走起路来昂首阔步，开起电动自行车来威风凛凛，你看看人家张三开着陆虎，带我们去金茂吃饭，也很平常嘛。你说，自从去张三那儿打工，你去看过你母亲吗，每次还不是我和琴琴代表你去的。"

阿桂忽然激动地说了起来。我一下被说得哑口无言。见我不响，阿桂好像意识到自己说得有些过火了，就走到我跟前，双手抚摸我的脸说："我知道现在钱不好赚，你白天做，晚上做十分辛苦，口气牛一些也是情有可原的，但你也得抽空去看看母亲。你看和我看不同。你们有血缘关系。时间不早了，我给浴缸放水，你洗了就睡。"

突然，她像是想起了什么又说，前些日子我去看娘，一开始还以为她的眼睛变得混浊了，我还让她注意眼睛，后来回家时，娘送我到公交车站，等我上车时，突然发现她的眼睛变得晶亮晶亮，一动不动，顺着她的目光一看，原来我脚边有一只易拉罐。当时我有些纳闷，一个破易拉罐怎能使娘的眼睛变得晶亮晶亮。现在想来莫非娘早已去捡那东西卖呢。

五

翌日傍晚，我来到报社看稿，心神不定。看稿时，就觉得 A4 纸上的一个个文字，好像变成了一只只易拉罐，不停地在眼前跳来跳去，脑子里反复出现母亲在马路上捡易拉罐的场景。

没想到张三在身边已经看了许久。张三终于憋不住地问我：

你有心事。

我没有回答。我在想，究竟该不该对张三说呢。正在想着的时候，张三又问：

你别先说，让我先猜一下。对了，是不是工作多，钞票少。

钞票可以了。我是在想我母亲的事情。

我之所以鼓足勇气在张三面前把母亲提了出来，是因为知道张三母亲和我母亲半斤对八两，本质上好像差不多。当然有一点我绝对不会对张三说，看见他母亲在东方路仁济医院门口卖豆腐干和茶叶蛋。

你母亲怎么啦。

在张三亲切柔和的语调下，我终于把母亲的事情兜底讲了。讲完后，张三长吁一口气说：

我还以为你母亲生病，你要借钱。

我见张三差点理解成要借钱，心里也就有些不高兴。心想，我母亲有医保，我和阿桂并没有下岗，钞票不多，但还是有一点的，再怎么困难，也不会问老板借钱的，真是可笑。我这样想的时候，张三像个哲学家一样思索说："请恕我不客气地说，你母亲之所以弄成这个样子，关键是你小气。你想想你现在每月两份工资，一共有 4 000 多元的月收入吧，但你每月给母亲多少钱了？"

"不多。她有退休工资。她一个人花不完。"

"错。你大错特错。哪个人不要钱，又有哪个人会嫌钱多。没有。你母亲肯定是钱不够花了，所以出去捡破烂了。"

张三那句你母亲肯定是钱不够花了，所以出去捡破烂了的话，像一根鞭子抽在我身上。我的脸一下变得苍白起来。我内心火得要命。我双眼死死盯着张三，我想，你他妈的还说我呢，你母亲和我母亲有啥两样，她晚上不也是在刺骨的寒风中，卖着豆腐干和茶叶蛋，你还五十步笑百步呢。但我最终还是克制了自己，并没有戳穿张三。张三是老板。天大的怒火也要朝肚里咽。更何况是自己的私事。要知道张三每月能让自己拿 2 000元钱，意味着什么吗？意味着琴琴可以去嘉年华玩，意味着琴琴可以请得起家教，意味着阿桂上班可以穿穿名牌，意味着人有钞票走起路来，腰也可以挺得笔直。想想这些，老板说上几句，那又算得了什么呢？但我冷静地一想，张三的话也不是一点没有道理的，自己给母亲的零用钱确实不多。

第二天我提早下班，想先去母亲那儿一次，和母亲聊上几句，然后再赶到报社去上班。我打电话给母亲说，娘，我只是看看你，不吃饭，你别忙。母亲在电话里显得极为兴奋，连说，行啊行啊。母亲的兴奋一下让我纳闷。母亲难道不知道儿子上她那儿，是醉翁之意不在酒吗？母亲在装糊涂。

到达母亲那儿快近傍晚了。刚进母亲所在的中行小区大铁门时，就看到母亲站在小区门口东张西望。我叫了声娘，母亲见我果然来了，满脸笑容地说，儿子，你来了。我等着心焦，还以为你又要有变化了呢。我有些埋怨地说，娘，风大，你站在门口做啥呀。

后来我随母亲进了房间，就见桌子上摆着满满一桌已经烧好的菜肴，我说，娘，我来是看看你，不是来吃饭的。这不是浪费嘛。母亲说，儿子来看娘，哪有不吃饭的道理？我说，现在已经快5点了。我6点要赶到报社上班的。母亲说，你慌什么？再忙，阿三头这个老板也得让你吃完饭呀。

我无奈，只得坐下准备吃饭。心想今天上班肯定来不及了，从中行小区到苏州河边上的报社，可不是一点点的路啊。不如给张三打个电话，请一个小时的假。想到这儿就从腰上摘下手机，给张三挂了过去。我在电话里先想叫张老师，后来一想，这张老师叫得自己别扭，于是马上改口说："老板，我想请一个小时假。"

"你是说要请一个小时的假？"

"是啊。"

"要是我不同意呢？"

我一下被张三说得愣住了。

"你知道这是私人承包的报纸，请假，一定要提早。不要来个先斩后奏。你要牢牢记住，我们是私企。"

我的脸变得通红通红。我心里恨得咬牙切齿，但嘴里说出的话，软得像一团棉花："老板，以后再也不敢了。"

我轻轻地合上了手机盖，挂了手机。忽然想到10年前，张三到我家向我请教小说创作，那时的口吻和现在相比，真是此一时也，彼一时也。

我没有心思吃饭。我看着母亲，母亲也看着我。我想说，娘，你这是何必呢？你在马路上捡易拉罐，不是让儿子为难吗？让单位人看见，让邻居看见，我的脸朝哪儿放？如果让儿子打工的报社的朋友们看见，说是我的母亲是个捡垃圾的，靠出卖一毛钱一个的易拉罐过日子，儿子的脸又朝哪儿放。

我看着母亲终于什么都没说，只是象征性地吃了几口饭。我相信母亲是懂得我眼神中的意思的。既然懂得了又何必要说呢？母亲看看拦不住我，就想从防盗门里出来送我，被我拦住了。我隔着防盗门对母亲说，老板来催了，我得走。说完，就从口袋里摸出一千元钱，隔着防盗门塞进母亲手中，头也不回地走了。刚到楼下，我又折了回来。我想还是应该对母亲说些什么。我想说，娘，你缺钱可以和我讲一下。你闲着可以去跳跳老年舞，打打木兰拳，看看越剧、沪剧，甚至可以打打卫生麻将，还可以去新村里的老年活动室活动活动，为什么要去捡易拉罐呢？但就在我刚走到楼半腰时，就看见母亲坐在防盗门边上的一只小椅子上，低着头，手里捏着一千元钱，呆呆地像是在想什么。我终于忍了忍，还是悄悄地下楼走了。

六

从初冬看过母亲后，又有好长时间没去看母亲了。现在是隆冬季节，时间尚未傍晚，天就完全黑了。我匆忙吃过晚饭出了家门。我开着那辆墨绿色电动自行车，从安远路拐向陕西路，刚开到长寿路口时，就看见高高的写字楼下，华灯璀璨，彩旗飘飘，人头攒动。我一时有些纳闷，这儿可是天天经过的呀！又有什么商场开张？这时路口的红灯亮了，我停下了车子，转过脸去看看。噢，原来是家新开张的大卖场。大卖场还没看清楚，但却真切地看到，我母亲站在大卖场门口一只圆圆的不锈钢大垃圾桶前，伸手在桶里拨拉着什么，也就一会儿的工夫，我母亲手里捏着一只易拉罐，朝地上一放，随后抬起了一只右脚，极熟练地狠狠一踩，只听“啪”地一声，圆柱体的易拉罐一下变成了老太太的瘪嘴巴。我看见母亲咧嘴一笑，随后一扬手，那易拉罐呼地飞进一只黑色塑料袋里，我清楚地听到一种金属的碰撞声。我一动不动地看着。我看见母亲高高地昂起了头，在辉煌的灯光下，一头雪白的头发在风中飘舞，触目惊心。我听见母亲在风中对什么人大声嚷道，你捡了几只？不远处有个人应声说，十二只，你呢？我母亲大声说，已经三十六只了。在大卖场门口的华灯下，我发现母亲满脸放光，充满着欢乐，那神态骄傲得像个调皮的小姑娘。

看着看着，我倏地想到东方路仁济医院门口张三的母亲。只见她满脸欢笑地推着吱吱作响，用四只弹子盘做成的简易小推车，迎着隆冬的寒风，嘴里不断叫道，豆腐干、茶叶蛋要吗？豆腐干、茶叶蛋要吗？不知怎的，我的眼泪再也控制不住，哗地流下。我不知这眼泪为谁而流。是为我母亲，是为张三的母亲，还是为我自己？我只是知道母亲好久没有这样满脸放光，大声说话了。

这时前面的红灯已变成了绿灯，我转了一下电动自行车的把手，那电动自行车在大卖场的灯光下，拖着墨绿色的光晕呼地一下从我母亲身旁驶过，穿过长寿路，向着苏州河边上的报社而去。

2005-9-9

我的前妻余暇

一

真没想到，我的妻子余暇会被检察院找去谈话。据余暇后来告诉我，这哪是谈话，这是审讯，是车轮大战审讯。说到这儿，余暇舔了舔干燥的舌头，愤愤地又说，说审讯不准确，应该说是战争，就像美国人对伊拉克战争，他们五个大男人对我一个女人进行狂轰滥炸，足足进行了 3 小时又 14 分钟，没半点儿让我喘气的机会，你说我能不缴械投降。我受不了这些职业选手的折磨。不过话说回来，我确实犯罪了。如果我没犯罪，不要说 3 小时，就是 300 小时又怎样。我是咎由自取。对于咎由自取的人来说，谈话就是审讯，审讯就是谈话；谈话就是战争，战争就是谈话。一码事。余暇说，自己第一次面对执法人员，先是不怕，后来是怕。怕得汗流浃背，口干舌焦，喝再多水都不顶用，他们太厉害了。所以我说，人不能犯罪，只要犯了罪，不管你有多厉害，多牛逼，没用的。我唯一可以做的就是基本缴械投降。说基本，也就是说，凡牵涉我的，我认了。至于其他人的，比如我的领导，还有我的战友，我是一概不知道的。打死我，我也一概不知。其实这些也就足够了。对于我的领导与战友，他们自然也有手段的，这些我管不了。既然我投降了，被逮捕也就理所当然。

余暇在逮捕证上签下名，应该是 1998 年 8 月 15 日子夜。这天子夜，我还等着余暇回家和我共进晚餐。当分局检察官敲响我家门时，我是瞠目结舌。我怎么也不会相信检察官会到我家来。我常想，这怎么可能。我宁可相信这世上任何人可能遭到拘役、逮捕、杀头，但是这事落到我亲爱的妻子余暇身上，我是怎么也不信的。

余暇啊余暇啊，你是我的妻子。你在逮捕证上签下你的姓名，被送往看守所的时候，你在想什么呢？你应当知道那时我在干什么。1998 年 8 月 16 日的凌晨，我还在家里苦苦等着你下班。8 月 15 日是什么日子，是我们结婚 10 周年的大喜日子。我们不是说得好好的嘛，今晚你回家陪我吃晚饭。结婚那么多年来，说好的事情，你从不反悔，可今晚你反悔了。我知道这两年你忙，你忙得差不多忘了家，忘了我是你的丈夫，更不用说两人静心坐下来从从容容地吃顿饭了，更不用说两人开开心心拥衾而眠了。这些并不要紧，可是你不能失约啊。只要你答应过的事，你从来都会兑现。你看看一瓶 94 葡萄酒已经打开，两只酒杯里已经浅浅地斟上三分之一，透明的杯子，深红的葡萄酒静静地放在餐桌上，饭菜冷了又热，热了又冷，可是你还没回家。我打电话给你父母，他们说，你忙，你有应酬，让我放心。我往你办公室打去，根本没人接，我打你的手机，呼你的 BB 机，不是关了，就是没有回音。

我能不担心吗？你是我的妻子。你是我最亲的人。我想，你应酬再多，但今晚总该属于我吧。我生气。我想着想着迷迷糊糊地睡着了。我在梦里都在生气。梦里梦外我想了很多，但我还是信任你的。我想，你一定碰到棘手的事了。否则，你至少也会打个电话回家的。但是，我怎么会想到 16 日的凌晨竟然等来了检察院的人。

当我懵懵懂懂地打开防盗门时，猛地见到 5 名身穿制服的检察官时，我被搞糊涂了。我想，他们这是找谁呀。他们对我笑笑说："你是余暇的丈夫王禾子吧。"我说："是的，你们找谁？""就找你。"他们说完，掏出了工作证。很正规。很礼貌。是的，他们是区检察院的检察官。我把他们放了进来。余暇你说，我能不放他们进来吗？他们是执法者，一个好公民理应配合他们呀。

进门后，为首的说："余暇是嫌疑犯了。我们奉检察机关命令，现在要对你家进行搜查，请你配合。"说完他掏出了搜查证。

一切符合法律程序。无懈可击。

我注意他们讲话文质彬彬，但是五个人的眼睛却像十把刀子，在深夜里的日光灯下熠熠闪烁，就是你没有犯罪，但也会让你胆战心惊，不寒而栗。

这就是犯罪嫌疑人家属不得不认的事实。

其中四个人开始动手搜查起来。我不知他们搜什么？反正是证据。余暇有什么犯罪证据，我不知道。自从余暇调到市外贸公司三年来，对于她的工作，我从不过问。问了我也搞不懂。我是学文科的，尤精外国文学。我们家三室一厅房间里其中一间就是我的书房，8 000余册书都是外国文学作品，不少还是原版的。但对于外贸啊，商品啊，报关啊，汇兑啊，我并不感兴趣。我可以无愧地说，我们可以谈谈俄罗斯文学，可以谈谈欧美文学乃至非洲文学，至于拉美文学那是我的强项，这就不用说了，我不会输给任何文学爱好者的，并且我完全可以用英文进行交谈，那又是我的强项，我不怕。但是偏偏其中一个像是头儿的检察官不和我谈这些，而是微笑地转弯抹角地问起你的工作、收入，你平时交结的商业上的朋友。他问我这些简直是对牛弹琴。不要说工作、收入、朋友，我连我的月收入究竟是多少都是稀里糊涂的，更不用说你的了。可是他们不信。不信也得信啊。

面对检察官谈话（这可是真的谈话），我很厌恶。我向来不喜欢与公、检、法打交道。但又有什么办法？不过我相信我的妻子余暇不是罪犯。我觉得他们搞错了（事实证明他们没有搞错，是我搞错了）。不管有没有搞错，从法律上来讲与我关系不大。他们搜查就是工作，工作就是搜查，但我不是。我要上班。真的对不起了，我回答不了他们那些绵里藏针的问话。好像是凌晨四五点吧，我对他们说，你们好好地仔细地搜查吧，我明天还要上班，我要睡了，我不陪你们了。我说这话时哈欠连天，倒在沙发上就睡了。我想，你们搜查是你们的职业，我真的陪不起你们，且你们根本没有对我说余暇犯了什么罪。我凭什么陪你们呀。我是天快亮时被他们叫醒的。我丝毫看不出他们的倦容，反而看出他们精神抖擞，越战越勇。真是一群敬业的职业检察官啊。有野猫子一样的生活习性与精神，可我从他们脸上（尽管依旧满脸微笑），看到他们的沮丧与失落。他们两手空空。

临走时，为首一个半开玩笑半认真地对我说：“我们在搜查，你却呼呼大睡，这是我三十年职业生涯从未见到过的。我想问你，你怎么睡得着觉？你真的对你妻子漠然置之吗？所以我要说：你不是一个老游击队员，就是天下第一号的书呆子。”

我是老游击队员吗？我是天下第一号书呆子吗？

我莫名其妙。不但莫名其妙，而且非常生气。一来余暇被抓，这是事实；二来余暇究竟犯了什么罪，他们不说；三来他们把我书房里三面顶天立地的书架里的书翻得东倒西歪。我一眼就看到《安娜·卡列尼娜》在地上睁着一双忧郁的眼睛，《玉米人》在地上呻吟，《跳房子》在地上跳来跳去，《亚玛街的烟花女》风骚地看着我；《伤心咖啡馆之歌》在唱着伤心之歌，《牙买加飓风》在地上刮起了风暴；《铁皮鼓》在地上咚咚地敲着。我最钟爱的品特、福克纳、马拉默德、罗斯、纳博科夫、黑塞、蒲宁等等全都跳到我的鼻子底下，他们怔怔地看着我，像是在问我：这是怎么啦，我亲爱的朋友。

他们带着极大的失望走了。刚出门，他们的笑容没有了。我看得清楚，这些职业搜查高手刀子一样锋利的眼睛里散发着阵阵迷惘。对了《迷惘》可是一部好长篇。如果他们有空，我倒愿意和他们谈谈保加利亚小说家卡内蒂，他是一位世界级的好作家。

我是老游击队员吗？在我们城里，老游击队员就是老狐狸的代名词，我是吗？我不是，那我就是书呆子。我承认我是书呆子。书呆子又有什么不好？朝八晚五上下班，空时看看书，闲时写些读书感想，没什么不好啊，很好啊。

他们没有搜出点滴足以证明余暇犯罪的事实，5 分钟后，其中一个又上楼按响我家门铃。当我再次打开门时，他隔着防盗门对我说："余暇出口骗税金额达 40 余万，足够判她无期，我们希望你把赃款交出来。"

一个无期，一个赃款，让我晕头转向。这可能吗？我的妻子余暇有那么大的能耐？如果这是真的，那么钱呢？他们怎么没有搜出那些钱呢？如果真是这样，那么余暇究竟是个什么人？她还真是我的妻子吗？

我目瞪口呆。

二

30 岁那年我和余暇结婚了。在我们城里，男人 30 岁结婚并不晚，不过对于大我 3 岁的余暇来说，33 岁与我结婚无疑是晚了一些。我是结婚前一年认识余暇的。我和余暇相识，一点也没有现在年轻人的浪漫，说白了吧，我们是在图书馆的阅览室里认识的。当时我市振兴中华读书活动搞得红红火火热热闹闹，作为全国首批自学考门门通过的我，稀里糊涂竟然荣获首届海城市振兴中华读书活动先进个人，同时我市的《中文自修》杂志，还发了我一篇《关于如何考好〈外国文学〉》的文章。为什么会发我这篇文章，自学考中我是唯一《外国文学》考了 100 分的人。说这些陈芝麻烂谷子的事，倒也并不是吹嘘什么，但在当时整个海城市能"振兴"，能"中华"，能"读书"这样好的读书氛围中，我自学考取得这样好成绩，那是很不容易的，由此我能成为一个小小的名人，也是毫不见怪的。

对于我年轻时的生活，至今我还清楚地记得，那是金秋十月的一天下午，我在静安区图书馆里看一个叫礼平的作家写的一部叫《晚霞消失的时候》的中篇小说，我的博闻强记告诉我，那是1981年1月号的《十月》杂志。图书馆宽敞的阅览室里，一缕明媚的十月阳光轻轻地抚摸着我手中的《十月》杂志，忽而这缕十月的阳光就被人挡住了，我发现有个人站在我跟前一动不动，当时我觉得很纳闷，抬头看了一眼。由于距离太近，我被吓了一跳。这是一个女人。女人很高。有1米70吧。我不是说海城市女人普遍长得较矮，看到高女人，就吃惊。我想说的是，这个女人左脸颊上有着一块很大的伤疤，触目惊心。女人当然很敏感。她知道我为什么吃惊。就是脸上一块伤疤。女人在我吃惊的目光下，除了那块伤疤，其余部位腾地红了起来。我赶快低头。不管怎样，我还是市振兴中华读书活动先进个人呢（一个不小的荣誉），怎么能这样看一个陌生女同志，这不礼貌。就在我低头时，女人说："对不起了，我有急事，这篇小说我还有一个结尾没看完，能否先让我看？"女人的声音轻轻的软软的，很悦耳，于是我想都没想就给了她。

她就这样坐在我对面看了起来。我呢，也就拿了其他杂志。但是我的心总是静不下来，我总觉得她身上有一种与众不同的东西，于是不由自主地用眼角去觑她。这时我又有惊人发现，我觉得她除了左脸颊上那块伤疤外，她的尖尖的小脸盘以及脸盘上的其他肌肤又白又光滑，还有她的鼻子、眼睛、嘴唇长得特别端正。我想，这女人遗憾了，若不是脸上那块伤疤，她无疑就是我们海城市最漂亮的女人。正想着，女人就把《十月》还给了我。

女人果真看了一个结尾。

就在她站起转身走时，她那一套非常合身的草绿色列宁装，紧裹着她那苗条的身材，尽显她的高雅，让我呆住了。

她就是余暇。

我和余暇的认识只是擦肩而过。人生道路，擦肩而过的事不胜枚举，这又算得了什么？我很快忘了这事，我想余暇也一定和我一样的。也就是第二年元旦刚过，海城市召开首届振兴中华读书活动先进个人表彰大会。会上我绝对没想到，我会和余暇同坐在一排椅子上，我更没想到的是，她竟然也是自学考门门一次过的人。你们想啊，整个海城市有1 000万人口，第一年的自学考少说也有50余万人，首次门门通过的只有37人，你说我们不是天之骄子啊。我想，在这次大会上，我之所以能认出她，就是她脸上那块触目惊心的伤疤。如果不是那块伤疤，我将注定不会认识她的。但是她不。我一直以为我是个博闻强记的人，但是让我绝对没想到的是，余暇比我更厉害。我认出她是因为她的特征，她能认出我，那才是真正的博闻强记。我是谁啊？我是一个毫无特征的小伙子，放在马路上没有人会正面瞧一眼，一个芸芸众生而已。她能一下认出我，你说我能不惊诧她的观察能力和出色的记忆力吗。

会后她就主动来到我的跟前，对我说："你真厉害。首届自学考，你《外国文学》能考100分，全中国就你一个了。"顿了顿她又说："还记得礼平那篇小说吗？他那么年轻，怎么会写得出如此具有浓重思辨色彩与对人生价值探索的小说呢？"

余暇她对礼平小说言简意赅，一语中的，让我刮目相看。

后来我们互相留了地址，有了几次接触，感觉都挺不错的，那时，我已经29岁了。我的父母整天唠叨着我怎么还不谈女朋友还不结婚呀。与余暇逐日熟了，尤其她又是一个高大丰满漂亮的女人(除了那块伤疤外)，你说我不想她，那是不可能的。但是真的要让我去追她，我还是有所顾忌的。叩心自问，我只是与她谈得拢，追她，想都没想过。虽然她什么都好，但脸上那块触目惊心的伤疤，总让我顾忌，总让我寒丝丝，况且我从振兴中华读书活动先进个人简历中，得知她大我3岁，就更没心思追她了。我是这样想的，其实这只是我的单相思而已。当时余暇也没有和我进一步好下去的愿望。后来余暇和我结婚后说："王禾子，你知道吗，你真正打动我的是那次在静安公园里与众不同的朗诵。"余暇这么一说，我猛然记起了。对，那是表彰大会开后的8月的一个傍晚，我们37名自学考先进相聚在静安公园的一个大凉亭里，我们各自交流起工作与学习。就在准备聚餐前，几个朋友忽然来了兴趣，朗诵起自己的诗歌来，那种激情，个个都是郭沫若、郭小川、贺敬之。我不会写诗，但我喜欢诗，轮到我时，我想都没想就用英文朗诵起 Carson McCullers 的 The Ballad of the Sad Cafe：

> 八月的下午，路上空荡荡的
> 尘土白得耀眼
> 头上的天空亮得像玻璃
> 枯坐在百叶窗后的女人
> 倾听着来自大地深处的
> 被束缚者的歌唱

是黄昏，天大热，树枝一动不动，不要说鸟儿，连个麻雀都不见踪影，凉亭外的上空蓝得像被清水洗过一样。天地一派静籁。只有我那沙哑的大嗓门儿在凉亭四周萦绕，我看到余暇竟然像个小女孩子一样双手托腮（尽管她的左腮很不好看），一双好看的大眼一眨不眨地注视着我，其他人也一样。我知道这些人中，有的能听懂英文，有的一知半解，但是我那沙哑而又忧伤的语调，无疑深深地感染着大家。余暇掉眼泪了。余暇说："我不懂英文，但是我知道你朗诵的是什么。也就是这么瞬息，我知道我是你的人了。"

这一次的朗诵，余暇和我无形中近了一步。但是我依然没有下定决心去追余暇。现在说来并不光彩，我与余暇正儿八经谈起恋爱，是我一次被余暇邀请去她家后，才真正开始的。

余暇家住在市中心的铜仁路。那路一头连着南京路，一头连着北京路，这条路不长，但是很安静。是我市闹中取静的典型。单就这片地段，足以让所有海城市民羡慕之极，更何况她家就住在铜仁路的一套100余平方米的公寓房里。80年代的海城市，小年轻恋爱，不要说有这么好的地段与房子，也就是俗话说的正宗上只角，就是你家有间亭子间，都会有姑娘跟着你，会死命地追你，而你的婚姻就绝对有保障。否则又怎么会出现外滩墙成了恋爱墙呢？现在想来，物质与生活的贫乏，真的会让人改变很多东西。余暇家就这样改变了我。后来我想。果然余暇是被我的英文朗诵所感染，但是仅有感染就够了吗？我想，若是余暇脸上没有这么一块伤疤，仅靠这么一点小儿科的感染，她会嫁我吗？难说！

我自学考门门通过，《外国文学》考了100分，那有什么用？还抵不上一间亭子间呀。

当余暇把她父母介绍给我时，我这才知道她父母，一个是老三八（1938年参加八路军）；一个是老四六（1946年参加新四军）。虽然他们级别不算高，一个是副局，一个是正处，但对于我们海城市老百姓来讲，副局与正处绝对是不小的头衔。想想我父母吧，从小出生在苦大仇深的工人家庭里，不要说做领导，就是在单位里连个生产小组长都轮不到，同时要知道，我家当时住房条件之差，实在让我难以启齿。我下有3个妹妹，上有父母，一家6口人，住在15平方米的石库门里，没有煤气，上厕所用马桶，这能和她家煤卫独用相比吗？

如果说有煤卫独用这还算不了什么，她家还装有电话，那给我的影响就非同一般了。电话是什么，电话就是身份的象征。

况且余暇从来没有在我面前表露出干部子女的优越感（这点非常重要）。同时，她们的父母待人非常和蔼可亲知书达理，根本没有做干部的派头（这点同样重要），这么一想，我下死心追余暇的念头也就强烈地冒了出来。

也真怪，当我暗里下定决心追余暇时，我竟然觉得余暇是天下最美的女人，就连她脸上那块在太阳底下致命的伤疤，我不但忽略不计，甚至于把她当成一大块闪闪发亮的水晶。

后来我想，余暇同意也就罢了，但是她父母之所以答应这门亲事，实际上是因为我是个要求上进的青年。我没有读过大学，但是通过自学考我已经获得华东师大中文系汉语言文学专业的文凭了，况且我的《外国文学》考了100分，这让余暇父母刮目相看。

一年后，我与余暇准备结婚。她父母让出了家中朝南足有20平米的大房间。我前面说过，我父母出身城市贫困工人家庭，但他们有他们的行为准则。我父母说："我家里3个丫头，1个儿子，禾子又是长子，余暇条件再好，但也不能让我们家的独养儿子成为上门女婿呀。这样生下的孩子算是姓余还是姓王的？"当然我父母是背地里对我这样说的，但是对于余暇完全是低眉顺眼的。他们说："小余啊，你出身于老干部家庭，你家房子又好又大，禾子娶了你真是前世修来的福分。但是你和禾子也要孝敬父母啊，你们怎么能把父母的房子当成自己的婚房啊。你父母都是干部，工作很忙，来往领导又多，再挤进禾子(以后还要有孩子)无论如何不妥呀。我们家不能与你们家比，不过我们家还有一间8平方米的亭子间，可以结婚。以后我家3个丫头出嫁了，你们可以住前楼，我们老两口住亭子间，好吗？"余暇是何等聪明，她明白我父母的意思，她说："爸妈，那我就过来吧。我父母的工作我来做。"

我不知道余暇是如何做通她父母工作的。但是当她父母来到我和余暇准备结婚的7平方米的亭子间时，她父亲没说什么，但是她那白白胖胖的母亲，不但仔仔细细地察看了我家一切，而且独自还察看了我家四周的环境，包括公交车、医院、商店，甚至于还去看了倒粪站的位置，看过这一切，她什么也没说，只是暗里流了眼泪。

余暇能在这样的情况下，能抛弃她家的抽水马桶与浴缸，用上我家的马桶与大木盆，怎么说，她也得花上一番思想斗争的。但是余暇说定就定了。

三

夜深了，深秋来到了，空荡荡的三室一厅里，就只有我一个人。余暇啊，你的气息到哪儿去了。你的身影到哪儿去了。窗外秋雨绵绵，屋内冷冷清清。我将注定独自等上你10年啊。而你也将在女子监狱呆上整整

10 年。10 年就是 3650 天。人生有几个 3650 天，这 3650 天我将独自孤独煎熬。我能承受下去吗？这且不说。现在让我伤心的是，自从你调到外贸公司后从来没有对我说过真话，这是爱我还是欺骗我，或者说得好听是瞒我。这还不算，现在即便你进了女子监狱，你还是没有对我讲真话。这是为什么？让我恼火的是，我却分明感到你对你的弟妹说了好多我都不知道的事情。我实在不懂。这就是在天愿为比翼鸟，落地愿成连理枝的相亲相爱的夫妻吗？

你在我们结婚 10 周年的深夜给我送了这份“大礼”，我认命了。可是我不能认命的是，是你与你的弟妹。

我现在独自在家里给你写信，我知道这信写后只能藏之抽屉，不能寄你，给你的每封信，都要经过狱警的检查，而寄你的信都是好好改造重新做人这些套话、废话。而藏之抽屉的信只能等你出来后才能看。你被判了 10 年徒刑。10 年后你出来已经 55 岁了。

记得我和你父母与弟妹第一次来到女子监狱探监吗？我多么珍惜这第一次的探监。我与你已经大半年没讲话了。在你还未被判下时，几次开庭，几次走进法庭，都要被警察勒令掏出身上所有金属件，哪怕一件小小的指甲钳，同时还要被警察用探测仪从头至尾地扫上一遍，比登机检查还厉害。这是什么滋味？这就是一个罪犯家属不得不受到的待遇。走进法庭，我只能在法庭上呆若木鸡地看着你。看着你被狱警押着，看着你戴着锃亮手铐，看着你被检察官起诉，这就是我的妻子，我的老婆，我的余暇吗？我知道我这一生不会赚钱，我只能老老实实地工作，老老实实地写些小文章，翻译一些小作品，但是我觉得这不错呀。我想起来了，你去了外贸公司后，一直说我虽然是城里人，但是满脑子小农思想，小富即安，如果以坐 10 年监狱为代价而去搏钱，去发财，去冒险，我宁肯我是小农。

看着你在法庭上那张白里透青的脸，我第一次发现你脸上那块伤疤，就像雪白的墙壁上脱落的一块墙皮，刺眼得很。我盯着这块墙皮，恍惚自己是在梦境，是在书中，是在看一部电影。我们什么话都不能说。现在探监了，你刚服刑，只能 E 级。你离 A 级还差得很远。E 级就是隔着玻璃通电话时被狱警死死盯着，不能乱说乱动。一个月只有弥足珍贵的半个小时，我多想和你说说话，我多想和你说说我们两家老人的心态。但是我搞不懂的是，你的母亲与弟妹竟然抢先进去，把我和你的父亲抛在外面。如果说你的母亲舐犊之情油然而生，我能理解，但是你的弟妹凭什么与我和你父亲“抢跑道”？要知道我是你的丈夫啊，不是他们。可在他们眼里，我根本就是外人，我是外人吗？余暇，你回答我呀。更为奇怪的是，你父亲也没有加以阻止。这是为什么？后来我懂了。他们与你有了心灵沟通。这种沟通就是血缘对吗？看来血缘就是厉害。血缘胜过夫妻之情。我算什么呢？我应该早就知道我只是一个局外人而已。既然这样，那我们也就没有成为夫妻的必要了。不是吗？

确实是这样。你的弟妹呆满半个小时出来后，我发现他俩脸有喜色。你坐牢了，他们怎么还会有喜色，我怎么也想不通。他们对我的愠怒置之不理。或者说他们压根儿不在乎。这是为什么？我问他们余暇有什么话要对我说吗，他们不愿回答。这又是为什么？

第二天发生在我家的事，你至今都不对我说。

是在第一月的所谓"探监"后的第二天晚上，你弟妹竟然破天荒地来到我家了。他们来我家干什么，余暇，你肚子里最清楚。其实就是你指使他们来的。是的，我们家的三室一厅是你花钱买的，可我毕竟也是家中的一分子吧。但你却把我当成一件摆设，一个木头人。

自从你进去以后，本来就很少交朋友的我，家里更是门可罗雀。不要说听到敲门声，就是听到响一点的脚步声，我就神经紧张，心惊肉跳，更何况晚上，我家防盗门又被"哐啷哐啷"敲响了。我战战兢兢地从猫眼里望去，竟然看到你的弟妹。昨天的事儿已经让我愠怒，他们来干什么？我打开了门，就见我的小姨子，也就是你的妹妹余弦软声软气地对我说："姐夫(注意：自从我们结婚后，我从来没有听到过一声姐夫，都是王禾子王禾子的叫声不绝于耳)你好，晚饭吃了吗？我和余力来看看你。"我注意到，你的弟妹手里还拿着不少礼物，这可像太阳从西边出来一样。

毕竟是你的亲弟妹。我想，或许是昨儿个他们不礼貌，今天来赔礼道歉了。于是我忙着烧水。但是余弦不让，余弦把我拉进房间里，突然深情地对我说："姐夫，你瘦了，今晚我们只是来看看你，我姐姐触犯了法律，无疑是伤害了你，我代表父母及全家向你赔礼道歉了。"余弦说完还深深地鞠了一躬。我想这是怎么了。余弦怎么成了另一个人呀。当初我们结婚，余暇这对弟妹是很瞧不起我的。他们把我视为穷街来的人，是下只角的穷人。和他们家不匹配。结婚那么多年，余暇弟妹也没和我说过多少话，今晚来，他们果真是为他们的姐姐来向我这个姐夫忏悔不成。我的精神完全集中在余弦身上，我完全忽略了在客厅里的余力。也就是短短的一分钟吧，余力走进房间冲余弦摆了摆头，余弦马上从椅子上站起，说："姐夫，不打扰了，我和余力还有事。"说完两人匆促离开。防盗门"哐当"一下关上，我还愣在那里。我觉得有什么不对劲。这前后一分钟，他们来我这儿究竟干什么？真是看我安慰我的？

我奇怪极了。余弦和我说话明显心不在焉。那些看似款款深情的话,怎么听,都显得假。余弦和我说话,余力站在客厅里的钢琴边干吗?钢琴里有什么吗?就是有,不也是被检察院的检察官搜过了吗?但我狐疑,我打开了钢琴,除了黑白键,啥都没有。我纳闷极了。

我轻轻地抚摸着这架聂耳牌钢琴,它还是我们搬进新房时,余暇买的。那时余暇空时常去钢琴成年班学习弹钢琴,一年多下来,也会弹些小曲子。当然,那些高难度的曲子比如巴赫的作品,她弹不来,她只能学些克莱德曼的钢琴小夜曲之类的。我知道余暇学钢琴是好玩,是娱乐,至于水平只要我不在乎就行了。我觉得有时听着余暇学弹《致爱丽斯》、《命运》之类的,虽然走调,但还能听到基本旋律,我觉得行了。余暇你还记得吗?当你坐在客厅里琴凳前,伸出你的白皙细长的十指,优雅地在黑白键上跳跃时,虽则流出的音符不那么准确,有些走音,但在我心中却是比钢琴大师殷承忠弹得好上十遍百遍。这是我喜欢。

喜欢至极,什么都是一流的。

我坐在琴凳上冥思苦想,我的双手随意地触摸那些黑白键,想不出一个所以然,但是我潜意识里总感到钢琴里有秘密。后来我站了起来,被琴凳绊了一下,我突然想到了琴凳。对,我一下掀开琴凳,里面空空如也。如果琴凳里有琴谱,哪怕有一本也好,我也不会有什么怀疑的,但是里面空空如也,这就有问题。

我明白了。余暇的钱或者银行卡一定藏在琴凳里。但是我没有证据,我飞也似地冲下楼,去找余力与余弦,他们已经没了影子,黑色的夜幕下只有浓浓的黑色阴影而已。

我想起了,那夜检察院来搜查我家时,这些职业选手,谁也没有注意到琴凳。

黑幕下,只有我独自一人的黑影。有一刹那间,我特别憎恶余暇。我想余暇你还是我的妻子吧,你还没和我离了吧,但是你都不告诉我你的一切,你还是我的妻子吗?

我把这些告诉了我们办公室的文丽,文丽说:“据我对女人的了解,我想,她不告诉你是对的。如果她把生意上的任何事情都告诉你,结果就是两种,一种她知道你胆小,你必定要阻止她,阻止不了的结果,就是你们俩离,这是她不愿意的;另一种就是她不告诉你,让你稀里糊涂地过日子,她也能心安理得地去赚钱了。”

后来余暇由 E 级升到 D 级时,我在几次探监时,问她琴凳里到底藏了什么?余暇一直东拉西扯,问得急了,她竟然这样回答:“王禾子这些和你无关，你老是这样问我，你真还以为你是法官啊。”

我闭了嘴。但是我的内心再次被伤害了。

一年后，余弦与余力，各自在市中心买了一套二室一厅的房子。他们哪来的钱？余暇，你知道我向来对钱很不敏感。但是你应当知道，你在被判之前，检察院明确对我说：“出口骗税，余暇虽然不是主谋，但是我们有确凿证据证明余暇至少拿了十万。这十万余暇也承认了，如果你坚持不退赔，判余暇20年，完全有法律依据，王禾子，你是余暇的丈夫，你自己考虑吧。”

检察院说得没错，但是10万并不是小数目，我上哪儿去找？

我只有同我的岳父母以及余力、余弦商量。余力与余弦一听口口声声地说：“对于余暇的遭遇，我们兄妹深表同情，但是我们都有自己的家庭，真是拿不出一分钱。”

他们语调中就差声泪俱下了，面对此景此情，我岳母表态了，说：“余暇从来没有拿回过娘家一分钱。倒是你和余暇常回家蹭饭吃。”岳母言下好像我王禾子，常常吃老人的刮老人的，同时还私藏了余暇大笔大笔的钱了。我真是气得浑身颤栗。后来还是我岳父发脾气地说：“我不知道王禾子吗？我不知道我的女婿吗？”对于我岳父关键时刻的这句信任之话，我感动得热泪盈眶。我岳母在这种情况下，为了她的女儿不被判20年徒刑，拿出了他们仅有的7万元存款，不过另外3万要让我想办法。

看着我的岳母双手颤抖地从五斗橱里取出7万元尚未到期的存折，我的心也不好受啊。这些钱都是两老离休后好不容易积攒起来的。他们原本可以用这些钱好好养老啊，可是他们的女儿却毁了他们晚年美好的生活。

面对短缺的3万元，我是一筹莫展。可是如果不能办到，我的妻子余暇就得再呆10年监狱啊。想想20年后出来的余暇是位65岁的老太，我的心一阵阵的绞痛。我想，就是砸锅卖铁我也得弄到这3万元啊。

我前面说过，余暇未出事前，我对钞票一向漠然置之，而现在我深深地知道钞票是多么地重要啊。我不想尽办法，受伤害最大的就是我。

我还爱着我的妻子，我的余暇！

从岳父母家回来后，我像检察官搜查我家一样，把家里翻了个底朝天。结果是徒劳无功。连职业选手都找不到钱，我当然更是徒劳。

我只剩下工资卡里的两千多元钱，那是杯水车薪。检察院逼债的日子一天天地临近，我成了热锅上的蚂蚁。还是文丽看出来了。起先她还以为余暇进去了，我是为她焦躁不安，后来知道为了3万元钱，而急得如此焦头烂额，她竟然笑了。轻声说："一个大男人，为3万元走投无路，那算什么呀。"说完，她马上去工行取了3万钱，悄悄地交给了我。

我这一辈子从来没有问外人借过钱。海城市的市民向来视借钱为耻辱（亲人除外），当文丽把3万元钱交到我手里时，我这个大男人简直想在自己部下面前哭。想想文丽吧，刚离婚，心情也不好，工资比我少多了，这3万钱可是她省吃俭用下来的，况且我至少要一年后才能还她。

当我把借条郑重其事地交给文丽时，她看都没看，就把借条撕个粉碎。

四

有时，我真的憎恶自己的记忆力。如果我是一个记忆力十分差的人，那么我会忘记好多事情。从某种角度来讲，这不也是一种幸福吗？可是我却偏偏又有好多大事小事记得太清楚了。

每到夜深人静独自一人躺在余暇"购买"的房子里，我总会不舒坦，开始回忆我们结婚前后那段美好的生活。我说过我不会要余暇一分钱的，但是现在住在余暇购买的大房子里，我能说我不是在"要"余暇的钱吗？再说房子的改善，明显给我带来了绝大的实惠。不说别的，我那8 000余本藏书就有了很好的归宿。我有了一个很漂亮的书房。以前，下班回家每每看到晚霞的余光轻轻地在抚摸卡夫卡、格拉斯、黑塞、库弗、萨拉马戈、鲁尔福、加缪等等，还有我从外文书店买来的品特、马拉默德、福克纳、刘易斯.纳博科夫等等英文原作时，我的心头总是暖洋洋的，但自从余暇进去后，暖洋洋的感觉早已荡然无存。那些名人名著已经变得蓬头垢面，成了地地道道的邋遢鬼。

我无法静心地去看书、写作了。

1998年的8月15日是余暇被逮捕的日子，也是我们结婚10周年的日子，我铭心刻骨。

余暇被逮捕后的第三天，8月18日，我们单位党委与纪委找我谈话了。党委同志语重心长地对我说："余暇的事不等于你的事情。我们共产党人，不搞那套株连九族的封建社会的把戏。但是作为一名老党员，又是从事党的宣传工作的老同志，你应当积极配合检察院的同志，共同把余暇的犯罪事实弄清楚。"接下来纪委同志又加了一句："你也应当清楚地知道，凭你们夫妻俩的正常收入，是买不动现在居住的房子的。"

我真的感谢党委与纪委，他们从党组织的角度出发，对我从政治上倍加关心与爱护。这是党组织对我的信任。当然我也不可能对党组织说假话，我自然对党组织如实汇报了我与余暇生活中的点点滴滴。至于买房子的钱从哪儿来，我以党性与人格担保，余暇没有和我透过哪怕半点消息。

领导们是相信我的，他们并不因为余暇犯了罪，把我调离工作岗位。这个社会毕竟需要事实为依据。

1997年，海城市首次放开购房，余暇成为全海城市第一批购房者，那时的三室一厅100余平米的市中心新房子多少钱啊。你可能记不清楚了，那我告诉你，全价13万整。这房子现在是多少？现在是130万，翻了整整10倍。当时我也曾纳闷，余暇哪来那么多钱啊。余暇说："王禾子，你别问了，你只管住下就是了。"余暇说："你不是我们圈子里的，告诉你，你也不懂。你只要好好上班，写你的豆腐干文章，看你的外国小说就是了。"

我为什么不追根溯源？尽管没什么用场。

还有装潢。当时余暇就不让我去看，说她全包了。当两个月后，我看到装潢一新的新房时，我吃惊得连进屋的勇气都没有了。这是我们的家吗？这简直是宫殿啊。我，王禾子从小生活在穷街，结婚后只能住在7平方米的亭子间里，现在看到那么大那么豪华的房子，就像一只饿极的老鼠掉进米缸里，整个儿人都晕头转向。

尤其是那间12平方米的书房，更是格调高雅，庄重。三面墙壁竖起三面顶天立地的大书柜，差点让我喜极而泣。

余暇一直在观察我，这时她才露出一丝微笑说："这算不了什么。你是我的老公，你需要书房，我要圆你的梦。只要你活得开心，我再苦再累再冒风险也是应该的。"

可怜我这个书呆子啊，早被喜悦弄得头晕目眩。我已经忘了再去问那钱的来历了。余暇那句意味深长的"再冒风险也是应该的"的话，我根本没去注意。

搬进新房，坐在宽畅明亮的书房，与最亲密的书朝夕相处，我的心情是多么愉悦。与此同时余暇更是忙上忙下。我不知道她整天在忙什么。余暇已经不像以前了。以前她什么都对我说，现在她绝不会吐露半句，尤其是金钱。自从余暇从事外贸生意以来，我根本不知道她月收入多少，家里有多少存款。当然我也丝毫不会去关心。一次高兴之余，她曾骄傲地对我说："你那一个月工资，还不够我半个月的交际。"

这算什么话，这不就是在摆富吗？余暇这话，真的很伤我的感情。然而当我2002年6月8日，去银行取提早退休后第一个月退休工资时，我才大吃一惊,我的月薪只有900元。

我从80年代中期荣获振兴中华读书活动先进个人起,就成了单位宣传科科长。我1992年获得海城市第一批政工师任职资格,2002年3月8日妇女节那天获得海城市第一批高级政工师任职资格。在我获得高级政工师的3个月后,单位就彻底垮了。单位连员工们生计都成问题,还会要宣传科吗?

我是个老政工呀。我是具有高级职称的人呀。可是退休工资怎么只有900元呢?请看看海城市人事部给我的公函:

公　函

王禾子你好:

来信收悉,现答复如下。

据有关专家介绍,高级政工师属于思想政治工作人员专业职务,按照中共中央办公厅和国务院办公厅[1990]8号文所转发的由中央组织部、中央宣传部、人事部拟定的《企业思想政治工作人员专业职务试行条例》规定,思想政治工作人员专业职务的名称和档次为:政工员、助理政工师、政工师、高级政工师。思想政治工作人员专业职务不是一种专业技术职务,因此,与通常所指的"职称"(专业技术职务)有一定的区别。《企业思想政治工作人员专业职务试行条例》第三条规定:受聘担任思想政治工作专业职务的人员,按照国家有关规定,与担任其他专业技术职务的人员享受同等的工资与福利和其他待遇。但就目前来而言,国家尚没有针对思想政治工作专业高级职务退休后的优惠政策。由此你的问题只能依据你单位的实际情况予以解决。

此致敬礼!

中共海城市人事部
2002年12月1日

我把这些告诉余暇并不是发牢骚。党啊,您是我的母亲,我是您的儿子,是一个有着20年党龄的儿子,我懂得党的组织性与纪律性。我不会为我的900元退休金与您,我的母亲较真。我烟酒不沾,除了喜欢买些书,我没有其他什么开销。这些钱我一个人用用也可以了。但是我还借了文丽3万元的债。这是我不得不考虑的。

书到用时方恨少,债到还时囊中羞。

五

自从认识余暇,我从来没有问过余暇脸上那块伤疤的来历,这是她外表的致命伤。我觉得只要我爱余暇就够了。其他可以忽略不计。不过我还是小瞧余暇的承受能力了。那么多年了,从小到大,总有人替她起外号。好听一点的叫她疤子,难听一点的叫她癞疤。新婚之夜我们那个7个平方米的亭子间里,记得我与余暇尽兴地做了那事后,余暇修长的身子软软地倒在我的怀里,忽而对我说:"王禾子,你难道不嫌弃我脸上的伤疤吗?"当时我紧紧拥抱余暇轻声反问:"你怎么不嫌弃7平方的新房。"33岁的余暇竟然像小女孩一样撒娇说:"我爱你,我觉得7平方房间不知比宫殿温馨多少倍了。"我没说话。爱能抹去一切。余暇又说:"告诉你吧,那是在我10岁的时候,我们家保姆在冲开水时,没有留意我冲进厨房,一下失手把滚烫的沸水浇到我的脸上……"我没有让余暇说下去,我说:"不管什么原因,我都不在乎,只要我爱你,其他又算得了什么呢?"余暇说:"这一辈子,不幸总像阴影一样紧紧伴随我。10岁被烫伤,18岁去农村,33岁大龄和你结婚……"我再次截住余暇话头。我不喜欢听不吉利的话,这和新婚无关。但是余暇还是在说:"王禾子你说说,如果不是被保姆烫伤,我这前半辈子会是那么倒霉吗?"说到这儿,她竟然幽幽啜泣道:"我不知道下半辈子,是否会像今夜一样幸福。"余暇这么一说,我竟然有种说不清道不明的感觉。余暇这是怎么啦?她怎么成了一个神经质的女人了。我说:"余暇,今天是什么日子,我请你不要胡说八道好吗?乘着我们还年轻,赶紧要个孩子好吗?"

说完这话,看着赤裸裸地偎依在我怀里的余暇,我禁不住又和余暇做了一次。这一次又是十分尽兴。那时我常听人说,做完这事是很累的,但是我和余暇不但不累,而且兴奋得怎么也睡不着觉。余暇忽然来了兴趣,一定要让我坐床上,听我用英文朗诵外国文学作品。当时床两边置放着海城十分流行的"夜壶箱"(当然它的功能早已不是放夜壶了),我就随手从夜壶箱上面拿起了一本英文版的莎士比亚全集斜靠在床上,借着台灯光声情并茂地朗诵起《哈姆莱特》。余暇再次像个小女孩一样,一双眼睛睁得滚圆滚圆,非常安静地注视着我。余暇听不懂英文,但她能感觉到。她那小女孩一样的目光,天真无邪,好像我们并没过了而立之年,倒反成了一对总角之交的少男少女了。

那时晚饭后,我们常常出去散步。穿过长长弄堂,走到窄窄路上,看天穹一轮明月,看明月辉映下满地碎金的梧桐叶片,那情,那景,好美啊!

我和余暇多么想要个孩子,最好是一个女孩子,一个像余暇那样高挑美丽的女孩子。(当然她再也不会被开水烫伤)。那时睡觉前,我总喜欢看一会儿书,余暇在我看书时,总是默默地坐在我身旁,打着毛线。一件一件又一件。有毛衣毛袜毛裤毛背心。那些花头更是繁复无比。都是小女孩的。如果打得高兴起来,她还会一把抢过我的书,让我看她打毛衣。

那些毛衣最后都白打了,但余暇练出打毛线的手艺,反倒成了她在监狱服刑时每天必须干的活儿了。

结婚一年中,我和余暇非常努力地做了,开心地做了。余暇不但没怀孕,反在一次例行妇科检查时,被查出患了严重的子宫肌瘤。也就是说,如果余暇不做子宫摘除手术,余暇生命不保。余暇欲哭无泪。

记得吗?余暇。当我在你手术前签下姓名时,我想到了什么?我想到新婚之夜你曾经说过的一句话:“王禾子,我不知道下半辈子,是否会像今夜一样幸福。”

我一直以为这是一句谶言,包括余暇后来发生的那些事情。

谶言终将伴随余暇一生吗?

手术后余暇被推进病房,泪流满面。她苍白无力的眼里尽是对我无限的悔意,尤其是脸上原先那块伤疤竟然像一张撕裂的白纸。我想,余暇你为什么这样呢?这不是你的错。人要生病,那是上苍的旨意,怨不得你。

出院后,余暇非常严肃地对我说:“王禾子,你在家里是独苗。自从我们结婚后,你父母就像盼星星盼月亮地等着我的肚子大起来,可是现在我已经无法生育了,我们离了吧。”

尽管余暇非常严肃地对我说,我却一笑了之。余暇糊涂。她把我王禾子看成什么人了?难道这世上夫妇不能生孩子,就得离吗?

见我笑着,余暇很生气地一挥手说:“我不是和你开玩笑。我脸上的伤疤已是我的不幸,没了子宫,那还算是一个完整的女人吗?”

我依然没有回答。但是我收敛起笑容了。

余暇变得厉害。

我们并没有离,尽管我是王家唯一的男性。面对余暇剧烈的变化,我始终认为,那是生病带来的性格变异。面对这种变异,我心想只要我拿出当初追她时的热乎劲,余暇一定会改变。余暇面对我的温馨,她也严肃不起来了,但是她却变得郁郁寡欢。在她心情好时,她总会说:“王禾子我欠你太多了。我一定会加倍补偿你的。”我说:“现在丁克家庭很多,没有孩子也省心多了。”但是余暇总是以为我在安慰她,我所说的一切都是言不由衷。末了她总是会说:“我这一生,注定要背着沉重的镣铐去跳舞。”

又是一句谶语。

余暇为什么总是喜欢这种谶语呢?

六

我说过，余暇动了切除子宫手术后，整个人开始发生重大变化。以前她是个充满激情与理想的女人。她大度，什么事儿都不会较真，就是被人“瘪疤瘪疤”地污辱，她都会一笑了之。现在不。一次我们在地铁上，一个男人无意中看了她，她大眼一瞪，回敬人家：“看什么看，没见过女人啊。”余暇这种让人不可理喻的脾气，真的让我莫名其妙。

余力还在合肥一家军工企业工作，娶了一个合肥女人。余力总是每年一次携妻带儿返回海城探亲。余暇手术后的第二年的春节，全家外出吃饭，我也去了。在这次晚餐上，余暇突然郑重其事地对她父母说：“爸妈，你们为了革命，工作了一辈子，年底也快离休了。我觉得你们应该为我们子女多考虑考虑。”当时我还以为余暇是想让父母帮忙，把余力全家从合肥调回海城。但余暇话锋一转说：“我生了一场大病，丧尽了元气，王禾子家那么小，我想回家住，好好养病。另外余力是你们的儿子，他退休后一定会回到海城市。他不可能永远待在合肥。你们需要一个儿子来照顾。”我看了一眼余暇。什么我家房子小了？我那三个妹妹，在我与余暇结婚不久也都成婚了。我父母实践了他们的诺言，把石库门的前楼已经让给了我们，那是 20 平方米的前楼，不小了。余暇突然袭击说了半天，什么意思？不但我搞不清，我岳父母同样弄不懂，都停下筷子，看着余暇。余暇顿了顿，语调放低了说：“爸妈，我想与你们商量一下，我知道你们级别不是太高，想通过组织关系把余力全家弄回海城，有难度，但是你们可以向组织申请房子。你们想啊，我和王禾子回家住，余力一家三口再返回海城住在一块，我们家这 100 多米的房间能住吗。所以爸妈应当把家中的重重困难告诉组织，组织一定不会为难二老。”我岳父母当时一愣。他们完全没有思想准备。余暇接着又趁机说：“你们为党为革命奋斗了一辈子，党组织理应不会亏待你们。党组织理应善待老干部。这不是向党组织讨价还价，这是应该争得的待遇。爸妈啊，这些年我已经深深地明白了，什么东西都是假的，房子就是真的。”

余暇可以表达自己的想法。这想法也没错，但是她不该说最后一句话。并且用上这种好像是我岳父母的上级领导的语调。我记得当时我岳父像看西洋镜一样看着女儿，半晌才问：“余暇同志，你再重复一下。”

虽则我对我岳父真正内心世界并不了解，但是一个父亲对女儿说起“同志”两字，那么余暇应该警惕了。余暇却毫不在乎。她又重复了一遍。我岳父脸一下拉长了。一字一句说：“余暇同志，你和小王要回家住，我们举双手欢迎。本来我们也没让你去小王那儿结婚。但是——”岳父的话音陡然一转，语调突然变得严厉起来：“余暇同志，你18岁下农村时就入了党，如果我记得不错，你今年的党龄该有18年了吧。18是什么概念？是一个成年人了，有你这么向组织开条件吗？你的党性到哪儿去了？我们家房子小吗？你与小王回来能住，余力回来同样能住。你看看小王他们全家，6口人还挤在20个平方里，你这不是在向党组织逼宫吗？”老爷子显然生气了。

余暇静静地看着她父亲发火，眼睛一眨不眨。

这顿晚餐吃得一点都没劲。

在回家的路上，余暇长长地叹了口气，像是自言自语，又像是对我说：“用不了多久，我父母就会后悔莫及。”

余暇料事如神啊，没有几年工夫，余力夫妻单位双双倒闭，夫妻两双双下岗，果真携妻带儿返回海城。家里再怎么100个平方米，但是一下增加两个大人，一个小孩，房子果真小了。更不用说余暇进监狱后的第二年，余弦离婚了，拖着一个女孩回到外公外婆家。试想一下岳父母家里多了两个家庭，5口人，这100平方米有用吗(幸亏我与余暇没住过去)？这时我岳父不知是否体会到余暇的高瞻远瞩(当然他嘴里是绝不认输的)？

由于我没有回答余暇的话，一走进家门，余暇还在说：“我父母这代人的思想已经僵化了。他们已经跟不上形势了。他们注定是落伍的。但是我们不能。王禾子我发誓，我要赚钱。我要买房。我决不依靠我父母。我要让他们看看我余暇的能耐。”

看着余暇越说越激动，歇斯底里般发出低吼，在灯光下，脸上的那块伤疤竟然像小太阳一样闪闪发光，我傻了。这社会不是说有钱就能买房。房子能买吗？房子都是国家的，只能租。余暇说买房，那真是天方夜谭。可是余暇话后没几年，也就是1997年海城市真的开始可以私人购买商品房了。

余暇是歇斯底里吗？

可当时我却像看一个病人一样怜悯起余暇。10多年来我在单位宣传部门做着党的宣传工作，我的头脑里最讨厌的就是商人。我总认为商人就是损人利己。但是令我奇怪的是，当初我们37名自学考一次性过关的人中，我数了数，竟然有20余名成了或大或小的私企老板和干部。再仔细分析一下，做房地产生意的亿万富翁2名，千万富翁9名，百万富翁11名，正局干部1名，正处6名，剩下的除了几个小老板以外，只有我和余暇等极少数几个只是企业里或宣传或工会科级干部。而在亿万富翁的牵头下，他们成立了一个“37 俱乐部”。我去参加过“37 俱乐部”的活动。从头至尾没有轮到我讲过话。这种场合我没有一点话语权。我就是一个白痴。并且就在我悄然无声地离开后，不但没有人注意到我，就连余暇都没有注意到我的离去。她已经淫浸在他们的氛围之中。尽管没出几年，这些首先富起来的朋友们中，被“双开”的有 3 名，被处极刑的 1 名，被判无期的 4 名，被判有期的 8 名……

我记得我曾试想与余暇探讨“37 俱乐部”中的亿万富翁雇凶杀人，被处以极刑的事例，话都没开口，余暇说：“你能信报纸？你太幼稚。你不懂。我敬重他。他是这社会趟地雷的英雄。”

我听不懂。

在余暇眼里，我越发是一个病人。况且病得不轻。

后来我曾想和余暇共同回忆当年读书时的美好场景，比如我为她讲解过的英文版 The Ballad of the Sad Cafe 小说中，哑巴辛格得知他的哑巴朋友安东尼帕罗斯死后，独自回到自己家里，他深深地知道，这世上再也没有值得自己牵肠挂肚的事与人了，既然这样，那活着还有什么意义呢？他拿起手枪对准自己胸脯就是一枪。余暇，我记得当我说到哑巴辛格自杀时的那一声枪响，你泪流满面。辛格与安东尼帕罗斯之间那种高尚情谊，那种人间最珍贵的友情、亲情让你惊悚。

但是现在面对我的回忆，她却再次骂了我一句白痴。

我知道，从此以后，一切作罢。

七

“37 俱乐部”成立后，余暇总是苦口婆心地对我进行劝说：“你在单位里搞了那么多年的宣传工作又有什么用呢。至今还只是个科级。至今还是一个政工师。所谓政工师只不过是中国特色的社会主义的产物啊。王禾子，凭你智商与情商，尤其是你精通英语，你我联手，我们一定会干出名堂的，你为什么不喜好经商呢？”

我默不作声。

事实上，我的内心正处在煎熬与矛盾之中。想当初我之所以与余暇结婚，其中一条重要原因就是余暇除了气质好，另外就是家境好。煤卫独用，还有电话啊。尤其是电话，它是身份的象征。我第一次去她家时，看见她很随意地拨打那架黑色电话机时，优雅地甩了甩她的长发，我的眼睛一定瞪得很大很大。并且我从今以后一直记住了她家早期的电话号码：563455。为此我曾冷静地思考着。说我清高，不喜欢丰厚的物质生活，那是假，是虚伪。我出生在穷工人家庭，我渴求翻身当家作主，渴求过上最好的日子，但是我也始终牢记一点："君子发财，取之有道。"我这意思并不是说余暇下海，就干违法乱纪，但是我真切地看到"37 俱乐部"里那些老板，吃饭喝酒时那种张牙舞爪信口雌黄地讲话，传授着怎样打法律擦边球，怎样偷逃国家税款，那么你真的很难相信他们是一些老老实实的商人。如果经商是这么一回事的话，那么我真的就很害怕。

余暇说："我尊重你的选择，但人各有志。请你不要干涉我的选择。我们井水不犯河水。"

我们都是成年人。我们没有必要互相在各自工作上干涉。

余暇在"37 俱乐部"里一个叫李立的千万富翁的老板介绍下，进入了海城市进出口公司。这个公司在我们海城市大大有名。据说很有些背景。但是背景到何程度，我至今都没弄明白。余暇是公司里的业务骨干。专做进出口贸易生意。

余暇对我说过井水不犯河水了，我丧失询问她的资格了。

检察院不会冤枉余暇。余暇显然也赚到不少钱。退赔 10 万就是一个明证。余暇是海城市第一批买商品房的人。她只赚了退赔的 10 万？后来余暇曾暗里对我透露一句话："我只承认我的事实，其他人我一概不知。以前是坦白从宽，现在是坦白从严。"

这句话就足够了。也难怪判决书下来后，余暇不但没有愁眉锁眼，反而大大松了一口气。

但是我真的弄不明白，她的那些钱到哪儿去了？既然余暇有钱，为什么退赔的 10 万还要我与岳父母出呢？这可是我们的血汗钱。

余暇进去一年后，我终于把一年积省下来的 3 万元钱交给了文丽。

那是 1999 年的 12 月 14 日傍晚，一个秋雨绵绵的深秋季节。

下班前，我除了还给文丽 3 万元钱，同时还给了她 1 000 元利息。我不知道这 1 000 元是多还是少。但是文丽只收了 3 万，那 1 000 元利息，她怎么也不要。推三阻四后，文丽就说："王禾子你真俗，你这是什么意思？我借你钱就是要利息吗？"我说："不是。"她说："这样吧，你请我吃顿饭，这事就了结了，怎么样。"

文丽借我 3 万，借了一年，请她吃饭，完全应该。我只是在请她吃饭时，十分内疚。我们俩再怎么吃，也吃不了 1 000 元，看来我还是欠她情啊。

文丽在我们宣传科工作了十多年了。是我手下一个老政工了。我对文丽的评价是工作认真、踏踏实实。有才华。写起宣传稿子，一气呵成，几乎用不了多改。是我手下一员大将。文丽进办公室以来一直话不多，尤其是两年前离婚后，更是沉默寡言。

这一天傍晚，我与文丽就在我家楼下的小饭店里吃晚饭。我这人从年轻时就烟酒不沾。我不沾烟酒并不是我比其他男人"伟大"，我当然也想和其他男人一样抽抽烟、喝喝酒。但从我记事起，我家就穷。家一穷，还要抽烟喝酒，那就不对了。后来尽管条件好了，抽烟喝酒，也不至于受穷，但是数十年养成了习惯，也就没了这种嗜好。不过第一次请文丽吃饭，虽然我不知道文丽是否会喝酒，但酒总得叫上一瓶吧。于是试探性地叫了一瓶"上海石库门"黄酒，我只是象征性地在杯子里倒了一点，但我却给文丽斟满了酒杯。

文丽没有反对。

我完全出乎意料。

这是我与文丽唯一一次吃饭喝酒，但是这顿饭吃得十分沉闷。我几次想与文丽说些什么，但是文丽始终不搭腔，只是轻轻地抿着老酒，浅浅地笑笑而已。

窗外秋雨不紧不慢地敲打着酒店的窗玻璃上，就像一个女人用她纤弱的手指"波波波"轻弹着我的心房。看着窗外的雨点，我想到了余暇。

余暇在干什么呢？

余暇一定在打毛衣。

不知不觉我喝完了一小杯酒。我感到脸颊上开始发热。文丽并没有让我倒酒，她也没有给我倒酒，只是自己不紧不慢地倒着喝着。在秋雨绵绵之中，一瓶"上海石库门"见了底。一个女同志能喝完一大瓶酒，这在海城市里也算能喝酒，但我没想到，文丽自己又去叫了一瓶"上海石库门"，这是我所未曾预料到的。

文丽说："王禾子，刚才你请我的，现在我请你。"

文丽进宣传科十多年来，从来没直呼过我姓名，总是很尊敬地叫我王科长。但下班我把钱还她后，她就不叫我王科长，开始叫起我姓名来。这不是说，科长是多大的官衔，但听她这么王禾子王禾子地叫着，我总有些不习惯。

我说："我不会喝酒，你能喝就多喝。"

"我知道你不会喝，但是今天是你请我的，总得陪我喝一点吧。"

文丽说完就给我满满地斟上一大杯。

"'上海石库门'入口很好，温和绵柔，我特别喜欢。"文丽说完和我碰杯，一口喝光。眼珠一动不动看着我。我想我不喝完，文丽不会开心，于是咬咬牙干了。那酒一落肚，心里就翻江倒海一样难受。

人常说：一喝酒，话就多。这话一点没错。刚才还是沉默寡言的文丽酒后，在一瓶半酒落肚后，两颊绯红，一双眼睛晶晶发亮。

“王禾子，一年你能省下3万块钱，可见你这一年中是怎样虐待自己了。”

“没有。我一人过得不错呀。”我说。

“其实你这是何苦呢？3万块算钱吗？”

这怎么不是钱？这还是一笔不少的钱。看着我吃惊的样子，文丽艳若桃李般地笑了说：“你知道海城市阿福房地产有限公司吗？”

阿福房地产有限公司？我当然知道。不就是李阿福的公司吗？说来李阿福还是我们37人自学考中一次通过的一员呢。

“知道就好，李阿福就是我的前夫。”

李阿福竟然是文丽的前夫，我惊得差点把手中的杯子掉在地上。

“这狗娘养的，有了一点钱，竟然在外面养了小蜜。好啊，你他妈的养吧，养了就要付出代价。他不是千万富翁吗？行，他要离可以。他付出了300万。”

“300万？”我吃惊得差点晕了过去。

“所以你那3万元算不了什么呀。你这样急着还我，累不累呀。”

面对文丽的咄咄逼人，我只得说累。

“既然累，你为什么这样做？”

“借债还钱天经地义。”

“知道我为什么要借钱给你吗？”

我摇摇头。

“你老婆其实赚了很多钱，你不但一分没拿到，你还蒙在鼓里，更让我不平的是你反而要替她还债。这是一；其二，她判了10年徒刑，出来那一年应该是55岁了，可你还在痴痴地等着她，这社会还有你这样忠心耿耿的老古董，真让我感动。”

文丽讲这话时，我大吃一惊。文丽怎么那么清楚我与余暇的事情？一定是她前夫，也就是“37俱乐部”李阿福说的。余暇当初进外贸公司是李阿福介绍的呀。当我知道文丽竟然比我都清楚余暇的情况，可想而知，我的心情该有多糟糕。

那顿晚饭吃了整整两个小时。我虽然喝得不多，但已经头重脚轻。让我惭愧的是，最后还是文丽买单。

我们走出小酒馆后，一阵秋雨袭来，我的步履变得踉跄。我真的没用。文丽比我喝得多，但她一点没事。我竟然在文丽的搀扶下，回到自己的家。

我知道我醉了。我也知道我最后在家里吐了，但我的潜意识还是很清楚的。我清楚地知道文丽烧了水，替我冲了一杯速溶咖啡。但就在她想替我擦脸时，我还是挣扎地拒绝了。

就在我擦完脸，还没把毛巾放下，文丽一下抱住了我，那滚烫的脸颊贴了上来。我惊得目瞪口呆。我成了一个木头人。

灯光下，文丽噙着泪水在我耳边呢喃说："我爱你，我爱你。我爱你是因为你的忠诚。"

文丽说爱我？说爱我？我清晰地听到她在不停地说着。

我已被强大的高压电所击中。

"李阿福怎么会发财，不就是我父亲帮他的忙吗？没有我父亲替他挖第一桶金，他还不是一个小瘪三。可是他发了财，竟然玩女人。他配做我的丈夫吗，他配称得上忠诚吗。"

文丽边说边紧紧地贴着我。我已经感觉到文丽高耸的胸了，我已经闻到文丽身上擦有好闻的香水了，我被酒精浸渍过的脑子，就像被一把熊熊大火点着，轰隆轰隆地燃烧了。

文丽已经等不及了。她一下脱掉了衣服，雪白的身子，像一把熊熊燃烧的火炬。

面对这把火炬，我自己都不清楚，我的身体竟然成了一根冰柱。那把火炬怎么也融化不了我。这当儿，我已经什么都不想了。我想把自己全都交给文丽去处理了。可是我不行。文丽像只渴极了的小鹿，但怎么也喝不到水。

最终文丽伤感地抬起头说："你怎么啦。"我说："对不起，我也不知道。"她说："你一个大男人，不看三级片吗？""偶一为之。""你、你、你就没有生理反应。""有的，只是胡乱地摸几下。""你活得太可怜了。有你这么活法的吗？"

我无言。

我知道那一刻的狼狈不堪。文丽看在眼里，突然像被激怒了一样，说："不，你行。你是害怕余暇。"

余暇。对，我活到现在除了和余暇做过爱，与其他女人不要说做那事，就是想都没想过。说我潜意识里害怕余暇，也不是没有道理。文丽说："余暇在监狱里，你怕什么？"我说："万一今晚她突然被假释了呢？""我今天就要让你不害怕。让你成为男人。"

说完，文丽开始帮我。我已无法拒绝。三五秒后，我的下体一股液体汹涌澎湃喷涌而出，我软软地倒在文丽怀里。文丽轻轻地扶我坐在沙发上。也就这么一刹那，刚尝到刹那间的痛快，转而胃发疯般地痉挛起来，嘴发疯般地苦了起来，身体发疯般地抽搐起来，汗水发疯般地从全身汗毛孔里滚了出来。

文丽看着我那样子，不由慌了，小脸变得惨白，说："你、你怎么啦，你说你说呀。王科长呀，你可不要吓我。"我说："我胃疼得厉害。""要紧吗？我马上叫120。"我摇摇头，说："我躺一会儿。"我刚说完，文丽紧紧地把我抱在怀里，她的双乳不停地摩擦我的脸，她的双手颤栗地抚摸我稻草一样乱蓬蓬的头发。这是一个中年男人的头发，是黑发中夹杂着大把大把白发的中年男人的头发。文丽哭了。文丽的泪水一滴一滴地掉在我的脸上，冰凉冰凉。

"你就这样等她10年吗？你就这样等到她55岁放出来吗？"

我已经无力说话了。

文丽走了。临走时，我发现她的双眼红红的。她在我耳边哽咽地说了一句："对不起了。"

八

我岳父是少年宫聘请的校外辅导员。余暇出事不久，他理应不该再去为孩子们作革命传统教育讲座，这是明摆着的道理。但不知是少年宫不知道呢，还是我岳父自己要去。

我岳父根本不知道，这次讲座竟然是他的滑铁卢。

记得这次革命传统教育快结束时，一个胖小子举手提问："爷爷您好，听我在检察院工作的老爸讲，您女儿被抓了，我不相信老爸的话，爷爷那么好的人，女儿怎么可能犯事呢？"胖小子这么一问，让辅导老师大吃一惊，但我岳父不愧为老革命、老同志。他依旧笑眯眯地十分镇静地回答说："对，我女儿确有其事，不过现在只是在调查阶段。还没有最后定论。但我想，她一定是有事的。否则检察院不会找她的。不过孩子们啊，爷爷也是出生于封建大家庭的。但爷爷背叛了那个反动家庭，爷爷一生投入革命事业。如果说我女儿最终犯了罪，判了刑，那是她咎由自取，因为她背叛了我们革命家庭。孩子们，家庭是不能选择的，但是道路是要自己去选择的。"

我岳父这一番话，赢得了孩子们的热烈掌声。

其实，我岳父是勉强讲完这些大道理的。在他心中，余暇犯罪，他有不可推卸的责任。不过我认为我岳父真的多虑了。余暇是个成年人，她犯罪，怎么能与岳父有关呢？从我与余暇相识相爱，我从来没有发现岳父为自己子女谋过私利。但为什么我岳父会坚持这样认为的呢？如果说岳父是这样认为的，那么作为余暇丈夫的我，岂不是也有责任吗？

原本一向精神矍铄的岳父，为孩子们作完革命传统教育回来后不久，他的头发几乎全变白了，他的背也佝偻了。不但是岳父，还有我岳母也一样，他们成了里弄里两只有名的偎灶猫，没了半点神气。

给我岳父致命一击的是他的小女儿，也就是我的小姨子余弦。

余暇进去 3 年后，2001 年的夏天，余弦离婚了。

这社会有好多好多事情，我们越来越见怪不怪了，更不要说离婚这样的鸡毛蒜皮小事。

余弦为什么会和方强离婚。现在我只能说，我知道一些皮毛。我想真正原因余弦心中最为清楚。如果说余暇被判，对我岳父是致命一击，但还没足以造成他丧命的话，那么余弦的离婚无疑让这位革命了一辈子的老干部，彻底垮掉了。

余弦与方强离婚，实际起因是件小事。但这么一件小事，竟然造成离婚这样的严重后果，我是怎么也弄不明白的。那天晚上，余弦和她公婆全家好好地吃着晚饭，不知怎地余弦和方强吵了起来。夫妻吵嘴这也是正常的，但是余弦千不该万不该，竟然当着她的公婆骂了一句："江北猪猡。"

不知道海城市民间风俗的人，对这句话的后果是不会理解的。海城市在旧社会是个海纳百川的移民城市。海城市移民最多的人就是来自江浙两省。而江浙两省中，海城市最瞧不起的就是来自长江以北的人。这是因为解放前，江北人就是穷光蛋、流氓、无赖、地痞、下等人的代名词。不过方强家例外。查一下方强家谱，他家倒是苏北盐城一个很有名望的大家庭。方强父母都受过高等教育，方强也不例外。尽管这样，但这苏北人的籍贯，总让方强别扭。余弦当着方强父母面前骂方强是"江北猪猡，"这不但是对方强尊严的严重挑衅，同时也极大地冒犯了方强父母。你可以骂方强是猪猡，方强不会动手，最多脸上表示不满。但你不能骂方强"江北猪猡"，更不能当着公婆之面。当时两位老知识分子什么话也没说，只是把碗筷轻轻地朝桌面儿上一放，拂袖进自己屋内。

余弦这样恶毒的骂法，是整个海城市苏北人的软肋，是碰不得，更是惹不得的。但她不但碰了，并且还当着两位老人的面惹了。方强可谓是可忍孰不可忍，一怒之下，把余弦揍得爬不起来。余弦女儿 14 岁了，她不理解妈妈一句话，怎么竟让平时温文尔雅的爸爸暴跳如雷。她害怕极了，偷偷打电话给外公，也就是我的岳父。当我岳父听到孩子在电话里，哭诉着自己的妈妈被爸爸揍得爬不起来，老爷子二话没讲，叫了辆出租车直奔女儿家。老头子是个三八式老干部，当年在太行山上打小日本，什么世面没有见过？但是一见女儿倒在血泊里，成了一个血人，老头子傻了。老头子仿佛时光倒流，恍惚回到抗战，自己女儿遭到日本鬼子的强暴。老头子二话没讲，当着亲家的面对准方强就是两耳光，骂道："他奶奶的，老子要是有枪，一枪就毙了你这个小兔崽子。"

其实方强已经后悔了。不是说方强打不过老爷子，他是看到老爷子那种拼命的狠劲，早吓坏了。

我岳父做事也真绝。他一不做二不休，不是先送女儿去医院，而是直接叫了车子，把浑身是血的余弦拉到了女婿单位，指着女婿单位领导骂了个狗血喷头。

"你们怎么教育单位职工的。方强是中共党员，还是中层干部。他就是这样在家里虐待自己妻子的吗？现在我要求：一开除他的党籍，二撤销他的职务，三绳之以法。如果你们做不到，我以一个离休老干部的名义，上报市委组织部。"

随后，老爷子又去派出所报了案。

我岳父一连串一气呵成的高难度连贯动作，让我瞠目结舌。我想岳父是个受党多年教育的老干部了。他离休前担任副局级领导也不是一两年的事情了。在我心目中，他做事讲话，一向和蔼可亲，极有大领导大干部派头与风度，但在处理余弦与方强的事情上，他显然讲话做事太冲动了。这是为什么呢？后来我稍稍想了一下，也就懂了。

那是一种恨铁不成钢的情绪在我岳父心中喷发啊。与其打了方强，毁了方强，还不如说是余暇犯罪后，他精神上的一次大爆发。没有这种大爆发，他或许就要垮。

至于毁了方强一生，他无暇顾及。

斩尽杀绝的后果：余弦与方强离婚。

方强与余弦离婚后一个星期，立马与单位一个同样离过婚的女人结婚了。那速度就像闪电。余弦自然明白方强的意思，不就是要气死她们余家吗。余弦是个气不死的女人，当她获悉方强结婚后，不由冷笑道："你不就是找了个二婚头吗，老娘要找个外国小伙子。老娘要出国。骑驴看唱本，看谁下半辈子过得更好。"

余弦要找老外的消息很快在小姊妹中传开了。余弦有一个小姊妹专做国际婚介生意，闻讯后，就对余弦说："你是想和老外真结婚还是假结婚?”余弦问:“真假有何区别?”“真结婚要有时间培养感情;假结婚立马就行。”

虽然余弦闻讯方强结婚,冷笑不已,其实我知道余弦嘴硬骨头酥。看到方强闪电般的重新结婚,她内心恨得咬牙切齿。既然小姊妹说可以假结婚,那就先结婚再说。

尽管是小姊妹,但人家是生意上的朋友,钱还是得付的。小姊妹看着余弦是姊妹情分上,就给打了8折。而打8折也得付清6万元人民币。当然先是付1万,如果出国成功,那得再付5万。也就是1万定金付后一个星期,一个墨尔本的小伙子就给余弦发来图文并茂的电子邮件。看到这位清清爽爽的名叫强尼的澳洲小伙子,余弦自然满心欢欢喜喜,心里想,若是真能嫁给这样一个小伙子倒也不错。

一个在澳洲,一个在海城,一个用英文,一个用中文,沟通起来其实很难,但余弦想到我,眉开眼笑了。我成了她的私人英文秘书。我的电子信箱,成了他们两人信件中转站。强尼来英文我翻中文,余弦来中文我翻英文。

开始,我并不清楚余弦和强尼是闹着玩的。我只是觉得无论是强尼,还是余弦,他们的信件都谈不上情书,为此我自作聪明,在余弦的信中加大了对强尼的“爱”的力度;而强尼的信中,我也加大了他对余弦“爱”的力度。我是真心希望他们喜结良缘,这样我岳父岳母脸上也好看些了,邻居也会抬眼高看,更重要的是余弦的后半生或许有了保障。

两人来往信件经过我用文学语言大大加工,强尼和余弦真的擦出了爱的火花。强尼迫切想来海城,而这正是余弦求之不得。

强尼终于飞到海城市。

小姨子余弦和我同去接机。之所以让我去,也就是继续履行私人英文秘书的职责。我能不去吗。再怎么说余弦也是我的小姨子。

其实从机场一接到强尼,我就感觉不好。不好在哪儿,我也搞不清。

最典型的是,从澳洲来的老外强尼,理应入住我们海城市涉外星级宾馆吧,他倒好,不要说住涉外星级宾馆,就是连海城普通的招待所都不愿住,而是直接对我说,要住到余弦家里。我想,余弦和强尼只是书信往来,强尼要住到余弦家里是否太快些?我委婉地把强尼的意图告诉了余弦,余弦格楞都没一个,马上点头同意了。更让我不可理喻的是我岳父岳母也同意了。他们是老一辈人,他们应该很保守,可事实上他们在这件事上很开放,而与此同时我倒成了一个保守者了。

强尼在海城市待了一个月。吃住玩所有开销都是余弦出的。至于余弦最终是否陪他睡了，我不知道，我不能乱说。但在强尼来海城一个星期后的一个晚上，作为“私人英文秘书”的我陪他们去海城民俗一条街游玩，看到强尼公开搂着余弦小腰，旁若无人地与余弦干柴烈火般地 KISS，我想，一切都不言而喻了。

我想我是“私人英文秘书”，但更是姐夫，我有责任委婉地提醒余弦，余弦不知听不懂还是装傻。

一个月后，强尼回澳洲了，余弦这才对我说：“只要能结婚，能去澳洲，能移民，我不在乎其他。”话已说到这种地步，我做姐夫的自然没啥可说。与此同时，我也真正洞察了这是一种交易，而不是恋爱。

我心冷了。

强尼回国三个月后，便把所有个人资料寄给了余弦，余弦马上让我随她去海城市涉外婚姻中心，办理结婚登记手续，当她拿到大红的涉外结婚证书后，我亲眼目睹余弦激动得差点晕了过去。我不知是悲还是喜。

事不宜迟，翌日一早，余弦还是让我陪她去了澳领馆。当然我不能进去，我只能在门外等着。不管余弦是真结婚还是假结婚，我内心还是真诚祝愿她成功。

接待余暇的领馆馆员，非常和气地询问余弦，是否真正知道强尼在墨尔本工作、居住、生活情况。用中国人的话来说，是否了解对方。余弦不愧为海城市女人。她没有正面回答，而是笑盈盈地反问：“他在澳洲是罪犯吗？”“NO。”“他是守法公民吗？”“YES。”

接下来，余弦用那双会说话的凤眼，用如梦如痴的语调柔情地说道：“这世上什么都可以不知道，但是有一点必须知道，那就是爱情。我和强尼爱得如痴如醉，这就可以了，不是吗？”

签证馆还从来没有碰到过这样的回答，但余弦的回答，又是那么完美，可谓无懈可击，于是想了想便说：“OK。”就当老外长满金色汗毛的手准备敲下印戳时，忽而一边冒出一个外国老头。老头一头白发，然精神矍铄，一双湖蓝色的眼珠像大海一样深不可测。余弦不由一慌。这个外国老头是干什么的，他是哪儿来的程咬金，怎么像个鬼魂似地突然出现，余弦一点都不知道。外国老头笑眯眯地问余弦：“小姐，我丝毫不怀疑你对强尼的爱，只是我想告诉你，强尼没有生活来源，没有住房，在澳洲是个典型的流浪汉，你能和他共同生活下去吗？”余弦一听老头这么没有深度的问话，稍稍放宽了心，一脸从容不迫地说：“先生，这个问题，其实我刚才已经回答了，那就是我们有爱。爱，能包容一切。”“好。那么请容许我问你一个问题，你只要回答 YES 或 NO 就行了。你和强尼婚后想要 Baby

吗?”余弦脱口而出:“NO。”

老头子笑了。老头子的目光像一支锋芒毕露的剑,直刺余弦心脏。余弦热汗淋漓。老头子走了,而签证官的脸拉了老长,他用冰冷冰冷的语调对余弦说:“对不起小姐,你有移民倾向,三年后再来试吧。”

九

余弦遭拒签的日子,我清楚地记得是2001年的冬季,那天她回家后,除了抱着我岳母大哭一场外,还能做什么呢?

只有我和岳父两人一声不吭。我不吭声,是知道余弦赔了夫人又折兵。岳父呢?看着他铁青的一张脸,我想,他不但和我想的一样,他的心头一定在滴血。

岳父岳母向来喜欢大清早出门,从从容容地去波特曼附近大型绿地花园散散步打打拳。自从余暇出事后,他们把清早改成了夜晚。而强尼住在岳父家,与余弦恋爱,四周邻居都知道,但又怎能想到余弦被拒签呢?人算不如天算。他们羞啊,他们羞得不愿碰见任何熟人。原本两人共同散步,现在变成各散各的步了。

我清楚地记得那晚10点刚过,我正准备就寝,家中电话铃突然尖锐地响了起来。接过电话一听,岳母话筒里的声音带着惊恐与不安。她说:“王禾子,你是否来一次。你爸8点外出散步,怎么现在都没回家呢?”当时我一愣。我想,岳母首先应该通知余弦与余力,怎么找我呢?但我马上打消了自己这种不健康的念头。女婿是什么?女婿是半子啊。更何况余暇在监狱。

我立即起床,来到楼下。冬夜寒风呼啸,下着密密麻麻的牛毛细雨。要找一辆出租车很困难。等我终于拦到一辆出租车来到岳父母家时,我岳母已经焦急地等在楼下。她一见到我,禁不住老泪纵横,泣不成声。我握着岳母冰冷的手,赶紧说:“妈,爸不会有事的。我想他大概在什么地方躲雨。”我说这话时,心里是没有底的。我总感到有什么不对劲的地方。这种不对劲的感觉,从余暇进去后有了,在余弦被拒签后,就更强烈了。我又说:“我马上去找。你通知余力与余弦。”岳母说:“他们都不在家,手机又关了,让我上哪儿去找。”

我本想一人去找,但岳母一定要跟着我,于是,我们俩就一起找起我的岳父。我们那认真的劲儿,就像前几年,检察院来我家搜查一样。我们从家门开始,每个门洞,每个屋檐,每一条弄堂都没放过。对于波特曼附近的大型绿地花园更是连一根小草都没放过,但就是不见我岳父的身影。

我们彻底绝望了，这时突然看到一辆110巡逻车闪着刺眼的顶灯，在寒冷的马路上慢慢地巡视着。我岳母突然冲了上去，把车子拦了下来，她要警察帮着一起找我岳父。海城市的警察真的不错。他们当着我们的面，向总局汇报，一分钟后，总局马上来了消息，在过去5个小时内，附近巡逻车没有看到一位独自行走的老年男性同志。

我焦急了。寒风细雨中，一股不祥之感涌上心头。

也许是急中生智，我想起岳父母家靠近北京路一头，有一小片临时小花园。说临时，是那块小土地，不知什么原因一直荒着，于是有关部门就临时把它绿化了。我把这些告诉了岳母。岳母说不可能。但是警察说："你们上车，去看看。"

很快我们到了那里。随着警察几支粗大的手电筒在小树林里一照，我一眼看到一丛冬青旁，一个人背靠石凳，坐在泥地里。我冲了过去。我看到了我的岳父。

那是个下着密密麻麻牛毛细雨的寒冷的冬夜，我的岳父独自外出死于心肌梗塞，倒在北京路上这片小花园的冬青丛里。

我永远不会忘记这个凄风寒雨的深夜，岳父浑身精湿，一头雪白的头发把前额遮掩着，静静地坐在泥地里，当我撩开岳父的白发，我一眼看到岳父那双眼睛睁得大大的，显得狰狞。

岳父死不瞑目。

我岳母也惊呆了。

黑暗中，冷风里，细雨中，岳母像一座石雕，一动不动。

那个凄风寒雨的冬夜，我岳父走得那样的凄惨，我那男儿有泪不轻弹的泪水，刹那涌了出来。当时我还担心岳母嚎啕大哭，但岳母没有。她很坚强。那天晚上回家后，我想陪我岳母守夜，岳母说："我累了，小王你回家吧。"我说："妈，你行吗?"岳母凄楚地一笑说："我是一名老同志了。战争年代，死个亲人算什么？死人的事是经常发生的。我只是要想，现在是和平年代，老余怎么没想到带我一起走呢？老余一走了之，真是太自私了。"岳母的语调显得特别伤感。

后来我才得知，那晚在小花园里找到我岳父僵硬的身体时，余力在外面喝醉了酒，正躺在宾馆的席梦思上呼呼大睡；而余弦随一个叫"牵手"的红娘旅游团外出相亲去了。

十

岳父去世后，我有两怕。一怕晚上突然有电话，二怕晚上突然有人敲门。

突然有电话，是怕岳母像岳父一样再来不测，突然有人敲门，第一次是检察院，第二次是余弦与余力。我这样害怕，我承认自己成了一个没出息的懦夫。我变得这样容易担惊受怕，余暇，你是否知道？

2002年的新年快到了，对于其他人来讲或许是件喜事，但对我来说，与平常日子没有什么两样。甚至更糟糕。记得前两年，也就是所谓新世纪来临，普天同庆，全市沸腾，但我无动于衷。我最亲爱的爱人还蹲在监狱里，我会有喜悦吗？

这一天的夜里，我所说的夜里是指晚上9点半的时候。冬天的夜，9点半已经不早了。我家的电话没响，但我家的防盗门"哐当哐当"地被人敲响了。

9点半会是谁？我家父母与妹妹？不会。我岳母？不会。余力与余弦？更不会。这两个家伙自从琴凳里取走余暇的钱后，是不可能再来我家的。那么是文丽？不可能。几年前与文丽很不成功地做了，文丽非常理智地与我再见了，就像我们从来没有发生过任何事一样。

那会是谁？

我从防盗门的猫眼里看出去，看到三男二女。是陌生人。难道说，又是检察院的？不会的。余暇已经定案，已经入狱几年了，检察院不可能再来找我了。

我打开木门，隔着防盗门，先是看清了两个长得妖媚的女人，接着就闻到她们身上的香水味。我皱了皱眉，问："找谁？"为首的女人说："找王禾子。"我纳闷。我不认识他们，找我干什么？看到我一脸疑惑，其中一个像是为首的女人笑笑说："你是王哥吧，我是余姐的狱友。半个月刚出来。余姐让我务必来看看你。"

余暇的狱友？女人这么一说，我打开了防盗门。就在我让他们进门时，女人回头对跟着的三个彪形大汉说："我和王哥说几句话，你们下楼等着。"我说："外面冷，都进来吧。"

三个男人什么话也没说，下楼了。

两个女人进房后，我为她们泡了速溶雀巢咖啡，女人们就自说自话地叼起了烟，随后不说话，只是静静地看着我。我被看得发毛。我问："余暇好吗？她还老老实实接受改造吗？"

女人笑了，说："王哥，不瞒你说，我一直以为余暇的男人，也就是你王哥是个黑道上的人物。所以今晚来，也就带了三个保镖。""你怎么这样认为？""余暇是我们女子监狱里的大姐大。她是狱霸。如果你不是黑道上的老大，余暇能成为狱霸？”

我一听马上截住女人的话反问：“你看我是黑道人吗？”“不是，你像知识分子。”“那余暇究竟是狱霸，还是狱疤。”“狱霸。”“你开玩笑吧。余暇进去后，虽然‘双开’，但毕竟曾经还是一名老党员。”

女人一听哈哈大笑，说：“王哥你真是书呆子。你不知道吧，余暇是女子监狱三大队大组长。手下有着100来名女囚。如果她不是一霸，能让那些杀人、吸毒、卖淫、放火，天不怕地不怕的女人们服帖吗？”

我听傻了。

“知道我们在里面怎么接受改造吗？每人一天一件成人毛衣。完不成任务，政府就要扣余暇的分。扣了余暇的分，那么余暇就会惩罚我们。”“怎么惩罚？”“不许睡觉，让她们站在高高的椅子上打毛衣，毫不含糊。”“不站呢？”“嘿嘿嘿，”女人笑道，“余暇不动手，她指挥我们把那些完不成任务的女人揍个半死。”

我汗毛竖了起来。余暇这不成了女流氓吗？“那余暇自己能完成吗？”“当然，余暇长得人高马大，那双大手简直像一台不知疲倦的机器，织起毛衣，那速度，让人看得眼花缭乱。”

我想起了。当初我们结婚不久，余暇为了迎接孩子的到来，曾经每天拼命地打着毛衣，想不到没有用到孩子身上，却在监狱里派了用场。

“我今天来，一来是看看你王哥，二来余姐在里面非常照顾我，所以我先送大哥3万元玩玩，三嘛……”女人狡黠地眨巴着眼睛，瞄了一眼一直笑咪咪地看着，听着，什么话也不说，坐在沙发上的女人。我不知什么意思，我忙说：“我不缺钱，谢谢你。”我想，我怎么会要一个来路不明的女人给我来路不明的钱呢。

“别误会，这是我公司的一点钱，不是受贿。”

我坚决地摇了摇头。

“王哥啊，现在谁不要钱，看来你确实是个正宗好男人。好吧，用不了三年，余姐就会出来的。”“你记错了。准确地说，她要到2008年8月15日才能出来。”我纠正说。“哪儿呀，她已经减刑3年了。”“不会吧，如果是这样，余暇一定会讲给我听的，她会让我们高兴的。你要知道，我们盼星星盼月亮似地盼着她早日出来。”

女人愣住了。女人说：“你怀疑我说假话？”

女人没有说假话。但是这样重大的事情，为什么余暇不对我说，反而还是她的狱友来告诉我呢？余暇，你这是什么意思？

女人见我满脸不悦，马上说：“我想起来了，余暇不对你说，就是想给你惊喜。”

我要这样的惊喜吗？

女人站起来要告辞了，但是一旁一直没说话的满脸笑盈盈的女人，却端坐在沙发上一动不动。女人说：“王哥，那么多年你一人独自生活，一定过得十分艰辛，这是我的小姐妹，很干净，你放心，今晚让她好好陪陪王哥吧，当然了，这也是余姐的意思。她怕你憋闷。”

女人说完话，我脑子一时还转不过弯。但原本坐着的女人，就像一条饿极的鱼儿飞快地游到了我的身上，好像我是一块香喷喷的鱼饵。

这就是余暇让她的狱友，给我送来的礼物吗？

看着这个妖媚女人欺身而上，我轻轻地推开了她，我觉得特别好笑。

十一

每月一次，每次半小时的探监日又来到了。据说余弦忙着和一个大款谈恋爱，没空去，这很好。这一次是我和岳母以及余力一块去的。

我们刚坐上开往女子监狱的长途汽车，我就听到余力为了钱又和岳母争了起来。余力说：“妈，像你这样的离休老干部，现在一天天地少了下去，你是国宝，就像大熊猫。你现在每月离休工资 5 200 元。你凭离休证可以免费乘车、坐地铁，更为关键的是你看病，无论大小，除了一毛钱挂号费，其余政府全报，多好啊，哪像我们啊，什么都要钱。我与张莉下岗的下岗，买断的买断，你的孙子还在上初中，到处都要钱啊，所以我想和你商量，我们陪你安享晚年，你一人又用不了那么多钱，不如让我来保管你的离休工资，行吗？”

余力话音刚落，我看到岳母的脸色一下变了。

车子缓缓地启动了。我岳母看着窗外，深深地长叹一口气说：“你父亲那口井，已经被你和余弦掏空了，你现在又来掏我这口井了。我就是一口再深的井，用不了多久，也会成为一口枯井啊。余力，你不是我儿子，你是一台抽水机啊。”

在车窗外明媚阳光的照耀下，我看到岳母枯白的头发下，一双苍老的眼睛里滚下了浑浊的泪水。我突然想起了上星期日去岳母家吃饭时，余力的儿子，也就是那个正在上初中的儿子，竟然跪在我岳母，也就是他奶奶的脚下，哭着在说：“奶奶，爸妈没钱，你得给我付学费，你得给我补课费。”而余力与张莉这对夫妻却坐在一边若无其事地喝着咖啡。

后来我抽空问余力儿子，我说：“毛毛，奶奶的钱是用来养老的，你知道吗？”毛毛一听忙说：“姑父，我知道，可我没办法，是爸妈让我跪下问奶奶要的。他们说，跪一下，哭一下，奶奶就会给钱，我不干，他们就要打我，你让我怎么办？再说奶奶也确实用不了那么多钱。”

这次探监，岳母与余力进去10分钟后就出来替换我了。当我进去后，发现狱警一下把我带进了会见室，能和余暇隔着一张桌子，面对面地说话时，我惊愕得不能自已。与余暇见面，原来是G级，后来是D级，现在是什么？是A级。A级就是能面对面地隔着一张桌子坐下；A级就是能真切端详余暇的五官，闻到余暇的气味；A级就是预示着余暇的狱友讲的不错，余暇在监狱的确表现“出色”，至少减刑三年。

我激动得不知想说什么好。但看着余暇没当回事，依旧和以前一样时，我心陡然一冷。

余暇隔着桌子，把手伸了过来，轻轻地握着我的手说：“王禾子，我一直想对你说，我要在里面蹲十年，出来是个老太婆了，你这样等着我，很累的，也没必要，所以我想着，我们还是离吧。我已经把离婚协议书交给政府，你只要签一个名就可以了。”

我没回答，我发现余暇手冷，讲话的声音更冷，我不知发生了什么，只是傻傻地看着她。

余暇这句劈头盖脸的话把我打闷了。

“我知道你爱我，你又是一个老实人，但我不是。我要钱，越多越好。而你呢？是书读得越多越好，道不同，志不合，人生苦短，我们何必凑合在一起呢？”

我依旧没吭气。我想原本应当是我理直气壮的事情，怎么现在倒过来了呢？

“如果我没有死在监狱，还能出来的话，我发誓，我一定会补偿你的。我会让你过上好日子的。你呢，上上班，看看书，写些你喜欢的文章，好吗？”

余暇没说起减刑。余暇在整整服刑5年后的今天，给我来了这么一下。我还能说什么？

时间很快到点了。就在别离时，我对余暇说了一句话：“余暇，那个女人不但要送我3万元钱，还要送我一个女人玩玩，你知道吗？”

余暇没有回答，她被狱警带走了。

探监返回，我并没有照以往惯例陪岳母回家，岳母有些看不懂似地问我为什么？“你知道吗，你的女儿余暇，已经正式向我提出离婚。”说完，我也没有顾得上去看岳母的脸色，而是径直回自己家。

我几乎一夜没睡，是清早5点多钟吧，我正在迷迷糊糊之际，好像听到电话响了两下，但是忽然又没了。我随即看了下床头电话来电显示，一看号码，是岳母家的。这么早，岳母怎么会打电话来呢？我有些不安，马上回电过去，但是岳母家一直没人接。我突然醒了。我想起昨儿个对岳母那种生硬的态度，我意识到有什么不对劲的地方。

无论余暇和我产生多大裂痕，老人是无辜的。为什么一个成年男人还要让老人家提心吊胆呢？

没道理。

我慌忙起床，打的赶到岳母家。当我进入客厅来到岳母房间时，我惊愕地见到岳母，她那滚胖的身子已经成了一只大白猫似地躺在地板上。我上去推了推岳母，她一动不动。我上前抱着岳母，我看见她歪着的嘴角处，流出了长长的口涎。我急忙叫着妈妈妈妈，但岳母好像根本不认识我，一双失神的眼睛睁得大大的，一动不动。我急了，我说："妈，你怎么啦。"

我马上打电话叫了120。在120救护车上，急救医生对我说："你母亲可能小脑出血。"

我的脑子胀大了。

岳母被送进华山医院。岳母是离休老干部，是市委组织部老干部处挂名的人，华山医院当即派出了年轻的脑外科女专家龚心博士，龚博士亲自替岳母进行了检查，结论很快出来了，岳母是小脑出血，且小脑严重萎缩。龚博士说："你母亲岁数大，出血点很不好，不能动手术，现代科学所能做的，就是止住出血点，但小脑萎缩治不了。"我问："后果是什么？"龚博士话还没说话，一边有个病人家属插嘴说："和我老爸一样，行尸走肉。"

话虽不好听，但是事实就是如此。

后来，我看了龚博士写的诊断书，我注意其中夹写着一个英文单词：DEMENTIA。看到这个单词，我心颤栗了。DEMENTIA，好多原版外国名著中经常出现的，一个发音如此优美的单词，但它却是一种毁灭性疾病的名字。DEMENTIA原本是位女神的名字。DEMENTIA使她姐姐德墨忒耳忘记了把冬季换成春天。我想我岳父就是一个男性DEMENTIA？他走了，他忘记把冬季换成春天了，他把肃杀冰冷的冬季留给了我的岳母，他没有把春天美丽的鲜花献给我的岳母。他是否不想让我岳母独自承受他的子女所遭受的苦难与不孝，于是干脆就让我岳母成了DEMENTIA?!

我不得而知！

十二

岳母住进了市郊老干部疗养所，虽然享受一级护理，但我至少每星期去探望她一次。岳母已经认不出我了。每次去时，她总是傻傻地望着我，嘴里不停地唠叨着谁也听不懂的话。我呢，也常常只是坐在一边，默默地注视着她，内心不由一颤一颤的。我想起当初我与余暇结婚时，岳母虽然有着胖胖的身躯，但她精神抖擞，出现在我们那个棚户弄堂小区时，引起了弄堂众多邻居的观看，她是干部，而且是处级干部啊，我母亲早已把这个信息在散布给四周的邻居了，但是现在呢？

人一老，什么都没用了，更何况生了这样的毛病。

2004 年除夕下午，几年没见面的文丽，竟然给我打了一个电话，说是给我拜个早年，我谢她了。但她显然是想上我这儿玩。为此我马上说："晚上，我去父亲家吃年夜饭。"我这话，文丽自然听得懂，她什么也没说，默默地挂了电话。

不管是否有人来，家里卫生还是要打扫的。我做着卫生，就想到了余暇，那真是每逢佳节倍思亲，可我到底还要等多少个春节，才能等到余暇，一块欢欢喜喜地过节呢。这时，我的手机响了起来，拿起一看，是个非常陌生的号码，我接了，我听到一个女同志的声音。

"你是王禾子吗？""是，你是谁？""我是海城市女子监狱。王先生，我们高兴地通知你，根据余暇多年来的表现，经监狱上级党委的批准，余暇将从今晚 17 点至年初二 17 点准，可以回家过年，请你于今晚 17 点准时前来监狱接她。"

突如其来的喜讯，让我仿佛置于梦中。余暇能回家过年？这怎么可能？这怎么可能呢？她的刑期可要到 2008 年呀。依我这些年来对监狱的了解，只有那些刑期快满的人，才能享受节假日回家探亲的待遇，余暇能出来，这也就意味着用不了一两年，她就能释放回家。

余暇减刑已是确凿。

我的手在颤栗。我不知是高兴还是伤心。高兴的是马上就能和余暇相依相偎了，伤心的是那么大的喜事，余暇却不告诉我，她到底想怎样？

她是想离婚！

一想到这些，我的情绪马上低落了。但不管怎么样，余暇能出来过年，那就是好事。想到这些，我当机立断，首先给海城市大众出租车公司打了电话，订了辆海城市最为豪华的奔驰出租车；其次，我给海城市花卉市场打了电话，订了一大束百合花，准备献给我那大半生历经磨难的妻子，当然我还给余力与余弦打了电话，让他们下午5点整，在女子监狱门口等着，做完这些，我就坐在靠窗的桌前等着。

冬季下午，窗外天空分外蔚蓝，偶尔还能看见几只黑色的野鸽子，在窗外小树林里"咕噜咕噜"叫着，随后又扑棱扑棱飞着。我思绪万千。我和余暇年龄不小了。余暇出来后，我一定再不让她去做什么生意，我退休工资虽然不多，但是我俩基本生活费是不成问题的。我想，这样我俩一定会相敬相爱，会一起依偎着看电视，会走在公园的阳光下散步，共同度过我平平淡淡的人生，那也是很不错的。

17点，余暇准时从女子监狱大铁门里出来，我激动地走了上去，把一大把百合花献给了余暇，同时拥抱了余暇。但是我感到余暇却波澜不惊，就像我们几乎天天生活在一块。我说："余暇，回家吧。今晚好好吃年夜饭。"余暇摇摇头说："先去看我妈。"

余暇能想到她母亲，这是我所没想到的。一个女儿首先能想到母亲，我自然是高兴的。我随即让司机开着奔驰出租车，直接驶往市郊老干部疗养所。

余暇根本不认识她母亲病房在哪儿，她从没来过，可一进老干部疗养所，让人奇怪的事发生了，余暇变得熟门熟路，就像走进自己家门一样，准确无误带着我们走进她母亲病房。

我与余力、余弦惊讶得合不上嘴似地看着余暇。余暇看都不看我们一眼，走到她母亲床边，轻轻地握着她母亲的手。这当儿，我看得真切，我岳母猛地甩开余暇的手，一双眼睛一动不动地看着余暇。余暇愣住了，轻声说："妈，我是余暇。"边说边又想去握她的手，这时，就见我岳母极快地伸出手掌，对准余暇就是一个响亮耳光。余暇的脸刹那间红到耳根。

我马上说："余暇，这是病人攻击性动作，你妈已经不认识你了。"余暇的泪水刹那流了出来，嘴里呢喃着："怎么会这样，怎么会这样。"

没有人去接余暇的话，我们都看着老太太。这时，我无意中把岳母的手放入被子里，岳母却突然把我的手抓得紧紧，怎么也不松开，那情景就像溺水者，死死抓住一根救命稻草。

岳母老泪纵横。

我急了说："妈，你怎么啦，余暇出来了，余暇来看你了。"

我大声说着，岳母有了些反应，但是她不会讲话，嘴里只是"呜啊呜啊"地叫着。没人能听懂她说什么，而我突然听懂老太太在说什么了，那就是四个字："我要回家，我要回家。"

岳母已经永远不可能回家了。岳母家的房子已经被余力与余弦暂时瓜分了。说暂时,是余暇还没回来,余暇没有回来,谁能担保这幢老式公寓房子不会发生变化,被他俩给卖了呢?

余暇阴沉着脸走出了老干部疗养所。余暇脸上那块伤疤,变得铁青铁青。

在回家路上,余力真是多话,他在车上没话找话说:"王禾子,我搞不清我妈连自己亲生儿女都认不出,怎么就认得你。"我没吭声。接着他又说:"当初我妈发病是你送我妈进医院的吧,可我纳闷的是,我在家翻箱倒柜地想寻找她的存折,替她买些营养品,可连一分钱都没找到,这是为什么呀?如果你拿了,我想你还是当着我姐面前拿出来为好。"

我一听,脑子顿时轰隆轰隆地炸响了。我的嘴唇在发抖。还没等我说话,就听余暇对司机大吼一声:"停车。"我朝余暇看去,就见余暇脸上那块伤疤青得狰狞可怕。司机搞不清怎么回事,赶紧停车,只见余暇大声说:"余力,你他妈的给我滚下车去。"余力愣住了说:"姐,你这是怎么啦。"余暇说:"你和余弦,以为我在监狱里什么事都不知道吗?妈那些离休工资花在谁身上?现在妈生病了,又是谁在没日没夜地照顾她?不就是王禾子吗?我琴凳里那些钱还不够你们花吗?可你们这两台永不停息的抽水机已经把妈抽干了,还要污辱王禾子拿了妈的钱,你他妈的给我滚下车去。"余暇的嘴唇在颤栗着。

余力端坐不动,还以为余暇说着玩儿的,这时就见余暇操起副驾驶座下一把活络扳手,要朝余力砸去,余力这才吓得打开车门往外跑。

余暇回家三天,几乎不和我在一起,她总是早出晚归。我说:"现在是过年,你到底在忙什么?你就这样不在乎我吗?"

余暇什么也不说。或者说她根本不屑告诉我,就像她以前所从事的生意一样。只是在年初三下午,我要送她回监狱时,她才突然变得恶狠狠地骂道:"那些该死的领导与战友,以为躲着、藏着,就万事大吉了吗?欠我的,要还;吃我的,要吐。"

余暇关心的是钱。可她关心过我吗?我在她心目中算什么?

我的希冀呢?我的欢乐呢?如果是这样,我近6年的等待,又他妈的叫什么事儿?

十三

余暇回监狱3个月不到,我正式收到她发自监狱的离婚书。

我像莎士比亚笔下哈姆莱特一样思考,思考着离婚还是不离婚时,接到女子监狱的火速来电。我以为余暇犯大病,否则监狱没理由让我火速赶去。

当我赶到女子监狱，接待我的女警官劈头盖脸地问我："春节三天，余暇究竟在干什么?"我茫茫然。"你真傻啊，你老婆在外面雇了人，差点杀了我们海城市两个大老板。"

我傻住了。

女警官不无遗憾向我宣布："余暇服刑期间，外出探亲杀人未遂，她被加刑10年。"

我一听，瘫倒在椅子上。女警官说："余暇明年8月15日就可以出狱了，她为什么这样傻呢?"顿了顿女警官又对我说，"你已经等了整整6年了，难道你还要再等她10年？余暇这种人不值得你爱！你好自为之吧。"

女警官说时，我蓦地想起余暇离婚书中最后一段：

"王禾子，谢谢你照顾我妈。虽然我们离了，但我从来没后悔过嫁给你，你是我一生的老公，是我唯一的老公。我生是你的人，死是你的鬼。"

离开女子监狱，天近黄昏。但见一抹晚霞静静挂在天边。余暇，还记得80年代初，读过的那本《十月》杂志，上面有个叫礼平的作家写过的一部叫《晚霞消失的时候》的小说吗?!

余暇有晚霞吗？

余暇的晚霞会消失吗？

我不知道。

余暇成了我的前妻。

但是余暇终究做过我的妻子。

我和余暇离婚的准确日子是2005年2月8日。

这天是除夕。

文丽死死守在我家门口，她一定要与我共进晚餐。

2006-6-1

1974年的丧事

一

安远路是条偏僻细长的小马路。小马路一边属静安区，一边属普陀区。

安远路小马路两旁尽是低矮平房，俗称矮平房，又称棚户区，站在稍高建筑物上往下看，一条弯曲安远路两边尽是黑压压的低矮瓦房，像一件打了无数补丁的破大衣。可见是条穷马路。看这穷马路，你会觉得安远路是个瘦骨嶙峋的汉子，一手牵着穷普陀，一手牵着穷静安。

不过穷归穷，安远路上若是普陀区停水了，他们跑到静安区来讨水，一个讨字是客气，事实上压根儿不是来讨水，而是像走进自家屋里取水一样随意方便；若是静安区停电了，他们跑到普陀区人家屋里拿蜡烛拿手电，也像走入自家屋里一样。最绝一次是静安区一家人家哺乳期女人没奶水，普陀区的女人知道了，马上派出一个班的哺乳期女人，排着小队，浩浩荡荡晃荡着一对对骄傲大奶子走过小马路说："来，来，一人一口喂喂这个小讨债"，弄得静安区的女主人连喊吃不消；再一会儿，静安区人家屋檐下飘出红烧肉香味，普陀区人家闻到了，马上端着个饭碗，笑眯眯地走过来，乘主人不注意，拣起一块红烧肉就朝嘴里放，惹得主人边笑边骂："杀千刀的，几辈子没吃过肉啊。"

还有啊，安远路上的小赤佬，就像现在小赤佬迷恋歌词都咬不清的周杰伦似的，迷恋着拳头下面出英雄。每天大清早，一大帮小赤佬开始晨练。有的举杠铃，有的练哑铃，有的拉吊环，最不济的趴在地上，胡乱地做着俯卧撑。看面孔，个个都是吃不饱的饿鬼，不过饿鬼们的肌肉倒是硬邦邦的。那时只要有人敢来安远路捣蛋挑衅，两区小赤佬不分青红皂白，不论对错，不管三七二十一，刹那间像春天里的竹笋，一支支从地底下冒出似地从矮平房里冲出来，把来人揍得个稀巴烂。用当时流行话来讲，这叫他奶奶的揍起来再说。安远路穷街上最流行的一句得意话是："人心齐，泰山移。"记得有一次大白天，安远路的小赤佬与大杨浦的小赤佬发生过节，当晚，大杨浦的小赤佬像一大片乌云黑压压地杀向安远路，安远路小赤佬闻讯，个个臂缠红布，手操家伙，倾巢出动，蜂拥而出，把对方砍得血流成河。这事搞大了，不可收场了，当夜安远路两区百姓紧急磋商，分别交出 5 名小赤佬，各自前往普陀与静安投案自首，这就是安远路的老百姓。

二

静安运输站坐落在安远路上，虽属静安区，但却落在普陀区地界上。静安运输站说大不大，说小不小。说它不大，一个区级运输站；说它不小，却拥有新旧黄鱼车 300 辆，人力塌车 50 辆，外加党、政、工 3 个领导 3 辆公车。那可是 3 辆崭新的 28 寸凤凰牌自行车啊。假如这个不大不小的静安运输站的 3 位领导，骑上 3 辆公车，率领 300 辆黄鱼车，50 辆人力塌车，从安远路静安运输站蜂拥而出，那情景，那场面，也是很壮观的呀。

1974 年的 8 月，是炎热的 8 月。一个年轻女人骑着一辆黄鱼车，从静安运输站里出来，穿过安远路，拐到江宁路后，沿着长寿路桥长长的引桥上蹬着。女人穿着一件带有墨绿色叶片花纹的衬衣，远远望去，胸部以下好像挂着一个圆乎乎的东西，很像一只碧绿生青的大西瓜，这就让远远望到的人很有些搞不懂。骑黄鱼车还挂着一个大西瓜干什么？难道说是大伏天练什么功。就算练功，也没听说拿西瓜当功练呀，总不见得这世上还有西瓜功？

其实哪是西瓜呀，那是怀孕 8 个月的肚皮。

女人骑着的黄鱼车上，装着冒了尖的铁屑。女人将把这满满一车的铁屑，通过长寿路桥，沿着天目路，拉到共和新路的一家厂子里去。也就是刚骑上引桥一会儿，女人双腿死沉，这是以前从未有过的。女人喘着粗气，用手按下双腿之间的刹车阀，黄鱼车稳停在引桥上。让人觉得奇怪的是，把车停在不上不下的引桥上，是踩车人大忌。万一刹车不灵，车子就可能翻。女人为何这样做？看着女人大口大口喘气，才知道，女人吃不消了。女人从黄鱼车上下来，摘下草帽，朝脸上扇了扇风，并摸了摸肚皮，随后向四周看了看。中午的太阳像一个火炉扣在头上，刺得女人睁不开眼。女人只得把一双大大的眼睛眯了起来。

自从暑假开始，常有一些中、小学生在引桥两端学雷锋，帮助骑黄鱼车的人推车上桥。女人仗着身体好，从没有让孩子们帮忙推车。她内心很不愿意沾小孩便宜。可小孩们要学雷锋，不去桥下推车，又干什么。现在女人特别累，不知怎么的，就希望小雷锋出来帮帮她，但放眼望去，桥上桥下，除了辣豁豁的太阳，洒下满天满地的白光外，不要说学雷锋的人，连棵树都没有。女人只得松下刹车阀，再次用手摸了摸肚皮，随后一手扶着黄鱼车龙头，一手拖着黄鱼车身子，弯着快触地面的肚皮，向着越来越高的桥中央拉去，而地上的柏油马路像含在嘴里的糖块，深深地烙下了女人一双脚印和两个车轮印。

满车铁屑如满车蓝色小精灵，在火炉一样太阳下，闪烁着一大团钢青色的点点刺人目光。女人头上扎两小辫，直愣愣地冲着火辣辣的太阳。漆黑头发里躲藏着密密麻麻小水珠。小水珠像一粒粒晶莹剔透的小圆球。小圆球先在头发里叮当作响蹦跳着，忽而一不留神，就从漆黑的头发里慢慢朝外滚动，顺着女人洁白的额，白里透红的脸，一点一滴往下跳动。女人好不容易把黄鱼车拉到桥中央，已累得气喘吁吁，再也迈不开半步，一屁股坐到桥中央上街沿上。女人轻轻从头上摘下草帽，朝脸上刮风。从草帽里蹦出的风，却是一团滚烫滚烫热气，让女人眼里噼里啪啦冒出一朵朵小金星。小金星一会儿变成一条长长的金蛇，一会儿又成了一只金色的甲壳虫，再过一会儿就成了一只吐着粉红色小舌头的老鼠，女人十分纳闷。女人闭上眼睛想了一会儿，就见眼前出现一群振动着金色翅膀的苍蝇，趴在她身上，蠕动着、吮吸着、吞噬着，女人觉得自己渐渐成了一具快腐烂的尸体，不由恐惧起来。这时女人肚子明显绞痛，想站起来，但努力了一下，摇摇晃晃的，终究没有站立起来。阳光下，女人的脸，惨白惨白。同时感受到下体间里，慢慢蠕动出了一些液体。女人当时还没有意识到什么，只是当她闻到一股腥味，才有些心慌意乱，于是低头边看、边摸，竟发现手中一摊血，女人愣了，不会是流产吧。想到流产，女人一颤，身子一软，昏死过去。

女人是被路人送进近在咫尺的纱厂医院。送进医院时羊水已经破裂。羊水和着鲜血从子宫处喷涌而出。护士急速从妇产科冲了出来，对着满头大汗，匆匆从工厂赶来的女人的男人说："难产。要大还是要小。"男人急成傻样，愣在那儿不吭气。护士急死了，一连声地催道："你这人真是温吞水，到底要大人还是小人。"男人哭丧着脸犹豫地说："大人小孩都要。"护士说："不可能。"男人一听赌气地说："那我不签字。"

其实签字不签字没多大关系。在医生锋利的手术刀下，孩子从女人腹腔里取出来了。医生拎起小孩两只小腿，拍了拍小孩子的屁股。小孩哇地哭出声来。这时医生再一看女人，已经停止呼吸。

安远路的居民，尤其是闲来常去长寿路桥下学雷锋的小赤佬，闻讯安远路"五朵金花"之一的女人，在桥中央晕倒，因难产而死，他们伤心得都吃不下饭。他们想，暑假里，闲来几乎天天去长寿路桥朝苏州河里练跳水，学学浪里白条张顺；暑假里，闲来几乎天天去长寿路桥去学雷锋，帮助人家推车子上桥。而这天，就是这天，却偏偏呆在向阳院里，不是坐在高高的谷堆上面，而是个个坐在小板凳上"听妈妈讲那过去的故事"时，竟然鬼使神差般地出了这么档事。

三

女人叫孟小冬。27 岁。静安运输站女工。家住安远路。作为静安运输站的职工，孟小冬丧事，自然由静安运输站操办。

静安运输站站长长得高大壮实，外号秾大块头。秾大块头是看着当年只有 17 岁的孟小冬进静安运输站工作的。秾大块头想不通啊，一个活蹦乱跳、朝气蓬勃的少妇只工作了短短 10 年，怎么说走就走了呢？

秾大块头去男人家吊唁完孟小冬后回到站里，一直沉默不语。他想做什么事，蒲扇一样大手一挥，运输站的人马上晓得意思，会去张罗，用不着他多操心。但是安远路上没人懂得，他们只是三天后看到安远路公用水龙头上贴出一张通知，大意是一星期后孟小冬大殓，请大家到时在静安运输站门口等着。

一星期后的清早，当太阳像个火球似的刚从安远路上空露出个脸儿时，安远路两区居民，家家派出代表，臂缠黑纱，手执花圈，站在运输站门口。也就是无线电里传来中央人民广播电台"嘟嘟嘟……"七下报时声时，安远路的居民听到一声"哐啷"声，静安运输站的两扇大铁门，被两个臂缠黑纱的精壮汉子拉大幕似地徐徐拉开。

太阳底下，人们看见静安运输站敞开的大门口，成三角形地排开 3 辆闪闪发亮的 28 寸凤凰牌自行车。打头的是秾大块头。他的车头上竖着扎有黑纱的孟小冬遗像。随其后左是党支部书记，右是工会主席，三人后面是一长溜，三辆并排的黄鱼车、人力埸车，每辆车上置放一人高的花圈，两根白色飘带写着粗大的黑字：孟小冬同志千古。

安远路一大帮男女老少惊愕不已时，两个精壮汉子冲天大吼一声：“上车。”

嵇大块头等3个领导，缓缓地跨上自行车骑了起来，紧随他们的是静安运输站的300辆黄鱼车，50辆人力埸车，安远路的居民这才如梦大醒。他们将乘坐黄鱼车与人力埸车，随着庞大的出殡队伍前往龙华火葬场。

当嵇大块头率领这支浩浩荡荡的出殡队伍，直抵徐家汇漕溪北路三岔路口，安远路的居民发现华山路与肇嘉浜路，也出现了两条浩浩荡荡的黄鱼车车队。车队上同样放满了花圈、挽联，同样坐满了戴着黑纱的人。安远路的居民并不知道这些人是为谁出殡。当两条长龙一样的黄鱼车车队，很自然地排在他们后面，形成一股排列整齐的方阵车队时，才隐隐觉得有什么地方不对头。有眼尖的居民用手搭在额前，朝后探头张望，发现花圈挽联一边写着：“沉痛悼念孟小冬同志”。一边写“普陀运输站”或“闸北运输站。”

孟小冬是静安运输站的人，与普陀、闸北不搭界的呀。他们来干什么？安远路的居民想了想，很快释然，说：“一定是嵇大块头喊来的。什么叫排场？这就是排场。”

安远路上的居民根本看不清后面跟着多少辆黄鱼车。只觉得这些黄鱼车，在白白的太阳底下，在炎炎的热气中，在弯弯曲曲的漕溪北路上，像一条急速游动的长蛇，在这漆黑的柏油马路上，悄然无声地滚滚向前，游到龙华火葬场门口戛然而止。

四

孟小冬追悼会由静安运输站党支部书记主持。按理应由静安运输站工会主席代表单位致悼词，现在由静安运输站站长嵇大块头致悼词：

“同志们，战友们：

今天我们怀着十分沉痛的心情，前来参加孟小冬同志追悼大会。伟大领袖毛主席1944年9月8日写过一篇伟大的文章，叫《为人民服务》。毛主席他老人家在文章里谆谆教导我们：人总是要死的，但死的意义有不同。中国古时候有个文学家叫做司马迁的说过：人固有一死，或重于泰山，或轻于鸿毛。为人民利益而死，就比泰山还重。毛主席他老人家同时还谆谆嘱咐我们：今后我们的队伍里，不管死了谁，不管是炊事员，是战士，只要他是做过一些有益的工作的，我们都要给他送葬，开追悼会，这要成为一个制度。这个方法也要介绍到老百姓那里去。村上的人死了,开个追悼会。用这样的方法,寄托我们的哀思,使整个人民团结起来。

同志们,战友们,孟小冬同志不是炊事员,也不是部队战士,更不是村上的人,但她却是工人阶级运输队伍中一位出色的工人同志。她生于1947年10月3日上海一个纺织工人的家庭里,殁于1974年8月14日工作岗位上。享年27岁。孟小冬17岁踏上工作岗位,10年来,她在自己的工作岗位上兢兢业业,作出了重大贡献。1974年8月14日,为了打击帝修反,为了革命事业,她不顾怀孕8个月的身躯,毅然忘我地进行革命工作,最终倒在自己工作岗位上,真正做了生命不止,战斗不息。孟小冬同志,这种可敬可爱的大无畏的革命战斗精神,让我们为之动容,为之忘怀。想想吧,一星期前她还是那么好好地活在我们身边,可是现在,她却静静地躺在我们身边……"

嵇大块头念到这儿,不知怎么地停下,哽咽起来。嵇大块头这么一来,那些与孟小冬朝夕相处的女工们再也克制不住,跟着大哭起来。嵇大块头的悼词在边哭边念声中结束。

作为孟小冬的男人来讲,老婆死了,最为伤心的无疑是他了。但是,他知道一个男人,是不能娘娘腔的,不能像一个女人在公众场合没完没了地伤心地哭着,尤其在追悼会上。

嵇大块头致完悼词,男人作为家属,十分克制地致答词。致答辞时,他无意抬头,忽然有些搞不清,妻子的追悼会怎么来了那么多人。里里外外,铺天盖地。四周的花圈层层叠叠。让他奇怪的是好多人他并不认识。这些人是谁,从哪儿冒出来的?不过时间不由他多想,他便拿起稿子读了起来。刚读两行,嵇大块头竟然失声大哭起来。这哭声,在寂静的追悼大厅里分外刺耳。

男人边读边想,孟小冬啊,孟小冬啊,那么多的人来参加你的丧事,那么好的领导来为你哭丧,你九泉之下,也该满足了吧。

男人读完答词,作为家属站住一边,接受吊唁。

也就在大家排队,向孟小冬遗体告别时,就见嵇大块头,像一枚定时炸弹突然爆炸,先是从安远路上的女人手里抱过孟小冬的儿子,然后扑倒在孟小冬遗体前嚎哭起来。嵇大块头这一动作,把大家弄得瞠目结舌。首先醒来的是安远路两区的那帮女人。她们想,如果说刚才嵇大块头大哭不已,已经让静安运输站的人,在孟小冬男人面前挣足面子,那么现在这样的动作,简直是不把安远路的男女老少放在眼里。你嵇大块头会哭丧,我们安远路难道说就不会哭丧?

安远路的男女老少一个个面面相觑，脸都红了起来。他们想，嵇大块头动用那么多车，那么多人参加丧事，理应是该谢他的。是他给安远路挣足面子，但他现在表现，好像孟小冬只是属于静安运输站的？而不属于安远路的。他这是把安远路的人民不放在眼里的具体表现。那怎么行？孟小冬首先属于安远路。首先属于安远路"五朵金花"之一。他怎么能这样不把安远路放在眼里？

安远路居民明白了。先是一个女人上来，一把从嵇大块头手中抢过孟小冬儿子说："那么小的孩子，懂什么？你这不是要小孩的命吗？"女人话音未落，安远路又有几个男人挤了过来，非常真诚地说："嵇站长，我们代表安远路两区的居民感谢你。你看，你和你的职工骑了那么长时间的车，肯定累了，你们先一边歇息好吗？"说完也不由嵇大块头分说，就把他挤到一边去了。这时抱着孩子的女人大声叫道："不要抢，不要抢，听着，先让安远路的居民瞻仰遗体。"女人一说，安远路的男人马上自觉排成一条长龙，硬是把嵇大块头那帮人挤到外面去了。嵇大块头吹胡子瞪眼睛干着急。他有些搞不清，孟小冬是自己单位职工，安远路的邻居起什么劲儿呢？要知道是谁出的车子？是静安运输站。要知道是谁把他们带到这儿来的？是我嵇大块头，是我嵇大块头手下的男男女女。是他们天大热，流大汗，出大力。没有他们，没有我嵇大块头，安远路的人啊，拿着花圈，恐怕连公交车都别想上，他们只得乖乖地来回走上40公里。安远路不给我嵇大块头面子，就是不给静安运输站面子。也不想想，老子是什么？老子可是正规军，他们是什么？杂牌军而已。给脸不要脸，和老子较劲?!这样一想，嵇大块头的脸色很不好看。静安运输站全体职工也很不爽。个个十指攥得紧紧，只等嵇大块头竖起蒲扇一样的大手，好把安远路那帮乌合之众全都挤出去。

嵇大块头的脸色刚发生一丝儿变化，带头叫嚷的女人，已经把孩子交给了安远路的一个男人，随后摆动脑袋，安远路上长得最漂亮的"四朵金花"（原本"五朵金花"）"哗啦"把嵇大块头团团围住，四双手，像四条柔藤缠绕在嵇大块头身上，嵇大块头只听到"四朵金花"柔柔软软的嗓音在他耳边吹着："嵇站长，你真是好领导。你这样看得起冬冬，其实就是看得起我们'四朵金花'。看得起我们'四朵金花'，也就是看得起安远路的男女老少……"说着说着，"四朵金花"像四朵盛开的玫瑰，伤心的泪水，正从花蕊中间，一滴一滴地滴到嵇大块头粗壮有力的手臂上，每滴一粒，嵇大块头心儿抽紧一下。嵇大块头刚止住的泪水，再也按捺不住，又一次喷出来，蒲扇一样的大手，早就忘了再举。

五

追悼会结束了，丧事就算办完了。

令嵇大块头和静安运输站男女职工惊讶不已的是，当他们一个个走出龙华火葬场大门时，在白花花的炙人阳光下，原先他们或骑来的黄鱼车也好，或拉来的人力塌车也好，全被先前出来的安远路上那帮大清早喜欢练身子、喜欢打架闹事的小赤佬占领了。他们打着赤膊，袒着硬邦邦的肌肉。

嵇大块头他们想，怎么回事。

这时就听到先前把孩子从嵇大块头手中抢去的女人大声说："嵇站长，刚才你们带我们来的，辛苦了，现在该轮到安远路的居民送你们回家啦。"

嵇大块头还想说什么话儿，"四朵金花"和安远路上的其他的男女老少，把静安运输站的工人们一个个地生拉硬拽地或上黄鱼车，或上人力塌车上，然后一个个地递上水壶……

女人见人到齐，像个巾帼女将，一挥手，由安远路居民执掌的，长蛇一样的黄鱼车车队，开始慢慢地在市区里游动起来。

孟小冬男人惊愕地睁大眼睛。这时他才真正看清，竟然那么多邻居；那么多同事，坐在那么多的车子上，前来参加孟小冬的丧事。

男人惊愕地看着，他怎么也想不通这是怎么回事。脑子里一片白茫茫的。

2006-9-13

1975年的狼

一

黄昏时,张秀丽发现右眼皮像发电报"的的答答"跳个不停。这是张秀丽以往没有的。张秀丽不是迷信之人,不过右眼皮老是跳,却也弄得心里七上八下,于是她走出自家石库门,朝弄堂外张望。她想,男人该下班了。然而长长弄堂里,除了16岁的儿子和几个少年在玩"斗鸡"游戏,别无一人,当然也没有男人走进弄堂的身影。张秀丽呆了一呆,莫名其妙叹口气,冲儿子叫了起来:"到车站等你爸,看他回来没有。"儿子当然听到张秀丽叫,但没当回事,还故意玩得起劲。张秀丽一脸无奈又说:"玩吧,等会儿被你老子看见,才好呢。"

儿子听懂张秀丽的潜台词,不乐意地放下"斗鸡"的大腿,朝弄堂口走去。张秀丽看着儿子壮壮实实的背影,眼里不由露出一种骄傲的神色。儿子刚走到弄堂口,张秀丽突然听到一阵电车的紧急刹车声,抬眼一望,发现弄堂外的西康路上停着一辆24路电车,两根电线棒像两根小辫子翘得高高。张秀丽并没在意,只是骂了句:"短命的电车,老是'翘辫子'。"骂完,觉得不对劲。她发现,就一刹那,弄堂口怎么会涌出那么多人?同时她还听到有人惊呼:"轧死人喽,轧死人喽。"张秀丽想,明明是电车"翘辫子",怎么轧死人了呢?这就像老母鸡,怎么一瞬间变了鸭呢?张秀丽越想越不对劲，双脚不由自主朝弄堂口走去。到弄堂口，一个十分奇怪的现象出现了。她看见儿子站在电车旁像个白痴，眼乌珠一动不动，与此同时还看到弄堂口那些叫不上名的邻居，个个紧紧张张地盯着她。张秀丽惊慌起来，想起了什么。终于，她看到冲到上街沿的电车轮子下的那个男人，张秀丽身子剧烈地颤栗起来，推开儿子，朝那男人扑去。这时，一旁有个人猛地张开双臂，死死抱住张秀丽大声说："人死不能复生。他娘的，让他们赔钞票。"

张秀丽一下软在那人怀里，泪水顿时涌了出来。那人冲张秀丽儿子气急败坏地叫道："你爸死了。你怎么不哭啊。"

那人是张秀丽的隔壁邻居，同在里弄生产组干活的老癞痢。

二

儿子只有 16 岁，是个少年。少年死了父亲，里弄生产组工作的张秀丽死了男人，毫无疑问家里倒了顶梁柱。公交公司派了两个人来到居委会。他们要和张秀丽谈赔偿。张秀丽从来没碰到过这事，她不知如何去和人家谈。她想找一个隔壁邻居参谋参谋，比如说，老癞痢。但一想，不行。这种事别人无法参与进来，于是一双眼睛也就哀哀怨怨地看着少年。心想要是少年像老母鸡变鸭一样成了青年，那该多好。可是少年变不了青年。张秀丽说："妈妈凶不出，如果你能凶一些，他们会怕。"少年看了一眼张秀丽，什么话也没讲，只是走了上来，一把抱住张秀丽。张秀丽马上感觉到少年双臂的力量，那种做母亲的泪水顿时涌了出来。

就这样，张秀丽带着少年来到居委会。踏进居委会，张秀丽抬眼看到两个人。他们身穿米黄色工作服。工作服左上角印着"公交"两字拼成的公交车。张秀丽内心一阵哆嗦。她仿佛看到衣服上的公交车图案正朝她冲来。然而更让张秀丽不快的是那两个人的长相。一个是胖子，满脸笑容，像是新婚之喜，一个是瘦子，板着脸，好像死在公交车下的是他爹。胖子一见张秀丽，像是认识一样，马上站了起来说："节哀顺变，有什么条件尽管提，可以商量。"胖子话音未落，坐着的瘦子却板着脸说："知道死因吗？分局有了结果，你丈夫乱穿马路，全责。但我们从人道主义出发，可以赔偿，但不能狮子大开口。否则一分钱不给。"张秀丽一听，眼泪像关不住的水龙头。她实在不知该让人家赔多少。胖子一见，泪水也跟着涌出，走到张秀丽跟前，悲天悯人地说："人心都是肉长的，你们孤儿寡母失去了顶梁柱，钱，一定要赔，不赔还算人吗？不赔还算社会主义国家吗？但赔多少，可以商量，你们先开个价，好吗？"张秀丽见胖子如此和颜悦色地一说，不由感动起来，抹着泪说：“我们不懂，相信你们会正确处理的。”胖子一听，和瘦子交换了眼色说：“丧葬费我们出，赔偿嘛，我看这样。根据公交公司法规，同时考虑实际情况，准备赔三百。”张秀丽一听三百，急了，结结巴巴地说：“一条，一条，人命，只值三百，三百？”话音刚落，瘦子的脸拉得老长说：“三百不错了，难道你要一千？”张秀丽面对瘦子咄咄逼人的口气，泪水流得更多了。这时，一旁的少年轻声开口说：“叔叔，就是一千。一分钱不能少。否则我们不会火化。”胖子与瘦子听后，互相对视一眼，突然哈哈大笑起来。半晌，胖子笑眯眯地对张秀丽说：“你儿子吧，很不懂事啊。”少年好像没听到胖子说什么，只是喃喃自语地说：“我亲眼看到我爸过了马路，我亲眼看到司机开着电车，像一辆坦克车一样朝我爸冲来。是你们把我爸活活轧死的。难道不该赔一千吗？”瘦子见少年如此一说，猛地站起，对准桌子就是一巴掌，少年看到桌上的茶水杯跳了一下，倒翻，里面茶水沿着桌面流了出来。瘦子不看少年，却对张秀丽勃然大怒地说：“你家小赤佬懂什么？赔三百，出于人道，不识相，一分钱不给。”

张秀丽被瘦子一吓，懵了。瘦子见状，便得意洋洋看着张秀丽。就在这时，谁都没想到少年竟如脱弦之箭，一个箭步冲到瘦子跟前，右手臂一伸，就成了一把大锁，“咔嚓”一下锁住了瘦子细长的脖子。张秀丽一见急了，说：“快松手。你要卡死他呀。”少年一声不吭，反而铆足了劲，像是把全身的力气压在了右手臂上，那右手臂也像是越收越紧。居委会的人看傻了。一旁的胖子见状不妙，冲了上来。就在胖子伸出一双肥厚的手，一把抓住少年时，少年已经腾出一只手，“嗖”地从裤袋里掏出一把刀子。刀子薄，像一张纸片，在昏暗的电灯光下，闪烁着一阵阵钢蓝色的火苗。少年的脸阴沉阴沉。少年用很轻很轻的声音对胖子说：“松手！否则我就割了他的喉管。”

胖子一双手慢慢松了下来。他看到少年一双杀气腾腾的眼睛。

瘦子的脸越来越苍白。瘦子的喉管里，发出低沉的“咕噜咕噜”声。胖子笑不出了，圆脸上的肌肉颤栗着，说：“误会，误会。一千，就一千吧。”少年剜了胖子一眼，一下松开了手臂。瘦子像倒空了的米袋，软软地瘫倒在地，少年毫不犹豫用那把薄薄的刀子，把瘦子胸前的公交车图案铰下，丢在地上，使劲踩了几下，扬长而去。

三

自从少年差点杀了瘦子，张秀丽每天都是以泪洗面。张秀丽倒是没担心自己的儿子。儿子和里弄里的一些小孩子打闹惯了。卡瘦子的脖子，纯粹是小孩子玩玩。但这一玩，会不会惹恼公交公司，这是张秀丽想的根本原因。她想三百就三百吧，就怕瘦子一发怒，一分钱不给。不过她没想到，公交公司真的送来一千元赔偿金。这对公交公司来讲史无前例。像这种车祸，不管谁对谁错，历史上最多赔六百。哪有赔一千？况且还是两位老手来处理事故。在他们心中，只有死人家属低三下四恳求，哪有他们败北？并且还是败在一位16岁少年之手。

张秀丽很快拿到了一千元。厚厚一叠，都是崭新的十元票子。张秀丽拿到了钱，自然高兴。她想人就是要凶，不凶，就会被人欺负。儿子凶了，人家送来了一千元。不凶，想想吧，就他妈的三百。三百和一千各是什么概念？三百比一千差远了。张秀丽想不信都不行，这世上，还真有老母鸡变鸭的事发生呢。不过钱拿到了，张秀丽却隐隐感到少年有了很大变化。最明显的是，发现少年以前特别喜欢和同龄人玩“斗鸡”游戏，现在不玩了。少年常常放学后一个人坐在弄堂口的马路边，一双眼睛成了死鱼的眼睛，一眨不眨，老是死死盯着24路电车，由东开往西；从西开往东。

少年是在想父亲，还是在想父亲出车祸时的场景。张秀丽不得而知。

张秀丽虽然年届40，但生得像她名字，十分秀气而美丽，看上去也就是30出头一点。男人没死，里弄生产组的那些老男人，常常真真假假吃她豆腐。尤其是老瘌痢，一头黄癣，要多难看就多难看，真是腻心死了，也想癞蛤蟆吃天鹅肉。但凭良心讲，那天看到男人被24路电车压在轮子下，要不是老瘌痢冲上去抱住自己，很难讲，她张秀丽不会发疯。这样一想，倒觉得老瘌痢除了一头黄癣难看，人倒不坏。平时吃她豆腐，也只是嘴里吃吃而已，行动上倒也真的没有。但令张秀丽糊涂的是，里弄生产组的那些老男人们，包括老瘌痢在内，现在看到她，不仅不敢吃她豆腐，还且还都远远躲着她，好像她变成一只雌老虎，随时要吃人。老瘌痢呢，也不像过去远远看见时，就会嘻嘻哈哈地朝她走来，说几句下流话，做几个下流动作。现在呢，不但板着一张老脸，看都不看她一眼，有时还远远地躲着她。这样一来，张秀丽起了疑心，一次下班，她在弄堂口截住老瘌痢问：“你躲我干啥？”老瘌痢先是一愣，随后嘴里打着哈哈想溜，但张秀丽就是不让，最终老瘌痢实在躲不开，先是朝四周一看，随后吞吞吐吐地说：“现在哪敢吃你豆腐，还不是怕被你儿子杀了？”张秀丽一听，吃惊不小。她想，这怎么可能呢？老瘌痢见张秀丽确实不像装傻，就说：“你休息那天，你儿子来过生产组了，他什么话也没讲，只是看了我们一眼，走了。”张秀丽一听笑了说：“看一眼也没什么，他可能是在找我呀。”老瘌痢嘿嘿一笑说：“你没看到他当时的模样，四个字：杀气腾腾。”老瘌痢这么一说，张秀丽凶了，骂道："放屁，你儿子才杀气腾腾。"

张秀丽一凶，老瘌痢无话可说。里弄里谁不知道老瘌痢的儿子，那个外号叫小瘌痢的小流氓呀。

张秀丽其实还是信老瘌痢的话，只是嘴上不肯认输而已。想想那天晚上，少年张开一双粗壮的胳膊，像一把大锁一样锁定瘦子的头颈，那双眼睛射出的凶光，就知道，说少年杀气腾腾一点也不为过。然而让张秀丽始终搞不懂的是，少年去里弄生产组干什么呢？是不是早就知道，那帮老男人在吃她豆腐？即使老男人吃她豆腐，那也是成年人的游戏，和他少年又有何相干？他怎么会让成年人都感到害怕？张秀丽迷惑不解。

这天傍晚，少年放学后，依旧一个人坐在弄堂口，翻着死鱼一样的眼睛，漠然地看着东来西往的 24 路电车。也就一会儿，少年发现有几条粗细不一的大腿，一动不动地站在他跟前。少年抬了抬死鱼一样的眼睛。少年看到了他的隔壁邻居，比他高两年级的小瘌痢，以及他的几个同学。让少年微微有些吃惊的是，其中还有一个是女生。少年没理睬小瘌痢。少年一双眼睛只是扫了一下女生。小瘌痢没注意少年扫了他身边的女生，只是一把把少年从地上拎了起来，伸手就是一记清脆的耳光，随后咆哮如雷地吼叫："你行啊，你敢威胁我爸？你想杀他啊，你来杀我试试。"少年被抽了一记响亮的耳光，又被小瘌痢咆哮一番，只是用袖管擦了擦嘴角的血丝，笑了笑。小瘌痢被笑得莫名其妙，问："你笑什么？"少年说："你身边的'敲定'真好看，肯定骚。"少年话音刚落，小瘌痢带来的同学哄堂大笑。小瘌痢有些想不通。以前看到他，总是吓得绕道而走的小赤佬，现在被抽了一记耳光，非但没回手，还说他的"敲定"真好看，肯定骚。他想，少年如此当他面，吃他"敲定"豆腐，他妈的活得不耐烦了。于是冷笑一声说："好好，你有种。我从不欺负比我小的人。你说吧，怎么玩？"

这下少年不笑了，说："你那骚瘌痢的老头，老是吃我妈豆腐，还以为我不知道，现在我吃吃你'敲定'豆腐，不也就扯平了。"小瘌痢一听跳了起来，破口大骂："操你妈的少废话。今天你玩也得玩，不玩也得玩。"小瘌痢骂完，手中就跳出了一把弹簧刀，那刀同时抵在少年的脖子上。

少年的脖子像是突然被一块冰抵住，冰凉冰凉。少年想了想，轻声说："你骂我妈是吗？那就玩玩吧。跟我走。"

少年说完头也不回，带着小瘌痢等一帮人，从西康路拐到常德路，朝新闸路走去。

小瘌痢那帮人搞不清少年玩啥花样，只是当他们被少年带到常德路新闸路口时，才明白了一点意思。

常德路新闸路口，上海市警备区司令部。

他们是在警备区司令部对面驻了脚，少年对小瘌痢说："玩刀没意思，玩枪怎么样?"小瘌痢傻眼了。少年要和他玩枪，怎么玩法？少年翻了翻白眼说："我和你过去，一人抢一支枪玩玩怎么样?"小瘌痢脑子像是短路。他从来没想到会有这么一种玩法。去抢站岗战士的枪，那不是找死啊。小瘌痢犹豫不决。这时他的"敲定"，也就是那位好看的"敲定"说："抢枪有啥好玩，你敢抢军帽吗?"少年看了一下"敲定"，什么话也没说，就朝马路对面走去。少年走到站岗战士跟前，也不知说了什么，然后就见少年一下弹跳起来，手朝空中一挥，一刹那，少年手中就抓住了站岗小战士头上那顶软塌塌的军帽，然后拔腿就跑。小战士先是一愣，一见自己头顶上的军帽不见了，不由急了，操起那杆五六式步枪，一下拉响枪栓，对准狂奔的少年，震天吼道："操你娘的小兔崽子，站住，老子开枪啦。"狂奔中的少年听得十分清楚，就像一辆狂驶的"小乌龟"车子，来了个突然刹车，站住不动了。小战士又吼道："操你妈的，举起双手，老老实实转身，滚过来。"

少年这时成了听话的孩子，慢慢转过身子。此刻黄昏的太阳真好，像一道嫣红的胭脂，一层一层擦在少年苍白的脸上。小瘌痢和他的"敲定"以及那帮子同学，都看着少年。他们想，这下够少年受得了。一想到这些，他们脸上就洋溢着无法抑制的笑容。然而，他们始料不及的是，少年并没举起双手，倒是举起了军帽，像毛主席接见红卫兵一样摇了摇，对小战士说："你敢骂我妈，好啊，你有种就开枪呀。我才操你妈的老X。"少年骂完，端端正正地戴上军帽，在远处给小战士行了个军礼，随后转身，趾高气扬走了。

小瘌痢等一帮人看傻了。小瘌痢的"敲定"眼尖，她看到少年挥动右手时，手掌里流着血。她想，少年的右手掌一定被军帽上的五角星戳破了。

四

少年抢军帽，竟抢到解放军战士头上，这种魄力，上海滩上绝无仅有。

原先是小瘌痢"敲定"的女人，现在转眼成了少年的"敲定"，也就是少年的女人了。女人逢人就说："小瘌痢真他妈的是堆臭狗屎，余苗才是真正男人。当看到余苗像一朵火苗猛地跳了起来，一把抢去小战士的军帽，那种魄力与胆量真的把我迷死。"罢了，罢了，她是美人爱英雄。她要成为少年的压寨夫人。

张秀丽一直注意少年。前些日子看他放学，老是坐弄堂口，让她着实揪紧了心，现在少年弄堂口不坐了，竟然和一个女人厮混在一起，这就更让张秀丽坐卧不宁。张秀丽想，女人是谁？不打听不知道，一打听吓了一大跳。首先女人是小瘌痢前女友。小瘌痢是什么人？里弄里老少皆知的小流氓呀，他竟敢去抢小流氓的女朋友，不是找死吗？其二，女人一看就像“拉三”，少年再怎么不济，也不能去找“拉三”呀，这不是丢她张秀丽的脸吗？第三，女人不但大少年两岁，更为关键的是家里长女，经济条件一塌糊涂，同时马上将去崇明岛上的长江农场务农。她的儿子是什么档次？首先是家中单亲、独苗，就像三个手指捏田螺，稳稳当当分配在上海工矿企业；其次，少年家中有响当当的一千元，少年找女朋友，还不是全上海随便挑呀。这样一想，张秀丽马上明白女人的险恶用心了。女人毒啊，毒得像个女特务，不就是想用美色来勾引少年吗？

张秀丽几次想和少年谈谈“拉三”女人。但每次开头，少年要么离家而走，要么蒙头大睡。张秀丽知道，少年不听话了。少年不是翅膀硬，而是被“拉三”女勾走了魂。但有一句话，张秀丽不管少年是否听，她不得不讲：“就算你喜欢这个女人，小瘌痢会放过你吗？能咽下这口气吗？你不知道吧，小瘌痢每次在弄堂口看我时，眼光像一头狼，恨不得把我吃了。”少年一听，冷笑一声反问：“他，他也算狼？”

五

时间过得很快，转眼“拉三”女人去崇明长江农场务农了。张秀丽十分高兴，心想少年总算摆脱了纠缠。

9 月 28 号，张秀丽正忙着准备过“十一”，突然收到一封寄给少年的信，信封上除了写有少年姓名，下面只写“内详”。“内详”是啥意思？“内详”不就拆开看了才知道吗？开始张秀丽并不想拆开。但细细研究，发现 8 分邮票上的圆邮戳上清晰地敲着：上海崇明（长江）支。张秀丽心一沉。她一下想到“拉三”女人。“拉三”女人“内详”是啥意思？她心头实在痒痒的，她想还是“内详”一眼吧，就一眼，决不两眼。于是心一横就拆了信。这一看，她就控制不住了，也就详详细细地“内详”完了，并且还不止“内详”一次。对于这封信，张秀丽至今还记得清清楚楚：

亲爱的小（余）鱼苗你好：

收到此信，你一定会惊喜吧。虽然你我相离只有短短两个月，可我无时无刻不在想你啊。我熬不住了。白天在水田里想，傍晚收工回来想，深夜在床上想，真可谓：为你消得人憔悴。你不会忘了两个月前，我去崇明前一夜发生的事吧。那夜，你在床上的表现多棒啊，我至今难忘。我知道你也不会忘怀的。你像只贪吃的小猫，喜欢我白白的肌肤。我会再次给你的。你知道吗，为了保护好我的肌肤，下大田干活，我是从头裹到脚。雪白的肌肤是你的至爱，我怎敢弄黑。好了，不多说了，这次轮不到我回上海过“十一”，但思念之情，就像长江之水滔滔不绝、一泻千里。我实在忍不住了，我就是受处分，也得逃回上海见你。记住：“十一”晚七点准，我在外滩恋爱墙对面海关大钟下等你。

深深地吻你，叭叭叭……

夏可可

1974年9月25号

张秀丽看完信就气。还可可呢，为啥不叫咖啡？不叫牛奶？不叫茶叶？这个不要脸的“拉三”可可，已经把少年勾引上床啦，真不要脸，这是唆使青少年犯罪。是可忍，孰不可忍。张秀丽越想越气。如果不是女人在崇明岛，她一定会冲到她单位，她要凶，她要把不要脸的“拉三”拉到农场场部好好批斗一番。这样的信能给少年吗？不能，决不能。这只崇明雌蟹真是异想天开。想到这里，张秀丽干脆从煤球炉上拿起火柴把信烧了。当火苗使劲舔着薄薄的信纸时，张秀丽浑身洋溢着一阵阵快感，她想，不要脸的骚货，还想吃童子鸡，做你妈的黄粱美梦，让你“十一”晚上，去黄浦江吃西北风吧。

少年好长时间没收到女人来信，几次写信到崇明，都石沉大海。转眼快过年了，少年马上就要分配工作了。可是夏可可为什么不回来呢？即使不回来，那也可以写封信。这样一来，少年预感出事了。他想，她变心了。

少年决定到崇明长江农场去看女人。少年没有对张秀丽详说。他只是向张秀丽要了50元钱。张秀丽原来是想问问少年要那么多钱做啥？但发现少年要钱时，一脸“杀气腾腾”，所以也就不敢问了。但张秀丽再怎么想，也没想到这一年小年夜，少年拿了50元钱，先是去中百一店替女人买了几件出客衣服，又买了一些高级什锦糖果，然后乘车来到吴淞口码头。当少年到达码头，正好有一班崇明开来的船靠了岸，少年看到船上好多上海知青下了码头，其中有一个面熟，那家伙一见少年手里提着大包小包就笑笑说：“你去崇明吃喜酒啊。”少年觉得这话蹊跷，就怔怔地看着那家伙，那家伙见少年好像什么事都不知道，就说：“夏可可年初二结婚了。”少年一听彻底傻呆。夏可可怎么会结婚呢？第一，她还不到结婚年龄；第二，结婚就不可以调回上海了；第三，最为关键的是，她和谁结婚？那家伙见少年一脸诧异，又说：“她嫁给了崇明蟹。”

少年一听差点晕倒。崇明蟹就是指崇明农民。夏可可怎么可能嫁给一只崇明蟹呢？

少年怎么也想不通。

少年过江。

当少年在崇明南门港叫了一辆三轮车，花了一个半小时到达长江农场场部，又花了一小时到了六团四连，天已经漆黑一团。

少年走进四连连部，除了几个值班人员打扑克，其他人早回市区了。那几个人得知少年找夏可可，还以为是夏可可的弟弟，代表家里来参加婚礼。然而当少年坚定地对他们说："我是夏可可的男朋友。我要见夏可可。"那几个家伙惊得目瞪口呆。他们互相交换了一下眼色，说："先吃口饭。"少年摇了摇疲惫的头，说："还是麻烦你们帮我找她一下吧。"

少年没有吃饭。少年笔挺地站着。少年一动不动，两只眼睛死死地看着几个打扑克的家伙。终于一个像是领导的男人冲另一个男人点点头，那男人一声不吭出去了。

半小时后，外出男人带来三个人。一个穿中山装，文文气气，另两个五大三粗，一看就是农民，他俩手里各拿着一把锃亮的镰刀。他们进门上下打量少年，见少年身材瘦长、单薄，笑了说："你说你是夏可可的男朋友？"少年点点头，反问："你们是谁？"两个农民突然大声说："你这小赤佬，胡说什么？夏可可现在是我哥哥的女人。"少年听后，脱口而出说："你们哥哥要年初二才和她结婚，现在和我一样，都不是她的男人。"两个农民被说得一愣一愣，不由恼羞成怒，同时举起镰刀吓唬少年。但没料到少年突然低沉地吼叫起来："乡下人，放下你们的臭手。"所有人都被这突如其来的吼叫吓了一大跳。他们看见少年两只大大的瞳仁里，朝外喷着一大团一大团杀气腾腾的怒火。

这时，农场值班人员马上打圆场说："人家确实是夏可可的男人。结婚证也已开好了。"少年说："结婚证有个屁用。我早已和夏可可睡过了，我现在要你们把她找来。"

这时，穿中山装男人的一张脸不由变得铁青。他说："不错，夏可可和我确实是闪电结婚。不管你以前是否和她睡过，我不想听，也不想问，只是她已经是我的老婆了，所以，现在要让她出来是不可能的。你走吧。"

少年听后，忽而古怪地一笑说："我不走呢？"

那男人话音突然高了八度，吼道："我是成家山公社副书记。你小年夜从上海赶来，看来也是个有情有义的人。我理解男人。否则我他妈的早让民兵把你捆起来了。"

说完，三人拉开门，走进漆黑一团的原野。

少年眼睁睁地看着他们消失在田野里。

少年猛地从后背抽出一把刀、二把刀、三把刀。三把闪着寒光的刀子，被他狠狠地扎在桌面上，犹如三朵火苗。

少年走了。

少年徒步走到南门港码头时，忽见夜晚昏暗的路灯下，一小队红小兵肩扛红缨枪从码头边巡逻而过，少年听到这些小乡下人神气活现地唱着儿歌："红小兵，志气高，要把社会主义建设好；学马列，批林彪，从小革命劲头高；红领巾，胸前飘，听党指示跟党跑；气死安东尼奥尼，五洲四海红旗飘。"

少年看着那些小乡下人高兴地唱着儿歌走过后，一溜烟地来到码头边，当夜他就蜷缩在码头的屋檐下。当少年看着黑咕隆咚的长江水时，少年哭了，哭得很伤心。少年亲眼目睹父亲被公交车活活碾死，都没哭，现在为了一个女人，竟然哭了。

夏可可连原因都没告诉他就结婚了。

六

这一年大年夜深夜，少年所在弄堂几盏刚换上的路灯被人通通敲得粉碎。长而狭窄的弄堂一片漆黑。

自从男人死后，只要天一黑，张秀丽总是把石库门两扇黑漆漆大门紧锁着。这夜之所以没锁，是等少年回家吃大年夜饭。

农历新年还有一小时要来到了，但是少年依旧没回，张秀丽内心深为恐慌。她想男人死了，少年是她的唯一。如果少年出了意外，那她也不想活了。

张秀丽边想边喝着一瓶绍兴加饭酒，桌上有一张崭新的5元钞票，那是给少年的压岁钱。喝着喝着，突然放声大哭起来。她想少年小年夜不回家，难道大年夜也不回吗？难道他就不要自己的母亲了吗？他究竟去了哪儿？

张秀丽喝得稀里糊涂，醉眼惺忪时，猛然屋内电灯光下出现一条人影。张秀丽擦了擦眼睛，不错，是个人影。张秀丽以为少年回家了，然而当她抬头，不由瞠目结舌。这是一个蒙面人。他是谁？他是怎么进来的？他想干什么？张秀丽吓得直哆嗦，嘴里刚想叫唤，脖子却被蒙面人一把抓得死死的。张秀丽觉得喉咙难受，用手去抓那人的脸，手刚伸出，蒙面人一耳光打得她眼冒金星，翻着白眼。张秀丽知道反抗是徒劳的，蒙面人的双手像铁钳，钳得她动弹不得。

蒙面人把张秀丽拖进房间，重重摔在床上。张秀丽这才缓了口气，终于吐出了一句话："你敢强奸我，不怕我儿子杀了你吗?"蒙面人什么话也没讲，一拳把头顶上的灯泡击得粉碎，然后像狼一样扑到张秀丽身上。

七

少年回来了。

少年穿过黑漆漆弄堂时，充满着愤怒与哀怨。到了家门口，见黑漆漆的木门洞开着，屋内漆黑一团。他想，这是怎么回事。当他听到房间里，母亲像一头发怒的野兽低吼时，才感到不对劲，他去拉电灯线，电灯不亮，他想，难道说张秀丽有了男人？这时他听到张秀丽一阵撕心裂肺的惨叫。少年什么话也没讲，转身跑到天井，操起专做煤饼的熟铁模具，像一只狼蹲在门口，一动不动。

半小时后，张秀丽没有声音了。一个看不清面孔的男人从屋里走了出来。少年突然从地上站起，那只做煤饼的熟铁模具就朝黑影人头上砸去。少年听到一声十分熟悉的惨叫，以及像西瓜被砸碎时的"咔嚓"声。

黑暗中，少年熟门熟路从天井里找到一只大草包，看都不看就把尸体塞了进去，随后拖死狗一样拖出天井，拖到石库门外黑漆漆的弄堂里。

最先看到少年的是在里弄生产组值班回家的老瘌痢。

老瘌痢在黑暗的弄堂里依稀见到少年拖着一件黑乎乎的东西，同时又闻到一股浓烈的血腥味，以为少年杀了弄堂隔壁机床厂的看门狗，不由对少年死皮赖脸说："是不是打死一条大狗，给我弄只狗大腿吃吃。"少年在黑暗中笑笑说："全送你吧。"说完头也不回地回家了。他刚刚拉开石库门黑漆漆的大门，背后就传来老瘌痢声嘶力竭的惨叫："杀人啦，杀人啦。"

此刻，大年夜的鞭炮声在马路、弄堂上空轰隆轰隆响了起来。

少年想，1975 年的大年初一来到了，1975 年的第一头狼诞生了。

2005/3/27

露天舞会

一

姑妈好长时间没与我家联系了。父亲每次打电话到姑妈家时，总没人接。打手机呢，不是关机就是不在服务区。其实父亲打电话给姑妈也没啥事，只觉得姑妈一人住在市区，打个电话问候问候也是应该的。但几次下来，没联系上，父亲也就懒得再打。一次，我听父亲对我母亲说：我姐这是怎么啦，好长时间没有音讯了，我们是不是去看看她啊。我母亲说：去看是可以的，但总得先联系啊。如果我们突然去了，她不在家，怎么办啊？从我们农场去一次市中心，不是去一次奉城镇，那是来回要6个多小时啊。母亲这么一说，父亲也就没话说了。后来母亲见父亲总是郁郁寡欢，就笑着说：你姐独身那么多年了，会不会恋爱了呢。父亲摇摇头说：我知道我姐的脾气，她这年龄，是不会再恋爱结婚的。

也就是在我父亲想着我姑妈时，那个夏天傍晚时分，姑妈突然坐着公交车来到了我们的五七农场。姑妈来时并没有打电话，而是像架直升飞机突然降临的。姑妈来时，父亲不在。他带着他的挖泥机去芦潮港挖泥去了。母亲还在农场的一块边角落里莳弄茄子、番茄之类的东西。之所以说边角落是因为农场早已没了土地。说没了土地也不对。土地还在，只是土地上不种庄稼了。当母亲听到我气喘吁吁地跑来叫她时，她还愣住。她说:你姑妈怎么会来呢?我说,妈啊,我怎么知道呢?

母亲赶紧随我回家一看,果然姑妈笑盈盈地坐在我家客厅里。姑妈一见我母亲就站起来说:阿珍啊,阿珍,你倒勤俭啊,还在种蔬菜啊。我母亲笑笑说:做惯了。再说自己种的蔬菜总是比较新鲜的。姑妈笑笑点头。姑妈没有问我母亲,她的弟弟的去向,因为我已经告诉了姑妈。姑妈只是问我母亲:阿金几时能回来?阿金就是我的父亲。于是我抢着说:可以打他手机,让他马上回来的。我母亲一听说:是啊是啊。

姑妈来了,最为高兴的当然是我了。我们家现在也只有姑妈一个亲戚了。再说姑妈一年难得来几次。现在看到我姑妈依旧像以前那样高高大大白白净净丰丰满满年年轻轻,我能不高兴吗。想想啊,我妈比我姑妈要小 10 多岁了,可是两人站在一起,你马上可以看出,我妈比我姑妈老多了。这是为什么啊?其实这就是城市与农场的区别啊。不过,令我奇怪的是,以前我姑妈来时,总是喜欢摸着我的脑袋说:小阒啊,你们这五七农场也算是上海啊,可是我怎么看,都比苏州杭州还要远啊。以后长大了,就跟姑妈到市区里去住。然而姑妈这次来,却没说这个话,也没摸我的脑袋。

其实姑妈这话没错。如果你要到我们五七农场来,那你就要做好思想准备。来回 6 个小时不算,你还得住夜,因为白天是没有车子进出五七农场的。要进五七农场只有傍晚;要出五七农场只有清早。

姑妈突然降临,我原本以为姑妈像以前一样,是在市区里住得腻烦,想到我们农场乡下消夏消夏,玩上几天,图个新鲜。但事实上不是。我记得那天傍晚,我父亲接到我打给他的手机后,他和母亲一样,很吃惊。其实父母亲的吃惊是有道理的。以往姑妈来时,总会先打个电话,问候一下,而这次电话不打,一下子花了三个小时,倒了几次车,非常辛苦地从上海市区赶到我们五七农场来,总不会单单是来消夏,或者说是玩吧。我记得父亲在手机里第一句话就是问我,你姑妈是不是有要紧的事情?我还是像回答母亲那样回答了父亲:我怎么知道呢?

父亲听我这么一说,就挂了手机。

父亲租了一辆私人摩托车,匆忙地从芦潮港赶回五七农场。父亲能这么快地回来,最高兴的要算姑妈了。父亲这一回来,我就听到姑妈对我父亲说了,她打算卖了市区的房子,到五七农场来定居。父亲听姑妈这么一说,我发现他与母亲对了一下眼睛,都愣住了。姑妈自然懂得父母亲的疑惑,便说:我不是说要住你家,我想在五七农场买套一室一厅的。父亲想了一下笑着说:姐啊,你能来五七农场定居,我们当然很高兴,大家呢,也能互相有个照应,可你知道,现在农场里的人,都巴不得离开这儿,可你为什么要来呢?你放着好好的大上海市区不住,到我们这儿来,你这不是第二次插队落户吗?

父亲这么一说,姑妈没有正面回答,只是说:阿金啊,原因以后再说吧,你吃过晚饭,你就去问一下,有没有人家需要卖房。父亲马上说:姐啊,这还要问吗,这农场里多少人家想卖房,就是找不到买房的人了。你需要一室一厅,我马上就可以让人与你成交。姑妈说:那最好。说完,她从包里拿出了一张农业银行卡,说:里面有 15 万,够不够?父亲说:用不了,一室一厅带装修最多10 万元了。姑妈笑了说:妈的,这狗日的农场房子也真够贱的了。

二

吃过晚饭父亲出去找房。姑妈对我说:小阒啊,能不能陪姑妈出去散散步啊。我一听散步,自然巴不得。我说:行。说完就拿上了手电筒与姑妈一起出去了。

其实我们出去时已经是晚上七点多了。尽管是夏天,但天已经暗了下来。刚下楼梯,姑妈就说:小阒啊,你闻闻这是股什么味道。听姑妈这么一讲,我便使劲抽了抽鼻子。我说,没什么味道。姑妈说:你真闻不出。我说是的,姑妈你闻到什么味道了?姑妈说:一股腥味。我听后笑道:姑妈啊,我们这是海边,海边总有腥味的呀。姑妈这才说:对了,我说呢,怎么会有一股咸带鱼的味道呢。

就在我们从公房台阶上走下来时,姑妈又说了:小阒,你看看,你们这也算小区吗,小区怎么会没路灯。我说:我们小区除了进来的主干道有路灯外,通往公房的支道是不装路灯的。姑妈不作声了,只是走得靠我近了些。于是我拧亮了手电筒。

我们沿着家门口那条窄窄水泥路慢慢朝小区外走着。窄窄的水泥路两旁长的都是高高矮矮的树。这些树,除了法国梧桐外,还有广玉兰,杨树、杏树、李树、桃树等等乱七八糟不按规划种的树,当然还有好多我根本认不得的树,杂七杂八地挤在一块儿。而树上的叶片与叶片互相纠缠在一起,在夜晚里变得漆黑一团,把个水泥路的上空遮蔽得严密密黑黝黝的,让你根本看不清天空在哪儿。这大热天的农场小区里的小道,茂密得就像是进入一个小小的森林。姑妈说:没有路灯也罢,可是我看看这一幢幢公房里怎么没有灯光呢。姑妈这么一问,我难回答了。也确实是,没有路灯也罢,几百户人家,上千多人口农场小区,晚上怎么不开灯呢。尽管我从小生活在五七农场，现在奉城读高中，但是十多年了，在我心中，我们五七农场一到夜晚，像市区那样灯火通明的时节好像从来没有过。我说：我也不知道，大概是节约用电吧。刚说完，姑妈就拉着我的手说：你看看那些人家的窗玻璃上，怎么会飘出一片片蓝荧荧的光呢。姑妈这么一问，我就笑了说：姑妈你是近视眼啊，那蓝荧荧的光是家里开着电视机啊。姑妈说：不对呀，开着电视机总应该有声音啊。怎么没声音呢？你说我眼睛不好，我承认，但是你总不能说我耳朵也不行吧。我说不是的，我们这儿不习惯大声喧哗。姑妈这才说：小阗啊，姑妈以后一直要呆在这里了，这也是没办法的事情。可你看看，这儿没有灯光，没有声音，人呢，也看不见几个，我还真搞不清是怎么回事呢。

姑妈话音刚落，我们背后传来呼哧呼哧的声响。我想姑妈肯定也听见了。姑妈耳朵好着呢。我看不清姑妈的脸，但我想姑妈肯定害怕了。果然，我发现姑妈靠近我的身子僵住了。姑妈说话的嗓音都颤栗着。她说：小阗啊，我是做梦还是怎么了，我怎么觉得身后有人啊。一看姑妈这么胆小，我哈哈大笑说：姑妈你还想定居我们小区啊，你怕什么，那是与我们一样出来散步的小狗啊。姑妈有些不信，低头一看，在树枝的阴影里，一条毛茸茸的小京巴在她脚下打转。

姑妈见是一条小狗，也就长吁了一口气，说：小阗啊，你们这小区怎么看，都像是在鬼怪世界里呀。姑妈这么一说，我没吭声。姑妈这话让我不爽。难道说，我活到现在就一直是生活在鬼怪世界里吗？如果是，那么姑妈为什么要把市区里的房子卖了，反而要到我们这儿来买房子定居呢。当然这话我是不会说出口的。

终于我们走出了小区，来到了马路上。说是马路，其实和市区里比也是一条二车道的小路，这条小路就是姑妈坐车进我们农场时的芦五公路。到了公路上，姑妈总算看到了路灯，虽然那几只路灯还掩藏在浓密的树丛中，地上只看到片片白白的碎光，但姑妈还是不由自主地大松一口气。更让姑妈高兴的是，透过树荫，她看到前面有一个小广场，小广场上方有一排蓝光。细细一看，原来是农工商超市。农工商超市店牌的底板是蓝色的，里面亮着日光灯，日光灯一亮，那牌子在黑夜的包围下，就发出一片蓝荧荧的光了，那蓝荧荧的光，也就把门前小广场的空地洒成了一片蓝荧荧的了。

姑妈这时来了兴趣，对我说，进去看看。

当我们走进灯火通明的超市里时，除了两三个营业员外，并没有什么顾客。但是我发现姑妈的情绪明显高涨起来。姑妈说：整个五七农场，也就这儿有点人烟气味。姑妈的话不太好听，但我不得不说，她是说的对的。现在是什么年代啊。农场里如果有人烟气味，那才叫怪呢。

姑妈在超市里替我买了支雪糕，她自己买了瓶矿泉水。正当我嘴里含着雪糕与姑妈一起从超市出来时，却发现外面下雨了。看到下雨，姑妈高兴起来了。姑妈说，这雨一下，晚上就会凉爽了。

我与姑妈就站在超市门口的蓝荧荧的灯光下，看那空旷的小广场上的雨水。雨水真大啊，从黑压压的空中下来时，你能清晰地看到雨点子，就像从空中砸在地上的一元钱硬币，噼啪作响。这还不算，你还能看到那硬币一样大的雨点砸到地上，竟然会腾起一小股热气。更让人觉得有趣的是，昏黄的路灯下，还能看到大团大团不知名的虫子，竟然在强大的雨丝下，奋力嬉笑玩耍。

远处的夜，依旧漆黑一团。

在黑的强有力的雨水中，一辆头顶上闪着蓝光的警车，悄然无声不紧不慢地像一只橡皮艇似地从马路上慢慢驶来。

夜，虽然看起来像是很深了，其实时间还很早，也就是晚上八点来钟。那场大雨来得快，去得也快。雨后的夜更闷热了。姑妈说：小阒啊，我还从来没有晚上到海边走走呢，你能陪我去一下吗。我说：那有什么不可以的。去吧。

海边就在眼前，从超市过去，也就三五分钟。

我与姑妈来到海边时，除了看到一望无际的黑黝黝的大海外，连一只渔船，一只渔灯都没有。看着姑妈一副好累的样子，我便拉着姑妈一起坐在水泥堤堰前。

黄色混浊的海水就在眼皮底下喧嚣。姑妈一声不吭茫茫然地不知看着什么。也就一会儿，我们屁股边上就出现了一些细小的嫩嫩的小螃蟹，它们在身边慢慢地爬过来，爬过去。茫茫然中的姑妈看见了，脸上就出现了笑容，转过身子把小螃蟹抓在手中，又轻轻放下，小螃蟹没命似地朝芦苇中爬去。这样的动作反复做了几次后，姑妈冷不丁地自叹一声。我有些憋闷。我问：姑妈，你为什么要把市区里的房子卖掉，跑到我们这儿来呢？我说，来这儿的人，都是去五七度假村呆上一天，吃点农家饭，图个新鲜就回市区了。姑妈没作声。我想了想，又试探性地问，姑妈你是不是来这儿养病的？姑妈这才点点头。我说，市区多好啊，大医院又多，看个病多方便啊，哪像我们这儿，除了个卫生站，连个医院都没有。你犯不着到我们农场来养病啊。姑妈依旧不作声，半晌后姑妈说：小阒，有些病啊，去美国养也好，在五七农场养也好，又有什么区别呢？

我给问傻了。

后来准备回去了。我记得当时姑妈站了起来，先看看四周，确定除了我俩外，其他连个鬼影都没一个后，姑妈就在我面前撩开她的上衣，在漆黑一团的大海边，我一下看到姑妈两个高耸的乳房。我想，姑妈这是什么意思啊。是不是她的奶子比我大啊。其实，还没等我想好，姑妈就轻轻地摘去了乳罩，我讶异地瞪大着眼睛，我看到姑妈白花花的胸前，竟然只有一个乳房。

姑妈的另一个乳房到哪儿去了？我吃惊地睁大着眼睛。内心一阵恐慌。

后来我们回去了，我妈就让我姑妈去洗澡了。姑妈洗澡的当儿，我惊恐万状地告诉母亲说：妈，你知道姑妈……其实我话还没出口，我妈竖起食指对我嘘了一下。我知道我妈知道了。我说：妈，既然如此，姑妈为什么要到这儿定居呢？要是犯病了，送医院都来不及。我妈说：你姑妈说了，她来这儿，就是下定决心不治了。我说，为什么呀？我妈说，姑妈说了，她这种病是没得治了。与其烧钱，还不如在这儿过得开心些。这儿还有你爸与我们呢。我说，姑妈在这儿能开心吗？这儿是农场，除了一片黄浊浊的大海，什么东西都没有啊。我妈没吭声。

姑妈洗完澡就到我房间里来了。姑妈要和我睡一块。姑妈换上睡衣上床后对我说：小阒，你摸摸姑妈这一边。我知道姑妈意思，那就是让我摸摸她另一只完好无损的乳房。我有些害怕，说，姑妈你自己摸一下不就得了。姑妈说，自己摸不灵的，你摸一下嘛。姑妈这么一说，我抖动着手指，轻轻地摸了上去。姑妈剩下的那只乳房很大，很柔韧。我在想，如果姑妈两只乳房都在，那该多匀称多丰满啊。可是只有一只了，在我眼里就变得十分怪异。

记得当时，我是轻轻地摸了一下，就想缩回手指。姑妈一下按住我的手说：摸重一些。我说，重了，你不就疼了。姑妈说，疼什么呀。我的手指间就重了一些。姑妈神色紧张地问：摸到什么了？姑妈这话不说也罢，一说，你还别说，我真摸到了东西。姑妈紧张地问：小阒，摸到什么？我想了想说，一块块小小的面疙瘩。

姑妈一听，泪水流了出来。

三

暑期很快过去了，我回奉城上寄宿学校了。上寄宿学校，只能周末才能回家。我爸呢，也很快帮姑妈搞定了房子。姑妈在五七农场定居了。

姑妈独住一室一厅，算宽畅。姑妈不开伙仓，除了早饭搞一下外，午餐与晚饭都在我家吃。姑妈每月给我们家500元钱伙食费。这钱我爸妈都不要。他们说，粮食便宜，蔬菜又是自己种的，花不了多少钱啊，你这是干嘛呀。姑妈却说，不行，桥归桥路归路，吃饭付钱，天经地义。后来，我爸妈还是收下了，但是却把姑妈给的伙食费，单独放一边。我爸对我妈说了，我姐要看病的，还是放一边为好，不就多双筷子嘛。

日子不温不火过着。

记得一个周末下午，刚下课那会儿，我正准备回五七农场时，老师来找我说，你上海的姑妈来找你呢。我奇怪了，我姑妈不是在五七农场吗，她怎么跑到奉城学校来找我呢。再说，我马上就要回去的呀。我拿起书包，小跑着来到学校门口，一看，是姑妈，她正笑眯眯地看着我呢。我说，姑妈你怎么来了呀。姑妈说，我来奉城买东西，店家送货上门，所以也就可以捎你回去。我高兴了，说，你买啥东西啊，你身体不好，可以让我爸买。姑妈开玩笑地说：你爸是个乡下人，让他买东西我不放心。

我跟着姑妈去了店家。原来姑妈在奉城商业中心店买了一套音响，买了一大堆舞曲。姑妈说对了，我爸除了操纵挖泥机是内行，要让他摆弄音响与舞曲，那才是赶鸭子上架呢。

我不明白的是，姑妈为什么要买音响与舞曲？她是不是寂寞了？再说这么一大套音响价码儿也不便宜。姑妈看出了我的疑惑就说：小阗啊，你是不是以为我寂寞，买套音响玩玩啊。我点点头。姑妈说：是有这个原因，但不是主要的。你能猜到吗？我摇摇头。姑妈大笑说：你怎么能猜到呢？我可以说，整个五七农场没有人能猜到的。我说，那你说呀。姑妈说：小阗啊，你姑妈能忍受白天的寂静，但是我不能忍受夜间的寂静。我奇怪地说：姑妈，你现在已是五七农场的人了。不管你忍得住还是忍不住，你都得呆下去啊。姑妈说，是啊，所以呢，我就买个音响，买上一些舞曲碟子。不但是为我，更主要的是为五七农场的人搞些娱乐活动。我说，什么意思呀。姑妈说，我决定把这套音响放在农工商超市门口，我来教大家跳交谊舞。我笑了说：你又不是不知道，五七农场小区里的人都是农民。哪有农民跳街舞的。姑妈说：农民怎么啦，我就要让农民学跳舞，这叫五七农场夜间的露天"爬腿"。一听姑妈说"爬腿"，我就笑说，不是"爬腿"，是PARTY。姑妈说，一个意思。我说，代价不小。姑妈说，与其花无底洞的大钱去看无用的医生，还不如弄套音响开开心心实惠。

回到五七农场当晚，吃过晚饭，姑妈就让我妈找了根扁担，准备挑着音响去农工商门前的小广场跳舞。我妈一听跳舞就笑说：这儿可不是上海市区呀。姑妈说:市区乡下有区别吗?我妈说,当然。姑妈说,我看在跳舞这方面市区与乡下没啥区别。农民就不想跳舞吗?我妈说:至少我不会去的。我妈这么一说,我姑妈来劲了说,你说你不去,我就非要让你去。我妈说,我就是不去。我姑妈抓住我妈,就把她朝外拖。我妈使劲与我姑妈对抗着。我一看不行了。姑妈哪是我妈对手啊,只一会儿就气喘吁吁了。我当然是帮姑妈的。姑妈好不容易花钱买来音响,我们不帮衬着怎么行。

我妈终于架不住我与姑妈的力气,只得说,好了好了,我去就是了。我说,你不但要去,还得挑担子。这回我妈爽快说,行。我看你那姑妈老爷身体怎么行啊。但是姑妈却说:不行,这是天天晚上要干的活儿。再说,我整天价只吃不做,那不行的。

最终还是我妈挑的担子。

我前面说过了,五七农场到了夜里,可以说连个鬼影都没有,但是当我妈挑着音响和我、姑妈出现在小区小道上时,小区里的人儿,不知怎地像是从地底下冒出来似的。他们一个个地说,阿珍啊,大晚上的,你挑的是啥啊。我妈说,音响。是孩子她姑买的,要放到农工商小广场上跳舞的。我妈这话一出,把那些邻居弄得一愣一愣,说,阿珍你说什么?是跳舞?我妈说,不跳舞,我干吗挑个音响,显摆啊。

说来也怪,当到达农工商门前的小广场时,竟发现小区里好多好多男男女女跟在后面。姑妈得意了,说,你看看吧阿珍,农民就不需要娱乐活动了?不需要娱乐活动他们跟着做啥?我妈笑笑说,他们看西洋镜。

我妈把音响放下后,姑妈就走进了农工商超市。我发现姑妈与超市里的人似乎很熟。超市里的人一见姑妈,马上就把电源插座拿了出来。我说,姑妈,怎么回事?这用电是不是要付钱的?姑妈说,小闻,你傻不傻啊,这要付什么钱啊,要跳舞,就有人。人一多,超市门口不就热闹了吗。哪怕不买东西,超市门口也有人气啊。姑妈这么一说,我才恍然大悟。

那天晚上,音乐一放,也只有姑妈带着我跳三步四步。大多数人都围着看。我悄声对姑妈说,光我们两人跳啊。姑妈说,没事,今天是新开张,用不了几天,他们都会自觉加入的。我说,何以见得。姑妈说,你张开眼睛看看周围的人呀,手脚都在不停的动呢。我回眸一觑,果真如此。

四

季节已从秋天到了冬天;又从冬天到了早春。自从过完年后,我已经很少回五七农场了。这不是说我不想回去看,其实是读书紧张啊。今年要高考了。我得抓紧时间复习。姑妈是从上海市区定居到五七农场养病的。但我不是。我没有理由不通过自己努力而去改变自己的命运啊。从骨子里讲，就是要跳出五七农场。要跳出五七农场，就要考进复旦或者说交大，这样才会改变命运。否则只能打道返回五七农场，成为一名农场工。

我不返回五七农场，并不是说，我几个月来没有回去过一次。春节过后，我是回去过一两次的。这屈指可数的一两次，主要是拿些更换的衣服。回去后，也与姑妈见上几面。我发现，姑妈人变了很多。首先她的身体大大不如去年来我家时的情形；其次我不解的是，既然身体不好，这个跳舞次数应当减少是不是，可她不。她好像更加迷恋跳舞。据说，跳舞这东西很像吸毒与打麻将，不迷则已，一迷上瘾。确实如此。那天晚上，与我同住五七农场的同学的老爸，开着面的来接我同学回家拿东西，我呢，顺便搭了顺风车。记得从奉城回到五七农场，已经很晚了。刚见我妈，她就对我说，自从你开学走后，酷暑也好，凉爽也好，严寒也好，细雨也好，你姑妈天天晚上挑着音响担子，去农工商门前跳舞，连自己身体也不顾了，这样下去怎么办啊。

怎么办呢？就像我前面说的，一旦迷上吸毒与打麻将，你不让做，行吗？

吃过晚饭，我同学老爸的面的还没来，我去了超市门口小广场。离小广场老远地方，就听到阵阵欢快音乐像流水一样，倾入我的耳膜。你别说，音乐这东西真是怪得很，不听也罢，一听真是让人魂不守舍。其实我这人并不太会跳舞。但这老远传来的舞曲，竟也使我双脚在地上像发羊癫疯似抽搐起来。

到了农工商门口小广场前，除了灌入耳里的震耳欲聋的舞曲外，天空飘起了雪花。都早春了，怎么会有雪花呢？这是从我记事以来，五七农场从来都没有的事儿。

我顾不上去找我姑妈，而是马上站到农工商门前的屋檐下。

等我站定后，我就借着农工商超市店牌下那片蓝荧荧的光，寻找姑妈。我的眼睛还算不错，但无论如何找不到姑妈。我只看到雪花纷飞的小广场上，到处是一对对漆黑的人儿，在雪花里或高或低地舞蹈。看了一会儿，我发现，无论是慢三、快四、吉他巴、伦巴、狐步还是拉丁、迪斯科、摇摆，说好听是摇曳多姿，说难听不就是他妈的鬼影憧憧嘛。你看看，他们的人影一会儿拉长，长得直插天际；一会儿缩短，短得不见踪影；一会儿缠绕，绕得成了麻绳；一会儿分开，竟然成了夜风中摇曳的稻谷。是一种美。

但又不是人间之美。那又是什么美呢？对了，是那种鬼魅之美。尤其是我在雪花中，无意看到农工商一边的矮墙上，站着一排整齐的黑猫时，我内心无来由地“咔嚓”一下。

我同学来短信息，说是面的就在我家门口。我得赶紧过去。我要回学校了。

五

时间过得真快，7 月 15 号我收到大学录取通知书。我没有考进复旦与交大，但我考进华东师大。我就要离开生我养我的五七农场。不管今后如何，我将毫无疑义成为市区人。但姑妈没看到。我还记着我妈曾讲过的事：那个早春雪花纷飞的晚上，姑妈那帮人跳啊疯啊，直把那个农场夜间露天舞会，闹到农工商超市深夜打烊，她才挑着音响回来。我妈帮着姑妈从肩上取下担子时，姑妈软了下来。我妈大叫，你怎么啦。姑妈说：我开心。我妈说，什么开心不开心，我得叫阿金回来，送你去医院。姑妈说，不要送了。我只是托你一件事。我妈噙着泪水说，你快说。姑妈说，你以为我只是想着自己要跳舞，我是看着五七农场的人活得太冷清，你以后得每天替我挑着担子去……

姑妈走了。

姑妈走后，五七农场的夜重归平静。那套花大钱买来的音响置放于我家墙脚。我妈说，我们是农民，又不是上海市区里的人，跳什么舞啊。我妈依旧去农场的一块边角落里莳弄茄子、番茄；我爸依旧带着他的挖泥机去芦潮港挖泥。姑妈的出现，就像我家小区对面的大海里突然跃起的一条鱼。跃起时是短暂的耀眼，落下后是永久的寂静。

2007-8-6

遵守规则

说起来，我现在讲的这个故事还是发生在上世纪90年代中期的一个冬天。那天上午，一个叫连钢铁的人，推着自行车从家里出门的时候，太阳正躲藏在厚厚的乌云里，西北风在天地间呼呼地肆虐着。连钢铁有些冷，后悔没把大衣穿出来，不过当他骑车来到文化宫门口时，大吃一惊。文化宫门口人山人海，人头攒动。原来今天在文化宫门口设摊招聘的不仅是轻轨总公司一家，还有其他单位，有五六十家之多。放眼望去，文化宫门前的摊位排得密密麻麻。连钢铁倒抽一口冷气，心头一急，身上的汗也沁了出来。要不是父亲打了招呼，凭他这种在纺织厂管仓库开铲车的人还有资格踩进这种场所？瞧瞧周围的人，不是拿着大学文凭就是拿着工人技术管理等级证书，他呢，除了一张能开铲车的派司，屁都没一个。这一想，浑身上下显得很不自在起来。

连钢铁挨个儿在密密麻麻的招聘摊前寻找着轻轨总公司，好不容易找到了，却见轻轨总公司的招聘摊上悬挂着一条巨幅横幅，上面写着八个红色大字：我们需要共产党员。连钢铁有点愣了。那横幅在连钢铁愣住的刹那间，却见一阵西北风陡然刮起，就见那横幅一头脱钩，横幅犹如一面战旗，在半空中呼啦啦地猎猎飘扬。连钢铁有一种做梦的感觉。想想刚从轻轨总公司党委书记位置上离休的父亲，再一想到父亲培养的接班人——新上任的金书记，就想，这并不奇怪。招聘单位要党员有什么不好，自己虽不是党员，但在纺织厂里好歹也打过三张入党报告。这么一想，他就挤到摊位前了。就在刚想拿起招聘简章时，猛地与金书记打了个照面。

金书记一见连钢铁，马上示意连钢铁到摊位后面讲话。当连钢铁挤出人群来到摊位后面时，金书记已经递给他一张表格，热情地说："小连啊，虽然你父亲关照过，但是必要的手续还得要办啊，你现在先填表，回头再等通知，行不。"

连钢铁很兴奋，拿出钢笔当场填写起来。那张表很快填好了，随后他就交给了金书记。金书记接过表根本没看，而是朝边上一放说："你父亲虽然离休了，但是他为我们上海轻轨事业作出了不可磨灭的贡献，你是他的儿子，你的事，我们会好好考虑的。"

一个月后，连钢铁连人带档案被调往轻轨总公司，分配在物资处采购科做采购员。连钢铁想自己什么文凭都没有，也没什么特长，能进这样好的单位，做个采购员，非常满足了。这天，他刚到采购科报到时，接待他的是采购科的马科长。马科长一见连钢铁，非常热情，一下把全科的人叫了过来，当着大家的面说："老子英雄儿好汉。你在原单位表现很不错嘛。还曾打过三张入党报告，虽然你现在还不是中共党员，但是只要好好努力，以后一定会是的。我们这儿就是需要党员和积极向党组织靠拢的先进青年。"连钢铁听着这位操着山东口音的老科长讲话，就有反胃的感觉。什么老子英雄儿好汉，都他妈的什么年代了，怎么还会有那么陈腐的概念啊！打过入党报告算什么呀。党员干部犯错误的还少吗。没容连钢铁想完，满屋的人就噼噼啪啪地鼓起了掌。掌声结束后，马科长指着桌面儿上的一部砖头样大小的电话对连钢铁说："小连啊，这部大哥大你就先用起来吧。"马科长这么一说，连钢铁的双眼顿时发直，多半还认为是在梦中。当马科长再三催他说："拿呀，给你的呀。"连钢铁这才哆嗦着手去拿那部足以代表大款身份的移动电话时，不知怎地，脸一下变得通红通红。

很快，连钢铁做采购工作已有半个月了。这一天，连钢铁刚上班，马科长就把他叫了过去。

马科长的办公室并不大，中间是宽大的仿红木办公桌。办公桌后面是一张惹人注目的宽大的皮靠椅。靠窗的窗台前放着一盆盆花花绿绿的花草，使办公室显得春意盎然。颇让人称奇的是，花草之下，有一只大大的落地鱼缸。鱼缸里的水草之间，一尾尾长得稀奇古怪的金鱼正悠闲地摆着尾巴游动着。最引人注目的是皮靠椅后面的书架上，放着一大部一大部厚厚的精装本书籍，这让连钢铁顿时有一种肃然起敬的感觉，一时手脚还不知如何放为好。

按理作为轻轨总公司前任党委书记的儿子，对于马科长这样的办公室应当是不会陌生的，也不会有大惊小怪之感觉。不过，你们可能不知道。像连钢铁父亲这种早先的南下干部一般来说，除了在工作上高标准严要求之外，是不太会在生活上追求享受的。用连钢铁的父亲的话来说，那时轻轨还未开通，他的工作主要在于基建，一年中，十有八九个月是在工地现场指挥。哪还有功夫坐在办公室喝茶看报，找人谈话啊。你不信是吗？你去连钢铁家看看，好多家具上还都印着市委后勤部的标记呢。这也就是说，一旦连钢铁的父亲去世后，这些家具都要归还给国家的。

马科长见连钢铁走进了办公室后，非常热情地对连钢铁说："小连啊，来来来，把沙发移过来，咱俩好好聊聊。"连钢铁见科长那种不耻下问的架势，赶忙将带轮子的沙发移到马科长的皮椅子前。连钢铁刚坐下时，他看到收拾得一尘不染泛着漆光的仿红木办公桌上有一本厚厚的精装书，乘势一瞥，从打开一半的书中可以看到，上面用红笔密密麻麻地划着道道与做着眉批。连钢铁想，咱们马科长可以啊，大部头的理论著作他都能看啊。这样一想，内心不由露出敬佩之情。这时马科长说："小连啊，现在组织上决定让你采购轻轨列车上的所有进口备件，责任非常重大，绝对不可掉以轻心。如果有一点疏忽，就会让我们国家蒙受重大损失。"连钢铁见马科长如此郑重其事，不敢懈怠，马上站起来说："科长，在重大采购计划前，我定向你多请示勤汇报。"马科长边笑边摆着手说："坐下吧，你也不要太紧张，工作嘛，哪有不失误的。该缴学费还得缴嘛。搞进口备件，我们也是摸着石头过河。但是咱这采购啊，也是有一定的规则的。那就是：说方便就是不方便，不方便就是方便；说不方便就是不方便，方便也就是不方便。"连钢铁见马科长说着这犹如绕口令似的话时，脑海里开始高速运转起来，但想了半天，似乎搞不清马科长究竟说的是何意思？是何规则？于是就有些怔怔地看着马科长。

连钢铁这种神态，让马科长很满意。马科长便慢悠悠地呷了口茶，说："怎么样，那个大哥大用起来感觉如何？"连钢铁说："还行吧。我知道马科长这是偏爱我啊。你看科里那么多人，好多人都没呢，也就是马科长关照我啊。"马科长哈哈大笑："一个大哥大，算什么呀。"

这当儿，科长室外有在轻轻叩门。马科长大声说："请进。"话音未落，门就被人推开。连钢铁看到一个风韵犹存的中年女人站在门口，冲着马科长嗲嗲地笑说："马科长，我来看你啦!"马科长定睛一看，顿时脸上涌出笑容，马上站起，从办公桌后走了出来，满脸笑容地迎了上去，热情地与那女人握手说："哟，是施小姐啊，好些日子不见了，在忙什么呀。"连钢铁见马科长称那中年妇女为小姐，内心想笑，但终究还是克制了。那个中年妇女握着马科长的手使劲地摇了几摇说："马科长，真想你呢。你瞧我刚从深圳出差回来，就上门讨饭来了。"马科长脸色有些微微发红说："客气客气，来来，坐坐坐。"说着就把那个中年女人请到沙发跟前坐下，随后说："介绍一下，这位叫连钢铁，是我们采购科新来的采购员，是一员非常能干的干将，今后我们这儿进口备件采购都将由他负责。"

马科长话音刚入，那个刚把屁股移上沙发尖上的女人像根弹簧一样，猛地从沙发上弹了起来，一双纤纤细手已经伸到连钢铁鼻下，连声自我介绍说："我叫施婕，是市外贸局的。今后生意上的事情，还得请连先生多多关照哟。"连钢铁冷不丁地被这女人那双细腻滑润的双手软软地握着时，那个心头啊，就觉得有一股芳香正暗暗地沁人心脾，那张脸不由红了起来，说："咱们互相帮忙好了。"连钢铁话刚说完，却见那个女人依然用手软软地握着他，但是那张脸已经转向马科长说："今晚去天天码头撮一顿。一来祝贺我与连先生得以相识；二来天天码头今晚有时装模特与歌星表演，这些都是你马科长喜欢的呀。"施婕说完，一双带有微褐色的眼珠的目光，竟有些深情地看着马科长。马科长微微一笑说："你怎么知道我喜欢那些东西的呢？这样吧，我晚上还有重要会议要开，让小连代表我去就可以了。"说完那眼光就朝连钢铁身上一扫。连钢铁不知何意，赶紧把手从施婕手中抽出，低下了头。这下施婕那双微褐色的眼珠就飘到连钢铁的身上。

连钢铁觉得他与施婕是初次见面，晚上马科长不去，让他一个人去，这个无论如何不怎么对头，想说什么，一时又想不出更好的话，便把那双眼睛朝马科长看去。这时马科长已经回到自己的皮椅子跟前坐下，低着头像是又在刻苦用功读书了。连钢铁想，这时自己再装聋作哑不太好，说："施小姐，谢谢你的盛情好意，不过吃饭还是免了吧。"连钢铁的话是说给施婕听的，但是一双眼睛却时刻盯着马科长看，似乎是想从马科长的神态里看出某种端倪。没想到，那个叫施婕的女人竟然当着连钢铁的面，款款来到马科长的身边，一双纤手就搭在马科长那副宽厚的肩膀上，细声而又软软地说："哎哟，马科长啊，你这拒腐蚀永不沾的精神，我是向来敬佩的。可这正常的工作交际还是需要的，你看你不来，连先生怎么会来呢？

你这样可把人家都吓坏了嘛。所以啊，你一定要来。不来，我就生气。”马科长见那个女人这么说着，就把脑袋抬了起来，对连钢铁说：“小连，我刚才说过了，既然人家盛情相邀，你去吧。再说也可以听听人家介绍公司情况，这对你今后工作也是有用的嘛。”连钢铁一听，马上说：“马科长，我工作经验少，各个方面都还很嫩，所以如果你能一块去，那是最好了。”马科长一听连钢铁如此一说，不由笑了起来说：“小连呀，你要遵守规则呀。让你去你就得去，不去也得去；不让你去你就不要去，去了也是白去。”连钢铁见马科长又说起了规则，脑子一转，恍然大悟地说：“马科长，我这人你知道，那些酒楼茶馆，我从来没去过，那胆儿特小，你……”连钢铁话还没完，就见马科长大手一挥。连钢铁知道马科长已经定下了，便不失时机地退出科长室。看样子，那个叫施婕的女人还有事要找马科长谈呢。

连钢铁回到办公室刚坐下，就见长得高大英俊的小钟走了过来。小钟二十出头，刚从大学管理系毕业，分配在科内专搞采购计划统计。小钟为人谦和，待人彬彬有礼。一点儿没有那种大学生的娇、骄两气，很得连钢铁好感。此刻小钟把下月进口备件采购计划递给连钢铁说：“连师傅，这是下月进口备件采购计划。全英文。为了你的方便，我特意把它全译成中文了，你看看，行不。”小钟边说边敦厚一笑。连钢铁接过小钟递过来的采购计划，不由鼻子一热，赶忙站起来道谢。没想到小钟把他肩膀一按，说：“这是应该的。”说完就站在一边看着连钢铁吞吞吐吐似有什么话要说。连钢铁觉得非常奇怪就问：“小钟，还有事吗？”连钢铁这么一问，发现小钟的脸孔腾地红了起来。小钟说：“连师傅，我有件事想请你帮忙，你看行不。”连钢铁正愁没机会回敬一下小钟，赶忙热心地说：“只要我能帮忙，就行。”小钟说：“是这样的，我姐在石油公司工作，现在下岗了。若要上岗也不难，除非拉到生意。我想我们公司下个月的采购计划中需要壳牌和埃索的特种油料，能不能把这笔生意让给我姐她们公司做呢。”小钟说着说着，话音里竟然带着些哭腔。连钢铁被小钟这番神情煽起了心头的热流，心想，自己刚刚上班，采购经验不足，小钟的姐姐是吃油料这碗饭的，又下岗了，再说，对于轻轨总公司来说，下个月需要的特种油料，其价值也不过是三五十万，小单子一个，应该可以一做的。但是一想到马科长那套至今尚未彻底领悟的规则，觉得还是应该先请示一下为好啊，于是就说：“小钟，问题不大，只要价格合理，油料正宗，送货上门就可以了。不过我想与你商量一下，能不能先请示马科长呢。”连钢铁此话一出，小钟又摇头又摆手说：“连师傅啊，我是请你帮忙的，你是采购主管，这点小生意你是有权决定的，如果你为难就算了，但是千万不要去问马科长，更不要提我小钟，这样不好。”小钟这么一说，连钢铁觉得奇怪，不过他也不便问透，就说：“小钟你放心，我不会提你名字的，但是有些常规程序还是要走的。”小钟一听非常感谢地说：“是啊，是啊，该走的程序还是要走的。不过，我只是不希望马科长知道是我介绍的就可以了。谢了。”小钟说完也就走了。不过连钢铁却呆坐在椅子上。他在想，小钟这是何意。这不是此地无银三百两嘛。有这必要吗。不就是一点油料小生意嘛。

晚上六时正。

连钢铁包里放着大哥大，开着我们这个城市当时最为牛逼的霸伏牌助动车来到天天码头。刚到那儿，就刮起了寒风，寒风中还夹带着很细碎的牛毛雨丝。连钢铁到了那儿，先把车子锁了，然后站在门口观望。只见天天码头大酒家门前上方悬挂着一盏很大的风灯，那风灯里散发出蛋黄似的光，在雨丝中，让人看了特别温馨。连钢铁心中猛地像是被什么东西撩拨了一下。这样的天，这样的地点，他感到自己独自站在这样的风灯之下，着实有些悲哀。自己马上就要30岁了。虽说父亲早先是个党委书记，可他从来没有带母亲来这样的酒家吃过一顿。就是自己平时路过这儿，也只是远远地瞥上一眼，从不停留，更不敢进去。他吃不起这儿的生猛海鲜；看不起这儿的时装表演；自然也唱不起这儿的卡拉OK。今晚来这儿，你别看他开着价值万元的霸伏助动车，小包里放着砖头一样大小的大哥大，一副大款模样，其实兜里是瘪瘪的。事情就是如此简单。

施婕在天天码头门口一眼看见了他，马上笑盈盈地迎了上来。施婕同白天的模样不同。白天见到时，觉得就和马路上的中年妇女并无两样，但是现在却穿上了一件质地非常考究的呢绒大衣，精心化妆过的脸蛋，使她成了名副其实的小姐。对，是施小姐了。连钢铁见施婕把他朝酒家里带，就说：“说不定马科长会来呢，我们是不是等等他呀。”施婕头一偏手一摆说：“他来不来没关系。今晚主要是请你。”说完非常自然地挽起连钢铁的胳膊，共同走进了天天码头。

天天码头门面不大，不过里面就餐的客厅大得像个剧场。除了舞台外，下面的餐桌一个紧挨一个。连钢铁放眼望去，几乎每张桌子前都坐上了食客。连钢铁不由吃惊。他根本没想到，这个外表看似平静的天天码头酒家，里面竟然热闹得让人不可想象。

施婕与这儿的人十分熟悉。他们刚走进门里，一个操着广东口音的女领班就向她弯腰致敬，然后变戏法似地把他们带到了一个两人座的卡座前，连钢铁他们刚坐下，服务员小姐就端来了施格兰冰露、王朝葡萄酒、嘉士柏啤酒和天天码头里的生猛海鲜名菜：油炸大龙虾。看着足有三斤重的大龙虾，连钢铁不安了，说："施小姐，你这样客气，我很不安。这是无功受禄嘛。"施婕一听笑道："这算什么呀，下次咱俩上新锦江41楼旋转餐厅吃自助餐，那才叫舒服。"连钢铁满脸疑惑地反问道："咱俩？"施婕说："是啊，咱俩年轻，话又投机，再说你父亲又是党委书记，吕正操的老部下，老铁道兵了。"施婕这么一说，连钢铁有些不高兴地说："我父亲已经离休了。这和他有什么关系？"施婕说："你呀，装糊涂呐。瘦死的骆驼比马大，金书记是你父亲栽培的，马科长又是金书记一手提拔的。你父亲虽然离休了，但是他的实力不能低估啊！好了，说这些干嘛呀，来来，喝酒喝酒，王朝、嘉士柏随你便。"说着嘴一呶，服务小姐替施婕倒上半杯王朝。连钢铁说："我不会喝酒，就弄些嘉士柏吧。"酒刚倒好，施婕端起酒杯说："来，我先敬你一杯。"说完一干而尽。连钢铁有些为难了。这让施婕注意到了。她笑眯眯地说："没事，你随意吧。"于是连钢铁轻轻地呷了口啤酒。这时施婕说："连先生，我们外贸局虽然是国有单位，但是现在好多生意都承包了。我们与贵公司合作也有些年头了。非常愉快。所以我说，今后在生意上，连先生一定要多多关照呀。我没有别的要求，只要每个月发个二三百万的单子给我们做做就可以了。好吗？"连钢铁又喝了口啤酒说："外贸局我不熟，只要马科长同意，我没意见。"施婕一听面露喜色说："好，男子汉，感情深，一口闷。"施婕说完，又一次地用酒杯与连钢铁碰了一下，随后再次干完杯中的王朝。

此刻，舞台上音乐声起，一群美若天仙的时装模特儿已在舞台上翩翩起舞。看着这群美女穿着薄如蝉翼的时装在面前晃来晃去，连钢铁感到口干舌焦。连钢铁看得起劲的当儿，施婕用细手指轻轻地捅了下他的腰眼，连钢铁回头一看，施婕就把一样东西递了过来说："小连，拿着。"连钢铁一看，是张泛着金光的磁卡。连钢铁有些诧异。他从来没有见到过这种玩意儿。也不知这东西能派啥用场。施婕看着连钢铁那副神态，脸上不由掠过一丝微笑，解释道："小连啊，这是卡，不是钱。这张卡可以去国际商都买东西啊。比如品牌西服啊……"施婕这么一说，连钢铁就觉得这社会发展得太快了。自己连怎么用卡都不知道，尽管自己从小生活在上海，那没用啊，不在特定的圈子里，哪怕你是生活在上海，骨子里依旧是个没出息的乡下人。想到这儿，连钢铁马上推辞道："酒都喝了，我怎么还能拿你的东西呢。如果拿了，我就不上品了。"连钢铁的真心表白，让施婕一下站了起来，感叹说："连先生，我做生意也不是一天两天了，我从来没有遇到像你这样的朋友。今后哪怕我们不做生意，但是你这个朋友我施婕交定了。不过今晚这张卡你一定要拿下，否则你就是看不起我。再说其价值不就是一套名牌西服而已，那又算得了什么呀。”说着就朝连钢铁口袋里一塞。连钢铁刚想退还，这时一名女服务员笑盈盈地走了过来说：“先生、小姐晚上好，著名歌星李娜小姐马上就要出场了，你们是否点上几支歌，捧捧场啊。”一听是李娜小姐，连钢铁来劲了。他最崇拜的大歌星就是李娜了。可是连钢铁又犯迷糊，心想，像李娜这样有名的大牌歌星，那是有档次的，怎么会到这儿来唱歌呢？那个小姐多机灵啊，一眼看出连钢铁的困惑，浅笑着说：“你是不是怀疑假冒啊。我告诉你啊，只要出得起钱，再大的歌星，我们老板都能请到。”这时施婕在一旁说：“小连，既然你喜欢李娜，不妨点她两首歌玩玩。”连钢铁说：“行啊。”刚说完，发现不对，又接着追问：“点歌是否要钱？”小姐有些诧异地看着连钢铁说：“先生是第一次来吧。当然要钱啊。两首歌也就一百元，很便宜的。”连钢铁一听吓了一跳，连忙摇手说：“不了不了。”施婕说：“连先生啊，不就是一百元嘛。做生意为了赚钱；赚钱不就是玩嘛。两首歌一百元，便宜啊。如果你喜欢，我出钱，包她一个小时怎么样。”连钢铁一听把脑袋摇得像个拨浪鼓似的说：“不行不行。”施婕一见就说：“那好吧，先点她两首歌。”说着，从皮夹里摸出一百元，往小姐手中托盘里一放，又说：“麻烦你打入餐费里。”小姐点了点头，袅娜着身子走了。连钢铁看着走到别的餐桌前的那位小姐，为自己的鲁莽而难受。另外施婕说的打入餐费，那又是何意呢？

此刻著名歌星李娜摆动着腰肢款款来到连钢铁他们餐桌跟前。望着这位梦寐难忘的歌星果真来到自己跟前，有那么一刹那，连钢铁人都变傻了。李娜职业性地露出迷人的微笑，说：“你是连先生吧，我是李娜，谢谢先生捧场。”说完，李娜伸出一双又白又嫩、保养得十分滋润的小手轻轻地与连钢铁一握，连钢铁顿时觉得自己浑身上下犹如触电一样，一种酥麻的舒坦感油然而生。

就这样，李娜一手牵着连钢铁，一手拿着话筒，面对着连钢铁，满怀深情地唱起了范晓萱的“RAIN”和陈淑桦的“淑桦盛开 FOREVER”。连钢铁的心脏开始让人难以置信地狂跳起来。这是不是做梦呀。自己心中的偶像，竟如此近距离地与自己接触，并且像对情人似地边唱歌边抛着媚眼，这究竟是怎么回事啊。

两首歌很快唱完了。李娜并没有走开，而是款款地坐在连钢铁边上一张原本放包的空座上。不知何故，施婕却突然站起，对连钢铁说：“对不起，连先生，我去一下卫生间。”施婕一走，李娜深情地看着连钢铁，那双好看的眼睛又飘向桌上的移动电话说：“连先生，一表人才，在哪儿高就？”李娜启开玉唇时，连钢铁闻到她口中传来的一股沁人心脾的香味，就有些口吃地说："一般小工人。"李娜一听，那口扇贝似的白牙又凑近连钢铁说："先生真会开玩笑，玩得起大哥大的人会是小工人？小工人能上这天天码头来消闲？至少是白领吧。"连钢铁一怔，还想解释时，李娜又说了："不请我喝一杯？那太不够意思了。"李娜说时，连钢铁只觉得服务小姐和周围的食客都一块儿把目光放在他的身上，他顿觉如万蚁钻心般，浑身难受，再不请她喝上一杯就万分难堪了，于是就冲服务小姐点了点头，一旁的服务小姐一见，迫不及待地开了一瓶王朝替李娜注满。李娜连眉头都不皱地与连钢铁的酒杯轻轻一叩，然后一饮而尽，那双风骚多情的目光就射向连钢铁，慌得连钢铁赶忙低下了头，同时李娜乘势放下酒杯，抱住连钢铁就是一个响亮的吻。周围的食客一见，马上鼓掌，满场顿时嘘声而起，把连钢铁臊得满脸通红。李娜吻完连钢铁后，款款而立，身旁的服务小姐立马凑到连钢铁身旁，那只泛着漆光的托盘跟着上来了。连钢铁下意识地摸了摸口袋兜，兜里除了20元外再也没多一分钱，于是只得掏出20元钱往托盘里一放。李娜一见，柳眉一竖，很不高兴地说："你是打发叫花子呀！"连钢铁说："我只有20元钱。"李娜说："20元还来天天码头呀，你是吃白食。"李娜这一说，羞得连钢铁恨不得地下有个洞钻进去才好。就在此时，连钢铁听到边上有人在冷笑着说："李小姐，你说话放尊重些，你不就是一个在酒吧唱歌的歌星嘛。别说一个吻，连先生就是包你一晚上，那又算得了什么呀？"连钢铁抬头一望，见是施婕，不禁投去一瞥感激的目光，与此同时，施婕从皮夹里摸出5张100元，朝托盘里狠狠一摔。

星期一连钢铁上班后，直奔科长室。那晚回家后不知怎地就发现自己明明推辞的金卡又跑到口袋里了。进了科长室，连钢铁就对马科长说："科长，你让我去，为何你不去呢？"马科长笑眯眯说："有你代表就行了嘛，这也是领导交给你的任务。"连钢铁一听只得作罢，已经过去的事情就别提它了，不过那张金卡还是要上缴的，于是从口袋里摸出金卡说："科长，这是施婕送我的金卡，说可以买套名牌西服，我不要，但不知怎地又进了我的口袋，所以我上班就来交卡，这也算是遵守规则吧。"马科长一听就笑了起来，夸奖连钢铁说："好，这样的卡就要拿，不拿白不拿，嗯，这张卡价值两千呢！""两千?！这不成了受贿?"连钢铁吓了一大跳。不料马科长只是一笑又说："如果你拿了不上缴，那是受贿；你上缴了，而领导又奖给你，这就不是受贿。现在我决定奖给你，当然你也要附上二百元交给财务室，就说回扣吧！"连钢铁听着马科长这样说，蓦然想到那要遵守的规则。这个规则是不是就是：让你拿，你就拿，不拿也要拿；不让你拿，你别拿，拿了也白拿。想到这儿，连钢铁一笑说："科长，本月进口备件粗算大约二百多万，是不是全给施婕他们做呀！"马科长一听马上说："唉，我说小连，你别总是那么小心翼翼。让你做，你就尽管大胆地去做。我这个科长只管政策方面的大方向，该让谁做这笔生意，你是采购，有权决定。该请示你不请示这是错，不该请示你也请示，这同样是错嘛。"连钢铁被马科长这话一说，依旧不明白科长究竟说了什么？他觉得好为难。什么叫该请示？什么叫不该请示？这标准在哪儿？连钢铁还想再问，却见科长低下头，在那仿红木的泛着漆光的宽大的办公桌上认真地学习起来，只得怏怏退出。

过了些日子，办公室的小钟悄悄地凑到连钢铁眼前，询问采购油料一事，连钢铁想到马科长说的那个规则，便一锤定音说："就让你姐做，不过价格可要把准。"小钟一听，顿时眉开眼笑地说："我算过，顶多三四万，本月计划的零头。"连钢铁说："那么货到后，让检验处的同志检验一下，通过后，我们付款就是了。"

和小钟说完，连钢铁拿起移动电话想和施婕通话，刚想打电话，一想不对，移动电话每分钟要一元钱呢，还不如科里打电话节约，于是就走到办公室另一头抓起桌上电话打了起来，把二百余万的采购计划报给了外贸局的施婕。刚挂完电话，就觉得科内其他同志都用不满的眼光看着他。一个搞国内配件的采购员说："小连呀，我在等回电，你可以用大哥大打嘛。"说话时，那种语调让人难受。再看一眼小钟，只见他拼命朝自己眨眼睛。连钢铁奇怪地问："我是节约，大哥大太贵了，我又不是在马路上。"那采购员一听连钢铁这话，就生气地说："你是装傻还是怎么的，这是外贸局赞助我们科里，电话费由他们出。"小连这一听，吓了一跳，外贸局为了做生意连移动电话都赞助了，看看其他采购员腰上只有一个数字 BP 机，也就明白他们心里为什么会不平衡了。

几天后，马科长去青岛开订货会，小钟的姐姐把壳牌与埃索的特种油料送了过来，经检验处的同志检验，连声说 OK，这批油料就算进了物资处的危险品仓库了。在开支票结账时，连钢铁一看发票就觉得不对，问："小钟姐，不是说好三四万，怎么一下成了六万多呢。"小钟姐说："连师傅，我们从国外进口都得 5 万多呢，加上关税、管理费、17%增值税，6 万不算多呀！"小钟姐说着说着就动了感情："连师傅，多亏你帮忙了。"小钟姐这么一说，连钢铁还想说什么，就发现小钟姐乘人不备，以迅雷不及掩耳之势，往连钢铁抽屉里塞进了一个厚厚的红包，连钢铁一看急了，想要推辞，但一见科内其他采购如盯贼一般注意他，一时倒也不好声张。

小钟姐一走，连钢铁忙找到小钟要把红包退回，不料小钟说："连师傅，你不要大惊小怪。这不是回扣，这是介绍费，拿介绍费理所当然。"连钢铁一听，说："小钟啊，不要说，你我是科内的同事，就是外面的客户，我也是要退的。你没看这几天报纸吗？朱副总理在中央会议上三令五申，回扣就是受贿，你这不是存心让我犯错误嘛。"小钟一听，说："你说朱副总理啊，离我们远着呢。如果你真的这么一退，就是不给我面子。再说，这又不是我姐姐自己口袋里掏的。那是她们公司出的。如果你硬要退，也就退到我姐姐的兜里。你我既是同事又是朋友，我这样如实奉告，你看退还是不退？"小钟这一说，连钢铁傻了。是啊，这一退，不也就退到小钟姐的兜里啊，如果是这样的话，还不如上缴呀。于是说："谢谢你如此坦言。"连钢铁说完，就发现小钟眼里闪过一丝狡猾，不由内心一凉。正想着，他又听到小钟说："希望下月合作愉快。"连钢铁因吃不准小钟刚才一瞬间的狡猾的目光，只好说："应该没问题吧。"

小钟姐的红包放在连钢铁的抽屉里有些时间了，连钢铁没有拆，一拆就说不清楚了。好不容易盼到马科长从青岛回来，他就拿着红包兴冲冲地进了科长办公室，这就发现马科长青岛跑了一次非但没有瘦，肚子反而朝外又大了一圈，连钢铁不禁钦佩起来。马科长一见连钢铁进屋，赶忙笑呵呵地与连钢铁握手，并且送上一包青岛产的虾肉干，连钢铁有些不好意思起来。以前在纺织厂里干活，只见那些纺织女工常给当官的送东西，哪有当官的给百姓送东西。这一想，就觉得轻轨总公司的科级干部很了不起，有人情味。乘着马科长心情很好，就说："马科长，这次买了些油料，客户送了个红包，我没拆，心想还是原封上交给领导为好。"马科长边听边接过红包，连连夸奖连钢铁说："小连，你工作时间不长，可做事很稳重，到底不愧为连书记的儿子呀！"说着，就当着连钢铁的面撕开红包，一看红包里是一叠整齐的10元票面，他随手一拍，脸色就变了："只有1千元嘛，我记得本月油料要付三四万呢。"连钢铁一听内心一哆嗦，赶紧放下虾肉干站起身说："科长，那些油料咱们付了6万多呢。""你说什么？"连钢铁被马科长猛然抬头唬着的脸吓了一大跳。"是6万，你看发票。"连钢铁忙把发票递上。马科长只是一瞄，脸上就像挂了冰霜，然后从书柜边的铁柜里拿出壳牌与埃索特种油料市场零售价目录用计算机"噼噼啪啪"地一按，然后把数字朝连钢铁面前一放。连钢铁一看惊呆了，就是按零售价满打满算也只有4万多一点，怎么会是六万多呢。这不是让小钟姐活剥了2万？

“小连，这种客户，给你这1千元，那不是欺人太甚了吗？我怎么对你说的？该请示，你就得请示，你为何不请示？你不请示，一不小心就让人斩了嘛。我问你，这笔生意是谁介绍的？”马科长的脸色已开始缓和过来。连钢铁刚想说出小钟，不过话到嘴边，却说出了其他的意思：“马科长，现在国家有反暴利法，我就不信拿不回那2万元。”“小连呀，你真糊涂，这2万你能拿回？即使拿回了，如果被上级领导知道，咱今年还能评上先进集体吗？算啦，2万元买个教训吧。”

连钢铁哑然无语地出了科长室。连那包虾肉干也没顾得上拿，就有些气汹汹地来到办公室，把小钟叫了出来。一见小钟还是那副老实憨厚相，一股无名之火腾地燃烧起来。

连钢铁说：“小钟，你姐姐那把刀斩得太厉害了吧！”小钟一脸惊讶地说：“你说的是油料吧，这不能怪我，是你与我姐姐谈的价格嘛。”连钢铁一听肺都气炸了说：“你姐姐还想不想做生意；还想不想上岗啊。”这么一说，小钟也不开心了，说：“你这是什么意思，当初请你帮忙，你也是诚心诚意答应的。你以后不想与我姐姐做生意，没关系啊。不过，我告诉你：我姐不斩我们轻轨公司，别人照样在斩轻轨公司。轻轨公司挨斩的事儿还少吗？几卡车都装不完。三五万，那算什么呀。轻轨公司一期工程，满打满算也只是20来个亿，现在工程尚未竣工已经付掉30多个亿了，不信你可以问你那位离休了的父亲呀。”

小钟这么一说，差点儿把连钢铁气得背过了气。你他妈的小钟还有道理呀。连钢铁气得嘴唇哆嗦着说不出话。小钟接着又说：“你知道，你拿着的那个大哥大，就是外贸局的那个老女人施婕她们赞助的。她们为何赞助？不就是因为她们吃我们轻轨总公司的肉，抽我们轻轨总公司的血啊。别说一个大哥大，就是送你一幢房子又有什么了不起呀。连钢铁啊，你进我们科时间不长。你应该知道，施婕这个女人做事喜欢上下搞定，也就是说上下通吃。你呀，是该汇报的不汇报；不该汇报的乱汇报。你没遵守我们这个行当的游戏规则。”

数天后，外贸局的施婕又来到了轻轨公司，她径直走进连钢铁他们办公室。一见到连钢铁，施婕顿时笑容可掬地上来就握住连钢铁的手。连钢铁一见是施婕，马上就说：“噢，施小姐啊，你们的货已经收到了，我看我们先去马科长那儿行吗？”施婕一见办公室人不少，马上说：“行啊。”

连钢铁与施婕两人边说边往马科长的办公室走去。

到了马科长的办公室，连钢铁忙对马科长说：“马科长，外贸局的货都到了，我想请你看看他们的货以及他们的价格。”连钢铁这么一说，施婕便尴尬地笑笑说：“连先生说得对啊，马科长，你就看看行不。”马科长看到连钢铁递上来的价格单子，随手朝桌上一放，没事儿地一笑说：“小连啊，你在工作中谨小慎微这是应该肯定的。不过外贸局是我们的老客户，我很放心。”连钢铁见马科长这么一说，心里不由冷笑起来，什么价格高呀低呀，还不都是你说了算呀。想到这儿，他就转身对施婕说：“既然这样，施小姐，我们一起去财务科把账试结了吧。”马科长一听说：“小连呀，你真是的，施小姐刚到，让人家坐一歇，喘口气吧。你呀，真是急性子。”马科长这么一说，连钢铁也觉得自己是有些着急了，就对施婕说：“这样吧，你先坐一下，和我们马科长随便聊聊，我先去替你办支票吧。”施婕说：“不急，你也坐一下吧。”连钢铁未置可否，出了门，就去了财务科。

连钢铁刚到财务科，就见小钟从财务科匆匆忙忙地走了出来。小钟一见连钢铁忙说：“连师傅，那件事你就别生气了。噢，我刚才看见外贸局的那个女人了。她是不是来拿支票的？”连钢铁没有理睬小钟，径直进了财务科。不料小钟一把拉住连钢铁说：“小连，你别忙着办支票，先看看金额。据我所知，她们这次送来的第一批货呀，最多也就是30来万了。这还是按市场价来算的。你看看她现在发票开了多少？”小钟这么一提醒，连钢铁心中不由一动。不过，他还是没有理睬小钟，他觉得，小钟这家伙做事也太不上品了。

进了财务科，连钢铁发现在办理支票的人很多，趁着排队等候的时候，低头看着外贸公司开出的增值税发票，不由心里毛估估地计算着。算着算着就觉得有什么不对劲的地方。小钟是搞计划报表的，精得很。那么按照小钟的说法，那第一批货按照市场价来说，也就是30来万，现在施婕开出的支票竟然是40余万，这个出入太大了。这样一想，连钢铁吓出一身冷汗。他想，是不是施婕她们搞错了？如果真的搞错了，那么我这样毛毛糙糙地把支票开了出去，尽管上面有马科长的签字，但是自己毕竟是经办人啊，万一出了事，自己是吃不了也得兜着走啊。连钢铁不敢办理支票了。当然他也不敢再去马科长那儿讨教了，而是急匆匆地跑回办公室，拿起了他的大哥大，装着出恭的样子，跑进了厕所。

连钢铁进了厕所，定了定心，随后拨通了外贸局进出口办公室的电话，操着自己老家的山东口音问：“喂，外贸局是吗，俺是山东济南的一家贸易公司，俺们公司想从贵公司进口一批美国出产的多用卡簧钳，请问贵公司最低能给俺们啥价呀。”对方一听，马上热情洋溢地说：“噢，山东啊，不就是革命老区嘛。美国出产的多用卡簧钳，市场价每把300元左右。

但我们可以给你们 280 元一把，怎么样啊。当然如果你们想多进的话，价格还是可以谈的。”“是嘛，那么，俺们再想问一下，俺们山东铁路局济南车站的一些进口列车上需要空气滤尘网，我们想进 500 片，每片报价多少。”“也是 300 元左右。这样吧，请问你现在哪儿？最好来我们公司面谈为好。”“不行呀，俺在济南打长途。哦，对了，我想请问一下有没有回扣啊。”“回扣好说啦，但你人总要来一下吧。”“哦，谢谢你啊。”连钢铁说完挂了大哥大，随后借着厕所内的微弱光线，看着手中施婕开出的发票：美国多用卡簧钳，单价：680 元；进口空气滤尘网每片 750 元。只是这两件让连钢铁明白了好多事啊。难怪小钟不高兴。小钟姐姐多赚个二三万，那又算得了什么呀？施婕那才叫狮子大开口。什么叫遵守规则？不就是狗屁。明白了，连钢铁只觉得自己进了轻轨公司这几个月所做的一切，统统是个傻瓜蛋的所为。这样一想，就觉得头有些晕乎。当他摇摇晃晃地从厕所里出来时，早春一缕温暖的阳光正打在他的脸上，他觉得浑身颤栗不已。于是在这缕阳光之下，他再次走进了财务科。

半个小时后，连钢铁拿着办好的支票来到马科长的办公室，就见马科长和施婕同坐在一张沙发上，笑作一团地说着什么笑话。施婕一见连钢铁手中的支票，刹那间地眼睛变亮了，不由笑着说：“和马科长做生意最爽快了，货到付款，不像其他单位……”马科长一听忙摆着手说：“小生意，小生意，不值一提。”连钢铁见他俩一来一往说得热乎，只是不吭声地在一边看着。施婕看了连钢铁一眼，拿起了支票笑盈盈地说：“那你们忙吧，我先走了。”马科长握着施婕的手摇了摇说：“好好，也不留你了，有空来玩。”

施婕刚走，连钢铁拿出了施婕她们发票的复印件刚想说什么，马科长就摆手了，说：“外贸局的生意我是清楚的。这次我去青岛开会，那种场合与气势，施婕之辈根本无法相比的。小连呀，老实说吧，整个采购科里，我最欣赏最放心的就是你了。从这几个月的情况来看，你的工作与成绩是整个科里有目共睹的。你呢工作也非常辛苦。这样吧，这次有个客户让我去昆明考察，我决定让你去，你回去准备一下吧。”

连钢铁没有去昆明考察。连钢铁在轻轨公司物资处采购科工作了三个多月后的一个熏风吹拂的日子里，他用匿名的方式，把那张限期一年的金色磁卡寄给了市反贪局。做完这件事后，连钢铁觉得一身轻松。同时他第一次踏进了总公司党委金书记的办公室。

金书记见到连钢铁进来后，先是一愣，随后马上起身，热情地招呼着连钢铁，说：“小连啊，我听老马说，你工作干得很不错呀，你要好好干啊。”

连钢铁一听马上说:"谢谢领导。"

连钢铁说完后,就显得吞吞吐吐,想说什么。金书记一见就知道连钢铁有事,说:"小连,你找我一定有事,说吧。"连钢铁见金书记那种鼓励人的目光,想了想说:"金书记,我想调个工作,比如开个铲车,管个仓库什么的。"金书记有些讶异地看着连钢铁问:"怎么啦?"连钢铁脸红了起来,说:"我想下去锻炼锻炼。这对今后采购工作有好处。"金书记见连钢铁如此一说,那双眼睛就尖锐地朝连钢铁脸上一扫说:"你采购做得不错。我想,你这不是理由。"连钢铁被金书记问得急,脑子里突然闪过一个念头,脱口而出说:"我想下仓库锻炼,主要是为了早日加入党组织。"

连钢铁说完,自己都觉得很假,脸上不由一阵火辣辣的。然而,连钢铁根本没想到金书记会是先一愣,继而抚掌大笑,说:"好,好,有志气,我给老马打个电话,同意你的要求!"

1996-4-24

图书在版编目(CIP)数据

露天舞会/王季明著. —上海:上海人民出版社,2010

(白玉兰文学丛书/王安忆,孙颙主编. 第 2 辑)

ISBN 978-7-208-09587-8

Ⅰ. ①露… Ⅱ. ①王… Ⅲ. ①中篇小说-作品集-中国-当代②短篇小说-作品集-中国-当代 Ⅳ. ①I247.7

中国版本图书馆 CIP 数据核字(2010)第 204043 号

责任编辑　朱慧君
封面装帧　陈　楠

·白玉兰文学丛书·

露 天 舞 会

王季明 著

世 纪 出 版 集 团

上海人民出版社出版

(200001　上海福建中路 193 号　www.ewen.cc)

世纪出版集团发行中心发行

常熟新骅印刷厂印刷

开本 635×965　1/16　印张 18.5　插页 4　字数 305,000

2011 年 1 月第 1 版　2011 年 1 月第 1 次印刷

ISBN 978-7-208-09587-8/I·838

定价 32.00 元

艺术人文编辑室已出版图书：

“巴金著作纪念本文丛”

巴金《灭亡》

巴金《海行杂记》

萧珊《萧珊文存》

“星云大师人生修炼丛书系列”

星云大师《星云大师谈处世》

星云大师《星云大师谈智慧》

星云大师《星云大师谈幸福》

星云大师《星云大师谈读书》

星云大师《禅师的米粒》

星云大师《点亮心灯的善缘》

星云大师《定不在境》

星云大师《人生的阶梯》

星云大师《舍得的艺术》

星云大师《宽容的价值》

星云大师《苹果上的肖像》

星云大师《星云大师〈心经〉五讲》

星云大师《在入世与出世之间》

星云大师序文书信集

星云大师《心灵的探险》

星云大师《安住我身》

星云大师《规矩的修行》

星云大师《来去一如》

企业文化

李小琳《静水深流》

秦文明《宝钢故事》

菲利普·詹姆斯·罗曼诺《当餐饮经营遇上了创意》

刘鹏凯《心力管理》

“江山语言学丛书”

李开《汉语古音学研究》

柳士镇《汉语历史语法散论》

刘晓南《汉语历史方言研究》

鲁国尧《语言学文集：考证、义理、辞章》

盛林《〈广雅疏证〉中的语义学研究》

滕志贤《〈诗经〉与训诂散论》

汪维辉《汉语词汇史新探》

徐大明《社会语言学研究》

杨锡彭《汉语外来词研究》

“名家经典解读丛书”

张炜《楚辞笔记》

“博达文丛”

黄铁《现代启蒙语境下的审美开创——苏曼殊文学论》

杨正润《众生自画像——中国现代自传与国民性研究(1840—2000)》

管兴平《都市里的行走》

昂智慧《文本与世界——保尔·德曼文学理论研究》

董晓《理想主义:激励与灼伤——苏联文学七十年》

韩春燕《文字里的村庄——当代中国小说的村庄叙事》

白玉兰文学丛书之二

王季明《露天舞会》

榛子《渴望出逃》

孙建成《沉入忘川》

上海大学中文系《热风学术》

南京大学中文系《启蒙文献选编》

颜翔林《死亡美学》

寿阳《一页十年》

刘红炜《北非迁徙》

南京大学中文系《中国现代文学论丛》

南京大学中文系《中国现代文学期刊目录新编》

陈丹燕《我要游过大海》

徐甡民《暖冬》